Das Buch

Als Framboise mit Anfang fünfzig in ihren Heimatort zurückkehrt, wird ihr erneut bewusst, dass sie dort bereits als Kind eine Außenseiterin gewesen war. Doch sie will es jetzt noch einmal wissen: Mit den Rezepten aus dem Buch ihrer Mutter gewappnet, eröffnet sie in dem kleinen Ort eine Crêperie. Ihr Neffe Yannick gönnt ihr jedoch den Erfolg nicht und versucht, sie um die geheimen Rezepte zu erpressen. Da beschließt Framboise, die Geschichte ihrer Kindheit zu erzählen – auch, um jenen dunklen Geschichten etwas entgegenzusetzen, die sich seit damals um das Leben ihrer Mutter ranken: Denn warum wurde sie des Mordes an dem Deutschen Tomas verdächtigt, mit dem sich die ganze Familie angefreundet hatte, damals im Krieg? Und warum weigern sich die Dorfbewohner bis heute, die Wahrheit zu erkennen? Framboise wird nur zu bald klar, dass in dem kleinen französischen Dorf an der Loire Kleingeist und Missgunst ihr Unwesen treiben ...

Die Autorin

Joanne Harris, geboren 1964, hat eine französische Mutter und einen englischen Vater. Sie lebt als freie Schriftstellerin in England, wo sie auch aufgewachsen ist, und kennt Frankreichs Landschaften, über die sie schreibt, von zahlreichen Verwandtenbesuchen. Mit *Chocolat. Eine himmlische Verführung* (verfilmt mit Juliette Binoche) gelang ihr ein Weltbestseller.

Von Joanne Harris sind in unserem Hause bereits erschienen:

Die blaue Muschel
Chocolat
Wie wilder Wein

joanne harris

FÜNF VIERTEL EINER ORANGE

roman

Aus dem Englischen von
Charlotte Breuer

Ullstein

Besuchen Sie uns im Internet:
www.ullstein-taschenbuch.de

Umwelthinweis:
Dieses Buch wurde auf chlor- und säurefreiem Papier gedruckt.

Ullstein Verlag
Ullstein ist ein Verlag der Ullstein Buchverlage GmbH.
Juni 2004
© 2004 für die deutsche Ausgabe by Ullstein Buchverlage GmbH
© 2002 für die deutsche Ausgabe by Ullstein Heyne List
GmbH & Co. KG
© 2001 für die deutsche Ausgabe by Econ Ullstein List Verlag
GmbH & Co. KG, München/List Verlag
© 2001 by Joanne Harris
Titel der englischen Originalausgabe: *Five Quarters of the Orange*
(Doubleday, London, einem Unternehmen der The Random House
Group Ltd.)
Übersetzung: Charlotte Breuer
Redaktion: Claudia Schlottmann
Umschlaggestaltung: Sabine Wimmer, München
Titelabbildung: Getty Images/The Image Bank
Druck und Bindearbeiten: Ebner & Spiegel, Ulm
Printed in Germany
ISBN 3-548-25923-5

*Für meinen Großvater Georges Payen
(aka P'tit Père), der dabei war.*

ERSTER TEIL

Die Erbschaft

I

Als meine Mutter starb, hinterliess sie meinem Bruder Cassis den Hof, meiner Schwester Reine-Claude die Kostbarkeiten des Weinkellers und mir, der Jüngsten, ihre Kladde sowie ein Zwei-Liter-Glas mit Sonnenblumenöl, in dem ein schwarzer Périgord-Trüffel von der Größe eines Tennisballs schwamm. Wenn man den Deckel des Glases öffnet, verströmt er noch heute den modrigen Duft von Walderde. Eine ziemlich ungleiche Verteilung von Reichtümern, aber meine Mutter war eine Naturgewalt, die ihre Gunst nach Belieben gewährte und deren eigenwillige Logik niemand nachvollziehen konnte.

Cassis hat immer gesagt, ich sei ihr Lieblingskind gewesen.

Nicht dass sie das je gezeigt hätte, als sie noch lebte. Meine Mutter hatte nie viel Zeit für Zärtlichkeiten, sie war nicht der Typ dafür, vor allem nicht, nachdem ihr Mann im Krieg gefallen war und sie den Hof allein bewirtschaften musste. Mit unseren lauten Spielen, unserem Gezänk und Geschrei waren wir ihr kein Trost, sondern eine Last. Wenn wir krank wurden, verhielt sie sich bei aller Fürsorge ziemlich reserviert, als rechnete sie sich insgeheim aus, was wir sie im Falle unseres Überlebens kosten würden. Die Zuneigung, die sie uns zeigte, beschränkte sich auf die allereinfachsten Dinge: ein Kochtopf oder ein Marmeladenglas zum Auslecken, eine Hand voll Walderdbeeren, die sie hinter dem Gemüsebeet gesammelt hatte und uns ohne ein Lächeln, in ein Taschentuch gewickelt, zusteckte. Cassis war der Mann in der Familie. Ihn behandelte sie mit besonderer Strenge. Reinette erwies sich schon früh als Schönheit, und meine Mutter war eitel genug, um sich durch die Aufmerksamkeit, die ihrer Tochter zuteil wurde, geschmeichelt zu fühlen. Ich war nur ein weiteres hungriges Maul, das gestopft werden musste, kein zweiter Sohn, mit dem man den Hof erweitern konnte, und erst recht keine Schönheit.

Ich war immer die Schwierige, die Widerspenstige, und nach dem Tod meines Vaters wurde ich missmutig und verstockt. Mager und dunkelhaarig wie ich war, muss ich meine Mutter mit ihren knochigen Händen, ihren Plattfüßen und dem großen Mund zu sehr an sie selbst erinnert haben, denn wenn sie mich ansah, hatte sie häufig einen harten Zug um die Mundwinkel, als fügte sie sich notgedrungen in ihr Schicksal. Als ahnte sie, dass ich die Erinnerung an sie lebendig halten würde, und nicht Cassis oder Reine-Claude. Als wünschte sie sich eine würdigere Erbin.

Vielleicht vermachte sie mir aus diesem Grund ihre Kladde, die mir damals wertlos erschien, bis auf die Bemerkungen, die sie neben die Rezepte und Zeitungsausschnitte und Kräuterheilmittel gekritzelt hatte. Es ist kein Tagebuch; die Kladde enthält keine Datumsangaben und verfügt über keine chronologische Ordnung. Es ist eine Sammlung von losen Blättern, die später mit kleinen Stichen sorgfältig zusammengeheftet wurden; manche Seiten sind so dünn wie Zwiebelschalen, andere aus Pappe auf die richtige Größe zurechtgeschnitten, damit sie in den ledernen Einband passten. Meine Mutter hielt ihre Lebensgeschichte in Rezepten fest, eigenen Kreationen oder Abwandlungen ihrer Lieblingsgerichte. Gutes Essen war ihre Leidenschaft, die liebevolle Zubereitung der Speisen die einzige Möglichkeit, ihre Kreativität auszuleben. Die erste Seite der Kladde ist dem Tod meines Vaters gewidmet – unter einem unscharfen Schwarzweißfoto und einem in sauberer Schrift notierten Rezept für Weizenpfannkuchen ist das Band von Vaters Orden der Ehrenlegion aufgeklebt – und zeugt von einem makabren Humor. »Nicht vergessen – Topinambur ausgraben. Ha! Ha! Ha!«, hat meine Mutter mit roter Tinte unmittelbar unter dem Foto vermerkt.

An anderen Stellen sind ihre Kommentare ausführlicher, allerdings voller Abkürzungen und kryptischer Verweise. Einige Ereignisse, auf die sie anspielt, erkenne ich wieder. Andere wurden verändert, um sie momentanen Bedürfnissen anzupassen. Wieder andere scheinen reine Erfindung zu sein, Lügen, Märchen. Mancherorts finden sich in winziger Schrift verfasste Absätze in einer Sprache, die ich nicht verstehe – »Chini lliwni nerälkni erni. Chini nnaklini seni tchini rehmilni negartnili reni.« Hier und da hat sie am oberen oder seitlichen Rand scheinbar willkürlich einzelne Wörter notiert. Auf einer Seite »Wippe« in blauer Tinte, auf einer anderen »Immergrün, Schuft, Schmuckstück« mit orangefarbenem Buntstift. Auf einem Blatt steht etwas, das ein Gedicht sein könnte, dabei habe ich nie erlebt, dass meine Mutter etwas anderes als ein Kochbuch aufgeschlagen hätte. Es lautet:

Diese Süße
gelöffelt
wie eine reife Frucht
Pflaume Birne Aprikose
Wassermelone vielleicht
aus mir selbst
diese Süße

Ein seltsamer Zug, der mich überrascht und irritiert. Dass diese harte, nüchterne Frau in stillen Momenten solche Gedanken gehegt haben soll. Denn sie war uns – und allen anderen – gegenüber so unnahbar, dass ich sie für unfähig gehalten hatte, ihren Gefühlen Ausdruck zu verleihen.

Ich habe sie nie weinen sehen. Sie lächelte nur selten und nur in der Küche, wenn sie die Namen der vor ihr stehenden Kräuter und Gewürze vor sich hin murmelte: »Zimt, Thymian, Minze, Koriander, Safran, Basilikum, Liebstöckl« – wie eine monotone Litanei. »Die Herdplatte. Sie muss genau die richtige Temperatur haben. Wenn sie nicht heiß genug ist, klebt der Pfannkuchen. Wenn sie zu heiß ist, wird die Butter schwarz und qualmt, und der Pfannkuchen brennt an.« Mit der Zeit begriff ich, dass sie nicht mit sich selbst redete, sondern versuchte, mir das alles beizubringen. Ich hörte ihr zu, weil ich in unseren Küchenlektionen die einzige Möglichkeit sah, ein wenig Anerkennung von ihr zu bekommen, und weil jeder gute Krieg hin und wieder einen Waffenstillstand braucht. Bäuerliche Rezepte aus der Bretagne, wo sie geboren war, mochte sie am liebsten; die Buchweizenpfannkuchen, die wir zu jedem Gericht aßen, *far breton* und *kouign amann* und die *galettes bretonnes*, die wir flussabwärts in Angers auf dem Markt verkauften, neben Ziegenkäse, Wurst und Obst.

Sie wollte immer, dass Cassis den Hof bekam. Doch Cassis war der Erste, der fortging. Er zog nach Paris und brach, bis auf eine Weihnachtskarte, die er jedes Jahr schickte, jeglichen Kontakt zur Familie ab, und als meine Mutter sechsunddreißig Jahre später starb, hatte er keinerlei Interesse an einem heruntergekommenen Bauernhaus an der Loire. Ich nahm meine Ersparnisse, mein Witwengeld, und kaufte ihm den Hof zu einem guten Preis ab. Aber es war ein faires Geschäft, und damals war er froh darüber. Auch ihm lag daran, dass der Hof in der Familie blieb.

Heute sieht das natürlich ganz anders aus. Cassis hat einen Sohn, und der ist mit Laure Dessanges verheiratet, der Kochbuchautorin; die beiden betreiben in Angers ein Restaurant – »Aux Délices Dessanges«. Ich bin ihm vor Cassis' Tod ein paar Mal begegnet. Er war mir unsympathisch. Dunkelhaarig und großspurig, mit Bauchansatz wie sein Vater, aber er sah immer noch gut aus und wusste es. Er war auf unangenehme Weise bemüht, mir alles recht zu machen; nannte mich *Mamie*, Omi, bot mir einen Stuhl an, bestand darauf, dass ich mich auf den bequemsten setzte, kochte Kaffee, tat Zucker und Milch hinein, erkundigte sich nach meiner Gesundheit, überhäufte mich mit Schmeicheleien, bis mir der Kopf schwirrte. Cassis, damals Anfang sechzig und bereits gezeichnet von der Herzkrankheit, an der er später sterben sollte, sah mit kaum verhohlenem Stolz zu. *Mein Sohn. Sieh nur, was er für ein feiner Mensch ist. Was für einen aufmerksamen Neffen du hast.*

Cassis hatte ihn Yannick getauft, nach unserem Vater, aber das machte ihn mir auch nicht sympathischer. Das habe ich von meiner Mutter, die Abneigung gegen Konventionen, gegen falsche Vertraulichkeit. Ich mag es nicht, angefasst und umsorgt zu werden. Ich verstehe nicht, warum unsere Blutsverwandtschaft eine besondere Verbundenheit zwischen uns bewirken sollte. Ebenso wenig wie das schreckliche Geheimnis, das wir so lange gehütet haben.

O nein. Glauben Sie nicht, ich hätte das alles vergessen. Keine Sekunde lang habe ich es vergessen, obwohl die anderen sich große Mühe gegeben haben. Cassis, der die Pissoirs seiner Stammkneipe in Paris geschrubbt hat. Reinette, die als Platzanweiserin in einem Pornokino auf der

Rue Pigalle gearbeitet hat und die sich von einem Mann zum nächsten schnüffelte wie ein streunender Hund. Das hatte sie nun von ihrem Lippenstift und ihren Seidenstrümpfen. Zu Hause war sie die Erntekönigin gewesen, der Liebling, die Dorfschönheit. In Montmartre sehen alle Frauen gleich aus. Die arme Reinette.

Ich weiß, was Sie denken. Sie wünschten, ich würde mit meiner Geschichte fortfahren. Es ist die einzige Geschichte aus der Vergangenheit, die Sie jetzt interessiert; der einzige Faden in der zerfetzten Fahne meines Lebens, auf den noch ein Lichtstrahl fällt. Sie wollen von Tomas Leibniz hören. Alles soll seine Ordnung haben, ein Ende. Nun, so einfach ist das nicht. Wie in der Kladde meiner Mutter gibt es auch in meiner Geschichte keine Seitenzahlen. Keinen Anfang, und das Ende ist so zerfasert wie der ausgefranste Rand eines ungesäumten Rocks. Aber ich bin eine alte Frau – hier scheint alles so schnell alt zu werden, das muss an der Luft liegen –, und ich habe meine eigene Art, mit den Dingen umzugehen. Außerdem gibt es noch so vieles, was Sie verstehen müssen. Warum meine Mutter getan hat, was sie getan hat. Warum wir die Wahrheit so lange verschwiegen haben. Und warum ich mich entschlossen habe, meine Geschichte jetzt zu erzählen, warum ich sie Fremden erzähle, Leuten, die glauben, dass ein Leben sich auf eine Doppelseite in der Sonntagszeitung reduzieren lässt, auf ein paar Fotos, einige Zeilen, ein Zitat von Dostojewski. Man blättert um, und es ist vorbei. Nein. Diesmal nicht. Sie werden jedes Wort festhalten. Natürlich kann ich sie nicht zwingen, es zu drucken, aber sie werden zuhören. *Dazu* werde ich sie zwingen.

2

Mein Name ist Framboise Dartigen. Ich wurde hier in diesem Dorf geboren, in Les Laveuses an der Loire, keine fünfzehn Kilometer von Angers entfernt. Im Juli werde ich fünfundsechzig, von der Sonne gegerbt wie eine getrocknete Aprikose. Ich habe zwei Töchter, Pistache, die einen Bankangestellten geheiratet hat und in Rennes lebt, und Noisette, die '89 nach Kanada ausgewandert ist und mir alle sechs Monate schreibt, und ich habe zwei Enkelkinder, die jeden Sommer ihre Ferien bei mir auf dem Hof verbringen. Seit dem Tod meines Mannes vor zwanzig Jahren trage ich schwarze Trauerkleidung. Unter dem Namen dieses Mannes bin ich unerkannt in meinen Geburtsort zurückgekehrt, um den Hof meiner Mutter, der seit Jahren unbewohnt und halb verfallen war, zurückzukaufen. Hier bin ich Françoise Simon, die *Witwe Simon*, und niemand bringt mich in Verbindung mit der Familie Dartigen, die das Dorf nach der schrecklichen Sache damals verlassen hat. Ich weiß nicht, warum es unbedingt dieser Hof, dieses Dorf sein musste. Vielleicht bin ich einfach stur. So ist es nun einmal. Hier gehöre ich hin. Die Jahre mit Hervé kommen mir im Nachhinein beinahe ereignislos vor, so wie diese seltsam ruhigen Bereiche, die es manchmal auf stürmischer See gibt; wie eine Zeit des Abwartens, der Vergessenheit. Aber ich habe Les Laveuses nie wirklich vergessen. Nicht einen Augenblick lang. Ein Teil von mir ist immer hier gewesen.

Ich habe fast ein Jahr gebraucht, um den Hof wieder bewohnbar zu machen. In dieser Zeit lebte ich im südlichen Teil des Gebäudes, wo wenigstens das Dach noch dicht war. Während die Handwerker das Dach erneuerten, arbeitete ich im Obstgarten – in dem, was davon übrig war –, beschnitt die Bäume und riss große Mengen schmarotzerischer Misteln von den Ästen. Meine Mutter liebte alles Obst, außer Orangen, die sie nicht im Haus haben wollte. Sie benannte uns alle nach einer Frucht oder einem Rezept – Cassis nach ihrem saftigen Johannisbeerkuchen, Framboise nach ihrem Himbeerlikör und Reinette nach den Reineclauden, die an der nach Süden gelegenen Hauswand wuchsen, dick wie Trauben und im Sommer voller Wespen. Eine Zeit lang hatten wir über hundert Bäume – Äpfel, Birnen, Pflaumen, Kirschen und Quitten, dazu reihenweise Himbeer-, Stachelbeer- und Johannisbeersträucher und nicht zu vergessen die Erdbeerfelder. Das Obst wurde getrocknet, gelagert, zu Marmelade und Likör verarbeitet, Mürbeteigböden – mit einer Schicht *crème pâtissière* oder Mandelmus bestrichen – wurden damit belegt. Meine Erinnerungen sind durchsetzt mit dem Duft, den Farben, den Namen der Früchte und Beeren. Meine Mutter umhegte sie, als wären sie ihre Lieblingskinder. Gegen den Frost Schwelfeuer, für die wir unser Brennholz opferten. Schubkarrenweise Mist, der jedes Frühjahr um die Bäume und Sträucher herum untergeharkt wurde. Und im Sommer, um die Vögel fern zu halten, behängten wir die Zweige mit Silberpapierstreifen, die im Wind flatterten, mit Heulbojen aus leeren, eng mit Schnur umwickelten Konservendosen, die unheimliche Geräusche erzeugten, mit Windrädern aus Buntpapier. Im Sommer war der Obstgarten eine einzige bunte Kirmes. Alle Bäume hatten

Namen. »Belle Yvonne«, sagte meine Mutter, wenn sie an einem knorrigen Birnbaum vorbeiging. »Rose d'Aquitaine«, »Beurre du roi Henri«. Dann klang ihre Stimme sanft, fast monoton. Ich wusste nicht, ob sie mit mir sprach oder mit sich selbst. »Conference. Williams. Ghislaine de Penthièvre.«

Diese Süße.

Heute stehen nicht einmal mehr zwanzig Bäume im Obstgarten, aber für meinen Bedarf reicht das aus. Mein Sauerkirsch-Likör ist besonders beliebt, allerdings beschämt es mich ein wenig, dass ich mich nicht an den Namen der Kirsche erinnere. Das Geheimnis besteht darin, die Kerne in den Früchten zu belassen. Man schichtet abwechselnd Kirschen und Zucker in ein Glas mit großer Öffnung und übergießt jede Lage mit klarem Schnaps – am besten mit Kirschwasser, aber man kann auch Wodka oder Armagnac nehmen –, bis das Glas halb voll ist. Anschließend füllt man es mit Schnaps auf, und dann heißt es warten. Einmal im Monat dreht man das Glas vorsichtig, damit der Zucker sich besser auflöst. Nach drei Jahren hat der Schnaps den Kirschen bis in den Kern hinein und die winzige Mandel darin alle Farbe entzogen, der Likör schimmert tiefrot und verströmt einen verführerischen herbstlichen Duft. In kleinen Schnapsgläsern gereicht, mit einem Löffel für die Kirschen, nimmt man einen Schluck von dem Likör und behält ihn solange im Mund, bis die aufgeweichte Kirsche sich unter der Zunge aufgelöst hat. Dann beißt man ein Loch in den Kern, um an den darin enthaltenen Likör zu gelangen. Behalten Sie den Kern möglichst lange im Mund, lassen Sie die Zungenspitze damit spielen, drehen Sie ihn immer wieder um wie die Perle einer Gebetskette. Versuchen Sie, sich an die Zeit zu erinnern, als er am Baum reifte, an jenen Sommer, jenen warmen Herbst, an die Zeit, als der Brunnen austrocknete, als wir so viele Wespennester hatten, an die Vergangenheit, die längst vergessen schien und sich in dem harten Kern im Herzen einer Kirsche wieder findet.

Ich weiß, ich weiß. Sie warten darauf, dass ich endlich zur Sache komme. Aber der Rest, der Erzähl*stil*, die *Zeit*, die das Erzählen in Anspruch nimmt, sind mindestens so wichtig wie alles andere. Ich habe fünfundfünfzig Jahre gebraucht, um mit dem Erzählen anzufangen, also lassen Sie es mich auf meine eigene Weise tun.

Als ich nach Les Laveuses zurückkehrte, war ich mir fast sicher, dass mich niemand wieder erkennen würde. Dennoch zeigte ich mich beinahe demonstrativ im Dorf. Falls jemand mich erkannte, falls jemandem die Ähnlichkeit mit meiner Mutter auffiel, wollte ich es gleich wissen. Ich wollte wissen, woran ich war.

Jeden Tag unternahm ich einen Spaziergang an die Loire, setzte mich auf die flachen Steine, von denen aus Cassis und ich Schleien geangelt hatten. Ich stellte mich auf die Überreste unseres Ausgucks. Einige der alten Pfeiler im Wasser, die wir Piratenfelsen getauft hatten, sind nicht mehr da, aber an den verbliebenen kann man immer noch die Halterungen sehen, an denen wir unsere Trophäen aufhängten, die Girlanden und Schleifen und den Kopf der Alten Mutter, nachdem ich sie endlich gefangen hatte.

Ich war in Brassauds Tabakladen – sein Sohn führt ihn jetzt, aber der Alte lebt noch, seine schwarzen Augen funkeln wach und böse –, ich bin in Raphaëls Café gegangen, zur Post, wo Ginette Hourias arbeitet. Sogar das Kriegerdenkmal habe ich besucht. Auf der einen Seite sind die Namen der achtzehn gefallenen Soldaten aus unserem Dorf in den Stein gemeißelt, darunter die Inschrift: *Morts pour la patrie*. Mir fiel auf, dass der Name meines Vaters entfernt worden war, sodass zwischen Darius G. und Fenouil J.-P. eine Lücke klafft. Auf der anderen Seite des

Denkmals befindet sich eine Messingtafel mit zehn Namen in größerer Schrift. Die brauchte ich nicht zu lesen, ich kannte sie auswendig. Aber ich heuchelte Interesse, denn ich wusste, dass mir früher oder später jemand die Geschichte erzählen, mir vielleicht sogar die Stelle an der Westmauer der Kirche Saint-Bénédict zeigen, mir sagen würde, dass jedes Jahr ein Gedenkgottesdienst abgehalten wurde, dass die Namen auf den Stufen vor dem Denkmal laut verlesen und Blumen unter der Messingtafel niedergelegt wurden. Ich fragte mich, ob ich es würde ertragen können. Ob mein Gesichtsausdruck mich verraten würde.

Martin Dupré, Jean-Marie Dupré, Colette Gaudin, Philippe Hourias, Henri Lemaître, Julien Lanicen, Arthur Lecoz, Agnès Petit, François Ramondin, Auguste Truriand. Es gibt so viele, die sich noch erinnern. So viele Leute mit denselben Namen, den gleichen Gesichtern. Die Familien sind hier geblieben, die Hourias, die Lanicens, die Ramondins, die Duprés. Mehr als ein halbes Jahrhundert später erinnern sie sich immer noch. Der Hass wird von den Alten an die Jungen weitergegeben.

Eine Zeit lang zeigte man ein gewisses Interesse an mir, weckte ich Neugier. Das Haus, das leer stand, seit diese Dartigen ausgezogen war – »Ich kenne die Einzelheiten nicht genau, Madame, aber mein Vater ... mein Onkel.« – Warum ich den Hof überhaupt gekauft hatte, wollten sie wissen. Er war ein Schandfleck, ein dunkles Mahnmal. Die Hälfte der Bäume war mit Misteln übersät und von Krankheiten befallen. Den Brunnen hatte man mit Schutt und Steinen gefüllt und zubetoniert. Doch ich erinnerte mich an einen gut gehenden, gepflegten Bauernhof, an Pferde, Ziegen, Hühner, Kaninchen. Ich stellte mir vor, dass die wilden Ziegen, die auf dem nördlichen Feld herumliefen, Nachkommen unserer Ziegen waren, und hin und wieder entdeckte ich unter den braunen Tieren das eine oder andere bunt gescheckte. Um die Neugier der Leute zu befriedigen, erfand ich eine Kindheit auf einem bretonischen Bauernhof. Das Land war billig, erklärte ich. Ich gab mich demütig, rechtfertigend. Ein paar von den Alten sahen mich schief an, vielleicht, weil sie der Meinung waren, der Hof hätte für immer ein Mahnmal bleiben sollen. Ich trug Schwarz und versteckte mein Haar unter Kopftüchern. Sehen Sie, ich bin schon immer eine alte Frau gewesen.

Dennoch dauerte es eine Weile, bis man mich akzeptierte. Die Leute waren höflich, aber reserviert, und weil ich kein geselliges Naturell besitze – meine Mutter bezeichnete mich als mürrisch –, hat sich daran nichts geändert. Ich ging nie in die Kirche. Ich weiß, was das für einen Eindruck gemacht haben muss, aber ich brachte es einfach nicht fertig. Vielleicht ist es Arroganz oder vielleicht die Art von Widerspruchsgeist, die meine Mutter dazu veranlasste, uns nach Früchten zu benennen, anstatt nach den Heiligen der Kirche. Erst als ich mein Geschäft eröffnet hatte, wurde ich als Gemeindemitglied akzeptiert.

Anfangs war es nur ein Laden, aber ich hatte von vornherein weitergehende Pläne. Zwei Jahre nach meiner Ankunft in Les Laveuses war Hervés Geld fast aufgebraucht. Das Haus war mittlerweile bewohnbar, das Land aber so gut wie wertlos – ein Dutzend Bäume, ein Gemüsebeet, zwei Zwergziegen und ein paar Hühner und Enten. Es würde noch eine ganze Weile dauern, bis der Hof genug für meinen Lebensunterhalt abwarf. Ich begann, selbst gebackene Kuchen zu verkaufen – die für die Gegend typischen *brioches* und *pains d'épices* sowie einige der bretonischen Spezialitäten meiner Mutter, abgepackte *crêpes dentelles*, Obsttorten und Tüten mit *sablés*, Löffelbiskuits, Nussschnitten, Zimtsternen. Anfangs verkaufte ich mein Gebäck in der örtlichen Bäckerei, später direkt auf dem Hof. Mit der Zeit nahm ich immer mehr Waren in mein Angebot auf: Eier, Ziegenkäse, Obstlikör und Wein. Von dem Erlös kaufte ich Schweine, Kaninchen und weitere Ziegen. Ich verwendete die alten Rezepte meiner Mutter; die meisten kannte ich noch auswendig, aber hin und wieder warf ich auch einen Blick in ihre Kladde.

Die Erinnerung spielt einem manchmal merkwürdige Streiche. Niemand in Les Laveuses scheint sich an die Kochkünste meiner Mutter zu erinnern. Einige der älteren Leute meinten sogar, alles sei so anders, seit ich den Hof bewirtschafte. Die Frau, die früher hier gelebt habe, sei eine griesgrämige Schlampe gewesen, das Haus ein Saustall, ihre Kinder hätte sie barfuß herumlaufen lassen. Gut, dass sie fort sei. Ich zuckte jedes Mal innerlich zusammen, entgegnete jedoch nichts. Was hätte ich auch sagen sollen? Dass sie die Holzdielen jeden Tag gebohnert hat und von uns verlangte, dass wir Filzpantoffeln trugen, um den Boden nicht zu zerkratzen? Dass ihre Blumenkästen stets eine wahre Blütenpracht waren? Dass sie uns mit derselben Inbrunst geschrubbt hat wie die Treppenstufen, dass sie unsere Gesichter trocken gerubbelt hat, bis wir fürchteten, unsere Haut könnte anfangen zu bluten?

Man hat sie hier in denkbar schlechter Erinnerung. Einmal hat es sogar ein Buch gegeben. Eigentlich war es nur eine Broschüre; fünfzig Seiten Text und ein paar Fotos – eins vom Kriegerdenkmal, eins von Saint Bénédict, eine Nahaufnahme der schicksalhaften Westmauer. Wir drei Kinder werden nur beiläufig erwähnt, noch nicht einmal unsere Namen werden genannt. Dafür bin ich sehr dankbar. Auf einem durch die starke Vergrößerung unscharfen Foto ist meine Mutter mit so streng nach hinten frisiertem Haar zu sehen, dass ihre Augen asiatisch wirken, ihre verächtlich zusammengepressten Lippen bilden eine dünne Linie. Das Foto meines Vaters ist das aus der Kladde, es zeigt ihn in Uniform, das Gewehr lässig grinsend in der Armbeuge; er wirkt noch unglaublich jung. Dann, fast auf der letzten Seite des Hefts, das Foto, das mich nach Luft schnappen ließ wie einen Fisch an der Angel. Vier junge Männer in deutscher Uniform, drei von ihnen untergehakt nebeneinander, der Vierte verlegen etwas abseits, ein Saxophon in der Hand. Auch die anderen haben Instrumente bei sich – eine Trompete, eine Trommel, eine Klarinette –, und obwohl ihre Namen nicht angegeben sind, kenne ich sie alle. Die Militärkapelle von Les Laveuses, zirka 1942. Ganz rechts Tomas Leibniz.

Ich brauchte eine Weile, um zu ergründen, woher sie so viele Einzelheiten wussten. Woher hatten sie das Foto von meiner Mutter? Soweit ich wusste, existierten überhaupt keine Fotos von ihr. Selbst ich hatte nur einmal eins zu Gesicht bekommen, ein altes Hochzeitsfoto aus einer Schublade der Schlafzimmerkommode: ein Paar in Wintermänteln auf den Stufen von Saint Bénédict, er mit einem breitkrempigen Hut, sie mit offenem Haar, eine Blume hinter dem Ohr. Damals war sie eine ganz andere Frau gewesen, lächelte steif und scheu in die Kamera; der Mann hatte schützend einen Arm um ihre Schultern gelegt. Ich war mir sicher, dass es meine Mutter erzürnen würde, wenn sie wüsste, dass ich das Foto gesehen hatte, also legte ich es wieder zurück, mit zitternden Händen, beunruhigt, ohne recht zu wissen, warum.

Das Foto in dem Heft trifft sie besser, es erinnert mich mehr an die Frau, die ich zu kennen glaubte, aber nie wirklich gekannt habe, die Frau mit den verhärteten Gesichtszügen, die stets irgendeine Wut zu unterdrücken schien. Dann, als ich das Foto der Autorin auf der Rückseite des Heftes sah, begriff ich endlich, woher die Informationen stammten. Laure Dessanges, Journalistin und Kochbuchautorin, kurzes rotes Haar, einstudiertes Lächeln. Yannicks Frau, Cassis' Schwiegertochter. Der arme, dumme Cassis. Der arme, blinde Cassis, geblendet vom Stolz auf seinen erfolgreichen Sohn. Er riskierte unseren Ruin für ... für was? Oder hatte er schließlich angefangen, an sein eigenes Lügenmärchen zu glauben?

3

Sie müssen wissen, dass wir die Besatzungszeit ganz anders erlebt haben als die Leute in den Städten. Les Laveuses hat sich seit dem Krieg kaum verändert. Sehen Sie sich das Dorf an: eine Hand voll Straßen, einige davon nicht mehr als breite Feldwege, die von einer Kreuzung abgehen. Eine Kirche, ein Kriegerdenkmal auf der Place des martyrs, dahinter ein kleiner Park und der alte Brunnen, dann, in der Rue Martin et Jean-Marie Dupré, die Post, Petits Metzgerladen, das Café de la Mauvaise Réputation, der Tabakladen mit den Ansichtskarten des Kriegerdenkmals und dem alten Brassaud, der neben der Tür in seinem Schaukelstuhl sitzt, gegenüber der Laden des Blumenhändlers, der gleichzeitig Leichenbestatter ist – der Handel mit dem Tod und mit Lebensmitteln ist in Les Laveuses schon immer ein lohnendes Geschäft gewesen –, der Supermarkt – nach wie vor geführt von der Familie Truriand, allerdings glücklicherweise inzwischen von einem Enkel, der erst kürzlich ins Dorf zurückgekehrt ist – und der alte gelbe Briefkasten.

Jenseits der Hauptstraße fließt die Loire, ruhig und braun wie eine Schlange, die sich sonnt, und so breit wie ein Weizenfeld, hier und da unterbrochen von kleinen Inseln und Sandbänken, die den auf dem Weg nach Angers vorbeikommenden Touristen so festgrundig erscheinen mögen wie die Straße, auf der sie fahren. Wir wissen es natürlich besser. Die Inseln sind ständig in Bewegung. Sie werden durch die braunen Wassermassen hin und her geschoben, sie tauchen auf und versinken wieder wie träge, gelbe Wale, wodurch kleine Strudel entstehen, die von einem Boot aus gesehen harmlos erscheinen, jedoch für Schwimmer eine tödliche Gefahr darstellen. Der Sog unter der glatten Wasseroberfläche zieht den Unachtsamen gnadenlos in die Tiefe. Es gibt immer noch Fische in der alten Loire, Schleien und Hechte und Aale, die durch die Abwässer und Abfälle, die weiter flussaufwärts eingeleitet werden, monströse Formen annehmen. Fast jeden Tag sieht man Boote auf dem Fluss, aber meistens werfen die Angler ins Wasser zurück, was sie gefangen haben.

Am alten Steg hat Paul Hourias eine Bude, von der aus er Köder und Angelbedarf verkauft, ganz in der Nähe der Stelle, wo er und Cassis und ich früher geangelt haben und wo Jeannette Gaudin von einer Wasserschlange gebissen wurde. Neben sich einen alten Hund, der auf seltsame Weise an den braunen Köter erinnert, der ihn früher auf Schritt und Tritt begleitete, sitzt Paul den ganzen Tag auf dem Steg und hält ein Stück Schnur ins Wasser, als hoffte er, damit einen Fisch zu fangen.

Ich frage mich, ob er sich erinnert. Manchmal, wenn er mich ansieht – er ist einer meiner Stammkunden –, habe ich fast den Eindruck, er erkennt mich. Natürlich ist er älter geworden. Das sind wir alle. Sein verträumtes, rundes Gesicht wirkt schlaff und hat einen melancholischen Ausdruck angenommen. Stets hat er eine Kippe zwischen den Zähnen und eine blaue Baskenmütze auf dem Kopf. Nur selten sagt er etwas – er war noch nie gesprächig –, aber seine traurigen Hundeaugen sind wachsam. Er mag meine Pfannkuchen und meinen Cidre. Vielleicht hat er deswegen nie etwas gesagt. Er ist nicht der Typ, der einen Aufruhr verursacht.

4

Knapp vier Jahre nach meiner Rückkehr eröffnete ich die Crêperie. Mittlerweile hatte ich etwas Geld zurückgelegt, hatte meine festen Kunden und war im Dorf akzeptiert. Für die Arbeit auf dem Hof stellte ich einen jungen Mann ein – einen aus Courlé, keinen, der einer der Familien angehörte –, und für die Crêperie eine junge Frau namens Lise. Anfangs hatte ich nur fünf Tische – es ist immer besser, klein anzufangen, um die Leute nicht zu verschrecken –, aber nach einer Weile verdoppelte ich die Anzahl und schaffte zusätzlich noch so viele Tische an, wie an schönen Tagen auf die Terrasse passten. Ich beschränkte mich auf ein einfaches Speiseangebot. Auf meiner Karte standen Buchweizenpfannkuchen mit diversen Füllungen, dazu ein täglich wechselndes Hauptgericht und eine kleine Auswahl an Desserts. Auf diese Weise schaffte ich die Arbeit in der Küche allein, während Lise die Bestellungen aufnahm. Ich gab meinem Laden den Namen Crêpe Framboise, nach der Spezialität das Hauses, einem Pfannkuchen mit Himbeerpüree und selbst gemachtem Likör. Als ich das Schild anbrachte, musste ich lächeln, denn ich malte mir aus, wie sie reagieren würden, wenn sie wüssten. Einige meiner Stammkunden gewöhnten sich sogar an, meinen Laden Chez Framboise zu nennen, worüber ich noch mehr lächeln musste.

Um diese Zeit begannen die Männer, sich für mich zu interessieren. Sehen Sie, für die Verhältnisse in Les Laveuses war ich inzwischen eine wohlhabende Frau. Schließlich war ich gerade mal fünfzig. Einige Männer warben regelrecht um mich, ehrliche, gute Männer wie Gilbert Dupré oder Jean-Louis Lelassiant, und faule Männer wie Rambert Lecoz, die gern versorgt sein wollten. Selbst Paul, der sanfte, wortkarge Paul Hourias mit seinem vom Nikotin verfärbten Schnurrbart. Natürlich kam keiner von ihnen für mich in Frage. Solche Dummheiten konnte ich mir nicht erlauben. Nicht dass es mir, bis auf einen gelegentlichen, kurzen Anflug von Wehmut etwas ausgemacht hätte. Ich hatte mein Geschäft, ich hatte den Hof meiner Mutter, ich hatte meine Erinnerungen. Ein Ehemann würde mich um all das bringen. Ich würde meine wahre Identität nicht ewig geheim halten können, und selbst wenn die Dorfbewohner mir meine Herkunft vielleicht ganz zu Anfang hätten vergeben können, fünf Jahre der Täuschung hätten sie mir niemals verziehen. Also lehnte ich alle Angebote ab, die schüchternen ebenso wie die dreisten. Anfangs glaubten die Leute, ich sei zu sehr in meiner Trauer gefangen, später galt ich als unnahbar, und schließlich, nachdem einige Jahre vergangen waren, als zu alt.

Ich war schon fast seit zehn Jahren in Les Laveuses. Seit fünf Jahren kam Pistache mit ihrer Familie während der Sommerferien zu Besuch. Ihre Kinder entwickelten sich von neugierigen, kulleräugigen Bündeln zu bunt gefiederten Vögeln, die mit unsichtbaren Schwingen über meine Felder und durch meinen Obstgarten flogen. Pistache ist eine gute Tochter. Noisette, mein heimlicher Liebling, ist mir ähnlicher: pfiffig und rebellisch, mit dunklen Augen und einem mutigen, zornigen Herzen. Ich hätte sie hindern können zu gehen – ein Wort, ein Lächeln hätte vielleicht ausgereicht –, aber ich versuchte es erst gar nicht, vielleicht aus Furcht, dass sie mich in meine Mutter verwandelt hätte. Ihre Briefe klingen nichts sagend und pflichtbewusst. Ihre Ehe ist gescheitert. Sie arbeitet als Kellnerin in einer Bar in Montreal. Sie lehnt es ab, Geld von mir anzunehmen. Pistache ist so, wie Reinette hätte werden können, rundlich und gutgläubig, geduldig mit ihren Kindern, aber kämpferisch, wenn es darum geht, sie zu beschützen; sie hat weiches, braunes Haar und Augen, die so grün sind, wie die Nuss, nach der sie benannt wurde. Durch sie und ihre Kinder sind die schönen Seiten meiner Kindheit wieder lebendig geworden.

Für sie lernte ich, noch einmal Mutter zu sein, Pfannkuchen und dicke Apfelkrapfen zu backen. Ich kochte Marmelade aus Feigen und grünen Tomaten, aus Sauerkirschen und Quitten für sie. Ich ließ sie mit den kleinen, frechen Ziegen spielen, sie durften die Tiere mit Brotkanten und Möhren füttern. Gemeinsam fütterten wir die Hühner, streichelten die weichen Nüstern der Ponys, sammelten Sauerampfer für die Kaninchen. Ich zeigte ihnen die Loire und brachte ihnen bei, wie man auf die sonnigen Sandbänke gelangte. Ich warnte sie vor den Gefahren – vor Schlangen, Wurzeln, Strudeln, Treibsand –, ließ sie versprechen, niemals an diesen Stellen im Fluss zu schwimmen. Ich ging mit ihnen in den Wald jenseits des Flusses, zeigte ihnen, wo man die besten Pilze findet, lehrte sie, den echten vom falschen Pfifferling zu unterscheiden, sammelte mit ihnen wilde Heidelbeeren. Das war die Kindheit, die ich meinen Töchtern gewünscht hätte. Stattdessen waren sie an der Côte d'Armor aufgewachsen, wo Hervé und ich eine Zeit lang gelebt hatten, an der rauen Küste mit den stürmischen Stränden, den Kiefernwäldern und schiefergedeckten Bruchsteinhäusern. Ich versuchte, ihnen eine gute Mutter zu sein, ich tat wirklich mein Bestes, aber ich spürte, dass immer irgendetwas fehlte.

Heute weiß ich, dass es dieses Haus war, dieser Hof, diese Felder in Les Laveuses, die träge, stinkende Loire. Das war es, was ich meinen Kindern gern gegeben hätte, und nun gab ich es meinen Enkelkindern. Indem ich sie verwöhnte, verwöhnte ich mich selbst.

Vielleicht hätte meine Mutter es genauso gemacht, wenn sie die Chance bekommen hätte. Ich stelle sie mir als eine sanfte Großmutter vor, die meine Vorhaltungen – »*Wirklich, Mutter, du verwöhnst die Kinder zu sehr!*« – mit einem trotzigen Augenzwinkern hinnimmt, und das Bild kommt mir gar nicht mehr so absurd vor, wie es mir einst erschien. Vielleicht mache ich mir aber auch etwas vor. Vielleicht war sie wirklich so, wie ich sie in Erinnerung habe: eine hartherzige Frau, die nie lächelte und die mich mit diesem immer gleichen Ausdruck unbegreiflichen und ungestillten Hungers ansah.

Sie hat ihre Enkelinnen nie gesehen, nicht einmal erfahren, dass sie existierten. Ich hatte Hervé erzählt, meine Eltern seien tot, und er hat diese Lüge nie hinterfragt. Sein Vater war Fischer, und seine Mutter, klein und rund wie eine Wachtel, verkaufte die Fische auf dem Markt. Ich hüllte mich in diese Familie wie in eine geborgte Decke, denn ich wusste, dass ich eines Tages wieder allein in die kalte Welt hinausmusste. Hervé war ein guter Mann, ein ruhiger Mann ohne scharfe Kanten, an denen ich mich hätte verletzen können. Ich liebte ihn, wenn auch nicht auf die inbrünstige, verzweifelte Weise, auf die ich Tomas geliebt hatte.

Als Hervé 1975 starb – er wurde beim Aalfischen mit seinem Vater vom Blitz getroffen –, mischte sich in meine Trauer ein Gefühl der Schicksalsergebenheit, beinahe der Erleichterung. Wir hatten gute Jahre miteinander gehabt, ja. Aber das Leben musste weitergehen. Als ich achtzehn Monate später nach Les Laveuses zurückkehrte, war mir, als erwachte ich aus einem langen, tiefen Schlaf.

Es mag Ihnen seltsam erscheinen, dass ich so lange wartete, bis ich die Kladde meiner Mutter las. Es war das Einzige, was sie mir hinterlassen hatte – bis auf den Périgord-Trüffel –, und fünf Jahre lang würdigte ich mein Erbe kaum eines Blickes. Natürlich kannte ich viele der Rezepte auswendig, sodass ich sie nicht nachzulesen brauchte, aber dennoch. Ich war noch nicht einmal bei der Eröffnung des Testaments zugegen gewesen. Ich kann Ihnen nicht sagen, an welchem Tag sie gestorben ist, doch ich kann Ihnen sagen, wo – in einem Altersheim namens La Gautraye in Vitré – und woran – an Magenkrebs. Sie ist auch in dem Ort begraben, aber ich bin nur einmal dort gewesen. Ihr Grab liegt an der hinteren Friedhofsmauer, in der Nähe der Abfalltonnen. »Mirabelle DARTIGEN« steht auf ihrem Grabstein, darunter ein paar Daten. Es überraschte mich kaum, als ich feststellte, dass meine Mutter uns in Bezug auf ihr Alter belogen hat.

Ich weiß nicht genau, was mich schließlich veranlasste, ihre Kladde zu lesen. Es war mein erster Sommer in Les Laveuses. Nach einer Trockenperiode war der Wasserstand der Loire um mehrere Meter gesunken, von der Sonne gelblichweiß gebleichte Baumwurzeln ragten ins Wasser, Kinder spielten auf den Sandbänken, stapften barfuß durch schmutzigbraune Pfützen und stocherten mit Ästen nach Treibgut. Bis dahin hatte ich vermieden, mir die Kladde näher anzusehen; ich hätte das Gefühl gehabt, etwas Unrechtes zu tun, als könnte meine Mutter jederzeit hereinkommen und mich dabei erwischen, wie ich in ihren Geheimnissen stöberte. In Wirklichkeit *wollte* ich ihre Geheimnisse nicht wissen. Wie wenn man als Kind nachts in ein dunkles Zimmer tappt und hört, wie die Eltern sich lieben, sagte eine innere Stimme mir, es sei verboten, und es dauerte Jahre, bis ich begriff, dass diese innere Stimme nicht die meiner Mutter, sondern meine eigene war.

Wie gesagt, vieles von dem, was sie geschrieben hat, ist unverständlich. Die Sprache – sie klingt irgendwie italienisch, ist aber unaussprechlich –, war mir fremd, und nach einigen vergeblichen Versuchen, sie zu entschlüsseln, gab ich auf. Die in blauer, violetter oder schwarzer Tinte geschriebenen Rezepte sind verständlich, doch die Kritzeleien, die Gedichte, Zeichnungen und Notizen dazwischen weisen keine erkennbare Logik auf, keine Ordnung.

Habe heute Guilherm Ramondin getroffen. Mit seinem neuen Holzbein. Er lachte, als R.-C. ihn anstarrte. Sie fragte: Hat es nicht wehgetan?, und er sagte, er habe Glück. Sein Vater stelle Holzschuhe her. Für einen Schuh braucht mein Vater nur halb so viel Zeit, und beim Walzertanzen ist die Gefahr nur halb so groß, dass ich dir auf die Füße trete, meine Süße, ha ha. Ich muss immer dran denken, wie es unter dem hochgesteckten Hosenbein aussieht. Wie eine mit Schnur zusammengebundene, rohe Presswurst. Musste mir auf die Lippen beißen, um nicht laut zu lachen.

Die Zeilen stehen in winziger Schrift über einem Rezept für Presswurst. Diese Anekdoten mit ihrem freudlosen Humor irritierten mich.

An anderen Stellen spricht meine Mutter von ihren Bäumen, als wären sie Menschen: »Die ganze Nacht mit Belle Yvonne aufgeblieben; sie litt so unter der Kälte.« Und während sie die Namen ihrer Kinder immer abkürzt, erwähnt sie meinen Vater nicht ein einziges Mal. Ich habe mich jahrelang gefragt, warum. Natürlich wusste ich nicht, was die anderen Stellen enthielten, die geheimen Passagen. Es war, als hätte mein Vater – über den ich nur so wenig wusste –, nie existiert.

5

Dann kam die Sache mit dem Artikel. Ich habe ihn nicht selbst gelesen, müssen Sie wissen; er stand in einer dieser Zeitschriften, die Essen als eine Art Modeartikel betrachten – »In diesem Jahr essen wir Couscous, Liebling, das ist der letzte Schrei«. Für mich ist Essen nichts weiter als ein sinnlicher Genuss, ein liebevoll zubereitetes, flüchtiges Vergnügen, wie ein Feuerwerk, das manchmal viel Arbeit erfordert, aber auch nicht zu ernst genommen werden sollte. Es ist jedenfalls keine *Kunst*, Herrgott nochmal; es geht oben rein und kommt unten wieder raus. Eines Tages stand also der Artikel in einer dieser schicken Zeitschriften. »Reisen entlang der Loire« oder so ähnlich, der Bericht eines berühmten Kochs, der auf dem Weg an die Küste Restaurants testete. Ich erinnere mich sogar an ihn: ein kleiner, dünner Mann, der seine eigenen Pfeffer- und Salzstreuer mitgebracht und ein Notizbuch auf dem Schoß liegen hatte. Er bestellte meine *paëlla antillaise* und den warmen Artischockensalat, danach ein Stück Butterkuchen nach einem Rezept meiner Mutter, dazu ein Glas meines *cidre bouché* und zum Abschluss ein Gläschen *liqueur framboise*. Er stellte mir eine Menge Fragen über meine Rezepte, wollte meine Küche und meinen Garten sehen, war beeindruckt, als ich ihn in meinen Keller führte und ihm die Regale mit den *terrines* zeigte, dem Eingemachten, den aromatisierten Ölen – Walnuss-, Rosmarin-, Trüffelöl –, den verschiedenen Essigsorten – Himbeer-, Lavendel-, Apfelessig –, wollte wissen, wo ich kochen gelernt hatte, und wirkte beinahe brüskiert, als ich über seine Frage lachte.

Vielleicht habe ich zu viel erzählt. Ich fühlte mich geschmeichelt, verstehen Sie. Ich bot ihm dies und das zum Probieren an. Ein Häppchen von meinen *rillettes*, eine Scheibe von meiner *saucisson sec*. Einen Schluck von meinem Birnenschnaps, von dem *poiré*, den meine Mutter jedes Jahr im Oktober aus Birnen machte, die von den Bäumen gefallen waren und auf dem warmen Boden bereits zu fermentieren begonnen hatten, sodass sie die Wespen anzogen und wir sie nur mit langen, hölzernen Greifzangen einsammeln konnten. Ich zeigte ihm den in Öl konservierten Trüffel, den meine Mutter mir hinterlassen hatte, und er lächelte und bekam ganz große Augen.

»Haben Sie eine Ahnung, was der wert ist?«, fragte er mich.

Ja, ich fühlte mich geschmeichelt. Vielleicht war ich auch ein wenig einsam; es bereitete mir Freude, mit diesem Mann zu reden, der meine Sprache verstand, der die Kräuter in den Pasteten benennen konnte, die er probierte, der mir sagte, ich sei zu gut für diesen Ort, es sei geradezu eine Schande. Vielleicht bin ich ein bisschen ins Träumen geraten. Ich hätte es besser wissen müssen.

Der Artikel erschien einige Monate später. Jemand hatte ihn aus der Zeitschrift gerissen und brachte ihn mir. Ein Foto von meiner Crêperie, darunter einige Abschnitte Text.

»Wer nach Angers kommt und die regionale Küche kennen lernen will, wird vielleicht das renommierte Restaurant Aux Délices Dessanges aufsuchen. Dann wird er jedoch eine der aufregendsten Entdeckungen verpassen, die ich auf meiner Reise entlang der Loire gemacht habe ...« Verzweifelt versuchte ich mich zu erinnern, ob ich ihm von Yannick erzählt hatte. »Hinter der bescheidenen Fassade eines alten Bauernhofs ist eine Meisterköchin am Werk ...« Es folgte eine Menge Unsinn über »ländliche Traditionen, die durch das kreative Talent dieser Frau wieder belebt werden«. Ungeduldig und von Panik ergriffen, überflog ich die Seite auf der Suche nach dem Unvermeidlichen. Der Name Dartigen brauchte nur ein einziges Mal aufzutauchen, und alles, was ich mir mühsam aufgebaut hatte, würde ins Wanken geraten.

Es mag den Anschein haben, als würde ich übertreiben. Das tue ich aber nicht. In Les Laveuses sind die Erinnerungen an den Krieg sehr lebendig. Es gibt Leute hier, die immer noch nicht miteinander reden. Denise Mouiac und Lucile Dupré, Jean-Marie Bonet und Colin Brassaud. Erst vor ein paar Jahren hat es diesen Skandal in Angers gegeben, als man in einem Zimmer in der oberen Etage eines Hauses eine alte, verrückte Frau fand, die von ihren Eltern 1945 dort eingesperrt worden war, weil sie mit den Deutschen kollaboriert hatte. Damals war sie sechzehn. Fünfzig Jahre später, als ihr Vater gestorben war, wurde sie endlich befreit.

Und was ist mit den Männern – einige von ihnen achtzig, neunzig Jahre alt –, die immer noch im Gefängnis sitzen wegen irgendwelcher Kriegsverbrechen? Blinde alte Männer, kranke alte Männer, durch Altersschwachsinn harmlos geworden, ihre Gesichter schlaff und ausdruckslos. Unvorstellbar, dass sie einmal jung gewesen sind. Unvorstellbar, dass diese zerbrechlichen, vergesslichen Gehirne einst blutrünstige Gedanken gehegt haben. Wenn man ein Gefäß zerschlägt, entweicht der Inhalt. Das Verbrechen erlangt ein eigenes Leben, eine eigene Rechtfertigung.

»Wie es der Zufall will, ist Mme Françoise Simon, die Besitzerin des Crêpe Framboise, mit der Besitzerin des Restaurants Aux Délices Dessanges verwandt...« Mir blieb fast das Herz stehen. Ich fühlte mich, als wäre ein glühender Funke in meine Luftröhre geraten, als wäre ich plötzlich unter Wasser, braune Fluten schlugen über mir zusammen, Flammen brannten in meinem Hals, in meiner Lunge. »... unserer guten alten Laure Dessange! Seltsam, dass es ihr bisher nicht gelungen ist, die Geheimnisse ihrer Großtante in Erfahrung zu bringen. Mir jedenfalls sagte der schlichte Charme des Crêpe Framboise wesentlich mehr zu als die eleganten – aber allzu kärglichen – Gerichte von Laure.«

Ich atmete erleichtert auf. Er erwähnte nicht den Neffen, sondern die Nichte. Ich war noch einmal davongekommen.

An dem Tag schwor ich mir, mich nie wieder zu solchem Leichtsinn verleiten zu lassen, nie wieder mit freundlichen Restaurantkritikern zu plaudern. Eine Woche darauf kam ein Fotograf von einer anderen Pariser Zeitschrift und bat um ein Interview, aber ich lehnte ab. Anfragen, die per Post eintrafen, ließ ich unbeantwortet. Ein Verleger schrieb mir einen Brief, in dem er sich erbot, ein Buch mit meinen Rezepten zu veröffentlichen. Zum ersten Mal strömten Leute aus Angers ins Crêpe Framboise, Touristen, elegante Menschen, die in schicken Autos vorfuhren. Ich schickte sie zu Dutzenden fort. Ich hatte meine Stammkunden und meine zehn bis fünfzehn Tische; so viele Gäste konnte ich nicht unterbringen.

Ich versuchte, mich so normal wie möglich zu verhalten. Ich weigerte mich, Reservierungen anzunehmen. Die Leute standen auf der Straße Schlange. Schließlich musste ich eine zweite Kellnerin einstellen, aber ansonsten ignorierte ich den Trubel. Selbst auf den kleinen Restaurantkritiker, der noch einmal kam, um mit mir zu reden – um mich zur Vernunft zu bringen –, hörte ich nicht. Nein, ich gestatte ihm nicht, meine Rezepte in seiner Kolumne zu veröffentlichen. Nein, es werde kein Kochbuch geben. Keine Fotos. Das Crêpe Framboise sollte bleiben, was es war, eine Provinz-Crêperie.

Ich wusste, wenn ich lange genug stur blieb, würden sie mich irgendwann in Ruhe lassen. Aber der Schaden war bereits angerichtet. Jetzt wussten Laure und Yannick, wo sie mich finden konnten.

Cassis musste ihnen von mir erzählt haben. Er lebte in einer Wohnung in der Nähe des Stadtzentrums und schrieb mir hin und wieder. Seine Briefe enthielten in erster Linie Berichte über seine berühmte Schwiegertochter und seinen prächtigen Sohn. Nun, nach dem Artikel und dem ganzen Wirbel, den er verursacht hatte, suchten die beiden mich auf. Sie brachten Cassis mit wie ein Geschenk. Sie schienen zu erwarten, dass wir irgendwie gerührt sein würden, uns nach all den Jahren wieder zu sehen, doch während Cassis feuchte Augen bekam, blieben meine vollkommen trocken. Ich fand an ihm kaum noch eine Spur des älteren Bruders, mit dem ich so viel erlebt hatte; er war dick geworden, seine Züge waren in dem fleischigen Gesicht kaum noch erkennbar, die Nase war gerötet, die Wangen überzogen mit roten Äderchen, sein Lächeln unbestimmt. Was ich einmal für ihn empfunden hatte, die Heldenverehrung für einen großen Bruder, der in meinen Augen alles konnte – auf den höchsten Baum klettern, wilden Bienen ihren Honig stehlen, an der breitesten Stelle der Loire ans andere Ufer schwimmen –, war nur noch wehmütige Erinnerung, vermischt mit Verachtung. Der dicke Mann vor meiner Tür kam mir vor wie ein Fremder.

Anfangs verhielten sie sich geschickt. Sie baten um nichts. Sie zeigten sich besorgt um mich, weil ich allein lebte, brachten mir Geschenke – eine Küchenmaschine, nachdem sie mit Entsetzen festgestellt hatten, dass ich keine besaß, einen Wintermantel, ein Radio –, boten mir an, mit mir auszugehen. Einmal luden sie mich sogar in ihr Restaurant ein, ein Raum so groß wie eine Scheune, mit Tischplatten aus Marmorimitat und Neonschildern, an den Wänden Fischernetze mit Seesternen und knallroten Plastikhummern. Ich machte eine schüchterne Bemerkung über die Dekoration.

»Tja, Mamie, das ist moderner Kitsch«, erklärte Laure freundlich und tätschelte meine Hand. »Das entspricht sicherlich nicht deinem Geschmack, aber glaub mir, in Paris ist das der letzte Schrei.« Sie zeigte mir ihre Zähne. Sie hat sehr weiße, sehr große Zähne, und ihr Haar ist so rot wie frische Paprikaschoten. Sie und Yannick berühren und küssen sich dauernd in der Öffentlichkeit. Ich muss gestehen, das Ganze war mir ziemlich peinlich. Das Essen war ... modern, nehme ich an. Ich kann solche Dinge nicht beurteilen. Irgendein Salat mit einer faden Soße, jede Menge Grünzeug, so geschnitten und arrangiert, dass es aussah wie Blumen. Vielleicht war ein bisschen Endivie darunter, aber hauptsächlich bestand der Salat aus ganz normalem Kopfsalat, aus Radieschen und Möhren in ausgefallenen Formen. Dann ein Seehechtfilet – gut zubereitet, muss ich sagen, aber sehr klein – mit einer Weißwein-Schalotten-Soße und – fragen Sie mich nicht warum – einem Blatt Minze obendrauf. Zum Nachtisch gab es ein Stückchen Birnentorte mit Schokoladensoße, Puderzucker und Schokostreuseln. Bei einem flüchtigen Blick auf die Speisekarte entdeckte ich eine Menge großspuriges Zeug im Stil von: »eine exquisite Mischung kandierter Nüsse auf einer hauchdünnen Waffel, eingebettet in köstliche Zartbitterschokolade an pikantem Aprikosenmus.« Hörte sich für mich an wie ein ganz normaler Florentiner, und als ich das Ding sah, war es nicht größer als ein Fünf-Francs-Stück. Der Beschreibung nach zu urteilen, hätte man meinen können, Moses hätte es vom Berg Sinai mitgebracht. Und dann die Preise! Was ich verzehrt hatte, kostete fünfmal so viel wie das teuerste Menü auf meiner Speisekarte, und zwar ohne den Wein. Natürlich brauchte ich nichts zu bezahlen. Aber allmählich begann ich zu ahnen, dass all die Aufmerksamkeit, die sie mir plötzlich widmeten, ihren Preis haben würde.

Ich sollte Recht behalten.

Zwei Monate später kam das erste Angebot. Tausend Franc auf die Hand, wenn ich ihnen das Rezept für meine *paëlla antillaise* gäbe und ihnen gestattete, das Gericht auf ihre Speisekarte zu setzen. »*Paëlla antillaise*, nach dem Originalrezept von Mamie Framboise, erwähnt von Jules Lemarchand in *Hôte & Cuisine*, Juli 1991.« Zuerst hielt ich es für einen Scherz. »Köstliche frische Meeresfrüchte, behutsam gemischt mit grünen Bananen, Ananas, Rosinen und Safranreis.« Ich musste lachen. Hatten sie nicht genug eigene Rezepte?

»Lach nicht, Mamie«, sagte Yannick beinahe barsch. Seine dunklen Augen funkelten. »Ich meine, Laure und ich wären dir wirklich sehr dankbar.« Er lächelte mich freundlich an.

»Zier dich doch nicht so, Mamie.« Ich wünschte, sie würden mich nicht dauernd Mamie nennen. Laure legte ihren kühlen, nackten Arm um meine Schultern. »Es würde doch jeder wissen, dass es *dein* Rezept ist.«

Ich ließ mich erweichen. Es macht mir eigentlich nichts aus, meine Rezepte weiterzugeben; schließlich hatte ich den Leuten in Les Laveuses schon etliche verraten. Ich erklärte mich bereit, ihnen das Rezept für *paëlla antillai-*

se kostenlos zu überlassen, dazu alle anderen Rezepte, für die sie sich interessierten, aber unter der Bedingung, dass der Name Mamie Framboise nicht auf der Speisekarte erschien. Ich war schon einmal nur knapp der Entdeckung entgangen. Ich hatte nicht vor, noch mehr Aufmerksamkeit auf mich zu ziehen.

Sie ließen sich erstaunlich schnell und ohne Diskussion auf meine Bedingungen ein, und drei Wochen später stand das Rezept für Mamie Framboise' *paëlla antillaise* in *Hôte & Cuisine*, gefolgt von einem überschwänglichen Artikel aus der Feder von Laure Dessanges. »Schon bald werde ich Ihnen weitere Rezepte von Mamie Framboise vorstellen«, versprach sie. »Bis dahin können Sie die Gerichte im Restaurant Aux Délices Dessanges, Rue des Romarins in Angers probieren.«

Wahrscheinlich hatten sie nicht damit gerechnet, dass ich den Artikel jemals zu Gesicht bekommen würde. Vielleicht hatten sie angenommen, es wäre mir nicht ernst mit dem, was ich ihnen gesagt hatte. Als ich sie darauf ansprach, gaben sie sich reumütig, wie Kinder, die man bei einem Streich erwischt hat. Das Gericht erwies sich bereits als voller Erfolg, und sie hatten vor, eine ganze Seite mit Spezialitäten von Mamie Framboise in ihre Speisekarte aufzunehmen, einschließlich meines *couscous à la provençale*, meines *casoulet trois haricots* und meiner *crêpes Framboise*.

»Sieh mal, Mamie«, erklärte Yannick schmeichelnd. »Das Schöne ist doch, dass du gar nichts zu tun brauchst. Du brauchst nur du selbst zu sein, ganz natürlich.«

»Ich könnte eine regelmäßige Kolumne schreiben«, fügte Laure hinzu. »›Fragen Sie Mamie Framboise‹ oder so ähnlich. Natürlich hättest du keine Arbeit damit. Ich würde das alles übernehmen.« Sie strahlte mich an, als wäre ich ein Kind, dem man gut zureden muss.

Sie hatten Cassis wieder mitgebracht, und auch er strahlte mich an, allerdings wirkte er ein wenig verwirrt, als überforderte ihn das alles.

»Aber ich habe es euch doch gesagt«, erwiderte ich und hatte Mühe zu verhindern, dass meine Stimme zitterte. »Ich will das alles nicht. Ich will damit nichts zu tun haben.«

Cassis sah mich verwundert an. »Aber das ist *die* Chance für meinen Sohn«, sagte er. »Überleg doch mal, was für eine gute Werbung das für sein Restaurant wäre.«

Yannick hüstelte. »Was mein Vater meint«, erklärte er hastig, »ist, dass wir *alle* davon profitieren könnten. Wenn die Sache läuft, tun sich unendlich viele Möglichkeiten auf. Wir könnten Mamie-Framboise-Marmelade, Mamie-Framboise-Kekse und so weiter verkaufen. Und du würdest natürlich am Gewinn beteiligt, Mamie.«

Ich schüttelte den Kopf. »Ihr hört nicht zu«, sagte ich etwas lauter. »Ich *will* keine Werbung. Ich *will* keine Beteiligung. Ich bin nicht interessiert.«

Yannick und Laure wechselten einen Blick.

»Und wenn es stimmt, was ich vermute«, fügte ich gereizt hinzu, »nämlich, dass ihr meint, das alles auch ohne meine Zustimmung machen zu können – schließlich braucht ihr nicht mehr als einen Namen und ein Foto –, dann lasst euch gesagt sein: Sollte auch nur ein weiteres so genanntes Mamie-Framboise-Rezept in dieser Zeitschrift erscheinen – in irgendeiner Zeitschrift –, rufe ich noch am selben Tag den Chefredakteur an und verkaufe ihm die Rechte an jedem einzelnen Rezept, das ich besitze. Ach was, ich schenke sie ihm!«

Ich war atemlos, mein Herz klopfte vor Wut und Angst. Niemand überfährt die Tochter von Mirabelle Dartigen. Sie wussten, dass ich es ernst meinte. Ich sah es ihren Gesichtern an.

Hilflos protestierten sie: »Mamie –«

»Und gewöhnt euch gefälligst ab, mich Mamie zu nennen!«

»Lasst mich mit ihr reden.« Cassis erhob sich schwerfällig von seinem Stuhl. Mir fiel auf, dass er mit dem Alter geschrumpft war, dass er leicht eingesunken wirkte wie ein missglücktes Soufflé. Selbst diese kleine Anstrengung brachte ihn zum Keuchen. »Im Garten.«

Als wir neben dem zugeschütteten Brunnen auf dem Baumstumpf saßen, hatte ich das seltsame Gefühl, als könnte mein Bruder sich jeden Augenblick die Maske des dicken Mannes vom Gesicht reißen und als der furchtlose, wilde Cassis von früher wieder zum Vorschein kommen.

»Warum tust du das, Boise?«, fragte er. »Ist es meinetwegen?«

Ich schüttelte langsam den Kopf. »Das hat mit dir nichts zu tun, und es hat auch nichts mit Yannick zu tun.« Ich machte eine Kopfbewegung in Richtung Haus. »Wie du siehst, hab ich den alten Hof wieder in Schuss gebracht.«

Er zuckte die Achseln. »Ich hab nie begriffen, warum du das tust. Mich würden keine zehn Pferde hierher kriegen. Allein bei dem Gedanken, dass du hier wohnst, läuft's mir kalt über den Rücken.« Dann sah er mich mit einem seltsam wissenden Blick an. »Aber es passt zu dir, dass du hergekommen bist.« Er lächelte. »Du warst immer ihr Liebling, Boise. Neuerdings siehst du sogar aus wie sie.«

»Du kannst mich nicht überreden«, erwiderte ich trocken.

»Jetzt sprichst du auch schon wie sie.« In seiner Stimme schwangen Liebe, Schuldgefühle, Hass mit. »Boise –«

Ich sah ihn an. »Irgendjemand *musste* ihr Andenken wahren. Und ich wusste, dass du nicht derjenige sein würdest.«

Er machte eine hilflose Geste. »Aber ausgerechnet hier, in Les Laveuses –«

»Niemand weiß, wer ich bin«, sagte ich. »Niemand ahnt etwas.« Plötzlich musste ich grinsen. »Weißt du, Cassis, für die meisten Menschen sehen alte Leute sowieso alle gleich aus.«

Er nickte. »Und du glaubst, Mamie Framboise würde daran etwas ändern.«

»Ich weiß es.«

Schweigen.

»Du bist schon immer eine gute Lügnerin gewesen«, bemerkte er beiläufig. »Das hast du auch von ihr geerbt. Die Fähigkeit, dich zu verstellen. Ich dagegen bin vollkommen offen.« Er breitete seine Arme aus, wie um es mir zu demonstrieren.

»Schön für dich«, erwiderte ich gleichgültig. Er glaubte es tatsächlich selbst.

»Du bist eine gute Köchin, das muss ich dir lassen.« Er schaute über meine Schulter hinweg in den Obstgarten, betrachtete die Bäume voller reifender Früchte. »Das hätte ihr gefallen. Zu wissen, dass du das alles weiterführst. Du bist ihr so ähnlich«, wiederholte er gedehnt. Es war kein Kompliment, eher eine Feststellung, in der Widerwille und Ehrfurcht mitklangen.

»Sie hat mir ihre Kladde hinterlassen«, sagte ich. »Die mit den Rezepten.«

Seine Augen weiteten sich. »Wirklich? Naja, du warst schließlich ihr Liebling.«

»Ich weiß nicht, warum du dauernd darauf herumreitest«, antwortete ich gereizt. »Wenn Mutter je einen Liebling hatte, dann war es Reinette, nicht ich. Erinnerst du dich –«

»Sie hat es mir selbst gesagt«, erklärte er. »Sie sagte, wenn einer von uns dreien auch nur einen Funken Verstand hätte und einen Hauch von Mut, dann seist du das. ›Dieses kleine, schlaue Biest hat mehr von mir geerbt als ihr beide zusammen.‹ Genau das hat sie gesagt.«

Das hörte sich sehr nach meiner Mutter an. Ich konnte regelrecht ihre Stimme hören, klar und schneidend wie Glas. Sie musste sich über ihn geärgert haben, wahrscheinlich war es ihr bei einem ihrer Wutanfälle herausgerutscht. Es kam nur selten vor, dass sie einen von uns schlug, aber vor ihrer scharfen Zunge mussten wir uns hüten!

Cassis verzog das Gesicht. »Und die Art, wie sie es gesagt hat«, fügte er leise hinzu. »Eiskalt und ungerührt. Und dann dieser Blick, als wollte sie mich auf die Probe stellen. Als wollte sie sehen, wie ich reagiere.«

»Und wie hast du reagiert?«

Er zuckte mit den Schultern. »Ich hab natürlich geheult. Ich war erst neun.«

Klar hatte er geheult, dachte ich. Das war typisch für ihn. Zu empfindsam unter der rauen Schale. Als Kind lief er regelmäßig von zu Hause fort und schlief draußen im Wald oder im Baumhaus, wohl wissend, dass Mutter ihn dafür nicht bestrafen würde. Insgeheim ermunterte sie ihn sogar dazu, weil es den Anschein von Widerspruchsgeist weckte, von Stärke. Ich – ich hätte ihr ins Gesicht gespuckt.

»Sag mal, Cassis« – der Gedanke war mir ganz unvermittelt gekommen, und ich war plötzlich atemlos vor Aufregung – »hat Mutter ... erinnerst du dich, ob sie Italienisch sprach? Oder Portugiesisch? Irgendeine Fremdsprache?«

Cassis sah mich verblüfft an und schüttelte den Kopf.

»Bist du sicher? In ihrer Kladde ...« Und ich erzählte ihm von den Seiten mit den fremdsprachigen Passagen, von den geheimen Sätzen, die ich nicht entschlüsseln konnte.

»Lass mal sehen.«

Wir gingen die Kladde gemeinsam durch, Cassis befingerte die steifen, gelben Seiten mit widerstrebender Faszination. Mir fiel auf, dass er es vermied, die Schrift zu berühren, während er die Fotos, die gepressten Blumen, die Schmetterlingsflügel und die aufgeklebten Stofffetzen vorsichtig betastete.

»Mein Gott«, murmelte er. »Ich hatte keine Ahnung, dass sie so was gemacht hat.« Er schaute mich an. »Und du behauptest, du seist nicht ihr Liebling gewesen.«

Anfangs schien er in erster Linie an den Rezepten interessiert zu sein. Während er in der Kladde blätterte, schienen seine Finger etwas von ihrer alten Kraft wiederzugewinnen.

»*Tarte mirabelle aux amandes*«, flüsterte er. »*Tourteau fromage. Clafoutis aux cerises rouges.* Ah, daran erinnere ich mich!« In seiner Begeisterung wirkte er plötzlich wieder jung, wie der Cassis von früher. »Es steht alles hier drin«, sagte er leise. »Alles.«

Ich zeigte ihm eine der rätselhaften Passagen.

Cassis betrachtete sie einen Moment lang, dann begann er zu lachen. »Das ist kein Italienisch. Erinnerst du dich nicht daran?« Er schien das alles furchtbar lustig zu finden, sein ganzer Körper bebte vor Lachen. »Das ist die Geheimsprache, die Papa erfunden hat. Er nannte sie Bilini-enverlini. Weißt du das nicht mehr? Er hat doch dauernd so gesprochen.«

Ich versuchte, mich zu erinnern. Ich war sieben, als er starb. Es musste irgendetwas in meinem Gedächtnis haften geblieben sein, sagte ich mir. Aber es war so wenig. Das meiste war in einem großen, schwarzen Loch versunken. Ich erinnere mich an meinen Vater, aber nur in Bruchstücken. An den Geruch nach Mottenpulver und Tabak, der seinem Mantel anhaftete. Die Topinambur, die er als Einziger von uns mochte und die wir alle einmal pro

Woche essen mussten. Daran, wie er mich in seinen großen Armen hielt und mich tröstete, wenn ich mir wehgetan hatte. Ich erinnere mich an sein Gesicht nur von Fotos her. Und irgendwo in meinem Hinterkopf etwas Verschwommenes, ausgespieen aus der Dunkelheit. Vater plappert grinsend dieses unverständliche Zeug, Cassis lacht, und ich lache auch, ohne den Witz zu verstehen, während Mutter ausnahmsweise weit weg ist, außer Hörweite, vielleicht mit Kopfschmerzen im Bett oder auf einem seltenen Ausflug.

»Ich erinnere mich dunkel«, sagte ich schließlich.

Cassis erklärte es mir geduldig. Eine Sprache mit rückwärts gesprochenen Silben und Wörtern, mit unsinnigen Vor- und Nachsilben. *Chini lliwni nerälkni erni* – Ich will erklären. *Chini ssiewni tchinili mewili* – Ich weiß nicht, wem.

Seltsamerweise interessierte Cassis sich nicht für die geheimen Aufzeichnungen meiner Mutter. Sein Blick blieb an den Rezepten hängen. Der Rest sagte ihm nichts. Die Rezepte waren etwas, das er verstehen konnte, berühren, schmecken. Ich spürte, wie unangenehm es ihm war, so nah neben mir zu stehen, als könnte meine Ähnlichkeit mit ihr sich auch auf ihn übertragen.

»Wenn mein Sohn bloß all diese Rezepte sehen könnte«, sagte er leise.

»Erzähl ihm nichts davon«, raunzte ich. Allmählich durchschaute ich Yannick. Je weniger er über uns erfuhr, desto besser.

Cassis zuckte die Achseln. »Natürlich nicht. Versprochen.«

Ich glaubte ihm. Das zeigt, dass ich meiner Mutter nicht ganz so ähnlich bin, wie er meinte. Ich vertraute ihm wahrhaftig, und eine Zeit lang sah es so aus, als hätte er sein Versprechen gehalten. Yannick und Laure hielten sich zurück, Mamie Framboise verschwand von der Bildfläche, und langsam näherte sich der Herbst mit einer Schleppe aus totem Laub.

6

»Yannick sagt, er hat die Alte Mutter heute gesehen«, schreibt sie.

Er kam völlig aufgelöst vom Fluss zurück und hörte gar nicht mehr auf zu erzählen. Vor lauter Eile hatte er seinen Fisch vergessen, und ich schalt ihn für die vergeudete Zeit. Da sah er mich mit seinen traurigen Augen hilflos an, und ich dachte, er wollte etwas sagen, aber er sagte nichts. Ich nehme an, er schämt sich. Ich fühle mich innerlich verhärtet, eiskalt. Ich möchte etwas sagen, weiß aber nicht was. Die Leute behaupten, es bringt Unglück, die Alte Mutter zu sehen. Aber Unglück haben wir schon genug. Vielleicht bin ich deshalb, wie ich bin.

Ich ließ mir Zeit mit der Kladde meiner Mutter. Teilweise aus Angst vor dem, was ich vielleicht erfahren würde, vor den Erinnerungen, die dadurch in mir geweckt würden. Andererseits war das Geschriebene aber auch sehr verworren, die Reihenfolge der Geschehnisse absichtlich durcheinander gebracht. Ich konnte mich kaum an den Tag erinnern, über den sie schrieb, später jedoch träumte ich davon. Die Handschrift war zwar sauber, aber extrem klein, und ich bekam schreckliche Kopfschmerzen, wenn ich zu lange in der Kladde las. Auch darin bin ich ihr ähnlich. Ich erinnere mich gut an ihre Kopfschmerzen, denen häufig vorausging, was Cassis und ich ihre »Anfälle« nannten. Sie waren nach meiner Geburt schlimmer geworden, erzählte mir Cassis, der alt genug war, sich an die Zeit davor zu erinnern, wie sie vorher gewesen war.

Unter einem Rezept für Glühwein schreibt sie:

Ich weiß noch, wie es war, im Licht zu sein. Ganz zu sein. Eine Zeit lang war es so, bevor C. geboren wurde. Ich versuche, mich zu erinnern, wie es war, jung zu sein. Wenn wir nur nicht hergekommen wären, sage ich mir immer wieder. Wenn wir nie nach Les Laveuses zurückgekehrt wären. Y. bemüht sich, mir zu helfen. Aber er tut es nicht mehr aus Liebe. Mittlerweile fürchtet er sich vor mir, vor dem, was ich ihm antun könnte. Oder den Kindern. Im Leid liegt nichts Tröstliches, egal, was die Leute sagen. Am Ende frisst es alles auf. Y. bleibt nur den Kindern zuliebe. Ich müsste ihm dankbar sein. Er könnte einfach gehen, und niemand würde es ihm verübeln. Schließlich wurde er hier geboren.

Zäh wie sie war, ertrug meine Mutter die Schmerzen so lange sie konnte, bevor sie sich in ihr verdunkeltes Zimmer zurückzog, und dann schlichen wir wie wachsame Katzen leise aus dem Haus. Alle sechs Monate erlitt sie einen besonders schlimmen Migräneanfall, der sie tagelang ans Bett fesselte. Einmal, als ich noch klein war, brach sie auf dem Rückweg vom Brunnen zusammen, fiel über ihren Eimer, dessen Inhalt sich auf den Weg ergoss. Ich war allein im Küchengarten und sammelte Kräuter. Zuerst dachte ich, sie sei tot. Sie lag so still da, ihr offener Mund ein schwarzes Loch in ihrem gelblichen Gesicht, ihre Augen ausdruckslos. Ich stellte ganz langsam meinen Korb ab und ging auf sie zu.

Die Welt um mich herum kam mir seltsam verschwommen vor, so als trüge ich die Brille von jemand anderem, und ich stolperte. Meine Mutter lag auf der Seite. Ein Bein war abgespreizt, ihr dunkler Rock ein bisschen hochgerutscht, sodass ihre Stiefel und ihre Strümpfe zu sehen waren. Ich fühlte mich ganz ruhig.

Sie ist tot, sagte ich mir. Die Gefühle, die auf diesen Gedanken folgten, waren so intensiv, dass ich sie zunächst nicht deuten konnte. Ich empfand ein merkwürdiges Prickeln am ganzen Körper. Angst, Trauer, Verwirrung – vergeblich suchte ich danach in meinem Innern. Stattdessen war da ein leuchtendes Feuerwerk der Bosheit. Ich betrachtete die Leiche meiner Mutter und verspürte Erleichterung, Hoffnung und eine hässliche, primitive Freude.

Diese Süße ...

Ich fühle mich innerlich verhärtet, eiskalt.

Ich weiß, ich weiß. Ich kann nicht erwarten, dass Sie verstehen, was in mir vorging. Auch mir erscheint es im Nachhinein grotesk, und ich frage mich, ob meine Erinnerung mich vielleicht trügt. Natürlich kann es einfach eine Schockreaktion gewesen sein. Menschen erleben die seltsamsten Dinge, wenn sie unter Schock stehen. Sogar Kinder. *Vor allem* Kinder, diese primitiven Wilden, die wir waren. Eingeschlossen in unserer verrückten Welt zwischen dem Ausguck und dem Fluss mit den Piratenfelsen, die über unsere geheimen Rituale wachten. Dennoch, was ich empfand, war Freude.

Ich stand neben ihr. Die toten Augen starrten mich unverwandt an. Ich überlegte, ob ich sie schließen sollte. Ihr glasiger Blick hatte etwas Irritierendes, etwas, was später in den Augen der Alten Mutter lag, an dem Tag, als ich sie endlich an den Pfahl nagelte. Ich trat noch näher an sie heran.

Plötzlich packte ihre Hand mich am Knöchel. Sie war nicht tot, nein, sie lag auf der Lauer, den Blick voll hinterhältiger Schläue. Ich schloss die Augen, um nicht zu schreien.

»Hör zu. Hol meinen Stock.« Ihre Lippen bewegten sich langsam, ihre Stimme klang heiser, metallisch. »Hol ihn. Küche. Schnell.«

Ich starrte sie an, während ihre Hand immer noch meinen nackten Knöchel umklammert hielt.

»Hab's schon heute Morgen gespürt«, sagte sie tonlos. »Wusste, dass es schlimm werden würde. Hab nur die halbe Uhr gesehen. Orangen gerochen. Hol den Stock. Hilf mir.«

»Ich dachte, du würdest sterben.« Meine Stimme klang auf unheimliche Weise wie ihre, klar und hart. »Ich dachte, du wärst tot.«

Einer ihrer Mundwinkel zuckte, und sie gab ein kurzes, bellendes Geräusch von sich, das ich schließlich als Lachen erkannte. Ich rannte in die Küche, das Geräusch immer noch in den Ohren, holte den Stock – ein schwerer, knorriger Weißdornast, den sie benutzte, um hoch hängendes Obst zu erreichen – und brachte ihn ihr. Sie kniete bereits, stützte sich mit den Händen auf dem Boden ab. Hin und wieder schüttelte sie heftig den Kopf, wie um lästige Wespen zu verscheuchen.

»Gut.« Ihre Stimme klang belegt, als hätte sie den Mund voll Dreck. »Jetzt geh. Sag deinem Vater Bescheid. Ich gehe ... in ... mein Zimmer.« Dann zog sie sich mit Hilfe des Stocks hoch, schwankte, zwang sich, aufrecht stehen zu bleiben. »Ich hab gesagt, *verschwinde!*«

Sie schlug unbeholfen mit einer Hand nach mir, verlor beinahe das Gleichgewicht, hielt sich mit der anderen an ihrem Stock fest. Ich lief weg und drehte mich erst um, als ich außer Reichweite war, duckte mich hinter einen Johannisbeerstrauch und sah zu, wie sie sich mühsam zum Haus schleppte.

Es war das erste Mal, dass ich das Leiden meiner Mutter so unmittelbar miterlebte. Mein Vater erklärte uns später, als sie in ihrem verdunkelten Zimmer lag, die Sache mit der Uhr und den Orangen. Wir begriffen kaum etwas von dem, was er uns erzählte. Unsere Mutter bekomme hin und wieder diese Anfälle, sagte er geduldig, schreckliche Kopfschmerzen, die manchmal so schlimm seien, dass sie nicht mehr wisse, was sie tue. Ob wir je einen Sonnenstich gehabt hätten? Ob wir uns an dieses benebelte, unheimliche Gefühl erinnerten, wenn es einem so vorkomme, als wären die Dinge größer als sie in Wirklichkeit sind, die Geräusche lauter als normalerweise? Wir sahen ihn verständnislos an. Nur Cassis, der damals schon neun war, schien zu verstehen.

»Sie tut Dinge«, sagte mein Vater, »an die sie sich später nicht mehr erinnert. Es ist wie ein böser Fluch.«

Wir starrten ihn mit ernsten Gesichtern an. *Böser Fluch.*

Mein kindlicher Verstand brachte seine Worte mit Hexenmärchen in Verbindung. Mit dem Lebkuchenhaus. Den Sieben Schwänen. Ich stellte mir vor, wie meine Mutter im Dunkeln in ihrem Bett lag, die Augen weit geöffnet, während seltsame Worte aus ihrem Mund glitten wie Aale. Ich glaubte, sie könnte durch die Wände hindurch in mich hineinsehen und dieses grässliche, bellende Lachen ausstoßen. Manchmal schlief mein Vater in der Küche, wenn meine Mutter unter ihrem bösen Fluch litt. Eines Morgens, als wir in die Küche gekommen waren, hatte er vor der Spüle gestanden und sich die Stirn gewaschen. Das Wasser war vom Blut rot gefärbt. Ein Unfall, erklärte er uns. Ein dummer Unfall. Aber ich erinnere mich, auf den Bodenfliesen Blut gesehen zu haben. Ein Stück Ofenholz lag auf dem Tisch. Auch daran klebte Blut.

»Sie würde uns doch nichts tun, nicht wahr, Papa?«

Er sah mich an. Zögerte eine Sekunde, vielleicht zwei.

Und in seinen Augen ein Blick, als überlegte er, wie viel er mir sagen konnte.

Dann lächelte er. »Natürlich nicht, Liebes.« Was für eine dumme Frage, sagte sein Lächeln. »*Dir* würde sie nie wehtun.« Er nahm mich in die Arme, und ich roch Tabak und Mottenpulver und den süßlichen Geruch von Schweiß. Aber dieses Zögern habe ich nie vergessen, diesen Blick.

Später an jenem Abend hörte ich Geräusche aus dem Zimmer meiner Eltern: laute Stimmen und splitterndes Glas. Als ich am nächsten Morgen aufstand, sah ich, dass mein Vater in der Küche geschlafen hatte. Meine Mutter stand spät auf, war aber gut gelaunt – so gut gelaunt wie selten. Während sie in den grünen Tomaten rührte, die in dem kupfernen Marmeladentopf kochten, sang sie leise vor sich hin und steckte mir ein paar Reineclauden aus ihrer Schürzentasche zu. Schüchtern fragte ich sie, ob es ihr besser gehe. Sie sah mich nur verständnislos an, das Gesicht kreidebleich. Als ich mich später in ihr Zimmer schlich, war mein Vater gerade dabei, eine zerbrochene Fensterscheibe mit Wachspapier abzudichten. Auf dem Boden lagen Glasscherben und das Zifferblatt der Kaminuhr. Direkt über dem Kopfteil des Betts war ein schmieriger rotbrauner Fleck auf der Tapete, den ich fasziniert anstarrte. Ich konnte die fünf Kommas sehen, die ihre Fingerspitzen auf der Wand hinterlassen hatten, und den runden Fleck, wo ihre Handfläche die Tapete berührt hatte. Als ich mich einige Stunden später noch einmal in das Zimmer schlich, war die Wand sauber geschrubbt und alles aufgeräumt. Meine Eltern erwähnten den Vorfall mit keinem Wort, beide taten so, als wäre nichts Außergewöhnliches geschehen. Doch von dem Tag an verriegelte mein Vater nachts die Türen und Fenster unserer Zimmer, so als fürchtete er, irgendetwas könne ins Haus eindringen.

7

ALS MEIN VATER STARB, EMPFAND ICH KAUM ECHTE TRAUER. Mein Herz war so hart wie der Stein einer Frucht. Ich versuchte mir zu sagen, dass ich sein Gesicht nie wieder sehen würde, aber schon damals erinnerte ich mich kaum noch daran. Mein Vater war für mich zu einer Art Ikone geworden, mit brechenden Augen wie auf Heiligenbildchen und mit schimmernden Uniformknöpfen. Ich versuchte mir auszumalen, wie er tot auf einem Schlachtfeld lag, in irgendeinem Massengrab, zerrissen von einer Mine, die unter ihm explodiert war. Ich malte mir die Schrecken des Krieges aus, aber sie waren für mich so unwirklich wie ein Alptraum. Cassis nahm es am schwersten. Er lief von zu Hause fort, nachdem wir die Nachricht erhalten hatten, und kehrte zwei Tage später erschöpft, hungrig und mit Mückenstichen übersät zurück. Er hatte jenseits der Loire übernachtet, wo der Wald in Sumpfland übergeht. Ich glaube, er hatte sich irgendwie in den Kopf gesetzt, in die Armee einzutreten, hatte sich jedoch verlaufen und war stundenlang im Kreis herumgeirrt, bis er endlich wieder auf die Loire stieß. Er versuchte, es zu überspielen, behauptete, er hätte alle möglichen Abenteuer erlebt, aber diesmal glaubte ich ihm nicht.

Von da an prügelte er sich häufig mit anderen Jungs, kam mit zerrissenen Hemden und Blut unter den Fingernägeln nach Hause. Stundenlang trieb er sich allein im Wald herum. Er weinte nie um unseren Vater, was ihn mit Stolz erfüllte, und er beschimpfte Philippe Hourias, als dieser einmal versuchte, uns zu trösten. Reinette dagegen schien die Aufmerksamkeit zu genießen, die Vaters Tod ihr bescherte. Leute kamen mit Geschenken oder tätschelten ihren Kopf, wenn sie ihr im Dorf begegneten. Im Café wurde mit leisen, ernsten Stimmen über unsere Zukunft – und die unserer Mutter – diskutiert. Meine Schwester lernte, auf Kommando Tränen zu vergießen, und übte sich darin, wie ein tapferes Waisenkind zu lächeln, was ihr immer wieder kleine Geschenke einbrachte und den Ruf, die Gefühlvolle in der Familie zu sein.

Meine Mutter sprach nie wieder über meinen Vater. Es war, als hätte er nie mit uns zusammengelebt. Das Leben auf dem Hof ging ohne ihn ganz normal weiter, und wenn sich etwas änderte, dann allenfalls zum Besseren. Wir gruben die Topinambur aus, die er als Einziger gemocht hatte, und pflanzten stattdessen Spargel und Brokkoli an. Ich hatte Alpträume, in denen ich unter der Erde lag und verfaulte, überwältigt vom Gestank meiner eigenen Verwesung. Ich ertrank in der Loire und spürte, wie der Schlamm des Flussbetts über meinen toten Körper kroch, und wenn ich meine Arme Hilfe suchend ausstreckte, fühlte ich Hunderte von Leichen um mich herum, die von der Unterströmung hin und her gewiegt wurden. Dicht an dicht lagen sie nebeneinander, manche unversehrt, manche zerstückelt, gesichtslos, schief grinsend mit ausgerenkten Kiefern und mit verdrehten, toten Augen, die mich auf gespenstische Weise willkommen hießen. Ich wachte verschwitzt und schreiend aus diesen Träumen auf, aber meine Mutter kam nie an mein Bett. Stattdessen kamen Cassis und Reinette, mal genervt, mal geduldig.

Manchmal kniffen sie mich und drohten mir mit leiser, verzweifelter Stimme. Manchmal nahmen sie mich in ihre Arme und wiegten mich wieder in den Schlaf. Manchmal erzählte Cassis Geschichten, und Reine-Claude und ich hörten ihm im fahlen Mondlicht mit großen Augen zu. Geschichten von Riesen und Hexen und Fleisch fressenden Rosen und von Bergen und Drachen, die sich als Menschen verkleideten. Cassis war damals ein begnadeter Märchenerzähler, und obwohl er nicht immer nett zu mir war und mich wegen meiner Alpträume auslachte, erinnere ich mich heute vor allem an die Geschichten, die er mit leuchtenden Augen zum Besten gab.

8

Nach Vaters Tod lernten wir fast genauso gut mit Mutters Anfällen umzugehen, wie er es gekonnt hatte. Zuerst begann sie, undeutlich zu sprechen und bekam an den Schläfen leichte Spannungsschmerzen, die sich durch nervöses Kopfzucken verrieten. Manchmal langte sie nach etwas – einem Messer oder einem Löffel, griff jedoch daneben. Manchmal fragte sie: »Wie spät ist es?«, obwohl die große, runde Küchenuhr direkt vor ihrer Nase hing. Und wenn sie in diesen Zustand geriet, stellte sie immer wieder dieselbe argwöhnische Frage: »Hat einer von euch Orangen ins Haus gebracht?«

Wir schüttelten stumm den Kopf. Apfelsinen waren Mangelware, wir hatten nur ganz selten einmal eine zu essen bekommen. Auf dem Markt in Angers sahen wir manchmal welche – große, spanische Orangen mit einer dicken, mit Grübchen übersäten Schale; Blutorangen mit glatterer Schale aus dem Süden Frankreichs, in Hälften geschnitten, sodass ihr rotes Fruchtfleisch zu sehen war. Unsere Mutter hielt sich stets von diesen Ständen fern, als ob allein der Anblick von Orangen ihr Übelkeit verursachte. Einmal, als eine freundliche Marktfrau uns Kindern eine Orange geschenkt hatte, die wir gemeinsam aßen, ließ unsere Mutter uns erst wieder ins Haus, nachdem wir uns gewaschen, die Fingernägel geschrubbt und die Hände mit Zitronenbalsam und Lavendelöl eingerieben hatten. Selbst dann behauptete sie noch, das Orangenöl an uns riechen zu können, und ließ zwei Tage lang alle Fenster offen stehen, bis der Geruch verschwunden war. Die Orangen, die sie während ihrer Anfälle roch, waren natürlich nur eingebildet. Der Duft kündigte ihre Migräneanfälle an, und Stunden später lag sie in ihrem verdunkelten Zimmer, ein mit Lavendelöl getränktes Taschentuch auf der Stirn und ihre Pillen in Reichweite auf dem Nachttisch. Bei den Pillen handelte es sich, wie ich später herausfand, um Morphium.

Sie gab uns nie eine Erklärung. Alles, was wir wussten, hatten wir durch Beobachtung in Erfahrung gebracht. Wenn sie spürte, dass ein Migräneanfall nahte, zog sie sich einfach ohne ein Wort in ihr verdunkeltes Zimmer zurück und überließ uns uns selbst. So kam es, dass wir ihre mehrere Stunden oder auch ein, zwei Tage dauernden Anfälle wie Ferien empfanden, die wir nutzten, um uns auszutoben. Das waren wunderbare Tage, von mir aus hätten sie ewig andauern können. Wir schwammen in der Loire oder fingen Flusskrebse im flachen Wasser, wir streiften durch den Wald, aßen Kirschen und Pflaumen und grüne Stachelbeeren, bis uns übel wurde, zankten uns, schossen mit Erbsenpistolen aufeinander und schmückten die Piratenfelsen mit den Trophäen unserer Abenteuer.

Die Piratenfelsen waren die Überreste eines alten Anlegestegs, den die Fluten der Loire längst weggerissen hatten: Fünf Betonpfeiler, einer kürzer als die Übrigen, ragten aus dem Wasser. Von den eisernen Halterungen an den Seiten der Pfeiler, auf denen einst die Planken des Stegs gelegen hatten, liefen rostige Tränen den bröckelnden Beton hinunter. An diese eisernen Halterungen hängten wir unsere Trophäen: barbarische Girlanden aus Fischköpfen und Blumen, Täfelchen mit geheimen Inschriften,

Zaubersteine und aus Treibholz geschnitzte Figuren. Der letzte Pfeiler stand im tiefen Wasser, an einer Stelle, wo die Strömung ziemlich gefährlich war, und dort versteckten wir unsere Schatztruhe, eine in Wachstuch gewickelte und mit einer Eisenkette beschwerte Blechdose. Die Kette war mit einem Seil gesichert, das wiederum an dem Pfeiler befestigt war, den wir den Schatzfelsen nannten. Um den Schatz zu bergen, musste man bis zu diesem letzten Pfeiler schwimmen – keine leichte Aufgabe –, dann, während man sich mit einem Arm an dem Pfeiler festhielt, die Kiste aus dem Wasser ziehen, sie losbinden und zum Ufer zurückschwimmen. Wir waren uns alle einig, dass nur Cassis das schaffen konnte. Der »Schatz« bestand hauptsächlich aus Dingen, die einem Erwachsenen wertlos erscheinen würden. Erbsenpistolen, Kaugummi, der in Wachspapier eingewickelt war, damit er nicht austrocknete, eine Zuckerstange, drei Zigaretten, ein paar Münzen in einem abgegriffenen Portemonnaie, Fotos von Schauspielerinnen – die, ebenso wie die Zigaretten, Cassis gehörten –, und einige Ausgaben einer Zeitschrift, die sich auf gruselige Geschichten spezialisiert hatte.

Manchmal begleitete uns Paul Hourias auf unseren »Jagdausflügen«, wie Cassis unsere Streifzüge nannte, doch wir weihten ihn nicht in alle unsere Geheimnisse ein. Ich mochte Paul. Sein Vater verkaufte Angelköder an der Straße nach Angers, und seine Mutter arbeitete als Änderungsschneiderin, damit die Familie über die Runden kam. Er war das einzige Kind seiner Eltern, die so alt waren, dass sie seine Großeltern hätten sein können, und er bemühte sich stets, möglichst viel Zeit weit weg von zu Hause zu verbringen. Paul führte ein Leben, wie ich es mir wünschte. Im Sommer verbrachte er ganze Nächte allein im Wald, ohne dass seine Eltern sich Sorgen machten. Er wusste, wo man die besten Pilze fand und wie man aus Weidenruten kleine Flöten herstellte. Seine Hände waren kräftig und geschickt, aber er wirkte oft unbeholfen und hatte Schwierigkeiten sich auszudrücken; im Beisein von Erwachsenen stotterte er sogar. Obwohl er fast genauso alt war wie Cassis, ging er nicht zur Schule, sondern arbeitete auf dem Hof seines Onkels, melkte die Kühe und trieb sie auf die Weide und wieder zurück in den Stall. Im Umgang mit mir war er sehr geduldig, mehr noch als Cassis; er lachte mich nie aus, wenn ich etwas nicht wusste, und verspottete mich nicht, weil ich so klein war. Jetzt ist er natürlich alt. Aber manchmal kommt es mir so vor, als sei er derjenige von uns vieren, der am wenigsten gealtert ist.

ZWEITER TEIL

Verbotene Früchte

I

BEREITS ANFANG JUNI DEUTETE ALLES DARAUF HIN, DASS es ein heißer Sommer werden würde, und die Loire, die einen niedrigen Wasserstand hatte, floss träge dahin. Es gab auch Giftschlangen, mehr als gewöhnlich, braune mit flachen Köpfen, die im kühlen Uferschlamm lauerten. Jeannette Gaudin wurde von einer gebissen, als sie eines Nachmittags im Wasser plantschte, und eine Woche später wurde sie auf dem Friedhof von Saint Bénédict begraben. »Geliebte Tochter ... 1934–1942«, stand auf dem Stein. Ich war drei Monate älter als sie.

Plötzlich fühlte ich mich, als hätte sich ein Abgrund unter mir aufgetan, ein heißer, finsterer Schlund. Wenn Jeannette sterben konnte, dann konnte ich es auch. Dann konnte jeder sterben. Cassis verhöhnte mich mit dem Hochmut seiner dreizehn Jahre. »Du glaubst wohl, man kann nur im Krieg sterben, du Dummkopf. Kinder sterben auch. Menschen sterben immer und überall.«

Vergeblich versuchte ich, eine Erklärung zu finden. Dass Soldaten starben – selbst mein eigener Vater –, war eine Sache. Auch dass Zivilisten bei Bombenangriffen ums Leben kamen, obwohl wir davon in Les Laveuses weitgehend verschont geblieben waren. Aber Jeannettes Tod war etwas anderes. Meine Alpträume verschlimmerten sich. Ich verbrachte viele Stunden mit meinem Fischernetz am

Fluss, fing die bösen, braunen Schlangen im flachen Wasser, zerschmetterte ihre Köpfe mit einem Stein und nagelte sie anschließend an die Baumwurzeln am Ufer. Nach einer Woche hingen mehr als zwanzig tote Schlangen dort, und der Gestank – fischig und eigenartig süßlich wie etwas Verdorbenes, das anfing zu gären – war überwältigend. Cassis und Reinette gingen zur Schule – sie besuchten beide das *collège* in Angers –, und Paul entdeckte mich, wie ich mit einer Wäscheklammer auf der Nase unverdrossen mit meinem Netz in der braunen Brühe herumstocherte.

Er trug eine kurze Hose und Sandalen und hielt seinen Hund Malabar an einer aus Schnur gedrehten Leine.

Ich warf ihm einen gleichgültigen Blick zu und beugte mich wieder über das Wasser. Paul setzte sich neben mich, Malabar legte sich hechelnd auf den Boden. Ich schenkte den beiden keine Beachtung. Schließlich fragte Paul: »W-was ist los?«

Ich zuckte die Achseln. »Nichts. Ich versuch, was zu fangen. Das ist alles.«

Er schwieg einen Augenblick, dann sagte er mit betont unbeteiligter Stimme: »Schlangen, stimmt's?«

Ich nickte trotzig. »Na und?«

»Nichts und.« Er tätschelte Malabars Kopf. »Du kannst machen, was du willst.« Wir starrten wortlos ins Wasser.

»Ob es wehtut?«, fragte ich schließlich.

Er überlegte, anscheinend wusste er gleich, was ich meinte. Nach einer Weile schüttelte er den Kopf. »Keine Ahnung.«

»Die Leute sagen, das Gift geht ins Blut und macht, dass man nichts mehr fühlt. Wie einschlafen.«

Er sah mich ausdruckslos an. »C-Cassis sagt, Jeannette Gaudin hat bestimmt die Alte Mutter gesehen«, meinte er. »Deswegen hat die Schlange sie gebissen. Der Fluch der Alten Mutter.«

Ich schüttelte den Kopf. Cassis, der Märchenerzähler, der gruselige Abenteuergeschichten in Zeitschriften las, mit Titeln wie *Der Fluch der Mumie* oder *Blutrünstige Barbaren*. Der sagte dauernd solche Sachen.

»Die Alte Mutter gibt's doch gar nicht«, erwiderte ich trotzig. »Ich hab sie jedenfalls noch nie gesehen. Außerdem gibt's keinen Fluch. Das weiß doch jeder.«

Paul sah mich mit traurigen, empörten Augen an. »Natürlich gibt's den«, sagte er. »Und die Alte Mutter ist auch da unten. M-mein Vater hat sie mal gesehen, ganz früher, als ich noch nicht geboren war. D-der größte Hecht aller Zeiten. Eine Woche später ist er mit dem Fahrrad hingefallen und hat sich das Bein gebrochen. Sogar *dein* Vater hat –« Er brach ab und schaute verwirrt zu Boden.

»Gar nicht wahr«, sagte ich aufgebracht. »Mein Vater ist im Krieg gefallen.« Plötzlich hatte ich ein Bild von ihm vor Augen, wie er marschierte, ein einzelnes Glied in einer endlos langen Kette, die sich unaufhaltsam auf den Horizont zu bewegte.

Paul schüttelte den Kopf. »Es gibt sie wohl«, beharrte er. »Da, wo die Loire am tiefsten ist. Sie ist bestimmt schon vierzig, fünfzig Jahre alt, so schwarz wie der Schlamm, in dem sie lebt, und so schlau wie eine Hexe. Sie kann einen Vogel, der am Ufer sitzt, genauso leicht verschlucken wie ein Stück Brot. Mein Vater sagt, sie ist überhaupt kein Hecht, sondern ein Geist, eine Mörderin, dazu verdammt, die Lebenden auf ewig zu beobachten. Darum hasst sie uns.«

Das war für Pauls Verhältnisse eine ziemlich lange Rede, und beinahe gegen meinen Willen hörte ich ihm aufmerksam zu. Zahllose Geschichten und Ammenmärchen rankten sich um den Fluss, aber die Geschichte von der Alten Mutter war diejenige, die sich am hartnäckigsten hielt. Ein riesiger Hecht, dessen Lippen durchbohrt und ausgefranst waren von den Haken der Angler, die vergeblich versucht hatten, ihn zu fangen. In seinen Augen lag ein Ausdruck boshafter Schläue. In seinem Bauch befand sich ein Schatz von unbekannter Herkunft und unschätzbarem Wert.

»Mein Vater sagt, wenn einer die Alte Mutter fängt, muss sie ihm einen Wunsch erfüllen«, meinte Paul. »Er sagt, er würde sich eine Million Francs wünschen und dass er Greta Garbo mal in Unterwäsche zu sehen kriegt.« Er grinste verlegen.

Ich dachte über seine Worte nach. Eigentlich glaubte ich nicht an Flüche, Wünsche und dergleichen, aber das Bild des alten Hechts ließ mich nicht los.

»Wenn dieser Hecht wirklich da ist, dann könnten wir ihn auch fangen«, sagte ich abrupt. »Das ist unser Fluss. Wir könnten es tun.«

Plötzlich wusste ich, dass es nicht nur eine Möglichkeit war, sondern dass ich es tun *musste*. Ich dachte an die Träume, die mich quälten, seit mein Vater gestorben war; Träume, in denen ich im schlammigen Wasser der Loire trieb, umgeben von lauter Leichen, Träume, in denen ich vergeblich zu schreien versuchte und in mir selbst ertrank. Irgendwie war der Hecht die Verkörperung all dessen. Natürlich konnte ich das damals nicht so analytisch sehen, aber ich war mir auf einmal ganz sicher, dass etwas geschehen würde, wenn es mir gelang, die Alte Mutter zu fangen. Was das war, wusste ich nicht. Aber irgendetwas würde geschehen, dachte ich mit wachsender Aufregung. *Irgendetwas.*

Paul sah mich verwirrt an. »Ihn fangen?«, fragte er. »Wozu denn?«

»Das ist unser Fluss«, sagte ich trotzig. »Er soll nicht in unserem Fluss schwimmen.«

»Du traust dich doch sowieso nicht«, meinte er. »Das haben schon viele versucht. Erwachsene. Mit Angeln und

Netzen und allem Möglichen. Er beißt die Netze kaputt. Und die Angelschnüre reißt er einfach durch. Er ist stark, dieser Hecht. Stärker als wir beide zusammen.«

»Nicht unbedingt«, beharrte ich. »Wir könnten ihm eine Falle stellen.«

»Um die Alte Mutter in eine Falle zu locken, muss man aber verdammt schlau sein«, erwiderte er.

»Na und?« Allmählich ging er mir auf die Nerven, und ich sah ihn mit vor Wut geballten Fäusten an. »Dann sind wir eben schlau. Cassis und ich und Reinette und du. Wir machen es zusammen. Oder hast du etwa Angst?«

»Ich h-hab keine Angst, aber das klappt n-niemals.« Er fing an zu stottern, wie immer, wenn er sich unter Druck gesetzt fühlte.

»Dann mach ich's eben allein, wenn du mir nicht helfen willst. Ich fang den alten Hecht, wart's nur ab.« Aus irgendeinem Grund brannten mir die Augen, und ich rieb sie mir verstohlen. Paul beobachtete mich neugierig, sagte jedoch nichts. Wütend stocherte ich mit dem Netz im flachen Wasser herum. »Er ist nichts weiter als ein alter *Fisch*«, fauchte ich. »Ich fange ihn und hänge ihn an den Piratenfelsen auf. Und zwar an dem da.« Ich zeigte auf den Schatzfelsen und spuckte aus, um meine Worte zu bekräftigen.

2

Diesen ganzen heissen Monat über roch meine Mutter immer wieder Orangen, doch der Duft löste nicht jedes Mal einen Anfall aus. Während Cassis und Reinette in der Schule waren, lief ich zum Fluss hinunter, manchmal allein, manchmal mit Paul, wenn der nicht gerade auf dem Hof helfen musste.

Ich befand mich mittlerweile in einem schwierigen Alter, wurde zunehmend frech und aufsässig. Wenn meine Mutter mir Arbeiten auftrug, lief ich davon, ich erschien nicht zu den Mahlzeiten und kam abends völlig verdreckt und verschwitzt nach Hause. Meine Mutter und ich belauerten einander wie zwei Katzen, die ihr Revier verteidigen. Bei jeder Berührung war es, als würden Funken sprühen. Jedes Wort war eine potentielle Beleidigung und jedes Gespräch ein Minenfeld. Bei den Mahlzeiten saßen wir uns schweigend gegenüber und starrten missmutig in unsere Suppe oder auf unsere Pfannkuchen. Cassis und Reine hockten schweigend und mit großen Augen daneben wie verängstigte Höflinge.

Ich weiß nicht, was uns dazu trieb, fortwährend unsere Kräfte zu messen; vielleicht lag es einfach daran, dass ich älter wurde. Die Frau, die mir früher Angst und Schrecken eingejagt hatte, erschien mir jetzt in einem anderen Licht. Plötzlich fielen mir ihre ersten grauen Haare auf, die Falten um ihren Mund. Mit einem Anflug von Verachtung erkannte ich, dass sie nur eine alternde Frau war, die von Migräneanfällen immer wieder dazu verdammt wurde, hilflos in ihrem verdunkelten Zimmer zu liegen.

Und sie provozierte mich mit Absicht, zumindest kam es mir damals so vor. Heute glaube ich eher, dass sie nicht anders konnte, dass es ebenso in ihrer Natur lag, mich zu reizen, wie es in meiner Natur lag, mich ihr zu widersetzen. In jenem Sommer schien sie jedes Mal, wenn sie den Mund aufmachte, an mir herumzunörgeln. An meinen Manieren, meiner Kleidung, meinem Aussehen, meinen Ansichten. Nichts konnte ich ihr recht machen. Warum war ich nicht wie Reine-Claude? Mit ihren zwölf Jahren hatte meine Schwester bereits eine frauliche Figur. Sie war sanft und süß wie dunkler Honig, und mit ihren bernsteinfarbenen Augen und dem kastanienbraunen Haar entsprach sie meinem Bild einer Märchenprinzessin. Als wir kleiner waren und sie mich noch ihre Haare kämmen ließ, flocht ich Blumen und Beeren in ihre dicken Zöpfe und legte sie um ihren Kopf, sodass sie aussah wie eine Waldfee. Jetzt kam sie mir beinahe erwachsen vor in ihrer passiven Sanftheit. Neben ihr wirkte ich mit meinem breiten, mürrischen Mund und meinen großen Händen und Füßen wie ein Frosch, meinte meine Mutter, wie ein hässlicher, magerer Frosch.

An einen Streit beim Abendessen erinnere ich mich besonders deutlich. Es gab *paupiettes*, kleine, mit Hackfleisch gefüllte und mit Zwirn umwickelte Kalbfleischröllchen, dazu in Weißwein geschmorte Möhren, Schalotten und Tomaten. Ich starrte gelangweilt auf meinen Teller. Reinette und Cassis gaben sich betont unbeteiligt.

Meine Mutter, erbost über mein Schweigen, ballte die Fäuste. Seit dem Tod meines Vaters war niemand mehr da, der sie in Schach hielt, und es war stets zu spüren, wie ihre Wut unter der Oberfläche brodelte.

»Halt dich *grade*, Herrgott nochmal. Wenn du so weitermachst, kriegst du nochmal einen Buckel.«

Ich warf ihr einen kurzen, aufsässigen Blick zu und stützte die Ellbogen auf den Tisch.

»Ellbogen vom Tisch«, raunzte sie. »Sieh dir deine Schwester an, sieh sie dir an. Hält sie sich so krumm? Benimmt sie sich wie ein Bauerntrampel?«

Ich hegte keinen Groll gegen Reinette. Mein Groll galt meiner Mutter, und ich zeigte es ihr bei jeder Gelegenheit. Sie wollte, dass die Wäsche mit dem Saum nach oben an die Leine gehängt wurde – ich hängte sie am Kragen auf. Die Etiketten auf den Einmachgläsern in der Vorratskammer sollten nach vorne zeigen – ich drehte sie nach hinten. Vor dem Essen vergaß ich, mir die Hände zu waschen. Die Pfannen über der Küchenanrichte hängte ich in verkehrter Reihenfolge auf. Ich ließ das Küchenfenster offen stehen, sodass es zuschlug, sobald meine Mutter die Küchentür öffnete. Ich verstieß gegen jede Regel, die sie aufstellte, und sie reagierte auf jeden Verstoß mit derselben fassungslosen Wut. Für sie hatten diese belanglosen Dinge große Bedeutung, denn sie dienten dazu, Ordnung in unsere Welt zu bringen. Ohne sie wäre meine Mutter wie wir gewesen, verwaist und orientierungslos.

Das wusste ich natürlich damals nicht.

»Du bist ein stures kleines Biest«, sagte sie schließlich und schob ihren Teller von sich. In ihrer Stimme lag weder Feindseligkeit noch Zuneigung, eher Gleichgültigkeit. »So war ich auch in deinem Alter.« Es war das erste Mal, dass ich sie von ihrer eigenen Kindheit sprechen hörte. »In deinem Alter.« Ihr Lächeln wirkte gequält und freudlos. Unmöglich, sich vorzustellen, dass sie jemals jung gewesen war. Trotzig stach ich mit der Gabel in meine *paupiette*.

»Ich habe mich auch immer mit jedem angelegt«, sagte

meine Mutter. »Ich war bereit, alles zu riskieren, jeden zu verletzen, um zu beweisen, dass ich Recht hatte. Um zu gewinnen.« Sie sah mich durchdringend an mit ihren kleinen, schwarzen Augen. »Widerspenstig, das bist du. In dem Augenblick, als du geboren wurdest, wusste ich schon, dass du so werden würdest. Mit dir hat alles wieder angefangen, schlimmer denn je. Wie du nachts geschrien hast und nicht trinken wolltest, und dann lag ich wach im Bett hinter geschlossenen Türen, und in meinem Kopf hämmerte es wie verrückt.«

Ich sagte nichts. Nach einer Weile stieß meine Mutter ein höhnisches Lachen aus und begann, den Tisch abzuräumen. Es war das letzte Mal, dass sie ein Wort über den Krieg zwischen uns verlor, obwohl der alles andere als beendet war.

3

Unser Ausguck war eine grosse Ulme am Ufer der Loire, mit ausladenden Ästen und dicken Wurzeln, die weit ins Wasser reichten. Cassis und Paul hatten ziemlich weit oben ein primitives Baumhaus gebaut – eine einfache Plattform, darüber ein paar Zweige, die als Dach dienten –, aber ich war diejenige, die die meiste Zeit in dem Versteck verbrachte. Reinette traute sich nicht, so hoch hinaufzuklettern, obwohl ein dickes, mit Knoten versehenes Seil den Aufstieg erleichterte, und da auch Cassis nur noch selten dort oben war, hatte ich das Baumhaus meistens für mich allein. Ich zog mich dahin zurück, um nachzudenken und um die Straße zu beobachten, auf der manchmal die Deutschen mit ihren Militärfahrzeugen – oder noch häufiger mit ihren Motorrädern – vorbeifuhren.

Natürlich hatte Les Laveuses kaum etwas zu bieten, was die Deutschen interessierte. Es gab keine Kaserne, keine Schule, keine öffentlichen Gebäude, in denen sie sich hätten einquartieren können. Stattdessen ließen sie sich in Angers nieder und patrouillierten gelegentlich durch die umliegenden Dörfer. Ich bekam nicht mehr von ihnen zu sehen als ihre Fahrzeuge auf der Straße und die kleinen Trupps von Soldaten, die jede Woche auf dem Hof der Hourias auftauchten, um Lebensmittel zu requirieren.

Bei uns auf dem Hof ließen sie sich nur selten blicken, da wir keine Kühe besaßen, nur ein paar Schweine und Ziegen. Unsere Haupteinnahmequelle war das Obst, und die Erntezeit hatte gerade erst begonnen. Einmal im Monat kamen sie jedoch zu uns, um halbherzig ein paar Kisten Obst abzuholen, doch unsere besten Vorräte waren gut versteckt, und meine Mutter schickte mich jedes Mal hinaus in den Obstgarten, wenn die Soldaten erschienen. Aber ihre grauen Uniformen weckten meine Neugier, und manchmal hockte ich in meinem Ausguck und beschoss die vorüberfahrenden Militärfahrzeuge mit imaginären Raketen. Ich war den Deutschen nicht unbedingt feindselig gesinnt, das waren wir Kinder alle nicht; eher gedankenlos wiederholten wir die Schimpfwörter, die wir von unseren Eltern kannten – dreckige Boches, Nazischweine. Ich hatte keine Ahnung, was sich im besetzten Frankreich abspielte, und keine Vorstellung davon, wo Berlin lag.

Einmal kamen sie zu Denis Gaudin, Jeannettes Großvater, um seine Geige zu holen. Jeannette erzählte mir am nächsten Tag davon. Es dämmerte schon, und die Fensterläden waren bereits geschlossen, als sie hörte, wie es an der Tür klopfte. Sie öffnete, und ein deutscher Offizier stand vor ihr. In gebrochenem Französisch sagte er höflich zu ihrem Großvater: »Monsieur, ich ... habe gehört ... Sie haben ... eine Geige. Ich ... brauche sie.«

Einige Offiziere hatten offenbar beschlossen, ein kleines Orchester zusammenzustellen. Ich nehme an, sie brauchten etwas zum Zeitvertreib.

Der alte Denis Gaudin sah den Offizier an und erklärte freundlich: »Eine Geige, mein Herr, ist wie eine Frau. Man verleiht sie nicht.« Dann schloss er leise die Tür. Jeannette sah ihren Großvater mit großen Augen an. Von draußen war kein Laut zu hören. Dann plötzlich fing der

Offizier laut zu lachen an und immer wieder auszurufen: »Wie eine Frau! Wie eine Frau!«

Er kam nie wieder, und Denis behielt seine Geige noch lange Zeit, fast bis zum Ende des Krieges.

4

Zum ersten Mal in jenem Sommer galt mein Interesse nicht hauptsächlich den Deutschen. Tag und Nacht war ich damit beschäftigt, einen Plan auszuhecken, um die Alte Mutter in die Falle zu locken. Ich lernte alles über die unterschiedlichen Fangtechniken. Angelleinen für Aale, Reusen für Flusskrebse, Schleppnetze, Käscher, lebende Köder und Blinker. Ich ging zu dem alten Hourias und nervte ihn so lange, bis er mir alles erzählte, was er über Köder wusste. Ich grub Regenwürmer aus dem Uferschlamm und lernte, sie in meinem Mund warm zu halten. Ich fing Schmeißfliegen und fädelte sie auf Schnüre, die mit Angelhaken gespickt waren. Aus Weidenruten und Schnüren bastelte ich Fallen, die ich mit Ködern aus Küchenabfällen bestückte. Bei der leisesten Berührung würde die Falle zuschnappen, ein darunter gespannter Ast würde freikommen und die ganze Vorrichtung aus dem Wasser schleudern. In den schmalen Rinnen zwischen den Sandbänken spannte ich Netze. Am Ufer stellte ich Angeln auf, von denen Schnüre mit Klößchen aus verdorbenem Fleisch ins Wasser hingen. Auf diese Weise fing ich jede Menge Hechtbarsche, kleine Alwen, Gründlinge, Elritzen und Aale. Manche nahm ich mit nach Hause und sah meiner Mutter dabei zu, wie sie sie ausnahm. Die Küche war mittlerweile der einzige neutrale Ort im Haus, ein Ort des

Waffenstillstands in unserem Privatkrieg. Ich stand neben ihr, lauschte ihrer monotonen Stimme und half ihr bei der Zubereitung ihrer *bouillabaisse angevine* – einer Fischsuppe mit roten Zwiebeln und Thymian – und von im Ofen gebackenem Hechtbarsch mit Estragon und Pilzen. Einige der Fische, die ich fing, hängte ich an die Piratenfelsen – bunte, stinkende Girlanden, Warnung und Herausforderung zugleich.

Die Alte Mutter ließ sich jedoch nicht blicken. Sonntags, wenn Reine und Cassis schulfrei hatten, versuchte ich, sie mit meinem Jagdfieber anzustecken. Aber seit Reine-Claude Anfang des Jahres ins *collège* aufgenommen worden war, lebten die beiden in einer anderen Welt. Cassis war fünf Jahre älter als ich, Reine nur drei. Dennoch kamen mir die beiden gleich alt vor, beinahe erwachsen; mit ihrer dunklen Haut und den hohen Wangenknochen sahen sie sich so ähnlich, dass man sie für Zwillinge hätte halten können. Sie flüsterten häufig miteinander, sprachen über Freunde, die ich nicht kannte, lachten über Witze, die ich nicht verstand. In ihren Gesprächen fielen immer wieder Namen, die mir fremd waren. Monsieur Toupet, Madame Froussine, Mademoiselle Culourd. Cassis hatte sich für alle seine Lehrer Spitznamen ausgedacht und brachte Reine zum Lachen, indem er deren Stimmen und Angewohnheiten nachahmte. Andere Namen flüsterten sie im Schutz der Dunkelheit, wenn sie glaubten, ich schliefe. Heinemann. Leibniz. Schwartz. Wenn ich sie auf diese fremdländischen Namen ansprach, fingen sie an zu kichern und liefen Arm in Arm in den Obstgarten.

Diese Heimlichtuerei irritierte mich zutiefst. Die beiden waren eine verschworene Gemeinschaft, und ich blieb außen vor. Plötzlich kam ihnen alles, was wir früher zusammen unternommen hatten, wie Kindereien vor. Der Ausguck und die Piratenfelsen gehörten jetzt mir allein.

Reine-Claude behauptete, sie wolle nicht angeln gehen, weil sie sich vor Schlangen fürchte. Lieber blieb sie in ihrem Zimmer, bürstete ihr Haar und betrachtete seufzend Fotos von Filmschauspielerinnen. Cassis hörte gelangweilt zu, wenn ich ihm aufgeregt von meinen Plänen berichtete, und fand immer neue Vorwände, um sich zurückzuziehen, er müsse einen Aufsatz schreiben, für Monsieur Toubon Lateinvokabeln lernen. Nichts ließen sie unversucht, um mich von ihnen fern zu halten. Sie trafen Verabredungen mit mir, die sie nicht einhielten, schickten mich mit unsinnigen Aufträgen quer durch Les Laveuses, versprachen, sich mit mir am Flussufer zu treffen, nur um dann allein in den Wald zu gehen, während ich mit Tränen in den Augen auf sie wartete. Wenn ich mich beschwerte, taten sie so, als wüssten sie von nichts, schlugen sich in gespielter Unschuld die Hand vor den Mund – »Hatten wir uns wirklich an der großen Ulme verabredet? Ich dachte, bei der zweiten Eiche.« – und kicherten, wenn ich traurig davonstapfte.

Nur manchmal kamen sie zum Schwimmen an den Fluss. Dann ging Reine-Claude ganz vorsichtig ins Wasser, und nur an den tiefen Stellen, wo man nicht mit Schlangen rechnen musste. Ich versuchte, ihre Aufmerksamkeit zu erregen, machte waghalsige Kopfsprünge und tauchte so lange, bis Reine-Claude anfing zu schreien, weil sie dachte, ich wäre ertrunken. Bei alldem spürte ich, wie sie sich immer weiter von mir entfernten. Ich fühlte mich schrecklich einsam.

Paul war der Einzige, der mir die Treue hielt. Obwohl er älter war als Reine-Claude und fast genauso alt wie Cassis, wirkte er jünger, unreifer. In ihrem Beisein brachte er kaum ein Wort heraus; wenn sie über die Schule redeten, lächelte er verlegen. Paul konnte nur unter Mühen lesen, und seine Handschrift wirkte so unbeholfen wie die eines kleinen Kindes. Aber er liebte Geschichten, und wenn er in den Ausguck kam, las ich ihm aus Cassis' Heften vor. Dann saßen wir zusammen im Baumhaus, zwischen uns einen Laib Brot, von dem wir uns hin und wieder eine Scheibe abschnitten, und während ich ihm Geschichten wie *Das Grab der Mumie* oder *Die Invasion vom Mars* vorlas, schnitzte Paul mit einem kleinen Messer an einem Stück Holz herum. Manchmal brachte er einen halben Camembert mit oder in Wachspapier gewickelte *rillettes*. Zu diesen kleinen Festmahlen steuerte ich dann eine Hand voll Erdbeeren bei oder einen kleinen, in Asche gewälzten Ziegenkäse, den meine Mutter *petit cendré* nannte. Vom Ausguck aus hatte ich alle meine Netze und Fallen im Blick, ich überprüfte sie stündlich, bestückte sie wenn nötig mit frischen Ködern oder entfernte kleine Fische daraus.

»Was willst du dir wünschen, wenn du sie gefangen hast?« Inzwischen war Paul davon überzeugt, dass ich die Alte Mutter erwischen würde, und wenn er von ihr sprach, war er voller Ehrfurcht.

»Weiß nicht.« Nachdenklich biss ich in meine mit *rillettes* bestrichene Brotscheibe. »Das überleg ich mir, wenn ich sie gefangen hab. Und das kann noch dauern.«

Ich konnte warten. Es waren schon drei Wochen vergangen, aber das hatte mein Jagdfieber nicht gedämpft. Im Gegenteil. Selbst die Gleichgültigkeit, mit der Cassis und Reine-Claude mir begegneten, feuerte meine Entschlossenheit noch an. Für mich war die Alte Mutter ein Talisman, der alles wieder ins Lot bringen würde, wenn ich ihn erst einmal in den Händen hielt.

Ich würde es ihnen schon zeigen. An dem Tag, an dem ich die Alte Mutter fing, würden sie mir alle mit ehrfürchtigem Staunen begegnen. Cassis, Reine. Ich konnte es kaum erwarten, das Gesicht meiner Mutter zu sehen, wie sie mich anschauen, vielleicht vor Wut die Fäuste ballen ... oder mich anlächeln und in die Arme schließen würde.

Doch weiter gingen meine Phantasien nicht, weiter wagte ich nicht zu träumen.

»Außerdem«, sagte ich betont lässig, »glaub ich nicht an Wünsche. Das hab ich dir schon mal gesagt.«

Paul sah mich verächtlich an. »Wenn du nicht an Wünsche glaubst«, fragte er, »warum machst du das alles dann überhaupt?«

Ich schüttelte den Kopf. »Weiß nicht«, erwiderte ich schließlich. »Hab nichts Besseres zu tun, nehm ich an.«

Er prustete los. »Das ist ja mal wieder typisch für dich. Absolut typisch Boise: Will die Alte Mutter fangen, weil sie nichts Besseres zu tun hat!« Und dann wälzte er sich lachend herum, rollte gefährlich nahe an den Rand der Plattform, bis Malabar, der unten am Baumstamm festgebunden war, laut anfing zu bellen und wir verstummten, um unser Versteck nicht zu verraten.

5

Wenig später fand ich den Lippenstift unter Reine-Claudes Matratze. Ein dämliches Versteck – jeder hätte ihn finden können, selbst Mutter –, aber Reinette war noch nie besonders phantasievoll gewesen. Ich war dran mit Bettenmachen, und der Lippenstift musste irgendwie unter das Betttuch geraten sein, denn dort fand ich ihn, zwischen dem Rand der Matratze und dem Bettrahmen. Zuerst wusste ich gar nicht, was es war. Unsere Mutter schminkte sich nie. Ein kleiner, goldfarbener Zylinder, wie ein kurzer, dicker Kuli. Ich drehte die Kappe ab, und als ich gerade anfing, auf meinem Arm damit herumzumalen, hörte ich Reinette hinter mir aufschreien. Sie packte mich an der Schulter und riss mich herum. Ihr Gesicht war bleich und wutverzerrt.

»Gib das her!«, fauchte sie. »Das gehört mir!« Sie versuchte, mir den Lippenstift abzunehmen, doch er fiel zu Boden und rollte unters Bett. Mit hochrotem Gesicht angelte sie ihn darunter hervor.

»Wo hast du das her?«, fragte ich neugierig. »Weiß Mama davon?«

»Das geht dich nichts an«, raunzte Reinette, als sie wieder aufstand. »Du hast kein Recht, in meinen Sachen rumzuschnüffeln. Und wehe, du erzählst irgendjemand davon.«

Ich grinste. »Vielleicht sag ich's, vielleicht nicht. Kommt drauf an.« Sie machte einen Schritt auf mich zu, aber ich war fast so groß wie sie, und obwohl sie vor Wut zitterte, wagte sie es nicht, sich mit mir anzulegen.

»Sag keinem was davon«, flehte sie. »Ich geh auch heute Nachmittag mit dir angeln, wenn du willst. Oder wir klettern in den Ausguck und lesen Zeitschriften.«

Ich zuckte die Achseln. »Mal sehen. Wo hast du das Ding her?«

Reinette sah mich an. »Versprich mir, dass du es keinem erzählst.«

»Ich versprech's.« Ich spuckte in meine Hand. Nach kurzem Zögern tat sie es mir nach. Wir besiegelten unseren Schwur mit einem feuchten Handschlag.

»Also gut.« Sie setzte sich auf die Bettkante. »Es war in der Schule, im Frühling. Wir hatten diesen Lateinlehrer, Monsieur Toubon. Cassis nennt ihn immer Monsieur Toupet, weil er aussieht, als würde er eine Perücke tragen. Er hat uns dauernd für alles Mögliche bestraft. Einmal hat er die ganze Klasse nachsitzen lassen. Wir konnten ihn alle nicht ausstehen.«

»Ein *Lehrer* hat dir den Lippenstift gegeben?«, fragte ich ungläubig.

»Nein, du Dummkopf. Hör zu. Die Deutschen haben doch die Klassenräume im Erdgeschoss und in der ersten Etage und die, die zum Hof hin liegen, beschlagnahmt. Du weißt schon, als Unterkünfte. Und den Hof brauchen sie zum Exerzieren.«

Ich hatte davon gehört. Das alte, im Zentrum von Angers gelegene Schulgebäude mit seinen geräumigen Klassenzimmern und dem großen Innenhof war ideal für die Zwecke der Deutschen. Cassis hatte uns erzählt, wie sie mit ihren grauen, an Kuhköpfe erinnernden Gasmasken exerzierten, dass es streng verboten war zuzusehen und dass die Fensterläden zum Hof jedes Mal fest geschlossen sein mussten.

»Ein paar von uns haben sich reingeschlichen und die Deutschen durch einen Spalt unter einem der Fensterläden beobachtet«, erklärte Reinette. »Eigentlich war es ziemlich langweilig. Sie marschierten einfach hin und her und schrien irgendwas auf Deutsch. Ich weiß gar nicht, was daran so geheim sein soll.« Sie verzog verächtlich den Mund.

»Jedenfalls, einmal hat der alte Toupet uns erwischt«, fuhr sie fort. »Er hat uns eine Riesenstandpauke gehalten – Cassis und mir und, ach, die Namen sagen dir sowieso nichts. Wir mussten alle den ganzen Nachmittag nachsitzen. Ich wüsste mal gern, was der sich einbildet. Der wollte doch bloß selbst die Deutschen beobachten.« Reinette zuckte die Achseln. »Jedenfalls haben wir ihm das irgendwann heimgezahlt. Der alte Toupet wohnt in der Schule – neben dem Schlafraum der Jungen –, und einmal, als er gerade nicht da war, hat Cassis sich in sein Zimmer geschlichen. Und was glaubst du wohl, was er entdeckt hat?«

»Was denn?«

»Toupet hatte ein riesiges Radio unter dem Bett versteckt. So ein Langwellengerät.« Reinette unterbrach sich, ihr schien plötzlich unbehaglich zumute zu sein.

»Na und?« Ich betrachtete den goldfarbenen Lippenstift in ihrer Hand und versuchte zu verstehen, wo der Zusammenhang war.

Sie verzog ihr Gesicht zu einem unangenehmen Erwachsenenlächeln. »Ich weiß, dass wir uns von den *boches* fern halten sollen, aber man kann ihnen nicht die ganze Zeit aus dem Weg gehen«, sagte sie herablassend. »Ich meine, wir laufen ihnen doch dauernd über den Weg, am Schultor oder im Kino.« Das war etwas, worum ich Reine-Claude und Cassis beneidete: Donnerstags durften sie mit dem Fahrrad in die Innenstadt von Angers fahren und ins Kino oder in ein Café gehen. Ich machte ein beleidigtes Gesicht.

»Erzähl weiter«, forderte ich sie auf.

»Mach ich ja«, stöhnte Reinette. »Gott, Boise, du bist immer so *ungeduldig.*« Sie strich sich die Haare aus dem Gesicht. »Wie gesagt, man kann den Deutschen nicht immer aus dem Weg gehen. Und außerdem sind sie nicht alle schlecht.« Schon wieder dieses Lächeln. »Manche sind sogar richtig nett. Jedenfalls netter als der alte Toupet.«

Ich zuckte gelangweilt die Achseln. »Also hat einer von denen dir den Lippenstift gegeben«, sagte ich verächtlich. So ein Theater wegen so einer Kleinigkeit, dachte ich. Typisch Reinette, sich dermaßen aufzuspielen.

»Wir haben ihnen gesagt – naja, einem von ihnen –, dass Toupet ein Radio hat.« Aus irgendeinem Grund errötete sie. »Er hat uns den Lippenstift gegeben, ein paar Zigaretten für Cassis und, naja, alles Mögliche.« Sie sprach jetzt ganz schnell, es sprudelte nur so aus ihr heraus, und ihre Augen leuchteten.

»Nachher hat Yvonne Cressonnet erzählt, sie hätte gesehen, wie sie an Toupets Tür geklopft haben. Sie haben das Radio abgeholt und Toupet mitgenommen, und anstatt Latein haben wir jetzt eine zusätzliche Erdkundestunde bei Madame Lambert, und keiner weiß, was mit Toupet passiert ist.«

Sie sah mir in die Augen. Ich erinnere mich, dass ihre beinahe golden schimmerten, so wie geschmolzener Zucker, kurz bevor er braun wird.

»Wahrscheinlich ist ihm überhaupt nichts passiert«, sagte ich. »Die würden einen alten Mann doch nicht an die Front schicken, bloß weil er ein Radio hat.«

»Nein, natürlich nicht.« Ihre Antwort kam zu hastig. »Außerdem hätte er es sowieso nicht haben dürfen.«

»Genau«, pflichtete ich ihr bei. Das war gegen die Regeln. Ein Lehrer hätte das wissen müssen. Reine betrachtete ihren Lippenstift, drehte ihn liebevoll hin und her.

»Du erzählst also nichts?« Sie streichelte zärtlich meinen Arm. »Du behältst es für dich, oder?«

Ich rückte von ihr weg und rieb mir unwillkürlich die Stelle, an der sie mich berührt hatte. Ich konnte es noch nie ausstehen, getätschelt zu werden. »Seht ihr die Deutschen oft, du und Cassis?«, fragte ich.

Sie hob die Schultern. »Manchmal.«

»Habt ihr denen noch mehr erzählt?«

»Nein«, erwiderte sie eilig. »Wir reden nur ein bisschen mit denen. Hör zu, Boise, du sagst keinem was davon, ja?«

Ich lächelte. »Naja, *vielleicht* sag ich nichts. Nicht, wenn du mir einen Gefallen tust.«

Sie sah mich mit zusammengekniffenen Augen an. »Was willst du von mir?«

»Ich will ab und zu mit dir und Cassis nach Angers fahren. Ins Kino und ins Café und so.« Ich schwieg einen Moment, um meine Worte wirken zu lassen, und sie warf mir einen vernichtenden Blick zu. »Sonst«, fuhr ich in gespielt unschuldigem Ton fort, »erzähle ich Mama, dass ihr mit den Leuten redet, die Papa getötet haben. Dass ihr mit ihnen redet und für sie spioniert. Für die Feinde Frankreichs. Mal sehen, was sie dazu sagt.«

Reinette starrte mich entgeistert an. »Boise, du hast es *versprochen*!«

Ich schüttelte ernst den Kopf. »Das zählt nicht. Es ist meine patriotische Pflicht.«

Ich muss ziemlich überzeugend geklungen haben. Reinette erbleichte. Dabei war es mir gar nicht so ernst damit. Ich empfand den Deutschen gegenüber ja keine Feindseligkeit. Selbst dann nicht, wenn ich mir sagte, dass sie meinen Vater getötet hatten, dass der Mann, der für seinen Tod verantwortlich war, sich womöglich in Angers aufhielt, nur eine Stunde mit dem Fahrrad entfernt, dass er in einem Café saß, Gros-Plant trank und eine Gauloise rauchte. Ich hatte das Bild deutlich vor Augen, doch es zeigte wenig Wirkung. Vielleicht, weil ich das Gesicht meines Vaters nur noch verschwommen in Erinnerung hatte. Vielleicht auch, weil Kinder Streitereien zwischen Erwachsenen am liebsten aus dem Weg gehen, genauso wie Erwachsene kein Verständnis für die Feindseligkeiten haben, die plötzlich zwischen Kindern ausbrechen. Ich hatte einen ziemlich vorwurfsvollen Ton an den Tag gelegt, aber was ich wirklich wollte, hatte weder mit unserem Vater noch mit Frankreich oder dem Krieg etwas zu tun. Ich wollte wieder *dazugehören*, wie eine Erwachsene behandelt, in Geheimnisse eingeweiht werden. Und ich wollte ins Kino gehen, Stan Laurel und Oliver Hardy sehen oder Bela Lugosi oder Humphrey Bogart, wollte zwischen Cassis und Reine-Claude im flackernden Halbdunkel sitzen, vielleicht eine Tüte Pommes frites in der Hand oder eine Lakritzschnecke.

Reinette schüttelte den Kopf. »Du bist ja verrückt. Du weißt genau, dass Mama dich niemals allein in die Stadt fahren lassen würde. Du bist viel zu jung. Außerdem –«

»Ich wäre ja nicht allein. Ich würde bei dir oder Cassis auf dem Fahrrad mitfahren«, beharrte ich. Reine benutzte das Fahrrad unserer Mutter, Cassis fuhr mit dem Rad unseres Vaters zur Schule, einem schwerfälligen, schwarzen Drahtesel. »Es sind doch bald Ferien. Wir könnten alle zusammen nach Angers fahren, ins Kino gehen, uns ein bisschen umsehen.«

Meine Schwester blickte mich finster an. »Sie will bestimmt, dass wir zu Hause bleiben und auf dem Hof helfen. Du wirst schon sehen. Sie gönnt einem keinen Spaß.«

»So oft, wie sie in letzter Zeit Orangen riecht, spielt das doch keine Rolle«, erwiderte ich. »Wir schleichen uns einfach fort. Wenn sie erst mal in ihrem verdunkelten Zimmer liegt, kriegt sie sowieso nichts mehr mit.«

Reine sah mich an und machte einen letzten, schwachen Versuch, sich zur Wehr zu setzen.

»Du bist verrückt!« Damals war in Reines Augen alles verrückt, was ich tat. Es war verrückt, im Fluss zu tauchen, es war verrückt, auf einem Bein im Baumhaus herumzuhüpfen, Widerworte zu geben, grüne Feigen oder saure Äpfel zu essen.

Ich schüttelte den Kopf. »Es ist bestimmt ganz leicht. Du kannst dich auf mich verlassen.«

Sie sehen, wie unschuldig alles anfing. Keiner von uns wollte irgendjemandem Schaden zufügen, dennoch ist die Erinnerung daran wie ein Stachel in mir. Meine Mutter erkannte die Gefahr als Erste. Ich war unruhig und angespannt. Sie spürte es und versuchte, mich zu schützen, indem sie mich in ihrer Nähe hielt, obwohl sie sich allein viel wohler fühlte. Sie begriff mehr, als ich ahnte.

Nicht dass es mich interessiert hätte. Ich hatte einen Plan, und der war so sorgfältig ausgeklügelt wie meine Hechtfallen im Fluss. Einmal dachte ich, Paul hätte mich durchschaut, aber er sagte nie ein Wort darüber. Harmlose Anfänge, die zu Lügen, Täuschung und Schlimmerem führten.

Es begann mit einem Obststand, eines Samstags auf dem Wochenmarkt. Es war der fünfte Juli, zwei Tage nach meinem neunten Geburtstag.

Es begann mit einer Orange.

6

Bisher hatte es immer geheissen, ich sei zu klein, um am Markttag mit in die Stadt zu kommen. Meine Mutter fuhr am frühen Morgen nach Angers und baute ihren kleinen Stand neben der Kirche auf. Häufig nahm sie Cassis oder Reinette mit. Ich blieb auf dem Hof zurück und sollte alle möglichen Arbeiten erledigen, doch meistens verbrachte ich die Zeit mit Angeln oder im Wald mit Paul.

Doch nun erklärte meine Mutter mir in ihrer schroffen Art, ich sei jetzt alt genug, um mich nützlich zu machen. Ich könne nicht ewig ein kleines Mädchen bleiben. Sie musterte mich mit einem durchdringenden Blick. Außerdem könne es ja sein, fügte sie hinzu – in beiläufigem Ton, ohne anzudeuten, dass es sich um eine Vergünstigung handelte –, dass ich im Laufe des Sommers einmal mit meinem Bruder und meiner Schwester ins Kino gehen wolle ...

Offenbar hatte Reinette bereits Vorarbeit geleistet. Niemand anders hätte unsere Mutter zu solch einem Zugeständnis überreden können. Sie mochte hartherzig sein, doch wenn sie mit Reinette sprach, schien ihr Blick sanfter zu werden, kam unter ihrer rauen Schale ein weicher Kern zum Vorschein. Ich murmelte irgendetwas Unverschämtes als Antwort.

»Im Übrigen schadet es nicht«, fuhr meine Mutter fort,

»wenn du lernst, Verantwortung zu übernehmen. Du kannst dich nicht immer nur rumtreiben. Es wird Zeit, dass du begreifst, worauf es im Leben ankommt.«

Ich nickte, versuchte, mich so gefügig zu geben wie Reinette.

Ich glaube nicht, dass meine Mutter sich täuschen ließ. Sie hob eine Braue und sagte spöttisch: »Du kannst mir am Stand helfen.«

Und so begleitete ich sie zum ersten Mal in die Stadt. Wir fuhren zusammen mit dem Pferdewagen, unsere Ware in Kisten verstaut und mit einer Plane bedeckt. In einer Kiste waren Kuchen und Kekse, in einer anderen Käse und Eier, und die restlichen waren mit Obst gefüllt. Die eigentliche Erntezeit hatte noch nicht begonnen, und außer den Erdbeeren, von denen es in jenem Jahr reichlich gab, war kaum etwas reif. Wir besserten unser Einkommen auf, indem wir Marmelade verkauften, gesüßt mit dem Rübenzucker vom vergangenen Herbst.

In Angers herrschte reges Treiben. Auf der Hauptstraße drängten sich Karren dicht an dicht, mit Weidenkörben beladene Fahrräder wurden durch das Gedränge geschoben, dazwischen ein kleiner, offener Wagen mit lauter Milchkannen, eine Frau trug ein Brett mit Broten auf dem Kopf. Auf bereits aufgebauten Ständen türmten sich Tomaten, Auberginen, Zucchini, Zwiebeln und Kartoffeln. Woanders wurden Wolle und Tonkrüge feilgeboten, Wein und Milch, Eingemachtes, Besteck, Obst, gebrauchte Bücher, Brot, Fisch, Blumen. Wir waren frühzeitig an unserem Platz. Neben der Kirche befand sich ein Brunnen, aus dem die Pferde trinken konnten, und außerdem war es dort schattig. Meine Aufgabe bestand darin, die Ware einzupacken und den Kunden zu reichen, während meine Mutter das Geld entgegennahm. Ihre Fähigkeiten im Kopfrechnen waren phänomenal. Sie zählte die einzelnen Beträge blitzschnell zusammen, ohne sie je aufzuschreiben, und sie brauchte nie lange zu überlegen, wie viel Wechselgeld sie herausgeben musste. Das Geld steckte sie in ihre Kitteltaschen, die Scheine rechts, die Münzen links, und der Überschuss kam in eine alte Keksdose unter der Plane. Ich weiß noch genau, wie die Dose aussah: Sie war rosa und hatte ein Rosenmuster am oberen Rand. Ich erinnere mich noch an den Klang, den die Münzen machten, wenn sie in der Blechdose landeten. Meine Mutter misstraute Banken; sie bewahrte unsere Ersparnisse in einer Kiste unter dem Kellerboden auf, zusammen mit ihren besonders wertvollen Weinflaschen.

An jenem Markttag verkauften wir innerhalb der ersten Stunde alle unsere Eier und all unseren Käse. An der Kreuzung standen Soldaten, die Gewehre lässig in der Armbeuge, die Gesichter gelangweilt. Meine Mutter bemerkte, wie ich zu den Männern in den grauen Uniformen hinüberschaute.

»Starr nicht so!«, fauchte sie mich an.

Selbst wenn sie über den Markt gingen, durften wir sie nicht beachten. Meine Mutter legte eine Hand auf meinen Arm, und ich spürte, wie sie erschauerte, als ein Deutscher an unserem Stand stehen blieb, doch ihre Miene verriet nichts. Ein stämmiger Mann mit einem runden Gesicht. Seine blauen Augen leuchteten.

»Ach, was für schöne Erdbeeren.« Seine Stimme klang gutmütig, entspannt. Mit seinen dicken Fingern nahm er eine Erdbeere und steckte sie in den Mund. »Schmeckt gut!« Er tat übertrieben verzückt, verdrehte die Augen und lachte mich an. »Wun-der-bar.« Unwillkürlich musste ich lächeln.

Meine Mutter drückte meinen Arm fester, um mich zur Ordnung zu rufen. Ich spürte die Nervosität in ihren Fingern. Erneut schaute ich den Deutschen an, versuchte zu ergründen, warum sie so angespannt war. Mit seiner Schirmmütze und der Pistole im Halfter sah er nicht gefährlicher aus als die Männer, die manchmal in unser Dorf kamen. Ich lächelte wieder, mehr aus Trotz meiner Mutter gegenüber als aus irgendeinem anderen Grund.

»Gut, ja«, wiederholte ich und nickte. Der Deutsche lachte, nahm sich noch eine Erdbeere und mischte sich wieder unter die Leute; seine schwarze Uniform in dem bunten Gewimmel auf dem Markt erinnerte an Trauerkleidung.

Später versuchte meine Mutter, mir ihr Verhalten zu erklären. Alle Männer in Uniform seien gefährlich, sagte sie, vor allem die in den schwarzen, denn sie seien keine gewöhnlichen Soldaten, sondern gehörten der Militärpolizei an. Selbst die anderen Deutschen fürchteten sich vor ihnen. Sie seien zu allem fähig. Es spiele keine Rolle, dass ich erst neun Jahre alt sei. Eine falsche Bewegung, und ich würde womöglich erschossen. *Erschossen*, ob ich das verstanden hätte. Ihr Gesicht war ausdruckslos, aber ihre Stimme zitterte, und sie fasste sich immer wieder hilflos an die Schläfe, so wie sie es tat, wenn sie Kopfschmerzen bekam. Ich hörte ihr kaum zu. Zum ersten Mal hatte ich dem Feind von Angesicht zu Angesicht gegenübergestanden. Als ich später im Ausguck darüber nachdachte, erschien mir der Mann ziemlich harmlos, regelrecht enttäuschend. Ich hatte etwas Eindrucksvolleres erwartet.

Der Markt ging bis zwölf Uhr. Wir hatten schon vorher alles verkauft, blieben aber noch, um selbst ein paar Einkäufe zu erledigen und um die übrig gebliebenen Waren einzusammeln, die wir manchmal von anderen Händlern bekamen: überreifes Obst, Fleischreste, Gemüse, das sich nicht mehr bis zum nächsten Tag halten würde. Meine Mutter schickte mich zum Stand des Lebensmittelhändlers, während sie an Madame Petits Stoffstand ein

Stück Fallschirmseide erstand, die dort unter dem Ladentisch verkauft wurde. Jede Art von Stoff war schwer zu bekommen, und wir trugen alle gebrauchte Kleider. Meins hatte meine Mutter aus zwei alten Kleidern genäht, es hatte ein graues Oberteil und einen Rock aus blauem Leinen. Der Fallschirm, erklärte meine Mutter mir, sei auf einem Feld in der Nähe von Courlé gefunden worden, und das Stück, das sie gekauft habe, reiche für eine neue Bluse für Reinette.

»Hat mich ein Vermögen gekostet«, murmelte sie. »Leute wie Madame Petit kommen immer durch, selbst im Krieg.«

Ich fragte sie, was sie damit meinte.

»Juden. Die machen alles zu Geld. Verkauft die Seide zu Wucherpreisen, obwohl sie selbst keinen Sou dafür bezahlt hat.« Es lag kein Zorn in der Stimme meiner Mutter, eher ein Hauch von Bewunderung. Als ich sie fragte, was Juden denn täten, zuckte sie die Achseln. Wahrscheinlich wusste sie es selbst nicht genau.

»Dasselbe wie wir, nehme ich an. Sie schlagen sich durch.« Sie befühlte die Seide in ihrer Kitteltasche. »Trotzdem ist es nicht recht«, murmelte sie. »Das ist Wucher.«

Mir war das alles zu kompliziert. So ein Theater um ein Stück Stoff. Aber was Reinette haben wollte, das bekam sie auch. Ein Stück Samtband, für das man Schlange stehen und um dessen Preis man feilschen musste, die besten von Mutters alten Kleidern, weiße Söckchen, die sie jeden Tag zur Schule trug, und selbst als wir anderen nur noch in Holzschuhen herumliefen, besaß Reinette ein Paar schwarze Lederschuhe mit Schnallen. Mir machte das nichts aus. Ich war an Mutters seltsame Widersprüchlichkeiten gewöhnt.

Ich lief mit meinem Korb zwischen den Ständen herum. Die Leute, die die Situation unserer Familie kannten, gaben mir, was sie nicht mehr verkaufen konnten: ein paar Melonen und Auberginen, Endiviensalat, Spinat, etwas Brokkoli, eine Hand voll Aprikosen mit Druckstellen. Als ich am Stand des Bäckers Brot kaufte, schenkte er mir noch einige Croissants und zauste mir mit seiner großen Hand freundlich das Haar. Dem Fischhändler erzählte ich von meinen Angelabenteuern, und er gab mir ein paar gute Fischreste, sorgfältig in Zeitungspapier gewickelt. An einem Obst- und Gemüsestand blieb ich eine Weile stehen, bemüht, mich nicht durch meinen gierigen Blick zu verraten. Der Händler beugte sich gerade über eine Kiste mit roten Zwiebeln, und da entdeckte ich sie, auf dem Boden neben dem Stand: In einer Kiste im Schatten lagen, in violettes Seidenpapier gewickelt, fünf Orangen. Ich hatte kaum zu hoffen gewagt, bei meinem ersten Besuch in Angers welche zu Gesicht zu bekommen, aber da waren sie, glatt und geheimnisvoll in ihrer Verpackung. Plötzlich wollte ich unbedingt eine haben, mein Verlangen war so stark, dass ich keinen anderen Gedanken mehr fassen konnte.

Eine der Orangen war an den Rand der Kiste gerollt, sie lag fast direkt vor meinen Füßen. Der Händler wandte mir immer noch den Rücken zu. Sein Gehilfe, ein Junge etwa in Cassis' Alter, war damit beschäftigt, leere Kisten in den Lieferwagen zu stapeln. Der Händler musste ein reicher Mann sein, wenn er so ein Fahrzeug besaß, sagte ich mir. Das schien mein Vorhaben zusätzlich zu rechtfertigen.

Während ich so tat, als betrachtete ich ein paar Kartoffelsäcke, schlüpfte ich aus einem meiner Holzschuhe. Dann streckte ich vorsichtig den nackten Fuß vor und schob mit meinen vom vielen Klettern geübten Zehen die Orange aus der flachen Kiste. Wie erwartet, rollte sie ein Stück zur Seite, blieb dann aber liegen, halb verdeckt von dem grünen Tuch, das einen Nachbarstand bedeckte.

Sofort stellte ich meinen Korb auf die Orange und bückte mich, als wollte ich einen Stein aus meinem Schuh entfernen. Zwischen meinen Beinen hindurch beobachtete ich den Händler, der gerade die restlichen Kisten in seinen Lieferwagen lud. Er bemerkte nicht, wie ich die gestohlene Orange in meinen Korb schmuggelte.

Es war ganz einfach, verblüffend einfach. Mein Herz klopfte so wild, und mein Gesicht brannte so heiß, dass ich fürchtete, mich zu verraten. Die Orange in dem Korb kam mir vor wie eine Handgranate. Ich richtete mich auf und ging zurück zum Standplatz meiner Mutter.

Plötzlich erstarrte ich. Von der anderen Seite des Platzes aus beobachtete mich ein deutscher Soldat. Er lehnte lässig am Brunnen, eine Zigarette in der Hand. Die Marktbesucher machten einen Bogen um ihn, und er stand reglos da, den Blick auf mich geheftet. Er musste meinen Diebstahl beobachtet haben. Es war kaum möglich, dass er nichts davon mitbekommen hatte.

Einen Augenblick lang starrte ich ihn an, vor Schreck wie gelähmt. Er starrte zurück, und ich fragte mich, was die Deutschen mit Dieben wohl machten. Dann zwinkerte er mir zu.

Nach kurzem Zögern wandte ich den Blick abrupt ab; meine Wangen brannten, die Orange in meinem Korb hatte ich schon beinahe vergessen. Ich wagte nicht, noch einmal zu ihm hinüberzusehen, obwohl sich unser Stand ganz in seiner Nähe befand. Ich zitterte so heftig, dass ich überzeugt war, meine Mutter würde es bemerken, aber sie war zu sehr mit anderen Dingen beschäftigt. Ich spürte den Blick des Deutschen in meinem Rücken und wartete eine Ewigkeit, wie es mir schien, auf einen Knall, aber nichts geschah.

Wir bauten den Stand ab und luden Böcke und Plane auf unseren Wagen. Während ich unsere Stute behutsam davor spannte, spürte ich die ganze Zeit den Blick des Deutschen. Die Orange, die ich in ein Stück Zeitungspapier vom Fischhändler gewickelt hatte, damit meine Mutter den Duft nicht bemerkte, hatte ich in meiner Schürzentasche versteckt. Ich stopfte die Hände in die Taschen, damit keine verräterische Beule die Aufmerksamkeit meiner Mutter erregte, und sagte auf der ganzen Heimfahrt kein Wort.

7

Paul war der Einzige, dem ich von der Orange erzählte, und das auch nur, weil er unerwartet im Ausguck auftauchte und mich dabei erwischte, wie ich meine Beute stolz bewunderte. Er hatte noch nie eine Orange gesehen. Zuerst dachte er, es wäre ein Ball. Als ich sie ihm reichte, nahm er sie beinahe ehrfürchtig in beide Hände, als könnte sie plötzlich Flügel bekommen und davonfliegen.

Wir halbierten die Frucht und hielten die beiden Hälften über große Blätter, damit kein Tropfen des kostbaren Safts verloren ging. Es war eine gute Orange, mit dünner Schale und wunderbar süß. Ich erinnere mich noch, wie gierig wir den Saft aussaugten, wie wir das Fruchtfleisch mit den Zähnen von der Schale rissen und solange darauf herumkauten, bis wir einen bitteren Geschmack im Mund hatten. Paul wollte die Schalen schon im hohen Bogen aus dem Baumhaus werfen, doch ich hielt ihn zurück.

»Gib sie mir«, sagte ich.

»Warum?«

»Ich brauch sie noch.«

Als er weg war, machte ich mich daran, den letzten Teil meines Plans auszuführen. Mit dem Taschenmesser schnitt ich die Orangenschale in winzige Stücke. Der verführerische, süßsaure Duft stieg mir in die Nase. Auch die Blätter, die wir als Teller benutzt hatten, hackte ich klein; sie dufteten fast nicht, aber sie würden die Schalenstücke eine Zeit lang feucht halten. Dann wickelte ich das Gemisch in ein Stück Musselin, das ich aus einer Kiste mit Einweckutensilien meiner Mutter gestohlen hatte, und band es fest zu. Anschließend legte ich den Musselinbeutel mit seinem duftenden Inhalt in eine Tabaksdose, die ich in meine Tasche steckte.

Ich hätte eine gute Mörderin abgegeben. Alles war sorgfältig geplant, die Spuren des Verbrechens innerhalb weniger Minuten beseitigt. Ich wusch mich in der Loire, um den Orangenduft von meinem Gesicht und meinen Händen zu entfernen, schrubbte meine Handflächen mit Sand, bis sie wund waren, reinigte mir die Fingernägel mit einem kleinen Stöckchen. Auf dem Heimweg durch die Felder pflückte ich wilde Minze und rieb damit meine Achselhöhlen, Hände, Knie und meinen Hals ein, um womöglich verbliebene Duftspuren zu überdecken. Meine Mutter bemerkte jedenfalls nichts, als ich nach Hause kam. Sie war gerade dabei, aus den Fischresten vom Markt eine Suppe zuzubereiten, und die ganze Küche war erfüllt vom Duft nach Rosmarin, Knoblauch und Tomaten.

Gut. Ich berührte die Tabaksdose in meiner Tasche. Sehr gut.

Natürlich wäre mir ein Donnerstag lieber gewesen. Donnerstags fuhren Cassis und Reinette gewöhnlich nach Angers, denn an dem Tag bekamen sie ihr Taschengeld. Andererseits war ja noch gar nicht sicher, dass mein Plan funktionierte. Das musste ich erst ausprobieren.

Ich versteckte die Tabaksdose – nachdem ich sie geöffnet hatte – unter dem Ofenrohr im Wohnzimmer. Der Ofen war natürlich kalt, aber die Rohre, die ihn mit dem heißen Küchenherd verbanden, waren warm genug für meine Zwecke. Innerhalb weniger Minuten verbreitete der Inhalt des Musselinbeutels einen unverkennbaren Duft.

Wir setzten uns zum Essen an den Tisch.

Die Fischsuppe schmeckte köstlich, und ich aß mit großem Appetit. Frisches Fleisch gab es damals äußerst selten, aber das Gemüse bauten wir selbst an, und meine Mutter bewahrte drei Dutzend Flaschen Olivenöl in ihrem Versteck im Keller auf.

»Boise, nimm die Ellbogen vom Tisch!«, sagte sie schroff, und ich sah, wie sie sich unwillkürlich an die Schläfen fasste. Ich musste lächeln. Es funktionierte.

Meine Mutter saß dem Ofenrohr am nächsten. Wir aßen schweigend, doch immer wieder rieb sie sich die Schläfen, die Wangen und die Augen. Cassis und Reine beugten sich stumm über ihre Teller. Die Hitze war drückend, und beinahe hätte ich vor Mitgefühl selbst Kopfschmerzen bekommen.

Plötzlich fauchte sie: »Ich rieche Orangen. Hat einer von euch Orangen ins Haus gebracht?« Ihre Stimme klang schrill, vorwurfsvoll. »Nun? *Nun?*«

Wir schüttelten den Kopf.

Wieder griff sie sich an die Schläfen, massierte sie vorsichtig.

»Ich weiß genau, dass ich Orangen rieche. Habt ihr wirklich keine Orangen mitgebracht?«

Cassis und Reine saßen am weitesten von der Tabaksdose entfernt, und vor ihnen stand der Topf mit Suppe, die nach Wein, Fisch und Olivenöl duftete. Außerdem kannten wir die Migräneanfälle unserer Mutter; die beiden wären nie auf die Idee gekommen, dass der Orangenduft, von dem sie sprach, auf etwas anderem beruhen könnte, als auf ihrer Einbildung. Ich hielt mir die Hand vors Gesicht, um mein Lächeln zu verbergen.

»Boise, das Brot bitte.«

Ich reichte ihr den Brotkorb. Sie nahm ein Stück, aß jedoch keinen Bissen davon, sondern schob es gedankenversunken auf der roten Plastiktischdecke hin und her, drückte ihre Finger in die weiche Mitte, sodass sich lauter Krümel um ihren Teller herum verteilten. Wenn ich das getan hätte, hätte sie mich sofort zurechtgewiesen.

»Boise, geh bitte den Nachtisch holen.«

Mit kaum verhohlener Erleichterung stand ich auf. Vor Aufregung und Angst war mir beinahe übel, und als ich mein Spiegelbild in den blank geputzten Töpfen sah, schnitt ich mir boshafte Grimassen. Der Nachtisch bestand aus Obst und selbst gebackenen Keksen – aus zerbrochenen, natürlich; die Guten verkaufte sie. Ich beobachtete, wie meine Mutter die Aprikosen, die wir vom Markt mitgebracht hatten, misstrauisch untersuchte. Sie drehte jede Einzelne mehrmals um, roch sogar daran, als könnte eine davon eine verkleidete Orange sein. Dabei hatte sie eine Hand die ganze Zeit an der Schläfe, wie um ihre Augen vor grellem Sonnenlicht zu schützen. Sie nahm einen halben Keks, zerkrümelte ihn jedoch nur über ihrem Teller.

»Reine, spül das Geschirr ab. Ich gehe in mein Zimmer und lege mich hin. Ich glaube, ich kriege Kopfschmerzen.« Die Stimme meiner Mutter klang normal, nur ihre Finger, die immer wieder über ihr Gesicht und ihre Schläfen fuhren, verrieten ihre Qual. »Reine, vergiss nicht, die Vorhänge zuzuziehen und die Fensterläden zu schließen. Boise, räum die Teller ordentlich weg, wenn Reine mit dem Spülen fertig ist.« Selbst in diesem Zustand war es ihr wichtig, ihre strenge Ordnung aufrechtzuerhalten. Die Teller, sorgfältig mit einem sauberen Tuch abgetrocknet, mussten nach Größe und Farbe sortiert werden. Das Geschirr einfach abtropfen zu lassen, kam nicht in Frage. Die Geschirrtücher mussten draußen ordentlich zum Trocknen aufgehängt werden. »Macht das Spülwasser heiß genug, habt ihr gehört?«, sagte sie gereizt. »Und denkt dran, die guten Teller auf beiden Seiten abzutrocknen. Dass ihr mir nichts halbnass in den Schrank stellt, verstanden?«

Ich nickte. Sie verzog das Gesicht. »Reine, gib Acht, dass Boise alles richtig macht.« Ihre Augen wirkten beinahe fiebrig. Mit einer seltsam ruckartigen Bewegung drehte sie den Kopf und warf einen Blick auf die Uhr. »Und verriegelt die Türen. Die Fensterläden auch.« Endlich machte sie sich auf den Weg, drehte sich jedoch noch einmal um, zögerte, sträubte sich, uns unbeaufsichtigt zu lassen. In dem scharfen Ton, mit dem sie ihre Ängstlichkeit überspielte, sagte sie zu mir: »Sei vorsichtig mit den guten Tellern, Boise.«

Dann war sie weg. Ich hörte, wie sie im Badezimmer Wasser laufen ließ. Ich zog die Vorhänge im Wohnzimmer zu, holte die Tabaksdose aus ihrem Versteck hervor, ging in den Flur und sagte so laut, dass meine Mutter es hören konnte: »Ich mach die Fensterläden in den Schlafzimmern zu.«

Zuerst nahm ich mir das Zimmer meiner Mutter vor. Ich schloss die Fensterläden, zog den Vorhang vor, dann sah ich mich hastig um. Im Badezimmer lief immer noch Wasser. Schnell entfernte ich den gestreiften Bezug vom Kopfkissen, schnitt mit meinem Taschenmesser einen winzigen Schlitz in den Saum und drückte den Musselinbeutel hinein. Mit der Klinge schob ich ihn so tief wie möglich in die Federn, damit keine verräterische Beule zu sehen war. Anschließend steckte ich das Kissen zurück in die Hülle und zog mit wild klopfendem Herzen die Bettdecke wieder glatt.

Gerade rechtzeitig schlüpfte ich aus dem Zimmer. Meine Mutter kam mir auf dem Flur entgegen, warf mir einen misstrauischen Blick zu, sagte aber nichts. Sie wirkte abwesend, ihre Augenlider waren schwer, und ihr Haar hing offen über ihre Schultern. Sie duftete nach Seife, und im Halbdunkel des Flurs sah sie aus wie Lady Macbeth – über die ich kürzlich in einem von Cassis' Heftchen gelesen hatte –, wie sie sich das Gesicht rieb, als wäre es Blut und kein Orangensaft, den sie vergeblich wegzuwischen versuchte.

Einen Augenblick lang zögerte ich. Sie sah so alt aus, so erschöpft. In meinem Kopf begann es zu pochen, und ich fragte mich, was sie tun würde, wenn ich zu ihr gehen und mich an sie schmiegen würde. Tränen stiegen mir in die Augen. Warum tat ich ihr das an? Dann dachte ich an die Alte Mutter, die am Grund der Loire lauerte, an ihren wahnsinnigen, boshaften Blick und an den Schatz in ihrem Bauch.

»Was gibt's da zu glotzen?«, fuhr meine Mutter mich an.

»Nichts.« Meine Augen waren wieder trocken. Sogar das Pochen in meinem Kopf verschwand so schnell, wie es gekommen war. »Gar nichts.«

Ich hörte, wie sie die Tür hinter sich schloss, und ging zurück ins Wohnzimmer, wo mein Bruder und meine Schwester auf mich warteten. Innerlich musste ich grinsen.

8

»Du bist ja verrückt!« Reinette waren mal wieder die Argumente ausgegangen, aber das dauerte ja nie besonders lange.

»Ob wir es morgen machen oder ein andermal, ist doch egal«, erklärte ich ihr. »Sie schläft bestimmt den ganzen Vormittag, und wenn wir unsere Arbeit im Haus erledigt haben, können wir einfach verschwinden.« Ich sah sie durchdringend an. Da ist immer noch die Sache mit dem Lippenstift, sagte ihr mein Blick. Es war erst zwei Wochen her. Ich hatte es nicht vergessen. Cassis beäugte uns neugierig; anscheinend hatte sie ihm nichts davon erzählt.

»Sie wird bestimmt wütend, wenn sie es rauskriegt«, sagte er langsam.

Ich zuckte die Achseln. »Wie soll sie es denn rauskriegen? Wir sagen einfach, wir waren im Wald Pilze sammeln. Wahrscheinlich liegt sie sowieso noch im Bett, wenn wir zurückkommen.«

Cassis überlegte. Reinette sah ihn zugleich flehend und ängstlich an.

»Sag doch was, Cassis«, bettelte sie. Dann, mit leiser, zerknirschter Stimme: »Sie weiß Bescheid. Sie hat's rausgefunden. Fast alles hat sie aus mir rausgequetscht.«

»Oh.« Er schaute mich an, und ich spürte, dass sich zwischen uns etwas änderte; in seinem Blick lag fast so etwas wie Bewunderung. Er zuckte die Achseln – *wen interessiert das schon?* –, musterte mich jedoch immer noch aufmerksam und prüfend.

»Es war nicht meine Schuld«, jammerte Reinette.

»Sie ist eben ein schlaues, kleines Biest«, sagte Cassis leichthin. »Früher oder später hätte sie es sowieso rausgefunden.« Das war ein großes Lob, und einige Monate zuvor wäre ich vor Stolz schwach geworden, doch nun starrte ich ihn nur unverwandt an. »Außerdem«, fuhr er in demselben beiläufigen Ton fort, »ob wir sie mitnehmen oder nicht, sie kann sowieso nicht bei Mama petzen gehen.« Ich war erst neun, ziemlich frühreif für mein Alter, aber immer noch kindlich genug, um mich durch seine verächtliche Bemerkung verletzt zu fühlen.

»Ich *petze* nicht!«

»Meinetwegen kannst du mitkommen, Hauptsache, du bezahlst für dich selbst«, erwiderte er ungerührt. »Ich sehe nicht ein, warum wir für dich bezahlen sollen. Ich nehme dich auf meinem Fahrrad mit, mehr nicht. Um alles andere musst du dich selbst kümmern. Abgemacht?«

Es war ein Test. Ich sah es an seinem spöttischen Lächeln, dem Lächeln des großen Bruders, der manchmal sein letztes Stück Schokolade mit mir teilte, manchmal aber auch mit meinen Armen Brennnessel spielte, bis sich blaue Flecken unter meiner Haut bildeten.

»Aber sie kriegt doch noch gar kein Taschengeld«, sagte Reinette. »Was hat sie davon, wenn wir sie mitnehmen und –«

Cassis zuckte die Achseln. Es war eine typische abschließende Geste, eine männliche Geste – *Ich habe gesprochen*. Die Arme vor der Brust verschränkt, wartete er lächelnd auf meine Reaktion.

»In Ordnung«, sagte ich, bemüht, gelassen zu wirken. »Von mir aus.«

»Also gut«, entschied er. »Morgen fahren wir.«

9

Morgens mussten wir immer als Erstes das Wasser, das zum Kochen und Waschen benötigt wurde, mit Eimern in die Küche schleppen. Wir hatten kein fließendes Wasser, nur die Handpumpe am Brunnen hinter dem Haus. Auch Elektrizität gab es noch nicht in Les Laveuses, und als die Gasflaschen knapp wurden, kochten wir auf dem mit Holz befeuerten Herd in der Küche. Der Ofen befand sich draußen, es war ein altmodischer Holzkohleofen, der aussah wie ein riesiger Zuckerhut. Neben dem Ofen stand der Brunnen. Alles Wasser, das wir brauchten, holten wir von dort; einer von uns hielt den Eimer, und der andere bediente die Pumpe. Die Brunnenöffnung war mit einem Holzdeckel samt Vorhängeschloss gesichert, um Unfälle zu verhindern. Wenn meine Mutter uns nicht sehen konnte, wuschen wir uns unter der Handpumpe, stellten uns einfach unter den kalten Wasserstrahl. Wenn sie dabei war, mussten wir kleine Zinkwannen mit auf dem Herd angewärmtem Wasser benutzen und uns mit rauer Teerseife schrubben, die unsere Haut wie Bimsstein aufscheuerte und auf dem Wasser hässlichen, grauen Schaum hinterließ.

An jenem Sonntag wussten wir, dass unsere Mutter vorerst nicht aufstehen würde. Wir hatten gehört, wie sie in der Nacht gestöhnt und sich in dem großen Bett, das sie früher mit unserem Vater geteilt hatte, hin und her gewälzt hatte, wie sie im Zimmer auf und ab gegangen war und die Fenster geöffnet hatte, um frische Luft hereinzulassen. Mit lautem Knall waren die Fensterläden gegen die Hauswand geschlagen. Ich hatte lange wach gelegen und den Geräuschen aus ihrem Zimmer gelauscht. Gegen Mitternacht war ich eingeschlafen; als ich etwa eine Stunde später wieder aufwachte, rumorte sie immer noch in ihrem Zimmer herum.

Heute mag es herzlos klingen, aber alles, was ich damals empfand, war Genugtuung. Ich bereute nicht, was ich getan hatte, verspürte nicht einmal Mitleid mit ihr. Damals hatte ich keine Vorstellung davon, wie sehr sie litt, wie qualvoll Schlaflosigkeit sein kann. Dass der kleine, mit Orangenschalen gefüllte Beutel in ihrem Kopfkissen eine solche Wirkung zeigte, war beinahe unfassbar für mich. Je mehr sie sich auf dem Kissen wälzte, desto intensiver musste der Duft geworden sein, verstärkt durch ihre Körperwärme. Und je intensiver der Duft wurde, desto größer wurde ihre Angst, dass es nicht mehr lange dauern konnte, bis der Migräneanfall kam. Ihre Nase sagte ihr, dass sie Orangen roch, aber ihr Verstand widersprach – *Wo sollen Orangen herkommen, Herrgott nochmal?* –, dennoch war das ganze Zimmer erfüllt von ihrem Duft.

Um drei Uhr stand sie auf, zündete eine Lampe an und begann, in ihre Kladde zu schreiben. Ich könnte nicht beweisen, dass sie die Zeilen zu dem Zeitpunkt geschrieben hat – sie hat ihre Aufzeichnungen nie datiert –, dennoch bin ich mir ganz sicher.

»Es ist schlimmer denn je«, schreibt sie. Ihre Handschrift ist winzig, wie eine Ameisenkolonne, die in violetter Tinte über die Seite krabbelt. »Ich liege im Bett und frage mich, ob ich je wieder Schlaf finden werde. Was auch geschieht, schlimmer kann es nicht mehr werden. Selbst verrückt zu werden, wäre eine Gnade.« Und später, unter einem Rezept für einen Kartoffel-Vanille-Auflauf, notiert sie: »Wie die Uhr bin ich halbiert. Um drei Uhr morgens scheint alles möglich.«

Danach nahm sie ihre Morphiumtabletten. Sie bewahrte sie im Badezimmerschrank auf, neben dem Rasierzeug meines toten Vaters. Ich hörte, wie sie die Tür öffnete und mit ihren nackten, schweißfeuchten Füßen über die Holzdielen tappste. Das Tablettenfläschchen wurde gerüttelt, dann goss sie aus einer Karaffe Wasser in eine Tasse. Als ich einige Zeit später aufstand, schlief sie tief und fest.

Reinette und Cassis schliefen auch noch, und das Licht, das unter den dichten Vorhängen hereindrang, war fahl. Es musste etwa fünf Uhr sein. Ich tastete im Dunkeln nach meinen Kleidern, zog mich hastig an und schlich lautlos aus unserem kleinen Zimmer. Es gab noch viel zu tun, bevor ich meine Geschwister wecken konnte.

Zuerst horchte ich an der Schlafzimmertür meiner Mutter. Stille. Ganz vorsichtig drückte ich die Türklinke hinunter. Eine Diele unter meinen Füßen knarrte – ein Geräusch wie von einem Knallfrosch. Ich erstarrte mitten in der Bewegung und lauschte angestrengt, ob sich ihr Atemrhythmus änderte. Als er gleichmäßig blieb, schob ich die Tür auf. Ein Fensterladen war nicht ganz geschlossen, und Licht drang ins Zimmer. Meine Mutter lag quer auf dem Bett. Sie hatte im Schlaf die Decke weggestrampelt, ein Kopfkissen war auf den Boden gefallen, das andere lag unter ihrem ausgestreckten Arm. Ihr Kopf hing halb aus dem Bett, und ihre Haare berührten den Boden. Es verwunderte mich nicht festzustellen, dass das Kissen, auf dem ihr Arm ruhte, dasjenige war, in dem ich den Musselinbeutel versteckt hatte. Ich kniete mich neben ihr auf den Boden. Sie atmete tief und regelmäßig. Unter ihren bläulich verfärbten Lidern bewegten ihre Augäpfel sich hin und her. Vorsichtig schob ich meine Hand in den Kissenbezug.

Es war ganz leicht. Meine Finger arbeiteten sich zu dem Säckchen vor, ich bekam es zu fassen und zog es langsam aus seinem Versteck, bis es sicher in meiner Handfläche lag. Meine Mutter rührte sich nicht. Ich hielt ihr das Säckchen unter die Nase, presste es zusammen, damit der Duft sich noch einmal entfalten konnte. Meine Mutter wimmerte im Schlaf und wandte den Kopf ab. Schließlich stopfte ich das Beutelchen in meine Tasche.

Nachdem ich noch einmal einen Blick auf meine Mutter geworfen hatte, als wäre sie ein gefährliches Ungeheuer, das sich schlafend stellt, schlich ich zum Kamin hinüber. Obenauf stand eine schwere, vergoldete Uhr mit einer gläsernen Kuppel. Sie wirkte seltsam unpassend über dem leeren, schwarzen Kamin, zu prachtvoll für das Zimmer meiner Mutter. Sie war ein Erbstück ihrer Mutter und eins ihrer wertvollsten Besitztümer. Ich hob die Glaskuppel hoch und drehte die Zeiger vorsichtig rückwärts, fünf Stunden, sechs, dann stülpte ich das Glas wieder über die Uhr.

Anschließend kramte ich die anderen Gegenstände auf dem Kaminsims um – ein gerahmtes Foto meiner Eltern, ein Foto meiner Großmutter, eine Vase mit einem Strauß getrockneter Blumen, eine Schale, in der drei Haarnadeln und eine gebrannte Mandel von Cassis' Tauffeier lagen. Die Fotos drehte ich zur Wand, die Vase stellte ich auf den Boden, die Haarnadeln klaubte ich aus der Schale und steckte sie in die Schürzentasche meiner Mutter. Dann hob ich die Kleidungsstücke, die sie am Abend ausgezogen hatte, vom Boden auf und verteilte sie im ganzen Zimmer. Einen Holzschuh legte ich auf den Lampenschirm, den anderen auf die Fensterbank. Das Kleid hängte ich ordentlich auf einen Bügel hinter der Tür, aber die Schürze breitete ich auf dem Boden aus wie eine Picknickdecke. Zum Schluss öffnete ich den Kleiderschrank und stellte die Tür so, dass meine Mutter sich vom Bett aus in dem auf der Innenseite befindlichen Spiegel sehen musste. Es würde das Erste sein, was sie erblickte, wenn sie aufwachte.

All das tat ich nicht aus Boshaftigkeit. Ich wollte ihr nicht wehtun, ich wollte sie nur verwirren, sie glauben lassen, sie hätte wirklich einen Anfall gehabt und ohne es zu wissen die Gegenstände auf dem Kaminsims umgekramt, ihre Kleidung im Zimmer verteilt und an der Uhr gedreht. Von meinem Vater wusste ich, dass sie manchmal Dinge tat, an die sie sich später nicht erinnerte, dass die Schmerzen sie in tiefste Verwirrung stürzen konnten. Die Wanduhr in der Küche zum Beispiel kam ihr plötzlich halbiert vor; sie sah nur noch die eine Hälfte und dort, wo die andere Hälfte sich befinden musste, die blanke Wand. Oder ein Weinglas schien sich aus eigener Kraft zu bewegen, stand erst rechts vom Teller, dann links. Oder ein Gesicht – meins, das meines Vaters, das von Raphaël im Café – bestand auf einmal nur noch aus einer Hälfte, als wäre die andere abgeschnitten worden, oder die Buchstaben in ihrem Kochbuch begannen, über die Seite zu tanzen.

All diese Einzelheiten kannte ich damals natürlich nicht. Das meiste erfuhr ich aus ihrer Kladde, aus ihren Aufzeichnungen, die manchmal regelrecht verzweifelt wirkten – »Um drei Uhr morgens scheint alles möglich« –, manchmal fast klinisch in der distanzierten Sachlichkeit, mit der sie die Symptome beschrieb.

»Wie die Uhr bin ich halbiert.«

10

Reine und Cassis schliefen immer noch, als ich mich auf den Weg machte. Ich schätzte, dass mir noch etwa eine halbe Stunde blieb, um meinen Plan zu vollenden, bevor sie von allein aufwachten. Ich schaute in den Himmel. Er war klar und hatte eine grünliche Farbe, mit einem blassgelben Streifen am Horizont. Noch zehn Minuten vielleicht, dann würde die Sonne aufgehen. Ich musste mich beeilen.

Ich holte einen Eimer aus der Küche, schlüpfte in meine Holzschuhe und lief so schnell ich konnte zum Fluss hinunter. Ich nahm die Abkürzung durch das Feld der Familie Hourias, auf dem Sonnenblumen ihre haarigen, noch grünen Köpfe in den bleichen Himmel reckten. In geduckter Haltung eilte ich zwischen den großen Blättern hindurch, die mich vor Blicken schützten, und der Eimer schlug mir bei jedem Schritt gegen das Bein. In weniger als fünf Minuten erreichte ich die Piratenfelsen.

Um fünf Uhr morgens liegt ein feiner Nebel über der ruhig dahinfließenden Loire. Das Wasser ist wunderbar zu dieser frühen Stunde, kühl und geheimnisvoll bleich, die Sandbänke erheben sich wie einsame Kontinente. Der Fluss duftet nach Nacht, und hier und da glitzert das erste Morgenlicht auf der Oberfläche. Ich zog meine Schuhe und mein Kleid aus und musterte das Wasser. Es wirkte trügerisch ruhig.

Der Letzte der Piratenfelsen, der Schatzfelsen, war etwa zehn Meter vom Ufer entfernt, und das Wasser um ihn herum sah seltsam samten aus, ein Anzeichen für eine starke Strömung. Ich könnte ertrinken, schoss es mir plötzlich durch den Kopf, und die Leute würden noch nicht einmal wissen, wo sie mich suchen sollten.

Aber ich hatte keine Wahl. Cassis hatte mich herausgefordert. Ich musste für alles selbst bezahlen. Wie sollte ich das tun ohne eigenes Taschengeld, wenn nicht mit dem Geldbeutel aus der Schatzkiste? Natürlich konnte es sein, dass er ihn längst herausgenommen hatte. Wenn ja, würde ich versuchen, etwas aus dem Portemonnaie meiner Mutter zu stehlen. Aber das widerstrebte mir. Nicht weil ich Diebstahl für besonders verwerflich gehalten hätte, sondern weil meine Mutter ein unglaublich gutes Gedächtnis hatte. Sie wusste immer ganz genau, wie viel Geld sich in ihrer Börse befand, bis auf den letzten *centime*. Sie würde mich sofort durchschauen.

Nein. Es musste die Schatzkiste sein.

Seit Cassis und Reinette Ferien hatten, waren sie kaum am Fluss gewesen. Sie hatten jetzt ihre eigenen Schätze – *Erwachsenen*schätze –, an denen sie sich erfreuten. Die wenigen Münzen in dem Geldbeutel beliefen sich auf ein paar Francs, mehr nicht. Ich verließ mich auf Cassis' Faulheit, auf seine Überzeugung, nur er sei in der Lage, die Schatzkiste heraufzuholen. Ich war mir sicher, dass das Geld noch dort war.

Vorsichtig stieg ich ins Wasser. Es war kalt, und der Flussschlamm kroch mir zwischen die Zehen. Ich watete weiter, bis das Wasser mir bis zur Taille reichte. Jetzt konnte ich die Strömung spüren, sie zerrte an mir wie ein ungeduldiger Hund an der Leine. Gott, wie stark sie hier schon war! Ich legte eine Hand an den ersten Pfeiler, drückte mich ab und ging einen Schritt weiter. Ein kleines Stück vor mir war die Stelle, wo der Grund steil abfiel und ich nicht mehr stehen konnte. Wenn er diese Stelle erreichte, tat Cassis immer so, als würde er ertrinken, ließ sich rücklings in die trüben Fluten fallen, schlug mit den Armen um sich und schrie und spuckte braunes Flusswasser. Reine fiel jedes Mal darauf herein, und sie kreischte vor Angst, wenn er untertauchte.

Ich hatte keine Zeit für solche Scherze. Mit den Zehen tastete ich nach der Kante. Da. Ich stieß mich ab, um mit dem ersten Schwimmzug so weit wie möglich zu gelangen, dabei hielt ich mich links von den Piratenfelsen. An der Oberfläche war das Wasser wärmer und die Strömung weniger stark. In einem leichten Bogen schwamm ich vom ersten Piratenfelsen zum nächsten. Die Pfeiler standen in Abständen von ungefähr vier Metern hintereinander. Wenn ich mich von einem der Pfeiler kräftig abstieß, schaffte ich mit einem Schwimmzug gut anderthalb Meter; dabei hielt ich mich stromaufwärts, um mit der Strömung zum nächsten Pfeiler zu gelangen. Wie ein kleines Boot, das gegen starken Wind ankämpft, arbeitete ich mich auf den Schatzfelsen zu, während ich die Strömung immer deutlicher spürte. Schließlich erreichte ich den vierten Pfeiler und stieß mich ab, um an mein Ziel zu gelangen. Doch die Strömung war so stark, dass ich am Schatzfelsen vorbeitrieb. Panik erfasste mich, als ich, wild mit Armen und Beinen rudernd, immer weiter in die Flussmitte geriet. Außer Atem und den Tränen nahe, gelang es mir schließlich, mich in die Nähe des letzten Pfeilers vorzukämpfen und die Kette zu ergreifen, an der die Schatzkiste befestigt war. Sie war mit grünem Schleim überzogen und fühlte sich eklig und glitschig an, doch ich hangelte mich an ihr entlang, um auf die andere Seite des Pfeilers zu gelangen.

Einen Moment lang verharrte ich dort und wartete, bis

mein wild pochendes Herz sich wieder beruhigt hatte. Dann, mit dem Rücken gegen den Pfeiler gedrückt, zog ich die Schatzkiste aus ihrem schlammigen Versteck. Das war gar nicht so einfach. Die Kiste selbst wog nicht besonders viel, aber mitsamt der Kette und der wasserdichten Plane, mit der sie umwickelt war, kam sie mir bleischwer vor. Zitternd vor Kälte, mit klappernden Zähnen, zerrte ich an der Kette, bis ich endlich spürte, dass etwas nachgab. Während ich wie verrückt mit den Beinen strampelte, um meine sichere Position an dem Pfeiler nicht zu verlieren, zog ich die Kiste herauf. Beinahe wäre ich erneut in Panik geraten, als sich meine Füße in der schlammverschmierten Plane verhedderten, doch dann spürte ich das Seil in meinen Händen, mit dem die Kiste an der Kette befestigt war. Zuerst dachte ich, mit meinen klammen Fingern würde ich es nicht schaffen, die Kiste zu öffnen, doch im nächsten Augenblick ging der Verschluss auf, und Wasser schoss in die Kiste. Ich fluchte. Aber dann sah ich, dass der Geldbeutel noch da war, ein altes, braunes Portemonnaie, das meine Mutter weggeworfen hatte, weil es sich nicht mehr richtig schließen ließ. Ich klemmte es mir zwischen die Zähne, verschloss die Kiste und ließ sie wieder in die Tiefe sinken. Die Plane war natürlich weg, und der restliche Inhalt der Kiste vom Wasser aufgeweicht, aber daran ließ sich nichts ändern. Cassis würde sich ein trockeneres Versteck für seine Zigaretten suchen müssen. Ich hatte das Geld, und das war das Einzige, was zählte.

Ich schwamm zurück zum Ufer, schaffte es jedoch nicht, die beiden letzten Pfeiler zu erwischen, sodass ich fast zweihundert Meter in Richtung der Straße nach Angers getrieben wurde, bis es mir endlich gelang, der Strömung zu entkommen und das rettende Ufer zu erreichen. Die ganze Aktion hatte wahrscheinlich nicht länger als zehn Minuten in Anspruch genommen.

Ich zwang mich, eine Verschnaufpause einzulegen. Auf meinem Gesicht spürte ich die sanfte Wärme der ersten Sonnenstrahlen, die den Schlamm auf meiner Haut trockneten. Noch immer zitterte ich vor Kälte und Erschöpfung. Ich zählte das Geld in dem Portemonnaie; es würde sicherlich für eine Kinokarte und ein Glas Limonade reichen. Gut. Dann ging ich zu der Stelle zurück, an der ich mein Kleid und meine Schuhe liegen gelassen hatte. Nachdem ich mich angezogen hatte, überprüfte ich noch rasch meine Reusen, warf einige kleine Fische zurück ins Wasser und ließ andere als Köder in den Fangkörben zurück. In einem Korb in der Nähe des Ausgucks fand ich tatsächlich einen kleinen Hecht – natürlich nicht die Alte Mutter –, und tat ihn in den Eimer, den ich mitgebracht hatte. Der restliche Fang, ein paar Aale aus dem flachen Wasser am Rand der großen Sandbank, eine ziemlich große Alwe aus einem meiner Netze wanderte ebenfalls in den Eimer – mein Alibi für den Fall, dass Cassis und Reine schon wach waren, wenn ich zurückkehrte. Anschließend schlich ich quer über die Felder nach Hause.

Ich tat gut daran, die Fische mitzubringen. Cassis war gerade dabei, sich unter der Pumpe zu waschen, als ich eintraf. Reine hatte sich Wasser warm gemacht und betupfte mit einem Waschlappen vorsichtig das Gesicht. Einen Augenblick lang musterten sie mich neugierig, dann grinste Cassis mich mit spöttischer Miene an.

»Du gibst wohl nie auf, was?«, sagte er und deutete mit seinem nassen Kopf auf den Fischeimer. »Was hast du da überhaupt?«

Ich zuckte die Achseln. »Ein paar Fische«, erwiderte ich leichthin. Der Geldbeutel befand sich in meiner Tasche, voller Befriedigung spürte ich sein Gewicht. »Einen Hecht, aber nur einen kleinen.«

Cassis lachte. »Die Kleinen fängst du vielleicht, aber die

Alte Mutter kriegst du nie. Und selbst wenn, was würdest du mit dem Vieh anfangen? So einen alten Hecht kann man sowieso nicht essen. Der schmeckt so bitter wie Wermut und ist voller Gräten.«

»Ich krieg sie«, sagte ich trotzig.

»Ach ja? Und dann? Willst du dir vielleicht was wünschen? Eine Million Francs und eine Wohnung in Paris?«

Ich schüttelte den Kopf.

»Ich würde mir wünschen, dass ich ein Filmstar werde«, sagte Reine und trocknete sich das Gesicht ab. »Hollywood sehen, all die Lichter und den Sunset Boulevard, und in einer Limousine fahren und jede Menge schöne Kleider haben.«

Cassis warf ihr einen verächtlichen Blick zu, der mich ungemein freute. Dann wandte er sich wieder an mich. »Also, was würdest du dir wünschen, Boise?« Er grinste herausfordernd. »Na, sag schon. Pelze? Autos? Eine Villa in Juan-les-Pins?«

Wieder schüttelte ich den Kopf. »Wenn ich sie erst gefangen hab, werd ich's schon wissen«, sagte ich trocken. »Und ich krieg sie, wart's nur ab.«

Cassis musterte mich einen Moment lang. Das Grinsen war aus seinem Gesicht verschwunden. Schließlich schnaubte er verächtlich und fuhr fort, sich zu waschen. »Du bist schon 'ne Marke, Boise, weißt du das?«

Dann beeilten wir uns, unsere Aufgaben zu erledigen, bevor unsere Mutter aufwachte.

11

Auf einem Bauernhof gibt es immer viel zu tun. Wir mussten Wasser aus dem Brunnen pumpen und in Blecheimern in den Keller stellen, damit es nicht von der Sonne aufgewärmt wurde, die Ziegen mussten gemolken werden, der Milcheimer mit einem Musselintuch zugedeckt und in die Kühlkammer gebracht werden, anschließend mussten die Ziegen aufs Feld getrieben werden, damit sie nicht das ganze Gemüse im Garten fraßen. Die Hühner und die Enten mussten gefüttert, die reifen Erdbeeren gepflückt werden. Der Backofen musste befeuert werden, obwohl nicht zu erwarten war, dass unsere Mutter an dem Tag backen würde. Unser Pferd, Bécassine, musste auf die Koppel geführt und der Wassertrog gefüllt werden. Obwohl wir mit größter Eile arbeiteten, brauchten wir fast zwei Stunden, um alles zu erledigen. Als wir endlich fertig waren, wurde es schon heiß, die Feuchtigkeit der Nacht stieg dampfend von den ausgedörrten Wegen auf, und der Tau auf dem Gras begann zu trocknen. Es war Zeit aufzubrechen.

Weder Reinette noch Cassis erwähnten das Thema Geld. Das war auch nicht nötig. Ich würde für mich selbst bezahlen, das hatte Cassis in der Annahme gefordert, dass es mir unmöglich sein würde. Reine warf mir einen seltsamen Blick zu, während wir die letzten Erdbeeren ernteten. Wahrscheinlich wunderte sie sich über meine Selbstsicherheit, und als sie Cassis' Blick begegnete, kicherte sie. Mir fiel auf, dass sie sich an dem Morgen besonders hübsch gemacht hatte. Sie trug ihre übliche Schuluniform, einen Faltenrock, einen kurzärmeligen, roten Pullover und weiße Söckchen, und ihr Haar hatte sie mit Haarnadeln im Nacken zu einer dicken Rolle hochgesteckt. Sie verströmte einen mir unbekannten Duft, eine Mischung aus Hibiskus und Veilchen, und hatte den leuchtend roten Lippenstift aufgetragen. Ich fragte mich, ob sie mit jemandem verabredet war. Vielleicht mit einem Jungen, den sie aus der Schule kannte. Auf jeden Fall wirkte sie nervöser als sonst, pflückte die Erdbeeren mit der Hast eines Kaninchens, das unter den Augen eines Wiesels am Salat knabbert. Während ich zwischen den Erdbeerreihen entlangging, hörte ich sie mit Cassis flüstern und immer wieder aufgeregt kichern.

Ich zuckte die Achseln. Wahrscheinlich hatten sie vor, sich von mir abzusetzen. Ich hatte Reine dazu überredet, mich mitzunehmen, und das Versprechen würden sie halten. Aber da sie davon überzeugt waren, dass ich kein Geld hatte, dachten sie wohl, sie könnten ohne mich ins Kino gehen, mich vielleicht am Brunnen auf dem Marktplatz warten lassen oder zum Schein mit irgendeinem Auftrag fortschicken, damit sie sich mit ihren Freunden treffen konnten. Ich schnaubte verächtlich. Sie waren sich ihrer Sache so sicher, dass ihnen die nächstliegende Lösung gar nicht eingefallen war. Reine hätte sich nie getraut, zu den Piratenfelsen zu schwimmen. Und Cassis betrachtete mich immer noch als kleine Schwester, die ihren großen Bruder so sehr verehrte, dass sie nichts ohne seine Zustimmung riskieren würde. Hin und wieder schaute er zu mir herüber und grinste mich mit vor Schadenfreude leuchtenden Augen an.

Um acht Uhr brachen wir in Richtung Angers auf. Ich saß auf dem Gepäckträger von Cassis' riesigem, schweren Fahrrad, die Füße gefährlich nah an den Speichen. Reines Fahrrad war kleiner und wendiger, mit einem hohen Lenker und einem Ledersattel. An der Lenkstange war ein Korb befestigt, in dem sie eine Thermosflasche mit Zichorienkaffee und drei Butterbrotpakete verstaut hatte. Um ihre Frisur zu schützen, hatte sie sich ein weißes Tuch um den Kopf gebunden, dessen Zipfel in ihrem Nacken flatterten. Drei- oder viermal hielten wir unterwegs an, um einen Schluck aus der Flasche in Reines Korb zu trinken, die Luft in einem Reifen zu überprüfen oder eins von unseren Broten zu essen. Schließlich erreichten wir den Stadtrand von Angers, fuhren an der Schule – die wegen der Ferien geschlossen war und von deutschen Soldaten bewacht wurde – und an stuckverzierten Häusern vorbei ins Stadtzentrum.

Das Kino, das Palais-Doré, lag an dem großen Platz, auf dem der Wochenmarkt abgehalten wurde. Um den Platz herum befanden sich lauter kleine Geschäfte, die gerade öffneten, und ein Mann war dabei, das Pflaster zu fegen. Reine und Cassis schoben ihre Räder in eine schmale Gasse zwischen einem Frisörladen und einer Fleischerei, deren Fensterläden noch geschlossen waren. Die Gasse war so eng, dass man kaum hindurchgehen konnte, der Boden mit Schutt und Müll bedeckt; es schien ein sicherer Ort zu sein, um die Fahrräder abzustellen. Eine Frau, die an einem Tisch vor einem Café saß, grüßte uns lächelnd, als wir vorübergingen; auch an den anderen Tischen saßen bereits Leute, die Zichorienkaffee tranken und Croissants oder hart gekochte Eier aßen. Ein Botenjunge fuhr auf seinem Fahrrad die Straße entlang und ließ wichtigtuerisch seine Klingel ertönen. An einem Kiosk vor der Kirche wurden Nachrichtenblätter verkauft. Cassis blickte sich um, dann ging er zu dem Kiosk. Ich sah, wie er dem Zeitungsmann etwas gab, woraufhin der ihm ein Bündel reichte, das sofort in Cassis' Hosenbund verschwand.

»Was war das denn?«, erkundigte ich mich neugierig.

Cassis zuckte die Achseln. Aber offensichtlich war er so zufrieden mit sich selbst, dass er nicht widerstehen konnte, mir eine Antwort zu geben, und wenn auch nur, um mich zu ärgern. Er warf mir einen verschwörerischen Blick zu und zeigte mir kurz ein paar Hefte, die er gleich darauf wieder in seinem Hosenbund verschwinden ließ.

»Heftchen mit Fortsetzungsgeschichten«, flüsterte er. Er zwinkerte Reine angeberisch zu. »Eine amerikanische Film-Zeitschrift.«

Reine quiekte vor Vergnügen und packte ihn am Arm. »Zeig her! Los, zeig her!«

Cassis schüttelte ärgerlich den Kopf. »Schsch! Herrgott nochmal, Reine!« Dann flüsterte er: »Er war mir einen Gefallen schuldig. Hat sie unterm Ladentisch für mich aufbewahrt.«

Reinette sah ihn voller Bewunderung an. Ich war weniger beeindruckt. Vielleicht, weil ich keine Ahnung hatte, wie schwierig es war, solche Sachen zu beschaffen; vielleicht weil mich meine wachsende Widerspenstigkeit alles verachten ließ, was meinen Bruder mit Stolz erfüllte. Ich zuckte mit den Schultern, um mein Desinteresse zu bekunden. Zwar hätte ich allzu gern gewusst, was für einen Gefallen Cassis dem Zeitungsmann getan haben mochte, kam jedoch zu dem Schluss, dass er bloß prahlte.

»Wenn ich Kontakte zum Schwarzmarkt hätte«, erklärte ich großspurig, »dann würde ich dafür sorgen, dass was Besseres für mich dabei rausspringt als ein paar dämliche Heftchen.«

Das schien Cassis zu treffen. »Ich kann alles kriegen, was ich will«, sagte er hastig. »Hefte, Zigaretten, Bücher, echten Kaffee, *Schokolade* –« Er lachte höhnisch auf. »Du kriegst ja noch nicht mal das Geld für eine Kinokarte zusammen.«

»Ach nein?« Lächelnd holte ich das Portemonnaie aus meiner Tasche und schüttelte es kurz, damit er die Münzen klimpern hören konnte. Seine Augen weiteten sich, als er den Geldbeutel erkannte.

»Du Diebin!«, entfuhr es ihm schließlich. »Du gemeine Diebin!«

Ich sah ihn wortlos an.

»Wo hast du das her?«

»Ich bin rausgeschwommen und hab's mir geholt«, antwortete ich trotzig. »Und gestohlen hab ich's auch nicht. Der Schatz gehört uns allen.«

Aber Cassis hörte mir kaum zu. »Du hast mich beklaut, du kleines Aas«, murmelte er. Offenbar irritierte es ihn zutiefst, dass nicht nur er sich etwas durch Betrug aneignen konnte.

»Das ist nichts anderes als das, was du hier auf dem schwarzen Markt treibst«, sagte ich ruhig. »Stimmt doch, oder?« Ich ließ ihm Zeit, meine Worte zu verdauen, dann fügte ich hinzu: »Du bist ja bloß sauer, weil ich schlauer bin als du.«

Seine Augen verengten sich zu Schlitzen. »Das ist ganz und gar nicht dasselbe«, fauchte er.

Ich sah ihn weiterhin unschuldig an. Es war so leicht, Cassis dazu zu bringen, dass er sich verriet. Genauso leicht wie bei seinem Sohn, all die Jahre später. Keiner der beiden verstand sich wirklich auf Betrug. Cassis' Gesicht war rot angelaufen, und er schrie jetzt fast. »Ich könnte dir alles besorgen, was du willst. Richtiges Angelzeug für deinen bescheuerten Hecht, Kaugummi, Schuhe, Seidenstrümpfe, sogar *seidene Unterwäsche*.« Darüber musste ich laut lachen. Was sollte ich mit seidener Unterwäsche anfangen? Wutentbrannt packte er mich an den Schultern und schüttelte mich.

»*Hör auf zu lachen!*«, schrie er. »Ich habe *Freunde*! Ich kenne Leute! Ich kann dir alles besorgen, was du *willst*!«

Sehen Sie, wie leicht es war, ihn aus der Fassung zu bringen? Cassis war zu sehr daran gewöhnt, der tolle große Bruder zu sein, der Mann im Haus, der Erste, der in die Schule kam, der Größte, der Stärkste, der Schlaueste. Seine gelegentlichen Heldentaten – die Abenteuer im Wald, die verwegenen Kunststücke in der Loire, die kleinen Diebstähle auf dem Markt oder in den Läden von Angers – waren ungeplant, sie entsprangen seiner Launenhaftigkeit, bereiteten ihm kein Vergnügen. Es war eher, als müsste er seinen beiden Schwestern oder sich selbst etwas beweisen.

Es war nicht zu übersehen, dass ich ihn verblüfft hatte. Seine Daumen bohrten sich schmerzhaft in meine Arme, aber ich verzog keine Miene. Ich sah ihn nur an und hielt seinem Blick stand.

»Wir haben Freunde, Reine und ich«, sagte er mit leiser Stimme, beinahe ruhig, während seine Daumen sich immer noch in mein Fleisch gruben. »Einflussreiche Freunde. Was glaubst du wohl, wo sie diesen albernen Lippenstift her hat? Oder das Parfüm? Oder dieses Zeug, das sie sich abends ins Gesicht schmiert? Was glaubst du, wo sie das alles her hat? Und was glaubst du, womit wir uns das alles *verdient* haben?«

Er ließ mich los, in seinem Gesicht eine Mischung aus Stolz und Bestürzung, und ich begriff, dass er sich vor Angst fast in die Hose machte.

12

An den Film kann ich mich nur schwach erinnern. *Circonstances Atténuantes* mit Arletty und Michel Simon, ein alter Film, den Cassis und Reine schon einmal gesehen hatten. Reine zumindest schien das nichts auszumachen; sie starrte die ganze Zeit wie gebannt auf die Leinwand. Mir kam die Geschichte unwahrscheinlich vor, zu weit entfernt von meiner Wirklichkeit. Außerdem war ich mit anderen Dingen beschäftigt. Zweimal riss der Film. Beim zweiten Mal ging das Licht an, und die Zuschauer protestierten mit lauten Buh-Rufen. Ein nervös wirkender Mann in einer Smoking-Jacke bat um Ruhe. Ein paar Deutsche, die Füße auf die Sitzlehnen vor ihnen gelegt, begannen, langsam rhythmisch zu klatschen. Reine, die aus ihrer Trance erwacht war und angefangen hatte, sich über die Störung zu beschweren, quiekte plötzlich aufgeregt.

»Cassis!« Sie beugte sich über mich hinweg, sodass ich ihr Haarspray riechen konnte. »Cassis, er ist *hier!*«

»*Schsch!*«, zischte Cassis ärgerlich. »Dreh dich nicht um.« Einen Moment lang saßen Reine und Cassis mit ausdruckslosen Gesichtern da. Dann raunte Cassis aus dem Mundwinkel, wie jemand, der in der Kirche flüstert: »Wer?«

Reinette warf einen verstohlenen Blick dorthin, wo die Deutschen saßen.

»Da hinten«, raunte sie ebenso leise. »Zusammen mit ein paar anderen, die ich nicht kenne.« Die Leute um uns herum stampften mit den Füßen und beschwerten sich lautstark. Cassis riskierte einen Blick.

»Ich warte, bis das Licht ausgeht«, sagte er.

Zehn Minuten später wurde es dunkel, und der Film lief weiter. Cassis stand auf und ging nach hinten. Ich folgte ihm, während Arletty in einem engen, tief ausgeschnittenen Kleid über die Leinwand tänzelte und kokett mit den Augen klimperte. Wir huschten in gebückter Haltung den Gang entlang, und das flackernde Licht verlieh Cassis' Gesicht einen gespenstischen Ausdruck.

»Geh zurück, du dumme Gans«, zischte er. »Ich will dich nicht dabeihaben, du störst bloß.«

Ich schüttelte den Kopf. »Ich stör dich schon nicht. Jedenfalls nicht, solange du mich nicht fortschickst.«

Cassis machte eine ungeduldige Geste. Er wusste, dass ich es ernst meinte. In der Dunkelheit spürte ich, wie er vor Aufregung zitterte. »Okay«, flüsterte er schließlich. »Aber das Reden überlass gefälligst mir.«

Kurz darauf hockten wir ganz hinten im Kinosaal, in der Nähe der Deutschen, die in einer Gruppe beieinander saßen. Mehrere von ihnen rauchten; immer wieder leuchtete die rote Zigarettenglut vor ihren Gesichtern auf.

»Siehst du den da?«, flüsterte Cassis. »Das ist Hauer. Ich will mit ihm reden. Du bleibst einfach in meiner Nähe und hältst die Klappe, alles klar?«

Ich gab ihm keine Antwort. Ich hatte nicht vor, irgendwelche Versprechungen zu machen.

Cassis schlüpfte in die Reihe direkt hinter dem Soldaten namens Hauer. Als ich mich neugierig umsah, bemerkte ich, dass uns niemand Beachtung schenkte, bis auf einen Deutschen, der ein Stück entfernt von uns stand, ein schmaler junger Mann mit kantigen Gesichtszügen. Seine

Uniformmütze hatte er kess nach hinten geschoben, und er hielt eine Zigarette in der Hand. Neben mir hörte ich Cassis aufgeregt mit Hauer flüstern, dann das Rascheln von Papier. Der junge Deutsche grinste mich an und winkte mich mit seiner Zigarette zu sich.

Plötzlich durchzuckte es mich, und ich erkannte ihn. Es war der Soldat vom Markt, der gesehen hatte, wie ich die Orange stahl. Ich starrte ihn wie gelähmt an.

Wieder machte der Deutsche ein Zeichen, ich solle zu ihm kommen. Der Widerschein von der Filmleinwand erhellte sein Gesicht und bildete gespenstische Schatten unter seinen Augen und Wangenknochen.

Ich sah mich nach Cassis um, aber mein Bruder war viel zu sehr in sein Gespräch mit Hauer vertieft, um Notiz von mir zu nehmen. Der Deutsche schaute immer noch erwartungsvoll zu mir herüber. Ein Lächeln huschte über sein Gesicht. Er hielt die Zigarette in der hohlen Hand, und ich sah die Glut zwischen seinen Fingern hindurchschimmern. Er trug Uniform, aber seine Jacke war aufgeknöpft. Aus irgendeinem unerfindlichen Grund beruhigte mich das.

»Komm her«, sagte der Deutsche leise.

Ich brachte kein Wort heraus. Mein Mund fühlte sich an, als wäre er voller Stroh. Am liebsten wäre ich weggelaufen, aber ich fürchtete, meine Beine würden mir nicht gehorchen. Stattdessen reckte ich mein Kinn vor und ging langsam auf den Soldaten zu.

Er grinste und zog erneut an seiner Zigarette.

»Du bist das kleine Orangenmädchen, stimmt's?«, sagte er, als ich näher kam.

Ich antwortete nicht.

»Du bist geschickt. So geschickt wie ich, als ich ein Junge war.« Er langte in seine Tasche und brachte etwas zum Vorschein, das in Silberpapier eingewickelt war. »Hier. Für dich. Das ist Schokolade.«

Ich musterte ihn misstrauisch. »Ich will sie nicht.«

Der Deutsche grinste wieder. »Du magst wohl lieber Orangen, was?«

Ich sagte nichts.

»Ich erinnere mich an einen Obstgarten am Fluss«, erzählte der Deutsche leise. »In der Nähe des Dorfes, in dem ich aufgewachsen bin. Dort wuchsen die dicksten Pflaumen, die man sich vorstellen kann. Der Garten war von einer hohen Mauer umgeben und wurde von bissigen Hunden bewacht. Den ganzen Sommer über hab ich versucht, an diese Pflaumen zu kommen. Ich hab alles probiert. Am Ende konnte ich kaum noch an was anderes denken.«

Seine Stimme klang angenehm, er sprach mit leichtem Akzent, und seine Augen leuchteten hinter einer Wolke von Zigarettenqualm. Ich beäugte ihn aufmerksam, unfähig, mich zu rühren, unsicher, ob er mich auf den Arm nehmen wollte oder nicht.

»Außerdem schmecken geklaute Sachen sowieso viel besser als gekaufte, stimmt's?«

Jetzt war ich mir sicher, dass er sich über mich lustig machte, und riss empört die Augen auf.

Der Soldat lachte und hielt mir die Schokolade hin. »Na los, nimm schon. Stell dir einfach vor, du hättest sie den Boches geklaut.«

Die Schokolade war halb geschmolzen, und ich biss auf der Stelle hinein. Es war echte Schokolade, nicht das weißliche, knirschende Zeug, das wir manchmal in Angers kauften. Der Deutsche beobachtete mich belustigt, während ich aß.

»Und, hast du sie am Ende bekommen?«, fragte ich schließlich mit vollem Mund. »Die Pflaumen, meine ich?«

Er nickte. »Klar. Ich kann mich noch gut erinnern, wie sie schmeckten.«

»Und bist du erwischt worden?«

»Das auch. Ich hab so viele Pflaumen gegessen, dass mir schlecht geworden ist, und so ist es dann rausgekommen. Da hab ich natürlich ordentlich Prügel bezogen. Aber ich hatte gekriegt, was ich wollte, und das ist doch das Einzige, was zählt, oder?«

»Genau«, bestätigte ich. »Das find ich auch. Hast du deswegen keinem was davon gesagt, dass ich die Orange geklaut hab?«

Der Deutsche zuckte die Achseln. »Warum hätte ich was sagen sollen? Das ging mich doch überhaupt nichts an. Außerdem hatte der Händler noch jede Menge Orangen, da konnte er eine erübrigen.«

»Außerdem hat er einen Lieferwagen«, sagte ich und begann, das Silberpapier abzulecken, damit nichts von der Schokolade verloren ging.

Der Deutsche nickte. »Manche Leute wollen alles, was sie besitzen, für sich selbst behalten. Das ist nicht gerecht, oder?«

Ich schüttelte den Kopf. »Wie Madame Petit mit ihrem Nähladen. Verlangt ein Heidengeld für ein Stück Fallschirmseide, für das sie keinen Sou bezahlt hat.«

»Ganz genau.«

In dem Augenblick kam mir in den Sinn, dass ich Madame Petit vielleicht nicht hätte erwähnen dürfen, und ich sah den Deutschen ängstlich an, doch er schien mir gar nicht mehr zuzuhören. Stattdessen beobachtete er Cassis, der noch immer mit Hauer flüsterte. Es kränkte mich, dass Cassis ihn mehr interessierte als ich.

»Das ist mein Bruder«, erklärte ich.

»Ach ja?« Der Deutsche sah mich wieder an und lächelte. »Ihr seid ja eine richtig große Familie. Gibt es noch mehr von euch?«

Ich schüttelte den Kopf. »Ich bin die Jüngste. Framboise.«

»Freut mich, dich kennen zu lernen, Françoise.«
Ich grinste. »Fram*boise*.«
»Leibniz. Tomas.« Er streckte mir seine Hand entgegen. Nach kurzem Zögern ergriff ich sie.

13

So also habe ich Tomas Leibniz kennen gelernt. Aus irgendeinem Grund war Reinette wütend darüber, dass ich mit ihm gesprochen hatte, und schmollte bis zum Ende des Films. Hauer hatte Cassis eine Schachtel Gauloises zugesteckt, und wir hockten auf unseren Plätzen, Cassis eine Zigarette rauchend, ich in Gedanken versunken. Erst als der Film vorbei war, begann ich, Fragen zu stellen.

»Diese Zigaretten«, sagte ich, »meintest du die, als du gesagt hast, du könntest Sachen besorgen?«

»Na klar.« Cassis wirkte zufrieden mit sich, doch ich spürte, dass er immer noch nervös war. Er hielt eine Zigarette in der hohlen Hand, so wie er es bei den Deutschen gesehen hatte, aber bei ihm wirkte es eher unbeholfen.

»Erzählst du ihnen eigentlich irgendwas?«

»Manchmal ... erzählen wir ihnen was«, gab Cassis grinsend zu.

»Was denn zum Beispiel?«

Cassis zuckte die Achseln. »Angefangen hat es mit diesem alten Idioten und seinem Radio«, sagte er leise. »Das geschah dem nur recht. Der hätte sowieso kein Radio haben dürfen, und außerdem hätte er sich nicht so aufregen sollen, als wir den Deutschen beim Exerzieren zugesehen haben. Manchmal übergeben wir einem Boten Zettel oder hinterlassen was im Café. Manchmal gibt der Mann vom Zeitungskiosk uns Sachen, die sie für uns dort abgegeben haben. Manchmal geben sie sie uns auch selber.« Er bemühte sich, lässig zu wirken, doch es gelang ihm nicht, seine Nervosität zu überspielen.

»Es ist nichts Weltbewegendes«, fuhr er fort. »Die meisten Boches nutzen den Schwarzmarkt sowieso, um Sachen nach Hause zu schicken. Du weißt schon, Zeug, das sie requiriert haben. Also macht es eigentlich nichts.«

Ich dachte darüber nach. »Aber die Gestapo –«

»Himmel, Boise.« Plötzlich war er sauer, wie immer, wenn er sich von mir in die Enge getrieben fühlte. »Was weißt du denn schon über die Gestapo?« Er blickte sich ängstlich um, dann flüsterte er: »Mit *denen* machen wir natürlich *keine* Geschäfte. Das ist was ganz anderes. Ich hab dir doch gesagt, es ist alles rein geschäftlich. Und außerdem geht dich das überhaupt nichts an.«

Ich widersprach ihm beleidigt. »Und wieso nicht? Ich weiß auch alles Mögliche.« Jetzt wünschte ich, ich hätte die Sache mit Madame Petit etwas mehr ausgeschlachtet, hätte dem Deutschen erzählt, dass sie Jüdin ist.

Cassis schüttelte verächtlich den Kopf. »Davon verstehst du nichts.«

Während der Heimfahrt herrschte beklommenes Schweigen, vielleicht weil wir fürchteten, unsere Mutter könnte sich ihren Reim auf unseren unerlaubten Ausflug gemacht haben. Aber als wir zu Hause ankamen, war sie ungewöhnlich gut gelaunt. Sie erwähnte nichts von dem Orangenduft, von ihrer schlaflosen Nacht oder den Veränderungen, die ich in ihrem Zimmer vorgenommen hatte, und das Essen, das sie uns vorsetzte, war ein regelrechter Festtagsschmaus: Karotten-Chicorée-Suppe, *boudin noir* mit Äpfeln und Kartoffeln, Buchweizenpfannkuchen und zum Nachtisch *clafoutis*, saftig gefüllt mit den Äpfeln vom Vorjahr und bestreut mit Zimt und braunem Zucker. Wie immer aßen wir schweigend. Unsere Mutter wirkte abwesend, vergaß sogar, mich zu ermahnen, ich solle die Ellbogen vom Tisch nehmen, und mich wegen meines ungekämmten Haars und meines schmutzigen Gesichts zu tadeln.

Vielleicht hatte die Orange sie besänftigt, dachte ich.

Am nächsten Tag jedoch war sie wieder ganz die Alte, sie wirkte sogar noch mürrischer als zuvor. Wir gingen ihr so oft wie möglich aus dem Weg, zogen uns, wenn wir unsere Aufgaben erledigt hatten, an den Fluss zurück, wo wir halbherzig spielten. Manchmal kam Paul mit, doch er spürte, dass er nicht mehr dazugehörte. Er tat mir Leid, und ich hatte sogar ein schlechtes Gewissen, denn ich wusste nur zu gut, wie es sich anfühlte, ausgeschlossen zu sein, aber ich konnte ihm nicht helfen. Paul würde sich seine Rechte selbst erstreiten müssen, genauso wie ich es getan hatte.

Außerdem konnte unsere Mutter Paul nicht leiden, wie sie die gesamte Familie Hourias nicht leiden konnte. In ihren Augen war Paul ein Tagedieb, zu faul, um in die Schule zu gehen, zu dumm, um im Dorf zusammen mit den anderen Kindern lesen zu lernen. Seine Eltern waren auch nicht besser – ein Mann, der am Straßenrand Regenwürmer verkaufte, und eine Frau, die die Kleider anderer Leute flickte. Über Pauls Onkel redete meine Mutter besonders schlecht. Anfangs dachte ich, es sei der übliche Neid unter Nachbarn. Philippe Hourias besaß den größten Hof in Les Laveuses, mehrere Hektar Felder mit Sonnenblumen, Kartoffeln, Kohl und Rüben, zwanzig Kühe, dazu Schweine, Ziegen, sogar eine Melkmaschine und einen Traktor, und das zu einer Zeit, als die meisten Bauern in der Gegend ihre Pflüge noch von Pferden ziehen ließen. Es musste Neid sein, sagte ich mir, der Groll der armen Witwe auf den reichen Witwer. Dennoch war es merkwürdig, wenn man bedachte, dass Philippe Hourias der beste Freund meines Vaters gewesen war. Sie hatten sich schon als Kinder gekannt, waren zusammen im Fluss geschwommen, hatten gemeinsam Fische gefangen und Geheimnisse gehütet. Philippe hatte eigenhändig den Namen meines Vaters ins Kriegerdenkmal geschnitzt, und jeden Sonntag legte er Blumen dort nieder. Aber meine Mutter grüßte ihn höchstens mit einem Nicken. Sie war noch nie leutselig gewesen, doch seit dem Vorfall mit der Orange verhielt sie sich besonders ihm gegenüber feindseliger denn je.

Erst viel später begann ich, die Wahrheit zu erahnen, und zwar mehr als vierzig Jahre später, als ich die Aufzeichnungen in ihrer Kladde las. Ihre winzige, kaum leserliche Schrift, die über die vergilbten Seiten kroch.

»Hourias weiß bereits Bescheid«, schrieb sie. »Wie er mich manchmal ansieht. Voller Mitleid und Neugier, als wäre ich ein Tier, das er auf der Straße überfahren hat. Gestern Abend hat er mich aus dem *La Rép* kommen sehen, mit den Sachen, die ich dort kaufen muss. Er hat nichts gesagt, aber ich wusste gleich, dass er etwas ahnt. Er ist natürlich der Meinung, wir sollten heiraten. In seinen Augen wäre es das Vernünftigste, eine Witwe und ein Witwer, die ihr Land zusammenlegen. Yannick hatte keinen Bruder, der den Hof nach seinem Tod hätte übernehmen können, und einer Frau traut man nicht zu, dass sie es alleine schafft.«

Wenn sie eine liebenswürdige Frau gewesen wäre, hätte ich vielleicht früher Verdacht geschöpft. Aber Mirabelle Dartigen war nicht liebenswürdig; sie war hart wie Stein, und ihre Wutanfälle brachen so plötzlich und so heftig über uns herein wie Sommergewitter. Ich habe mich nie bemüht, die Ursache zu ergründen, habe nur versucht, mich so gut es ging vor den Auswirkungen zu schützen.

14

In jener Woche unternahmen wir keinen weiteren Ausflug nach Angers, und weder Cassis noch Reinette schienen Lust zu haben, über unsere Begegnung mit den Deutschen zu reden. Ich für meinen Teil zog es vor, nichts über mein Gespräch mit Leibniz verlauten zu lassen, doch vergessen konnte ich es nicht.

Cassis war rastlos, Reinette verschlossen und mürrisch, und zu allem Überfluss regnete es eine Woche lang, sodass die Loire gefährlich anstieg und die Sonnenblumenfelder unter Wasser standen. Sieben Tage waren vergangen seit unserem Ausflug nach Angers. Der Markttag kam, und diesmal begleitete Reinette unsere Mutter in die Stadt, während Cassis und ich schlecht gelaunt im vom Regen triefenden Obstgarten herumstapften. Die grünen Pflaumen an den Bäumen erinnerten mich an Leibniz, und der Gedanke an ihn erfüllte mich mit einer seltsamen Mischung aus Unruhe und Neugier. Ich fragte mich, ob ich ihn je wieder sehen würde.

Dann begegnete ich ihm ganz unerwartet.

Es war erneut Markttag und noch früh am Morgen, und Cassis war mit dem Verpacken der Waren beschäftigt. Reine war gerade in den Keller gegangen, um in Weinblätter gewickelten Käse zu holen, und Mutter sammelte im Hühnerstall Eier. Ich war gerade mit meinem Fang vom Fluss zurückgekommen: ein paar kleine Barsche und Alwen, die ich zu Ködern klein geschnitten und in einem Eimer ans Fenster gestellt hatte. Normalerweise kamen die Deutschen nicht am Markttag, und so ergab es sich, dass ich die Haustür öffnete, als sie klopften.

Sie waren zu dritt, zwei, die ich nicht kannte, und Leibniz, diesmal in korrekter Uniform und mit einem Gewehr in der Armbeuge. Erstaunt sah er mich an, doch dann lächelte er.

Wenn Leibniz nicht dabei gewesen wäre, hätte ich den Deutschen vielleicht die Tür vor der Nase zugeschlagen, so wie Denis Gaudin es getan hatte, als sie seine Geige haben wollten. Auf jeden Fall hätte ich meine Mutter gerufen. Aber nun war ich verunsichert, trat von einem Bein aufs andere und überlegte, was ich tun sollte.

Leibniz wandte sich an seine beiden Kameraden und sagte etwas auf Deutsch zu ihnen. An seinen Gesten meinte ich abzulesen, dass er ihnen erklärte, er werde den Hof allein durchsuchen; sie sollten schon zu den Ramondins und den Hourias vorausgehen. Einer der Männer sah mich an und machte eine Bemerkung. Die drei lachten, dann nickte Leibniz und trat, immer noch lächelnd, an mir vorbei in die Küche.

Ich wusste, ich müsste eigentlich meine Mutter rufen. Wenn die Soldaten kamen, war sie stets noch mürrischer als gewöhnlich, beobachtete mit versteinertem Gesicht, wie sie sich einfach alles nahmen, was sie brauchten. Und das ausgerechnet heute. Ihre Laune war sowieso schon auf einem Tiefpunkt angelangt; das hier würde ihr den Rest geben.

Die Vorräte gingen allmählich zur Neige, hatte Cassis erklärt, als ich ihn einmal danach gefragt hatte. Auch die Deutschen mussten essen. »Und die fressen wie Schweine«, hatte er verächtlich hinzugefügt. »Du müsstest mal ihre Kantine sehen – ganze Brote und Marmelade und Pastete und *rillettes* und Käse und Sardellen und Schinken und Sauerkraut und Äpfel –, du würdest es nicht glauben!«

Leibniz schloss die Tür hinter sich und sah sich um. Jetzt wo die anderen Soldaten fort waren, wirkte er entspannter, eher wie ein Zivilist. Er langte in seine Hosentasche und zündete sich eine Zigarette an.

»Was willst du hier?«, fragte ich schließlich. »Wir haben nichts.«

»Befehl, Kleine«, erwiderte Leibniz. »Ist dein Vater da?«

»Ich hab keinen Vater«, erklärte ich trotzig. »Die Deutschen haben ihn getötet.«

»Oh, das tut mir Leid.« Er wirkte verlegen, wie ich mit Befriedigung feststellte. »Und deine Mutter, ist sie zu Hause?«

»Draußen.« Ich sah ihn wütend an. »Heute ist Markttag. Wenn ihr uns unsere Marktsachen wegnehmt, haben wir überhaupt nichts mehr.«

Leibniz schaute sich um, ein wenig beschämt, wie mir schien. Ich sah, wie er die sauber geschrubbten Bodenfliesen betrachtete, die geflickten Vorhänge, den alten, mit Kerben übersäten Küchentisch. Er zögerte.

»Ich muss das tun«, sagte er leise. »Ich werde bestraft, wenn ich den Befehl nicht ausführe.«

»Sag doch einfach, du hast nichts gefunden. Es war nichts mehr da, als du gekommen bist.«

»Vielleicht.« Er entdeckte den Eimer mit den Fischstückchen am Fenster. »Ihr habt wohl einen Angler in der Familie, was? Wer ist es denn? Dein Bruder?«

»Nein, ich.«

Leibniz war überrascht. »Du angelst? Du siehst gar nicht so aus, als wärst du dafür schon alt genug.«

»Ich bin neun«, sagte ich gekränkt.

»Neun?« Seine Augen funkelten, aber sein Gesicht blieb

ernst. »Ich bin auch Angler«, flüsterte er. »Was angelt man denn hier? Forellen? Karpfen? Barsche?«

Ich schüttelte den Kopf.

»Was denn?«

»Hechte.«

Hechte sind die schlauesten Süßwasserfische, listig und vorsichtig trotz ihrer gefährlichen Zähne, und es bedarf ganz besonderer Köder, um sie an die Wasseroberfläche zu locken. Selbst die kleinste Kleinigkeit macht sie misstrauisch: eine leichte Veränderung der Temperatur, eine kaum merkliche Bewegung. Deshalb braucht man, abgesehen von Glücksfällen, Zeit und Geduld, um einen Hecht zu erwischen.

»Tja, das ist natürlich etwas anderes«, meinte Leibniz nachdenklich. »Eine Anglerin möchte ich auf keinen Fall enttäuschen.« Er grinste mich an. »Also Hechte, was?«

Ich nickte.

»Was benutzt du denn als Köder? Regenwürmer oder Klöße?«

»Beides.«

»Aha.« Diesmal lächelte er nicht; es handelte sich um eine ernste Angelegenheit. Ich musterte ihn schweigend. Das war ein Trick, mit dem ich Cassis unweigerlich nervös machte.

»Nimm uns nicht unsere Marktsachen weg«, sagte ich noch einmal.

Schweigen.

Dann nickte Leibniz. »Ich schätze, ich könnte mir irgendeine Geschichte ausdenken. Aber du darfst niemandem was davon erzählen. Sonst bringst du mich in ernste Schwierigkeiten. Verstehst du das?«

Ich nickte. Das war nur fair. Immerhin hatte er auch nichts über meine Orange gesagt. Ich spuckte in die Hand, um die Sache zu besiegeln. Er lächelte nicht, sondern schlug ganz ernst ein, als wäre es eine Abmachung unter Erwachsenen. Ich rechnete fast damit, dass er mich um eine Gegenleistung bitten würde, doch das tat er nicht. Leibniz war anders als die anderen, sagte ich mir.

Ich sah ihm nach, als er ging. Er wandte sich nicht um. Ich beobachtete, wie er zum Hof der Familie Hourias hinüberschlenderte und seine Zigarettenkippe gegen die Wand eines Nebengebäudes schnippte. Rote Funken sprangen über die dunkle Steinmauer.

15

Ich erzählte Cassis und Reinette nichts von dem, was sich zwischen Leibniz und mir abgespielt hatte. Über den Vorfall zu sprechen, hätte ihn seiner Bedeutung beraubt. Stattdessen behielt ich mein Geheimnis für mich, hütete es wie einen gestohlenen Schatz. Es gab mir das Gefühl, erwachsen zu sein, Macht zu besitzen.

Inzwischen hatte ich für Cassis' Heftchen und Reines Lippenstift nur noch Verachtung übrig. Sie hielten sich für schlau. Aber was hatten sie denn schon getan? Sie hatten sich benommen wie Kinder, die in der Schule petzen. Die Deutschen behandelten sie auch wie Kinder, bestachen sie mit wertlosem Zeug. Leibniz hatte nicht versucht, mich zu bestechen. Er hatte mich mit Respekt behandelt, wie jemanden, der ihm ebenbürtig war.

Den Hof der Familie Hourias hatte es schlimm getroffen. Die Eier einer ganzen Woche waren beschlagnahmt worden, die Hälfte der Milch, zwei Speckseiten, sieben Pfund Butter, ein Fass Öl, vierundzwanzig Flaschen Wein, die hinter einer Trennwand im Keller schlecht versteckt gewesen waren, und eine große Anzahl Gläser mit Eingemachtem. Paul berichtete mir davon. Er tat mir Leid – sein Onkel versorgte die ganze Familie mit Lebensmitteln –, und ich versprach, mein Essen mit ihm zu teilen, so oft es ging. Außerdem hatte die Erntesaison gerade erst begonnen. Philippe Hourias würde seine Verluste bald wieder wettmachen. Und ich war mit anderen Dingen beschäftigt.

Der Beutel mit den Orangenschalen befand sich immer noch dort, wo ich ihn versteckt hatte. Ich hielt ihn nicht unter meiner Matratze verborgen wie Reinette, die nach wie vor glaubte, ihre Schminksachen wären dort sicher aufgehoben. Mein Versteck war wesentlich origineller. Ich hatte das Säckchen in ein kleines Glas mit Schraubdeckel gesteckt und dieses tief in ein Fass mit Sardellen versenkt, das meine Mutter im Keller aufbewahrte. Ein Stück Schnur, das ich um das Glas gebunden hatte, half mir, es jederzeit wieder zu finden. Dass es entdeckt wurde, war unwahrscheinlich, da meine Mutter den durchdringenden Geruch der Sardellen nicht ausstehen konnte und gewöhnlich mich in den Keller schickte, wenn sie eine Portion davon brauchte.

Ich wusste, es würde wieder funktionieren.

Ich wartete bis zum Mittwochabend. Diesmal versteckte ich das Säckchen im Aschekasten unter dem Herd, wo die Wärme den Duft am schnellsten verbreiten würde. Wie erwartet, begann meine Mutter schon bald, sich die Schläfen zu massieren, während sie am Herd hantierte, schalt mich, wenn ich ihr das Brennholz oder das Mehl nicht schnell genug brachte, fuhr mich an: »Pass auf mit meinen guten Tellern!«, und schnupperte wie ein Tier, das eine irritierende Witterung aufnimmt. Um die Wirkung zu erhöhen, schloss ich die Tür, und es dauerte nicht lange, bis die ganze Küche nach Orangen duftete. Wie zuvor versteckte ich das Säckchen in ihrem Kopfkissen – die Schalenstücke waren mittlerweile trocken und von der Hitze des Ofens geschwärzt, und ich war mir sicher, dass ich sie nicht noch einmal würde benutzen können.

Das Abendessen war angebrannt.

Keiner von uns wagte jedoch, eine Bemerkung dazu zu machen, und meine Mutter betastete abwechselnd den schwarzen Rand ihrer Pfannkuchen und ihre Schläfen, bis ich hätte schreien können. Diesmal fragte sie uns nicht, ob wir Orangen ins Haus gebracht hatten, aber ich spürte, dass sie es am liebsten getan hätte. Sie saß einfach da, zerkrümelte ihr Brot, rutschte nervös auf ihrem Stuhl herum und brach hin und wieder das Schweigen, um uns zornig zurechtzuweisen.

»Reine-Claude! Leg das Brot auf den Teller! Ich will keine Krümel auf dem sauberen Boden!«

Ihre Stimme klang heiser, verzweifelt. Ich schnitt eine Scheibe Brot ab, wobei ich absichtlich den Brotlaib so auf das Schneidebrett legte, dass die flache Unterseite nach oben zeigte. Aus irgendeinem Grund regte sich meine Mutter jedes Mal fürchterlich darüber auf, ebenso wie über meine Angewohnheit, die beiden Enden des Brots als Erstes abzuschneiden.

»Framboise, dreh das Brot um!« Sie fasste sich flüchtig an den Kopf, als wollte sie sich vergewissern, dass er noch da war. »Wie oft muss ich dir noch sagen –« Mitten im Satz brach sie ab, den Mund offen, den Kopf zur Seite gelegt.

Eine ganze Weile verharrte sie so, mit einem Gesichtsausdruck wie ein begriffsstutziger Schüler, der versucht, sich an den Satz des Pythagoras oder die Regel des Ablativus absolutus zu erinnern. Wir sahen einander wortlos an. Dann schüttelte sie sich auf einmal, stand abrupt auf und begann, den Tisch abzuräumen, obwohl wir erst halb aufgegessen hatten. Auch dazu sagte niemand etwas.

Wie ich vorausgesehen hatte, blieb sie am nächsten Tag im Bett, und wir machten uns auf den Weg nach Angers. Diesmal gingen wir nicht ins Kino, sondern schlenderten durch die Straßen, Cassis großspurig mit einer Zigarette im Mundwinkel, und setzten uns im Le Chat Rouget, einem Café mitten in der Stadt, an einen Tisch auf der Terrasse. Reinette und ich bestellten einen *diabolo-menthe*, und Cassis verlangte einen Pastis, entschied sich jedoch, als er den verächtlichen Blick des Kellners bemerkte, für einen *panaché*.

Reine nippte vorsichtig an ihrem Glas, sorgsam darauf bedacht, ihren Lippenstift nicht zu verschmieren. Sie wirkte nervös, schaute sich dauernd in alle Richtungen um, als erwarte sie jemanden.

»Auf wen warten wir?«, fragte ich neugierig. »Auf eure Deutschen?«

Cassis sah mich wütend an. »Kannst du nicht noch ein bisschen lauter reden, du blöde Kuh?«, raunzte er. »Wir treffen uns manchmal hier«, flüsterte er dann. »Hier kann man Informationen austauschen, ohne dass jemand was mitbekommt.«

»Was für Informationen?«

»Alles Mögliche«, erwiderte Cassis ungehalten. »Leute mit Radios. Schwarzmarkthändler. Schieber. *Résistance*.« Das letzte Wort sprach er kaum hörbar, aber mit besonderer Betonung aus.

»Résistance«, wiederholte ich.

Versuchen Sie, sich vorzustellen, was wir darunter verstanden. Wir waren Kinder. Wir hatten unsere eigenen Regeln. Die Welt der Erwachsenen kam uns wie ein ferner Planet vor, von Außerirdischen bevölkert. Wir begriffen so wenig davon. Am allerwenigsten die Résistance. Bücher und Fernsehberichte ließen das alles in späteren Jahren so gebündelt und zielgerichtet erscheinen, aber ich habe es ganz anders erlebt. Was ich in Erinnerung habe, ist ein Riesenchaos, ein Gerücht jagte das andere, in den Cafés schimpften Betrunkene lauthals auf das neue *régime*, Städter flohen zu Verwandten aufs Land, um sich vor der Besatzungsarmee in Sicherheit zu bringen. Die Résistance als Quasi-Organisation – die geheime Untergrundbewegung – war ein Mythos. Es gab viele Gruppen, Kommunisten und Humanisten und Sozialisten, Leute, die den Märtyrer spielen wollten, Angeber und Betrunkene und Opportunisten und Heilige, die später allesamt heilig gesprochen wurden, aber es gab damals keine organisierte Truppe, und von geheim konnte kaum die Rede sein. Meine Mutter hatte nur Verachtung für diese Leute übrig. Ihrer Meinung nach wäre es uns allen besser gegangen, wenn jeder sich um seinen Kram kümmerte.

Dennoch war ich beeindruckt, als Cassis mir das Wort *Résistance* zuflüsterte. Es sprach meine Abenteuerlust an, meinen Sinn fürs Dramatische. Ich stellte mir rivalisierende Banden vor, nächtliche Überfälle, Schießereien, geheime Zusammenkünfte, Schätze und heldenhaft gemeisterte Gefahren. Es erinnerte mich an die Spiele, die wir in den vergangenen Jahren gespielt hatten, Reine, Cassis, Paul und ich – die Erbsenpistolen, die Losungsworte, die Rituale. Das Spiel war nur ein bisschen ernster geworden, mehr nicht. Die Einsätze waren höher.

»Ihr wisst doch gar nichts über die Résistance«, sagte ich herablassend, bemüht, unbeeindruckt zu erscheinen.

»Noch nicht«, sagte Cassis. »Aber das wird sich bald ändern. Wir haben bereits alles Mögliche rausgefunden.«

»Das ist schon in Ordnung«, meinte Reinette. »Wir reden über keinen aus Les Laveuses. Unsere Nachbarn würden wir nie verraten.«

Ich nickte. Das wäre nicht recht.

»Außerdem ist das in Angers was ganz anderes. Hier macht das jeder.«

Ich überlegte. »Ich könnte doch auch Sachen rausfinden.«

»Was weißt du denn schon?«, fragte Cassis verächtlich.

Ich war drauf und dran ihm zu sagen, was ich Leibniz über Madame Petit und die Fallschirmseide erzählt hatte, doch dann überlegte ich es mir anders. Stattdessen stellte ich ihm eine Frage, die mich beschäftigte, seit ich von den Geschäften meiner Geschwister mit den Deutschen erfahren hatte.

»Was machen die eigentlich, wenn ihr ihnen was erzählt? Erschießen sie dann die Leute? Oder schicken sie sie an die Front?«

»Natürlich nicht. Sei nicht albern.«

»Was dann?«

Aber Cassis hörte mir gar nicht mehr zu. Er starrte zu dem Zeitungskiosk neben der Kirche hinüber. Dort stand ein schwarzhaariger Junge etwa in Cassis' Alter und winkte uns ungeduldig zu sich.

Mein Bruder bezahlte und stand auf. »Los, kommt«, sagte er.

Reinette und ich folgten ihm in einigem Abstand. Cassis schien mit dem anderen Jungen befreundet zu sein – wahrscheinlich kannte er ihn aus der Schule. Ich schnappte ein paar Worte über Ferienarbeit auf und hörte sie nervös lachen. Dann sah ich, wie der Junge Cassis ein zusammengefaltetes Blatt Papier in die Hand drückte.

»Bis später«, sagte Cassis und kam lässig zu uns herüber.

Der Zettel war von Hauer.

Nur Hauer und Leibniz sprachen fließend Französisch, erklärte Cassis, während wir nacheinander die Nachricht lasen. Die anderen – Heinemann und Schwartz – sprachen nur ein paar Brocken, aber Leibniz hätte fast Franzose sein können, aus dem Elsass vielleicht; er hatte den typischen Akzent dieser Gegend. Aus irgendeinem Grund schien Cassis darüber erfreut zu sein, als sei es weniger verwerflich, einem Beinahe-Franzosen Informationen zu liefern.

»Wir treffen uns um zwölf am Schultor«, stand auf dem Zettel. »Ich habe etwas für euch.«

Reinette berührte das Papier mit den Fingerspitzen. Ihre Wangen waren vor Aufregung gerötet. »Wie viel Uhr ist es jetzt?«, fragte sie. »Kommen wir auch nicht zu spät?«

Cassis schüttelte den Kopf. »Nicht mit den Fahrrädern«, sagte er, bemüht, einen lässigen Tonfall anzuschlagen. »Mal sehen, was er für uns hat.«

Als wir die Fahrräder aus der Gasse holten, bemerkte ich, wie Reinette einen kleinen Spiegel aus ihrer Tasche nahm und sich kurz darin betrachtete. Sie runzelte die Stirn, dann holte sie den Lippenstift hervor, zog ihre Lippen nach und lächelte. Anschließend klappte sie den Taschenspiegel wieder zu. Ich war nicht besonders überrascht. Seit unserem ersten Ausflug nach Angers war mir klar, dass sie nicht nur wegen des Kinos in die Stadt fuhr. So sorgfältig, wie sie sich kleidete und frisierte, der Lippenstift und das Parfüm – es musste irgendjemanden geben, für den sie diesen Aufwand betrieb. Um ehrlich zu sein, interessierte mich das aber nicht sonderlich. Ich war an Reines Marotten gewöhnt. Mit ihren zwölf Jahren sah sie aus wie sechzehn, vor allem mit den lockigen Haaren und dem roten Lippenstift. Mir war schon oft aufgefallen, wie die Männer im Dorf sie ansahen. Paul Hourias fing vor Verlegenheit an zu stottern, wenn sie in der Nähe war – selbst Jean-Benet Darius, ein Mann von fast vierzig Jahren, und Auguste Ramondin oder Raphaël vom Café benahmen sich ihr gegenüber ganz komisch. Die Jungs schauten ihr nach, das wusste ich. Und sie wusste es auch. Vom ersten Tag an in der neuen Schule erzählte sie von den Jungs, denen sie dort begegnete. Einmal war es Justin, der wunderschöne Augen hatte, ein andermal Raymond, der die ganze Klasse zum Lachen brachte, Pierre-André, der Schach spielen konnte, oder Guillaume, der mit seinen Eltern letztes Jahr von Paris hergezogen war. Ich weiß sogar noch, wann sie aufhörte, von den Jungs zu erzählen. Es war etwa um die Zeit, als die deutschen Soldaten in das Schulgebäude einzogen. Wahrscheinlich gab es irgendeine heimliche Liebe, sagte ich mir, aber Reinettes Geheimnisse hatten mich selten beeindruckt.

Hauer stand am Schultor Wache. Ich sah ihn zum ersten Mal bei Tageslicht – ein stämmiger Deutscher mit einem beinahe ausdruckslosen Gesicht. Leise raunte er uns zu: »Am Fluss, in etwa zehn Minuten.« Dann tat er so, als verscheuchte er uns von der Schule. Ohne uns noch einmal nach ihm umzudrehen, stiegen wir wieder auf die Räder. Selbst Reinette schaute sich nicht mehr um, woraus ich schloss, dass Hauer nicht derjenige sein konnte, in den sie verknallt war.

Weniger als zehn Minuten später entdeckten wir Leibniz. Erst dachte ich, er trüge keine Uniform, doch dann sah ich, dass er sich nur seine Jacke und seine Stiefel ausgezogen hatte. Schon von weitem winkte er uns und gab uns Zeichen, zu ihm zu kommen. Wir schoben die Fahrräder ein Stück die Böschung hinunter, sodass sie von der Straße aus nicht zu sehen waren, und setzten uns neben ihn ans Ufer. Er wirkte jünger als ich ihn in Erinnerung hatte, fast so jung wie Cassis, doch er bewegte sich mit einer Sicherheit und Unbekümmertheit, die mein Bruder nie besitzen würde, so sehr er sich auch darum bemühte.

Cassis und Reinette sahen ihn schweigend an, wie Kinder im Zoo, die ein gefährliches Tier betrachten. Reinette war hochrot angelaufen. Leibniz schien unbeeindruckt von den prüfenden Blicken und zündete sich eine Zigarette an.

»Die Witwe Petit«, sagte er schließlich. »Sehr gut.« Er kicherte in sich hinein. »Fallschirmseide und jede Menge andere Sachen. Sie war eine echte Schwarzmarktspezialistin.« Er zwinkerte mir zu. »Gut gemacht, Kleine.«

Meine Geschwister sahen mich verwundert an, sagten jedoch nichts. Ich schwieg, von seinen anerkennenden Worten hin und her gerissen zwischen Stolz und Furcht.

»Ich hab Glück gehabt diese Woche«, fuhr Leibniz fort. »Kaugummi, Schokolade und –« Er langte in seine Hosentasche und brachte ein Päckchen zum Vorschein. »Und das hier.«

Das hier entpuppte sich als ein Spitzentaschentuch, das er Reinette überreichte. Meine Schwester errötete erneut.

Dann wandte er sich an mich. »Und was ist mit dir, Kleine? Was wünschst *du* dir?« Er grinste. »Lippenstift? Gesichtscreme? Seidenstrümpfe? Nein, das ist eher was für deine Schwester. Eine Puppe? Einen Teddybär?« Er zog mich auf, doch seine Augen funkelten freundlich.

Jetzt hätte ich eingestehen müssen, dass mir das mit Madame Petit nur so herausgerutscht war. Aber Cassis starrte mich immer noch so verwundert an, und Leibniz lächelte, und plötzlich hatte ich einen Einfall.

Ohne zu zögern sagte ich: »Angelzeug. Richtiges, gutes Angelzeug.« Ich schwieg einen Moment und sah ihm dabei fest in die Augen. »Und eine Orange.«

16

Eine Woche später trafen wir ihn an derselben Stelle wieder. Cassis erzählte ihm von einem Gerücht, dem zufolge im Le Chat Rouget spätabends Glücksspiel betrieben wurde, und dass er gehört hatte, wie *Curé* Traquet vor dem Friedhof mit jemandem über einen geheimen Ort sprach, an dem das Kirchensilber versteckt war.

Aber Leibniz wirkte abwesend.

»Ich musste das hier vor den anderen verbergen«, sagte er zu mir. »Es hätte ihnen vielleicht nicht gefallen, dass ich es dir gebe.« Unter seiner Jacke, die er neben sich gelegt hatte, zog er einen langen, grünen Stoffbeutel hervor, in dem es leise klapperte, als er ihn zu mir herüberschob. »Das ist für dich«, sagte er. »Los, pack's aus.«

Der Beutel enthielt eine Angelrute. Sie war nicht neu, aber selbst ich konnte erkennen, dass es ein gutes Gerät war, aus Bambus, der mit der Zeit fast schwarz geworden war, und mit einer glänzenden Rolle, die sich drehen ließ, als hätte sie Kugellager. Vor Staunen stieß ich einen tiefen Seufzer aus.

»Ist die ... für mich?«, fragte ich ungläubig.

Leibniz lachte. »Na klar. Wir Angler müssen zusammenhalten, stimmt's?«

Vorsichtig betastete ich die Angel. Die Rolle fühlte sich kühl und ein bisschen ölig an.

»Aber du darfst niemandem etwas davon erzählen«, sagte er. »Deinen Eltern nicht und auch nicht deinen Freunden. Du kannst doch ein Geheimnis für dich behalten, nicht wahr?«

Ich nickte. »Klar.«

Er lächelte. Seine Augen sahen dunkelgrau aus. »Jetzt kannst du den Hecht fangen, von dem du mir erzählt hast.«

Ich nickte wieder, und er lachte. »Glaub mir, mit *der* Angel könntest du ein U-Boot fangen.«

Einen Moment lang musterte ich ihn misstrauisch; ich fragte mich, ob er sich über mich lustig machen wollte. Aber selbst wenn, lag nichts Gehässiges darin, und schließlich hatte er sein Versprechen gehalten. Nur eins beunruhigte mich.

»Madame Petit«, begann ich zögernd. »Ihr wird doch nichts Schlimmes passieren, oder?«

Leibniz zog an seiner Zigarette, dann schnippte er die Kippe ins Wasser.

»Ich glaub nicht«, erwiderte er leichthin. »Nicht, wenn sie den Mund hält.« Plötzlich sah er uns alle durchdringend an. »Und ihr drei, ihr behaltet das für euch, verstanden?«

Wir nickten.

»Ach ja, ich hab noch was für dich.« Er langte in seine Tasche. »Aber ich fürchte, du wirst sie mit den anderen teilen müssen. Ich konnte nur eine bekommen.« Und dann hielt er mir eine Orange hin.

Er war charmant, wissen Sie. Wir waren alle von ihm hingerissen, Cassis sicherlich weniger als Reine und ich, weil er älter war und deutlicher die Gefahr erkannte, in die wir uns begaben – Reinette, rotwangig und schüchtern, und ich … nun, vielleicht ließ ich mich am meisten beeindrucken. Es begann mit der Angel, aber es gab so viele andere Dinge an ihm, die mich faszinierten, sein

Akzent, seine lässige Art, seine Unbefangenheit und sein Lachen. Er besaß echten Charme, anders als Cassis' Sohn Yannick, der sich auf seine plumpe Art und mit seinen Wieselaugen so sehr darum bemühte. Nein, Tomas Leibniz hatte eine natürliche Ausstrahlung, der jeder erlag, auch ein einsames Kind mit einem Kopf voller Unsinn.

Reine hätte vielleicht gesagt, es war die Art, wie er einen wortlos ansah, oder wie seine Augen die Farbe wechselten – mal graugrün, mal braungrau wie der Fluss – oder wie er die Straße entlangschlenderte, die Mütze in den Nacken geschoben, die Hände in den Hosentaschen, wie ein Junge, der die Schule schwänzt. Cassis hätte vielleicht gesagt, es war Tomas' Verwegenheit – wie er die Loire an der breitesten Stelle durchschwamm oder kopfüber am Ausguck baumelte wie ein vierzehnjähriger Junge, der keine Gefahr kennt. Er wusste alles über Les Laveuses, noch bevor er dort angekommen war. Er stammte aus einem kleinen Dorf im Schwarzwald und erzählte die lustigsten Geschichten über seine Familie, seine Geschwister, seine Pläne. Unaufhörlich war er dabei, Pläne zu schmieden. Es gab Tage, an denen alles, jeder seiner Sätze mit Worten anzufangen schien wie: »Wenn ich erst mal reich bin und der Krieg vorbei ist …« Gott, was er alles vorhatte. Er war der einzige Erwachsene in unserem Umfeld, der immer noch dachte wie ein Junge, Pläne schmiedete wie ein Junge, und vielleicht war es das, was uns zu ihm hinzog. Er war einer von uns. Für ihn galten die gleichen Spielregeln wie für uns.

Bisher hatte er im Verlauf des Krieges einen Engländer und zwei Franzosen getötet. Er machte kein Geheimnis daraus, aber so wie er davon berichtete, war uns klar, dass er keine Wahl gehabt hatte. Einer der Franzosen hätte unser Vater sein können, dachte ich später. Ich hätte ihm dennoch verziehen. Ich hätte ihm alles verziehen.

Natürlich war ich anfangs auf der Hut. Wir trafen ihn noch dreimal, zweimal allein am Fluss, einmal im Kino mit den anderen – mit Hauer, dem untersetzten, rothaarigen Heinemann und dem dicken, schwerfälligen Schwartz. Zweimal ließen wir ihm durch den Jungen am Zeitungskiosk Nachrichten zukommen, zweimal bekamen wir Zigaretten, Zeitschriften, Bücher, Schokolade und ein Paar Seidenstrümpfe für Reinette. In der Regel sind Erwachsene Kindern gegenüber weniger vorsichtig, weniger darauf bedacht, ihre Zunge im Zaum zu halten. Auf diese Weise erhielten wir mehr Informationen, als wir uns hätten träumen lassen, und wir gaben sie alle an Leibniz und die drei anderen Soldaten weiter. Hauer, Heinemann und Schwartz wechselten kaum ein Wort mit uns. Schwartz, der nur wenig Französisch sprach, warf Reinette manchmal begehrliche Blicke zu und sagte etwas zu ihr in seinem kehligen Deutsch. Hauer wirkte steif und unbeholfen, und Heinemann war immer nervös; unaufhörlich kratzte er sich an seinen roten Bartstoppeln. Die drei verunsicherten mich.

Aber nicht Tomas. Tomas hatte einen Draht zu uns wie niemand sonst. Er muss gespürt haben, wie sehr wir ihn brauchten, aber nicht wegen der Sachen, die er uns mitbrachte, der Schokolade, den Kaugummis, den Schminksachen und den Heften, sondern weil er jemand war, der uns zuhörte, dem wir vertrauen konnten. Natürlich geschah das alles nicht über Nacht. Wir waren wilde Tiere, wie unsere Mutter sagte, und es war nicht so leicht, uns zu zähmen. Doch er ging unglaublich geschickt vor, um uns einen nach dem anderen für sich zu gewinnen und jedem von uns das Gefühl zu geben, etwas ganz Besonderes zu sein. Selbst heute noch glaube ich, dass das echt war. Selbst heute noch.

Zur Sicherheit versteckte ich die Angel in der Schatzkiste. Ich musste mich vorsehen, wenn ich sie benutzte, denn in Les Laveuses war es üblich, sich in die Angelegenheiten anderer Leute einzumischen, und es hätte nur einer zufälligen Bemerkung bedurft, um den Argwohn meiner Mutter zu wecken. Paul zeigte ich die Angel natürlich, aber ich erzählte ihm, sie hätte meinem Vater gehört, und so wie er stotterte, neigte er nicht dazu, Klatsch zu verbreiten. Jedenfalls schöpfte er nie Verdacht, oder falls doch, behielt er es für sich, wofür ich ihm dankbar bin.

Der Juli war heiß und schwül, jeden zweiten Tag gab es ein Gewitter, und der aufgewühlte Himmel über dem Fluss färbte sich grau-violett. Am Ende des Monats trat die Loire über die Ufer, riss alle meine Fangkörbe und Netze mit sich fort und überflutete Hourias' Maisfelder drei Wochen vor der Erntezeit. Es regnete fast jede Nacht, und wenn grelle Blitze über den Himmel zuckten, schrie Reinette vor Angst und verkroch sich unter ihrem Bett, während Cassis und ich mit aufgerissenem Mund am offenen Fenster standen und probierten, ob wir mit unseren Zähnen Funksignale empfangen konnten. Meine Mutter wurde häufiger denn je von Kopfschmerzen heimgesucht, obwohl ich das Orangensäckchen – aufgefrischt mit der Schale der Orange, die Tomas uns gegeben hatte – während dieser Zeit nur zweimal benutzte. Der Rest war ihr Problem. Sie schlief oft schlecht, und wenn sie morgens aufwachte, war sie übel gelaunt und gereizt und hatte kein freundliches Wort für uns. An solchen Tagen dachte ich an Tomas, wie ein Verhungernder ans Essen denkt. Ich glaube, den beiden anderen ging es genauso.

Auch unserem Obst setzte der Regen schwer zu. Die Äpfel, Birnen und Pflaumen schwollen zu grotesker Größe an, bis sie platzten und an den Bäumen verfaulten. Wespen krochen in die klebrigen Ritzen, ganze Schwärme umkreisten die Bäume, und die Luft war von einem dumpfen Summen erfüllt. Meine Mutter tat, was sie konnte. Einige ihrer Lieblingsbäume bedeckte sie mit Planen, um sie vor dem Regen zu schützen, aber das half wenig. Der Boden, von der Junisonne ausgetrocknet, verwandelte sich in Morast, und die Bäume standen in Pfützen, in denen ihre freiliegenden Wurzeln verfaulten. Zum Schutz gegen die Fäulnis kippte meine Mutter Sägemehl und Erde unter die Bäume, doch es war zwecklos. Das Obst fiel hinunter und verrottete. Was von dem Fallobst noch brauchbar war, sammelten wir auf und kochten Marmelade daraus, aber wir wussten alle, dass die Ernte verdorben war, noch bevor sie richtig begonnen hatte. Unsere Mutter redete inzwischen überhaupt nicht mehr mit uns. Während jener Wochen waren ihre Lippen ständig zu einer dünnen Linie zusammengepresst, ihre Augen lagen tief in ihren Höhlen. Das Zucken, das ihre Kopfschmerzen ankündigte, hörte gar nicht mehr auf, und der Tablettenvorrat im Badezimmer schmolz dahin.

Die Markttage empfand ich als besonders bedrückend. Wir verkauften, was wir konnten, aber da selbst die Bohnen, Kartoffeln, Möhren und Tomaten Schaden genommen hatten, war das herzlich wenig. In unserer Not boten wir unsere Wintervorräte zum Verkauf an, eingemachtes Obst und getrocknetes Fleisch und Pasteten, die meine Mutter zubereitet hatte, als wir das letzte Mal ein Schwein geschlachtet hatten. Sie war verzweifelt, und an manchen Tagen schaute sie so grimmig drein, dass die Kunden die Flucht ergriffen, anstatt ihr etwas abzukaufen. Ich schämte mich jedes Mal zu Tode, während sie mit versteinertem Gesicht und leeren Augen dastand, einen Finger an der Schläfe wie den Lauf einer Pistole.

Eines Tages, als wir auf dem Marktplatz eintrafen, sahen wir, dass die Fenster an Madame Petits Laden mit Brettern zugenagelt waren. Monsieur Loup, der Fischhändler, erzählte mir, sie habe einfach ihre Sachen gepackt und sei ohne Angabe von Gründen und ohne eine Adresse zu hinterlassen, weggezogen.

»Haben die Deutschen sie geholt?«, fragte ich ängstlich. »Ich meine, wo sie doch Jüdin ist und so?«

Monsieur Loup warf mir einen seltsamen Blick zu. »Davon weiß ich nichts. Ich kann dir nur sagen, dass sie bei Nacht und Nebel verschwunden ist. Mehr weiß ich nicht, und wenn du klug bist, hältst du schön den Mund und sprichst niemanden darauf an.« Sein Blick war so kühl und abweisend, dass ich mich verlegen entschuldigte und vor lauter Eile, von seinem Stand wegzukommen, beinahe meine Fischabfälle liegen gelassen hätte.

Meine Erleichterung darüber, dass Madame Petit nicht verhaftet worden war, wurde getrübt durch ein seltsames Gefühl der Enttäuschung. Eine Zeit lang grübelte ich still vor mich hin, dann begann ich, mich im Dorf und in Angers diskret nach den Leuten zu erkundigen, über die wir Informationen weitergegeben hatten. Madame Petit, Monsieur Toupet oder Toubon, der Lateinlehrer, der Frisör aus dem Laden gegenüber dem Le Chat Rouget, der so viele Päckchen erhielt, die beiden Männer, deren Gespräch wir im Anschluss an einen Film vor dem Palais-Doré belauscht hatten. Seltsamerweise beunruhigte mich die Vorstellung, dass wir womöglich nutzlose Informationen weitergegeben – und uns lächerlich gemacht hatten –, mehr als der Gedanke, dass wir den Betroffenen Böses zugefügt haben könnten.

Ich glaube, Cassis und Reinette kannten bereits die Wahrheit. Aber es ist auch ein Riesenunterschied, ob man neun, zwölf oder dreizehn Jahre alt ist. Nach und nach fand ich heraus, dass kein Einziger derjenigen, die wir denunziert hatten, verhaftet oder auch nur verhört worden war, kein einziges der Häuser, von denen wir den Deutschen berichtet hatten, durchsucht. Selbst das mysteriöse Verschwinden von Monsieur Toubon ließ sich leicht erklären.

»Ach der, der ist zu seiner Tochter nach Rennes gezogen«, erklärte Monsieux Doux leichthin. »Da gibt's überhaupt nichts Mysteriöses, meine Kleine.«

Fast einen Monat lang nagte die Sache an mir, bis ich so verunsichert war, dass ich mich fühlte, als hätte ich den Kopf voll summender Wespen. Ich grübelte darüber nach, wenn ich am Fluss angelte oder Fangkörbe auslegte, wenn ich mit Paul Räuber und Gendarm spielte oder im Wald Höhlen grub. Ich wurde immer dünner. Meine Mutter musterte mich besorgt und meinte, ich würde so schnell wachsen, dass meine Gesundheit darunter leide. Sie ging mit mir zu Doktor Lemaître, der mir ein Glas Rotwein pro Tag verordnete, aber es half nichts. Ich begann mir einzubilden, dass ich verfolgt wurde, dass die Leute über mich redeten. Ich fragte mich, ob Tomas und die anderen vielleicht insgeheim der Résistance angehörten und vorhatten, mich aus dem Weg zu räumen. Schließlich sprach ich mit Cassis über meine Sorgen.

Wir waren allein im Ausguck. Es hatte mal wieder geregnet, und Reinette lag mit einer Erkältung im Bett. Ich hatte gar nicht vorgehabt, ihm alles zu erzählen, aber nachdem ich einmal angefangen hatte, sprudelten die Worte nur so aus mir heraus. Ich konnte gar nicht mehr aufhören. Ich hielt den grünen Beutel mit der Angel in der Hand, und in einem Anfall von Zorn warf ich ihn in die Brombeerbüsche unter dem Baum.

»Wir sind doch keine *Babys*!«, rief ich wütend aus. »Glauben sie uns etwa nicht, was wir ihnen erzählen? Warum hat Tomas mir die Angel gegeben, wenn ich sie nicht verdient hab?«

Cassis sah mich irritiert an. »Man sollte meinen, du hättest es gern, wenn jemand erschossen würde.«

»Natürlich hätte ich das nicht gern«, erwiderte ich trotzig. »Ich hab nur gedacht –«

»Glaubst du wirklich, wir würden dabei helfen, dass Leute eingesperrt oder erschossen werden? Glaubst du das im Ernst?« Er wirkte schockiert, aber ich spürte, dass er sich geschmeichelt fühlte.

Genau das glaube ich, ging es mir durch den Kopf. Und wenn es dir in den Kram passte, würdest du genau das tun, Cassis. Ich zuckte die Achseln.

»Gott, bist du naiv, Framboise«, sagte mein Bruder herablassend. »Du bist wirklich noch zu jung, um bei sowas mitzumachen.«

In diesem Augenblick begriff ich, dass selbst er es nicht gleich durchschaut hatte. Er war schneller als ich, aber auch er hatte es nicht von Anfang an gewusst. An jenem ersten Abend im Kino hatte er wirklich vor Furcht und Aufregung geschwitzt. Und später, bei den Gesprächen mit Tomas, hatte ich Angst in seinen Augen gesehen. Später, viel später erst, hatte er die Wahrheit erkannt.

Cassis machte eine unwirsche Handbewegung und schaute aufs Wasser hinunter. »*Erpressung!*«, spie er mir regelrecht ins Gesicht. »Kapierst du das nicht? Mehr ist es nicht! Glaubst du vielleicht, in Deutschland hätten sie's leichter? Glaubst du, *denen* geht es besser als uns? Denkst du, *ihre* Kinder hätten Schuhe und Schokolade und all so'n Zeug? Meinst du nicht, die wünschen sich das auch alles?«

Ich starrte ihn wortlos an.

»Du hast nie richtig drüber nachgedacht.« Ich wusste, dass er weniger über meine Ignoranz als über seine eigene wütend war. »Drüben in Deutschland geht's den Leuten nicht besser als hier bei uns!«, schrie er. »Die Soldaten beschaffen sich Sachen, um sie nach Hause zu schicken. Sie finden alles Mögliche über Leute raus, und dann lassen sie sich dafür bezahlen, dass sie den Mund halten. Du hast doch gehört, was er über Madame Petit gesagt hat: ›Eine echte Schwarzmarktspezialistin.‹ Meinst du vielleicht, die hätten sie laufen lassen, wenn er sie angeschwärzt hätte?« Cassis war außer Atem, musste beinahe lachen. »Das glaubst du doch selbst nicht! Hast du noch nie gehört, was sie in Paris mit den Juden machen? Hast du noch nie von den Todeslagern gehört?«

Ich kam mir ziemlich dumm vor und zuckte die Achseln. Natürlich hatte ich davon *gehört*. Es war nur so, dass in Les Laveuses alles anders war. Wir alle kannten die Gerüchte, aber in meiner Vorstellung hatten sich diese Dinge irgendwie mit den Todesstrahlen aus *Der Krieg der Welten* vermischt, Hitler sah für mich aus wie Charlie Chaplin in Reinettes Filmzeitschriften. Wirklichkeit, Hörensagen, Phantasiewelt und Wochenschauberichte hatten sich verdichtet zu einer Fortsetzungsgeschichte mit Kampffliegern vom Mars und Nachtflügen über den Rhein, mit Revolverhelden und Exekutionskommandos, mit U-Booten und der *Nautilus* zwanzigtausend Meilen unter dem Meer.

»Erpressung?«, wiederholte ich verständnislos.

»*Geschäfte*«, korrigierte mich Cassis gereizt. »Findest du es denn gerecht, dass manche Leute Schokolade und Kaffee und anständige Schuhe und Zeitschriften und Bücher haben und andere überhaupt nichts? Findest du nicht, dass sie für dieses Vorrecht bezahlen sollten? Ein bisschen abgeben von dem, was sie haben? Und was ist mit Heuchlern und Lügnern wie Monsieur Toubon? Findest du nicht auch, dass die für ihre Hinterhältigkeit bezahlen sollten? Es ist ja nicht, als ob sie es sich nicht leisten könnten. Es wird ja schließlich keinem Schaden zugefügt.«

Er redete schon wie Tomas, deswegen fiel es mir schwer, seine Worte zu übergehen, und ich nickte bedächtig.

Cassis machte einen erleichterten Eindruck. »Es ist noch

nicht mal Diebstahl«, fuhr er eifrig fort. »Dieses Schwarzmarktzeug gehört allen. Ich sorge einfach nur dafür, dass jeder seinen Anteil kriegt.«

»Wie Robin Hood.«

»Genau.«

Ich nickte wieder. Was er sagte, klang vollkommen vernünftig.

Zufrieden mit der Erklärung stieg ich vom Ausguck und holte meine Angel aus dem Brombeergestrüpp, überzeugt, dass ich sie offenbar doch verdient hatte.

DRITTER TEIL

Der Imbisswagen

1

Etwa fünf Monate nach Cassis' Tod – drei Jahre nach der Geschichte mit Mamie Framboise – kamen Yannick und Laure noch einmal nach Les Laveuses. Meine Tochter Pistache war gerade mit ihren beiden Kindern Prune und Ricot zu Besuch, und bis dahin hatten wir einen schönen Sommer verlebt. Die Kinder waren so groß geworden, so reizend, sie ähnelten immer mehr ihrer Mutter – Prune mit ihren schokoladenbraunen Augen und dem Lockenkopf, Ricot mit rosigen Wangen, groß gewachsen und beide so fröhlich und abenteuerlustig, dass es mir fast das Herz brach, sie zu sehen, so sehr erinnerten sie mich an meine eigene Kindheit. Ich schwöre, ich fühle mich jedes Mal vierzig Jahre jünger, wenn sie da sind, und in jenem Sommer brachte ich ihnen bei, wie man angelt, wie man Reusen mit Ködern bestückt, wie man Makronen backt und Feigenmarmelade kocht; und Ricot und ich lasen *Robinson Crusoe* und *Zwanzigtausend Meilen unter dem Meer* zusammen, und Prune erzählte ich lauter Lügenmärchen über den Fisch, den ich als kleines Mädchen gefangen hatte, und bei den Geschichten über die unheimliche Macht der Alten Mutter liefen uns wohlige Schauer über den Rücken.

»Die Leute sagten, wenn man sie finge und freiließe, würde sie einem einen Herzenswunsch erfüllen, aber wenn man sie sähe – und sei es nur aus den Augenwinkeln – und sie *nicht* finge, dann würde einem etwas ganz Schreckliches widerfahren.«

Prune sah mich mit weit aufgerissenen Augen an, den Daumen zur Beruhigung in den Mund geschoben. »Was denn Schreckliches?«, flüsterte sie ehrfürchtig.

»Man würde *sterben*, mein Schatz«, sagte ich ganz leise und mit einem drohenden Unterton in der Stimme. »Oder jemand anders würde sterben. Jemand, den man liebte. Oder etwas noch Schlimmeres würde geschehen. Und selbst wenn man überlebte, würde einen der Fluch der Alten Mutter bis ins Grab verfolgen.«

Pistache warf mir einen vernichtenden Blick zu. »*Maman*, ich wüsste mal gern, warum du ihr all das Zeug erzählst. Möchtest du vielleicht, dass sie Alpträume bekommt und ins Bett macht?«

»Ich *mach* nicht ins Bett«, protestierte Prune. Sie sah mich erwartungsvoll an und zupfte an meinem Ärmel. »*Mémée*, hast *du* die Alte Mutter denn mal gesehen?«

Plötzlich war mir ganz unwohl zumute, und ich wünschte, ich hätte ihr eine andere Geschichte erzählt. Pistache sah mich drohend an und machte Anstalten, Prune von meinem Schoß zu nehmen.

»Prunette, lass *Mémée* jetzt in Ruhe. Es ist schon fast Schlafenszeit, und du hast dir noch nicht die Zähne geputzt und –«

»Bitte, sag's mir, *Mémée*, hast du sie mal gesehen? Ja?«

Ich umarmte meine Enkelin und entspannte mich ein wenig. »Ich habe einen ganzen Sommer lang versucht, sie zu fangen, Kleines. Mit Netzen und Angeln und Fangkörben. Ich habe jeden Tag frische Köder ausgelegt und bin mindestens zweimal am Tag zum Fluss gegangen, um nachzusehen.«

Prune sah mich mit ernster Miene an. »Bestimmt wolltest du dir unbedingt was wünschen, nicht wahr?«

Ich nickte. »Das wird es wohl gewesen sein.«

»Und hast du sie gefangen?«

Ihr Gesicht glühte. Sie roch nach Keksen und frischem Gras, der wunderbar süße Duft von Kindern.

Ich lächelte. »Ja, ich habe sie gefangen.«

Ihre Augen weiteten sich vor Aufregung. »Und was hast du dir gewünscht?«, flüsterte sie.

»Ich habe mir nichts gewünscht, mein Schatz«, erwiderte ich.

»Ist sie dir entwischt?«

Ich schüttelte den Kopf. »Nein, ich habe sie wirklich gefangen.«

Pistache beobachtete mich aus dem Hintergrund. Und Prune legte ihre kleinen Hände an mein Gesicht und fragte begierig: »Und was dann?«

Ich sah sie an. »Ich habe sie nicht zurück ins Wasser geworfen«, sagte ich. »Ich habe sie schließlich gefangen, aber ich habe sie nicht wieder freigelassen.«

Das stimmte eigentlich nicht, sagte ich mir. Nicht ganz. Und dann gab ich meiner Enkelin einen Kuss und versprach, ihr den Rest später zu erzählen. Trotz ihrer Proteste gelang es uns schließlich, sie ins Bett zu bringen. In jener Nacht dachte ich noch lange über die Geschichte nach. Ich habe nie Probleme mit dem Einschlafen gehabt, aber diesmal schien es Stunden zu dauern, bis ich endlich zur Ruhe kam, und auch dann noch träumte ich von der Alten Mutter tief unten im dunklen Wasser. Ich hatte sie an der Angel und zog und zog, und es sah so aus, als wäre keiner von uns jemals bereit loszulassen.

Jedenfalls, kurz danach tauchten Yannick und Laure in Les Laveuses auf. Erst kamen sie in die Crêperie, ganz bescheiden, wie normale Gäste. Sie bestellten *brochet angevin* und *tourteau fromage*. Ich beobachtete sie heimlich von der Küche aus, aber sie benahmen sich anständig und machten keinen Ärger. Sie unterhielten sich leise, stellten keine übertriebenen Ansprüche an den Weinkeller und verkniffen es sich ausnahmsweise, mich Mamie zu nennen. Erleichtert stellte ich fest, dass sie sich in der Öffentlichkeit nicht mehr dauernd berührten und küssten, und ich taute sogar so weit auf, dass ich mich eine Weile zu ihnen setzte und mich bei Kaffee und Petits Fours mit ihnen unterhielt.

Laure war in den drei Jahren, die wir uns nicht gesehen hatten, sichtlich gealtert. Sie war schlanker geworden – das mag vielleicht schick sein, aber es stand ihr überhaupt nicht –, und sie trug ihr kupferfarbenes Haar kurz geschnitten. Sie wirkte nervös, rieb sich ständig den Bauch, als hätte sie Schmerzen. Soweit ich das beurteilen konnte, hatte Yannick sich kein bisschen geändert.

Ihr Restaurant gehe gut, verkündete er heiter. Sie hätten eine Menge Geld auf der Bank. Für das Frühjahr planten sie eine Reise auf die Bahamas; seit Jahren hätten sie keinen Urlaub mehr zusammen gemacht. Sie sprachen liebevoll von Cassis, und ich hatte den Eindruck, sie waren sehr traurig über seinen Tod.

Ich sagte mir, dass ich sie wohl zu streng beurteilt hatte.

Ich irrte mich.

Ein paar Tage später besuchten sie uns auf dem Hof, als Pistache gerade dabei war, die Kinder ins Bett zu bringen. Sie brachten für uns alle Geschenke mit – Süßigkeiten für Prune und Ricot, Blumen für Pistache. Meine Tochter musterte die beiden mit dem distanziert freundlichen Blick, mit dem sie gewöhnlich ihr Missfallen ausdrückt, den die beiden jedoch zweifellos für ein Zeichen von Beschränktheit hielten. Laure beobachtete die Kinder mit einer aufdringlichen Neugier, die mir auf die Nerven ging. Yannick machte es sich in einem Sessel am Kamin bequem.

Pistache saß schweigend in der Ecke, und ich konnte nur hoffen, dass meine ungebetenen Gäste bald wieder verschwinden würden. Aber keiner von beiden machte irgendwelche Anstalten, sich zu verabschieden.

»Das Essen hat einfach phantastisch geschmeckt«, sagte Yannick matt. »Der Hecht war wirklich köstlich; ich weiß nicht, was du mit ihm gemacht hast, aber er war ein Gedicht.«

»Abwässer«, erwiderte ich trocken. »Neuerdings wird so viel davon in die Flüsse geleitet, dass die Fische sich praktisch von nichts anderem ernähren. Wir nennen es Loire-Kaviar. Sehr mineralhaltig.«

Laure sah mich verblüfft an. Dann begann Yannick zu kichern, und sie fiel ein.

»Mamie ist nie um einen Scherz verlegen. Loire-Kaviar, ha, ha.«

Danach haben sie nie wieder Hecht bestellt.

Nach einer Weile fingen sie an, über Cassis zu sprechen. Anfangs nur harmloses Zeug – wie er sich gefreut hätte, seine Nichte und deren Kinder kennen zu lernen.

»Er hätte so gern Enkelkinder gehabt«, sagte Yannick. »Aber Laure stand ja noch ganz am Anfang ihrer Karriere –«

»Uns bleibt noch genug Zeit«, fiel Laure ihm beinahe ungehalten ins Wort. »So alt bin ich schließlich noch nicht, oder?«

Ich schüttelte den Kopf. »Natürlich nicht.«

»Und damals hatten wir ja noch die zusätzlichen Kosten für Papas Pflege. Er besaß kaum noch Geld, Mamie.« Yannick biss in einen meiner *sablés*. »Alles, was er besaß, haben wir bezahlt. Selbst das Haus.«

Das konnte ich mir vorstellen. Cassis hatte es nie verstanden, sein Geld zusammenzuhalten. Es zerrann ihm zwischen den Fingern oder verschwand in seinem Bauch.

Als er noch in Paris lebte, war Cassis selbst immer sein bester Kunde gewesen.

»Das tragen wir ihm natürlich nicht nach«, meinte Laure leise. »Wir haben sehr an Papa gehangen, nicht wahr, *chéri*?«

Yannick nickte übertrieben beifällig. »Ja, sehr. Und er war so großzügig, hat nie ein Wort über diesen Hof verloren, über sein Erbe. Er hatte wirklich Charakter.«

»Was soll das denn heißen?« Ich sprang auf und hätte beinahe meinen Kaffee verschüttet. Pistache saß immer noch schweigend da und hörte zu. Ich hatte meinen Töchtern nie von Cassis und Reinette erzählt, für sie war ich ein Einzelkind. Auch über meine Mutter hatte ich nie ein Wort verloren.

Yannick sah mich verlegen an. »Nun, du weißt doch, Mamie, dass eigentlich er den Hof erben sollte –«

»Nicht dass wir dir Vorwürfe machen würden –«

»Aber er war schließlich der Älteste, und im Testament deiner Mutter ...«

»Moment mal!« Ich versuchte, nicht zu schrill zu klingen, doch in dem Augenblick hörte ich mich an wie meine Mutter, und ich sah, wie Pistache zusammenzuckte. »Ich habe Cassis einen guten Preis für den Hof gezahlt«, fuhr ich in ruhigerem Ton fort. »Nach dem Feuer war sowieso nur noch Gemäuer übrig, alles ausgebrannt, das Dach ruiniert. Er hätte nie in dem Haus wohnen können, und er hat es auch nie gewollt. Ich habe ihm einen guten Preis gezahlt, mehr als ich mir leisten konnte, und –«

»Schsch. Ist ja gut.« Laure warf ihrem Mann einen wütenden Blick zu. »Niemand behauptet, an eurem Vertrag sei irgendetwas unkorrekt gewesen.«

Unkorrekt.

Ein typisches Laure-Wort: affektiert, selbstgefällig und

mit dem richtigen Maß an Skepsis ausgesprochen. Ich hielt meine Kaffeetasse so fest umklammert, dass meine Knöchel sich weiß abzeichneten.

»Aber du musst die Sache mal von unserem Standpunkt aus betrachten«, sagte Yannick mit einem Grinsen. »Das Erbe unserer Großmutter ...«

Die Richtung, die das Gespräch nahm, gefiel mir nicht. Vor allem Pistaches Anwesenheit war mir unangenehm, ihre runden Augen, die alles genau beobachteten.

»Ihr beiden habt meine Mutter ja noch nicht mal gekannt«, fauchte ich.

»Darum geht es nicht, Mamie«, sagte Yannick hastig. »Es geht darum, dass ihr *drei* Geschwister wart. Und das Erbe wurde in drei Teile geteilt. Das ist doch richtig, oder?«

Ich nickte vorsichtig.

»Aber jetzt, wo der arme Papa verschieden ist, fragen wir uns, ob die informelle Abmachung, die ihr beiden getroffen habt, dem Rest der Familie gegenüber gerecht ist.« Er sagte das ganz gelassen, aber ich sah den gierigen Blick in seinen Augen, und mich packte die Wut.

»Welche informelle Abmachung?«, schrie ich. »Ich habe euch gesagt, dass ich einen guten Preis gezahlt habe. Es gibt Verträge –«

Laure legte eine Hand auf meinen Arm. »Yannick wollte dich nicht beunruhigen, Mamie.«

»Ich bin nicht beunruhigt«, erwiderte ich kühl.

Yannick fuhr unbeirrt fort: »Es ist nur so, dass manche Leute denken könnten, so eine Abmachung, wie du sie mit dem armen Papa getroffen hast – einem kranken Mann, der in Geldnot war –« Ich sah, wie Laure Pistache beobachtete, und fluchte innerlich. »Dann bleibt ja noch das Drittel, das Tante Reine zugestanden hätte –« Der Schatz unter dem Kellerboden. Zehn Kisten Bordeaux-Wein, abgefüllt in dem Jahr, als sie geboren wurde, eingemauert, um sie vor dem Zugriff der Deutschen zu schützen. Heute wären sie mindestens tausend Francs pro Flasche wert. Verdammt, Cassis konnte noch nie den Mund halten, wenn es drauf ankam.

»Ich habe alles für sie aufbewahrt. Ich habe nichts davon angerührt«, unterbrach ich Yannick ungehalten.

»Selbstverständlich nicht, Mamie. Trotzdem –« Yannick grinste bedauernd, und in dem Moment sah er meinem Bruder so ähnlich, dass es schmerzte. Ich schaute kurz zu Pistache hinüber, die kerzengerade und mit ausdruckslosem Gesicht in ihrem Sessel saß. »Trotzdem musst du zugeben, dass Tante Reine nicht mehr in der Lage ist, ihren Anteil zu beanspruchen. Und meinst du nicht, es wäre allen Beteiligten gegenüber fair –«

»Es gehört alles Reine«, sagte ich trocken. »Ich werde es nicht anrühren. Und selbst wenn ich könnte, würde ich es euch nicht geben. Beantwortet das deine Frage?«

Laure schaute mich an. In ihrem schwarzen Kleid sah sie ziemlich krank aus.

»Tut mir Leid«, meinte sie und warf Yannick einen bedeutungsvollen Blick zu. »Es geht uns nicht um Geld. Natürlich wollen wir dir nicht dein Haus streitig machen oder Tante Reines Erbe. Wenn einer von uns diesen Eindruck erweckt haben sollte …«

Ich schüttelte verwirrt den Kopf. »Was zum Teufel wollt ihr dann?«

»Es gab ein *Buch*«, erklärte Laure mit boshaft funkelnden Augen.

»Ein Buch?«, wiederholte ich.

Yannick nickte. »Papa hat uns davon erzählt. Du hast es ihm gezeigt.«

»Ein *Rezept*buch«, fügte Laure seltsam ruhig hinzu. »Du kennst inzwischen sicher sämtliche Rezepte auswendig. Wenn wir es uns wenigstens ansehen dürften – es ausleihen.«

»Wir würden natürlich für alles bezahlen, was wir verwenden«, warf Yannick hastig ein. »Betrachte es doch einfach als eine Möglichkeit, die Erinnerung an den Namen Dartigen lebendig zu halten.«

Es muss der Name gewesen sein, der mir den Rest gab. Während des Gesprächs war ich hin und her gerissen zwischen Verwirrung, Angst und Fassungslosigkeit, aber als der Name fiel, wurde ich von Panik erfasst, und ich fegte die Kaffeetassen vom Tisch, sodass sie auf den Terrakottafliesen in tausend Stücke zersprangen. Pistaches blickte mich entsetzt an, doch ich war meiner Wut hilflos ausgeliefert.

»Nein! Niemals!«, schrie ich, und einen Augenblick lang war es, als hätte ich meinen Körper verlassen und schwebte über dem Geschehen. Emotionslos betrachtete ich mich, eine unscheinbare, hagere Frau in einem grauen Kleid, das Haar zu einem strengen Nackenknoten zusammengefasst. Meine Tochter sah aus, als würde sie plötzlich alles begreifen, und in den Gesichtern meines Neffen und seiner Frau spiegelte sich verhohlene Feindseligkeit. Dann kehrte die Wut auf einen Schlag wieder zurück.

»Ich weiß genau, was ihr wollt!«, fauchte ich völlig außer mir. »Wenn ihr Mamie Framboise nicht haben könnt, dann nehmt ihr halt Mamie Mirabelle, ja? Also, ich weiß nicht, was Cassis euch erzählt hat, aber das alles ging ihn einen feuchten Kehricht an, und euch geht es erst recht nichts an. Diese alte Geschichte ist tot. *Sie* ist tot, und ihr werdet nichts von mir bekommen, da könnt ihr warten, bis ihr schwarz werdet!« Außer Atem nahm ich ihr Geschenk – eine Schachtel mit Batisttaschentüchern, die noch verpackt auf dem Tisch lag – und schob es Laure unsanft zu.

»Nehmt eure Bestechungsgeschenke«, schrie ich heiser, »und steckt sie euch zusammen mit euren schicken Pariser Rezepten, eurem ungenießbaren Aprikosen-*coulis* und eurem alten Papa in den Hintern!«

Unsere Blicke begegneten sich, und endlich zeigte Laure ihr wahres, hasserfülltes Gesicht.

»Ich könnte meinen Anwalt einschalten«, sagte sie.

Plötzlich musste ich lachen. »Ganz genau. Deinen Anwalt. Darauf läuft es doch immer hinaus, nicht wahr?« Ich lachte immer lauter. »Deinen Anwalt!«

Yannick versuchte, sie mit vor Schreck geweiteten Augen zu beruhigen. »Ich bitte dich, *chérie*, du weißt doch, dass wir –«

Laure fuhr wütend zu ihm herum. »Ach, lass mich doch in Ruhe!«

Ich brüllte vor Lachen. Laure warf mir einen vernichtenden Blick zu, dann hatte sie sich auf einmal wieder im Griff.

»Tut mir Leid«, sagte sie kühl. »Du kannst dir nicht vorstellen, wie wichtig das für mich ist. Meine Karriere –«

Yannick bugsierte sie in Richtung Tür, wobei er mich die ganze Zeit im Auge behielt. »Wir wollten dich nicht in Bedrängnis bringen, Mamie«, beeilte er sich zu sagen. »Wir kommen wieder, wenn du dich beruhigt hast. Es ist ja nicht so, dass wir das Buch *behalten* wollen.«

Die Worte purzelten ihm nur so aus dem Mund. Ich lachte und lachte. Meine Panik wuchs, aber ich kam nicht gegen das Lachen an, und selbst nachdem sie mit quietschenden Reifen davongefahren waren, hörte es nicht auf, ging jedoch allmählich in Weinen über, als die Anspannung von mir wich. Ich fühlte mich erschöpft und alt.

Schrecklich alt.

Pistache sah mich mit undurchdringlicher Miene an. Prune steckte den Kopf zur Tür herein.

»*Mémée*? Was ist passiert?«

»Geh wieder ins Bett, Liebes«, sagte Pistache. »Es ist alles in Ordnung. Du brauchst dir keine Sorgen zu machen.«

Prune schien nicht überzeugt. »Warum hat *Mémée* so geschrien?«

»Es ist nichts!«, erwiderte Pistache streng. »Geh jetzt ins Bett!«

Widerwillig zog Prune sich zurück. Pistache schloss die Tür.

Wir saßen schweigend da.

Ich wusste, sie würde mit mir reden, wenn sie so weit war; ich kannte sie gut genug, um sie nicht zu drängen. Sie wirkt zwar sanft, aber sie kann auch sehr stur sein. Diese Seite an ihr kenne ich gut; ich bin genauso. Ich spülte das Geschirr, trocknete es ab und räumte es in den Schrank. Anschließend nahm ich ein Buch und tat so, als würde ich lesen.

Nach einer Weile begann Pistache zu sprechen. »Was meinten sie mit dem Erbe?«

Ich zuckte die Achseln.

»Nichts. Cassis hat sie wohl glauben lassen, er sei reich, damit sie sich um ihn kümmerten, wenn er alt war. Sie hätten es besser wissen müssen. Das ist alles.« Ich hoffte, Pistache würde es dabei belassen, aber die Art, wie sie die Augenbrauen zusammenzog, kündigte Ärger an.

»Ich wusste nicht mal, dass ich einen Onkel hatte«, sagte sie tonlos.

»Wir haben uns nicht nahe gestanden.«

Schweigen. Ich spürte, wie es in ihr arbeitete, und ich wünschte, ich hätte ihren Gedankengang aufhalten können, doch mir war klar, dass ich das nicht konnte.

»Yannick ist ihm sehr ähnlich«, sagte ich, bemüht, beiläufig zu klingen. »Gut aussehend und charakterlos. Und seine Frau führt ihn an der Nase herum wie einen Tanzbär.« Ich hatte gehofft, ihr ein Lächeln zu entlocken, doch sie wurde nur noch nachdenklicher.

»Sie schienen der Meinung zu sein, du hättest sie um irgendetwas betrogen. Du hättest deinen Bruder ausgezahlt, als er krank war.«

Ich zwang mich, nicht aufbrausend zu reagieren. Mit einem Wutausbruch hätte ich alles nur noch schlimmer gemacht.

»Pistache«, sagte ich geduldig. »Glaub nicht alles, was die beiden erzählen. Cassis war nicht krank. Jedenfalls nicht so, wie du denkst. Er hat sich in den Ruin getrunken, seine Frau und seinen Sohn sitzen lassen und den Hof verkauft, um seine Schulden zu bezahlen.«

Sie sah mich durchdringend an, und ich hatte Mühe, nicht laut zu werden. »Hör zu, das ist alles lange her. Es ist vorbei. Mein Bruder ist tot.«

»Laure hat gesagt, es gab noch eine Schwester.«

Ich nickte. »Reine-Claude.«

»Warum hast du mir nichts davon gesagt?«

Ich zuckte die Achseln. »Wir haben uns nicht –«

»Nahe gestanden. Natürlich.« Ihre Stimme klang müde.

Wieder packte mich die Angst, und ich sagte lauter als beabsichtigt: »Du verstehst das doch, oder? Noisette und du, ihr habt euch doch auch nie –« Ich verschluckte den Rest des Satzes, aber es war zu spät. Ich sah, wie sie zusammenzuckte, und verfluchte mich innerlich.

»Nein. Aber ich habe es zumindest versucht. Dir zuliebe.«

Verdammt. Ich hatte vergessen, wie sensibel sie war. All die Jahre über hatte ich sie schlicht für die Ruhigere gehalten, während meine andere Tochter von Tag zu Tag aufsässiger und eigenwilliger wurde. Ja, Noisette war immer mein Lieblingskind gewesen, aber ich hatte bis jetzt geglaubt, es besser verborgen zu haben. Wenn es Prune gewesen wäre, hätte ich sie einfach in die Arme genommen, doch als ich nun diese gefasste, verschlossene, dreißigjährige Frau vor mir sah, mit ihrem traurigen Lächeln und den halb geschlossenen Augen ... dachte ich an Noisette und daran, wie ich es aus lauter Stolz oder auch aus Sturheit fertig gebracht hatte, sie mir zu entfremden.

»Wir haben uns vor langer Zeit aus den Augen verloren«, sagte ich. »Nach dem Krieg. Meine Mutter war ... krank ... und wir wohnten bei verschiedenen Verwandten. Wir hatten keinen Kontakt untereinander.« Es entsprach fast der Wahrheit, kam der Wahrheit jedenfalls so nah, wie ich es ertragen konnte. »Reine ging ... nach Paris ... um zu arbeiten. Sie ... wurde auch krank. Sie lebt in einem Pflegeheim in der Nähe von Paris. Ich habe sie einmal dort besucht, aber ...« Wie sollte ich es ihr erklären? Der Gestank in dieser Anstalt – nach Kohl und Wäsche und Krankheit –, laut dröhnende Fernseher in den Zimmern voll hilfloser Menschen, die weinten, wenn ihnen das Essen nicht schmeckte, und die manchmal aus heiterem Himmel Tobsuchtsanfälle bekamen und mit erhobenen Fäusten aufeinander losgingen. Ein Mann im Rollstuhl – ein relativ junger Mann mit einem vernarbten Gesicht und weit aufgerissenen, hoffnungslosen Augen – hatte die ganze Zeit geschrien: »Ich will hier raus! Ich will hier raus!«, bis er nur noch ein heiseres Krächzen herausbrachte und selbst ich ihn mit seinem Leid nicht mehr wahrnahm. Eine Frau stand in einer Ecke, das Gesicht zur Wand, und weinte still vor sich hin. Und dann die Frau auf dem Bett, die lächelnd vor sich hin murmelte, diese aufgedunsene Gestalt mit den gefärbten Haaren, mit fetten, weißen Schenkeln und Armen so kühl und weich wie frischer Teig. Nur die Stimme, an der allein ich sie erkannte, war immer noch dieselbe – die Stimme eines kleinen Mädchens, das unverständliches Zeug brabbelt. Ihre Augen waren so rund und ausdruckslos wie die einer Eule. Ich zwang mich, die Frau zu berühren.

»Reine. Reinette.«

Wieder dieses stumpfsinnige Lächeln, ein angedeutetes Nicken, als träumte sie, sie sei eine Königin und ich ihr Untertan. Sie habe ihren Namen vergessen, erklärte mir die Schwester ruhig, aber es gehe ihr gut; sie habe ihre »guten Tage« und sie liebe es fernzusehen, vor allem Zeichentrickfilme, und sie genieße es, wenn man ihr das Haar bürste, während das Radio laufe.

»Natürlich haben wir auch unsere schlechten Zeiten«, sagte die Schwester. Bei dem Wort »wir« zuckte ich zusammen, ich spürte, wie sich mir regelrecht der Magen umdrehte. »Wir wachen nachts auf –« Seltsam, dieses Pronomen, als könnte sie, indem sie einen Teil der Identität dieser Frau übernahm, irgendwie an der Erfahrung teilhaben, alt und verrückt zu sein. »Und hin und wieder haben wir unsere kleinen Wutanfälle, nicht wahr?« Sie lächelte mich an, eine junge Blondine um die Zwanzig, und in dem Augenblick hasste ich sie so sehr wegen ihrer Jugend und ihrer Ahnungslosigkeit, dass ich beinahe zurückgelächelt hätte.

Ich spürte, wie genau so ein Lächeln sich auf meinem Gesicht ausbreitete, als ich meine Tochter ansah, und verabscheute mich dafür.

»Du weißt doch, wie das ist«, versuchte ich mich zu entschuldigen. »Alte Leute und Krankenhäuser kann ich einfach nicht ertragen. Ich habe ihr Geld geschickt.«

Ich hatte genau das Falsche gesagt. Manchmal ist einfach alles falsch, was man sagt. Meine Mutter wusste das.

»*Geld*«, sagte Pistache verächtlich. »Ist das alles, wofür die Leute sich interessieren?«

Bald darauf ging sie zu Bett, und für den Rest des Sommers war unser Verhältnis gestört. Kurze Zeit später kündigte sie an, sie werde in zwei Wochen abreisen, früher als geplant. Sie gab vor, sie sei erschöpft und müsse sich auf die Schule vorbereiten, doch ich spürte, dass irgendetwas nicht stimmte. Ein- oder zweimal versuchte ich, mit ihr darüber zu sprechen, aber es hatte keinen Zweck. Sie blieb distanziert, ihr Blick argwöhnisch. Mir fiel auf, dass sie eine Menge Post erhielt, jedoch zunächst dachte ich mir nichts dabei. Ich war mit anderen Dingen beschäftigt.

2

WENIGE TAGE NACH DEM BESUCH VON YANNICK UND LAURE kam der Imbisswagen. Er wurde von einem großen Lastwagen hergeschleppt und auf der Rasenfläche gegenüber dem Crêpe Framboise abgestellt. Ein junger Mann mit einer rotgelb-gemusterten Papiermütze stieg aus. Ich war gerade mit Gästen beschäftigt und achtete nicht besonders auf das Geschehen, sodass ich später, als ich wieder aus dem Fenster schaute, ziemlich überrascht war, den Lastwagen nicht mehr zu sehen. Zurückgeblieben war nur der kleine Anhänger, auf dem in großen, roten Buchstaben die Worte »Super Snack« prangten. Ich trat auf die Straße, um ihn genauer in Augenschein zu nehmen. Die Läden waren mit schweren Ketten und Vorhängeschlössern gesichert. Ich klopfte an die Tür, doch niemand reagierte.

Am nächsten Tag wurde der Imbissstand, den jetzt eine rotgelb-gestreifte Markise schmückte, eröffnet. Es fiel mir gegen halb zwölf auf, als wie gewöhnlich meine ersten Gäste eintrafen. Über dem hohen Tresen war eine Schnur mit lauter kleinen Wimpeln gespannt, auf denen jeweils ein Gericht und der dazugehörige Preis vermerkt waren: *Steak-frites* 17F, *Saucisse-frites* 14F. Außerdem hingen auf beiden Seiten des Wagens große, bunte Poster, die für »Super Snacks« oder »Riesenhamburger« und verschiedene Getränke warben.

»Sieht so aus, als hätten Sie Konkurrenz bekommen«, meinte Paul Hourias, als er pünktlich um viertel nach zwölf in die Crêperie kam. Ich fragte ihn erst gar nicht, was er essen und trinken wollte, denn er bestellte immer das Tagesgericht und ein kleines Bier – nach Paul konnte man die Uhr stellen. Er redete nie viel, saß einfach an seinem Stammplatz am Fenster, aß und beobachtete die Straße. Ich betrachtete die Bemerkung als einen seiner seltenen Scherze.

»Konkurrenz!«, schnaubte ich verächtlich. »Monsieur Hourias, an dem Tag, an dem Crêpe Framboise mit einem Frittenverkäufer in einem Imbisswagen konkurrieren muss, packe ich meine Töpfe und Pfannen ein und mache den Laden dicht.«

Paul schmunzelte. Das Tagesgericht bestand aus gegrillten Sardinen, die er besonders gern aß, und einem Korb selbst gebackenem Walnussbrot. Er aß schweigend und schaute wie immer gedankenverloren auf die Straße hinaus. Die Anwesenheit des Imbisswagens schien keinen Einfluss auf die Anzahl der Gäste in der Crêperie zu haben. Die nächsten zwei Stunden war ich in der Küche beschäftigt, während Lise, meine Kellnerin, die Gäste bediente. Als ich wieder aus dem Fenster sah, standen zwei Leute an dem Imbisswagen und aßen Pommes frites aus spitzen Tüten, aber das waren junge Leute, keine von meinen Stammkunden. Ich zuckte die Achseln. Damit konnte ich leben.

Am nächsten Tag waren es schon fast ein Dutzend, alles Jugendliche, und aus einem Radio dröhnte laute Musik. Trotz der Hitze schloss ich die Tür der Crêperie, doch der scheppernde Klang von Gitarren und Schlagzeug drang unvermindert von draußen herein, und Marie Fenouil und Charlotte Dupré, beide Stammgäste, beschwerten sich über die Hitze und den Lärm.

Am darauf folgenden Tag war die Gruppe der Jugendlichen noch größer, die Musik noch lauter. Ich beschloss, mich zu beschweren. Um zwanzig vor zwölf ging ich zu dem Imbisswagen hinüber und war sofort von Jugendlichen umringt. Einige von ihnen erkannte ich, aber es waren auch welche dabei, die von auswärts kamen – Mädchen in rückenfreien T-Shirts und Sommerröcken oder Jeans, junge Burschen mit hochgeschlagenen Kragen und Motorradstiefeln. Mehrere Motorräder standen neben dem Imbissstand, Benzingestank mischte sich mit dem Geruch von Bratfett und Bier. Ein junges Mädchen mit gepiercter Nase und kurz geschnittenem Haar musterte mich frech, als ich auf den Tresen zuging, dann versperrte sie mir ruppig den Weg.

»He, warte bis du dran bist, Oma«, sagte sie Kaugummi kauend. »Siehst du nicht, dass hier Leute anstehen?«

»Ach, da wäre ich nie drauf gekommen«, fauchte ich. »Ich dachte, du würdest hier anschaffen, Schätzchen.«

Das Mädchen starrte mich mit offenem Mund an, und ich schob mich an ihr vorbei, ohne sie eines weiteren Blickes zu würdigen. Was auch immer man über Mirabelle Dartigen denken mag, sie hat ihren Kindern jedenfalls nicht beigebracht, ein Blatt vor den Mund zu nehmen.

Der Tresen war sehr hoch, und ich musste zu dem jungen Mann, der dahinter stand, aufschauen. Er war etwa fünfundzwanzig und sah auf eine modisch ungepflegte Art gut aus. Sein dunkelblondes Haar reichte bis über den Kragen, und an einem Ohr baumelte ein einzelner Ohrring, ein goldenes Kreuz, glaube ich. Seine Augen hätten mir vielleicht vor vierzig Jahren gefallen, aber heute bin ich zu alt und zu wählerisch. Für so etwas habe ich mich zuletzt interessiert, als Männer noch Hüte trugen. Im Nachhinein kam er mir irgendwie bekannt vor, doch in dem Augenblick dachte ich nicht darüber nach.

Natürlich kannte er mich.

»Guten Morgen, Madame Simon«, sagte er höflich, mit einem ironischen Unterton. »Was kann ich für Sie tun? Möchten Sie vielleicht unseren köstlichen *burger américain* probieren?«

Ich war wütend, bemühte mich aber, es mir nicht anmerken zu lassen. Sein Lächeln verriet, dass er mit Ärger rechnete, sich seiner Sache andererseits ziemlich sicher war.

»Heute nicht, vielen Dank«, erwiderte ich freundlich lächelnd. »Aber ich wäre Ihnen sehr dankbar, wenn Sie Ihr Radio ein bisschen leiser stellen könnten. Meine Gäste –«

»Aber selbstverständlich.« Seine Stimme klang weich und kultiviert, seine blauen Augen leuchteten. »Ich hatte ja keine Ahnung, dass ich hier jemanden belästige.«

Das Mädchen mit der gepiercten Nase, das immer noch neben mir stand, schnaubte ungläubig und raunte einem anderen Mädchen in einem engen, bauchfreien T-Shirt und viel zu kurzen Shorts zu: »Hast du gehört, was sie zu mir gesagt hat? Hast du das gehört?«

Der junge Mann lächelte, und widerwillig nahm ich seinen Charme und seine Intelligenz zur Kenntnis und etwas Ach-so-Vertrautes, das mich irgendwie seltsam berührte. Er beugte sich hinunter, um die Musik leiser zu drehen. Goldkettchen um den Hals, Schweißränder unter den Achseln, Hände, die zu weich und zu zart waren für einen Koch.

»Ist es Ihnen so recht, Madame Simon?«, fragte er in beflissenem Ton.

Ich nickte.

»Ich möchte wirklich kein lästiger Nachbar sein.«

An seinen Worten war nichts auszusetzen, aber ich wurde das Gefühl nicht los, dass irgendetwas an ihm, an der ganzen Sache nicht stimmte. In seinem kühlen, höflichen

Ton lag etwas Spöttisches, und auf einmal empfand ich keinen Zorn mehr, sondern Angst. Obwohl ich erreicht hatte, was ich wollte, ergriff ich die Flucht, verstauchte mir beinahe den Knöchel, als ich mir meinen Weg durch die dicht gedrängt stehenden Jugendlichen bahnte – mittlerweile waren es mindestens vierzig – und ihre Stimmen in meinen Ohren dröhnten. Ich beeilte mich, von ihnen fortzukommen – ich habe es noch nie gemocht, berührt zu werden –, und als ich die Crêperie erreichte, ertönte lautes Gelächter, als hätte der junge Mann, sobald ich außer Hörweite war, einen Witz gemacht. Ich fuhr herum, doch er stand mit dem Rücken zu mir und war gerade dabei, mit geübten Bewegungen ein paar Würstchen auf dem Rost zu wenden.

Das komische Gefühl ließ mich nicht mehr los. Ich schaute häufiger als gewöhnlich aus dem Fenster, und als Marie Fenouil und Charlotte Dupré, die beiden Gäste, die sich am Tag zuvor über den Lärm beschwert hatten, nicht auftauchten, wurde ich nervös. Vielleicht hatte es ja gar nichts zu bedeuten, versuchte ich mir einzureden. Schließlich war in der Crêperie nur ein einziger Tisch nicht besetzt. Die meisten meiner Stammkunden waren wie üblich erschienen. Dennoch beobachtete ich den Imbisswagen voll widerwilliger Faszination, sah *ihn* bei der Arbeit, die jungen Leute, die sich vor dem Stand versammelten, aus Papiertüten und Styroporbehältern aßen, während er Hof hielt. Er schien mit allen befreundet zu sein. Sechs oder sieben Mädchen – darunter die mit der gepiercten Nase – lehnten am Tresen, einige mit Cola-Dosen in der Hand. Andere standen lässig herum, bemüht, ihre vorgereckten Brüste und ihren Hüftschwung zur Geltung zu bringen. Die blauen Augen des Kochs hatten anscheinend zartere Herzen berührt als das meine.

Um halb eins hörte ich von der Küche aus das Geräusch

von Motorrädern. Es war ein schrecklicher Krach, wie von einem Dutzend Presslufthämmern. Ich ließ die Pfanne stehen, in der ich gerade eine Portion *bolets farcis* garte, und rannte nach draußen. Der Lärm war unerträglich. Ich hielt mir die Ohren zu, trotzdem schmerzten meine Trommelfelle, die vom vielen Schwimmen damals in der kalten Loire überempfindlich sind. Fünf Motorräder standen auf der gegenüberliegenden Straßenseite, und die Fahrer – drei mit Beifahrerinnen, die sich dekorativ an sie schmiegten – ließen die Motoren aufheulen, als wollten sie sich gegenseitig übertrumpfen. Ich schrie sie an, doch meine Stimme ging im Dröhnen der schweren Maschinen unter. Einige der jungen Leute am Imbissstand lachten und klatschten Beifall. Unfähig, mir Gehör zu verschaffen, gestikulierte ich wütend mit den Armen. Die Fahrer grüßten mich spöttisch, und einer von ihnen gab so viel Gas, dass sein Motorrad sich aufbäumte wie ein scheuendes Pferd.

Die ganze Vorstellung dauerte nicht länger als fünf Minuten, aber inzwischen waren meine Steinpilze verbrannt, und ich kochte vor Wut. Mir blieb keine Zeit, mich erneut beim Besitzer der Imbissbude zu beschweren; ich nahm mir vor, das nachzuholen, sobald meine Gäste gegangen waren. Zu dem Zeitpunkt hatte die Bude jedoch bereits geschlossen, und obwohl ich mit den Fäusten gegen die Tür hämmerte, öffnete niemand.

Am nächsten Tag plärrte die Musik wieder in voller Lautstärke. Ich ignorierte den Lärm so lange wie möglich, dann ging ich hinüber, um mich zu beschweren. Es waren noch mehr Leute da als zuvor, und diejenigen, die mich erkannten, machten unverschämte Bemerkungen, als ich mich zwischen ihnen hindurchschob. Zu wütend, um höflich zu sein, fauchte ich den Mann hinter dem Tresen an: »Ich dachte, wir hätten eine Abmachung!«

Er grinste breit. »Madame?«

Ich war nicht in der Stimmung für solche Spielchen. »Tun Sie bloß nicht so, als wüssten Sie nicht, wovon ich rede. Schalten Sie gefälligst die Musik ab, und zwar jetzt gleich!«

Höflich wie immer, mit einem gespielt gekränkten Gesichtsausdruck, schaltete er das Radio aus.

»Aber selbstverständlich, Madame. Es war nicht meine Absicht, Sie zu ärgern. Wenn wir schon Nachbarn sind, sollten wir um ein gutes Einvernehmen bemüht sein.«

Im ersten Moment war ich zu aufgebracht, um die Alarmglocken läuten zu hören.

»Was soll das heißen, Nachbarn?«, brachte ich schließlich heraus. »Wie lange haben Sie denn vor, hier zu bleiben?«

Er zuckte die Achseln. »Mal sehen.« Seine Stimme war aalglatt. »Sie wissen ja, wie das mit der Gastronomie ist. Man kann nie sagen, wie sich ein Geschäft entwickelt. Mal rennen einem die Gäste die Tür ein, dann bleiben sie plötzlich alle weg. Wer weiß, wie es sich entwickelt?«

Die Alarmglocken schrillten jetzt unüberhörbar, und mir lief ein kalter Schauer über den Rücken. »Ihr Wagen steht an einer öffentlichen Straße«, sagte ich trocken. »Ich schätze, die Polizei wird Sie fortschicken, sobald sie Sie entdeckt.«

Er schüttelte den Kopf. »Ich habe die Erlaubnis, hier zu stehen«, erklärte er mir freundlich. »Alle meine Papiere sind in Ordnung.« Dann sah er mich mit dieser für ihn typischen unverschämten Höflichkeit an. »Ich frage mich, wie es mit Ihren Papieren steht?«

Ich verzog keine Miene, doch mein Herz raste. Er wusste irgendetwas. Bei dem Gedanken wurde mir ganz schwindlig. O Gott, er wusste etwas. Ich ignorierte seine Frage.

»Noch was.« Ich war froh, dass meine Stimme ruhig und bestimmt klang. Die Stimme einer Frau, die keine Angst hat. Mein Herz raste. »Gestern gab es Ärger mit den Motorradfahrern. Wenn Sie noch einmal zulassen, dass Ihre Freunde meine Gäste vergraulen, werde ich Sie wegen Erregung öffentlichen Ärgernisses anzeigen. Ich bin sicher, dass die Polizei –«

»Die Polizei wird Ihnen sagen, dass die Motorradfahrer für den Lärm verantwortlich sind, nicht ich.« Er schien sich zu amüsieren. »Wirklich, Madame, ich bemühe mich, vernünftig mit Ihnen zu reden. Drohungen und Anschuldigungen bringen uns doch nicht weiter.«

Als ich ging, hatte ich seltsamerweise ein schlechtes Gewissen, so als hätte ich Drohungen ausgestoßen, nicht er. In jener Nacht schlief ich schlecht, und am nächsten Morgen schimpfte ich mit Prune, weil sie ihre Milch verschüttet hatte, und mit Ricot, weil er zu nah am Küchengarten Fußball spielte. Pistache warf mir einen erstaunten Blick zu – wir hatten seit Yannicks Besuch kaum ein Wort gewechselt – und fragte mich, ob ich mich nicht wohl fühlte.

»Es ist alles in Ordnung«, erwiderte ich knapp und kehrte schweigend in die Küche zurück.

3

IM LAUFE DER FOLGENDEN TAGE VERSCHLIMMERTE SICH die Situation zusehends. Kurze Zeit schwieg das Radio, doch dann dröhnte die Musik wieder los, lauter denn je. Mehrmals kamen die Motorradfahrer, ließen ihre Motoren aufheulen und lieferten sich Wettrennen in den engen Straßen, wobei sie laute Freudenschreie ausstießen. Die Anzahl der Stammgäste an der Imbissbude nahm nicht ab, und jeden Tag brauchte ich länger, um die leeren Getränkedosen und Papierservietten vom Gehweg aufzusammeln. Schlimmer noch, der Stand hatte jetzt auch abends geöffnet – zufällig genau zu meinen Öffnungszeiten. Allmählich begann ich, mich vor dem Augenblick zu fürchten, in dem der Generator des Imbisswagens angeschaltet wurde.

Einige meiner Gäste beschwerten sich, andere blieben einfach fort. Nach einer Woche sah es so aus, als hätte ich bereits sieben Stammgäste verloren; an Wochentagen war die Crêperie halb leer. Am Sonntag kam eine neunköpfige Gruppe aus Angers, aber an jenem Abend war die Musik besonders laut. Die Leute schauten immer wieder zu dem von Jugendlichen umlagerten Imbissstand auf der anderen Straßenseite hinüber, wo sie ihre Wagen geparkt hatten. Am Ende brachen sie auf, ohne ein Dessert oder Kaffee bestellt zu haben und ohne ein Trinkgeld zu hinterlassen.

So konnte es nicht weitergehen.

Les Laveuses besitzt kein eigenes Polizeirevier, aber es gibt einen *gendarme*, Louis Ramondin – François' Enkel –, mit dem ich allerdings nie viel zu tun gehabt hatte. Er war Ende dreißig, vor kurzem geschieden und sah seinem Onkel Guilherm, dem mit dem Holzbein, sehr ähnlich. Ich hatte keine Lust, mich an ihn zu wenden, aber ich brauchte nun einmal Hilfe.

Ich erklärte ihm die Sache mit dem Imbissstand, berichtete ihm von dem Lärm, dem Müll, den Beschwerden meiner Gäste. Er hörte mir mit der Geduld eines jungen Mannes zu, der das Gezeter einer spießbürgerlichen Alten über sich ergehen lassen muss, lächelte und nickte, bis ich ihn am liebsten geohrfeigt hätte. Dann erklärte er mir in dem übertrieben höflichen Ton, den junge Menschen gegenüber Schwerhörigen und Greisen anschlagen, bis jetzt sei noch kein Gesetz übertreten worden. Die Dinge hätten sich geändert, seit ich nach Les Laveuses gezogen sei. Er sei gern bereit, ein Wort mit Luc, dem Besitzer der Imbissbude, zu wechseln, aber ich müsse versuchen zu verstehen.

Oh, ich verstand sehr gut. Später am Abend sah ich ihn in Zivilkleidung vor dem Imbisswagen stehen und mit einem hübschen jungen Mädchen in Jeans und T-Shirt plaudern. Er hielt eine Dose Bier in der einen Hand und in der anderen eine Waffel. Luc schenkte mir ein spöttisches Lächeln, als ich mit meinem Einkaufskorb vorbeikam. Ich ignorierte sie alle beide. Ich verstand sehr gut.

In den folgenden Tagen ging die Zahl der Gäste in meiner Crêperie weiter zurück. Selbst am Samstagabend war nur die Hälfte der Tische besetzt, und die Woche über um die Mittagszeit war es noch schlimmer. Paul blieb mir jedoch treu, er kam jeden Tag und bestellte das Tagesgericht und ein Bier. Vor lauter Dankbarkeit begann ich, ihm das Bier zu spendieren.

Lise, meine Kellnerin, erzählte mir, Luc wohne im Hotel La Mauvaise Réputation.

»Ich weiß nicht, woher er kommt«, sagte sie. »Ich nehme an, aus Angers. Er hat sein Zimmer für drei Monate im Voraus bezahlt, es sieht also so aus, als hätte er vor zu bleiben.«

Drei Monate. Bis Ende November. Ich fragte mich, ob seine Kundschaft genauso zahlreich erscheinen würde, wenn der erste Frost kam. Um die Jahreszeit hatte ich immer wenig zu tun, im Sommer dagegen herrschte bei mir Hochbetrieb, und so konnte ich meistens genug Geld für den Winter zurücklegen. Aber in diesem Sommer ... So wie es im Moment aussah, würde ich wahrscheinlich Verluste machen. Zwar hatte ich Ersparnisse, aber ich musste Lise bezahlen, das Geld für Reine regelmäßig überweisen, Futter für die Tiere kaufen und die Leasing-Raten für die Maschinen aufbringen. Im Herbst kam der Lohn für die Feldarbeiter, die Apfelpflücker und für Michel Hourias mit seinem Mähdrescher hinzu. Natürlich konnte ich auf dem Markt in Angers Getreide und Apfelsaft verkaufen, um über die Runden zu kommen.

Dennoch würde es nicht einfach werden. Eine ganze Weile brütete ich über Zahlen, Ausgaben und voraussichtlichen Einnahmen. Ich vergaß, mit meinen Enkelkindern zu spielen, und zum ersten Mal wünschte ich, Pistache wäre in diesem Sommer nicht gekommen. Als sie eine Woche später mit Ricot und Prune abreiste, sah ich ihrem Blick an, dass sie mich für unvernünftig hielt, aber ich fühlte mich ihr nicht nahe genug, um ihr zu erzählen, was in mir vorging. Mein Herz, das voller Liebe für sie hätte sein müssen, war so hart und trocken wie der Stein einer Frucht. Ich nahm sie zum Abschied kurz in den Arm, dann wandte ich mich ab, ohne eine Träne zu vergießen. Als Prune mir einen Strauß Blumen überreichte, die sie auf der Wiese gepflückt hatte, fuhr mir der Schreck in die Glieder. Ich merkte, dass ich mich genauso benahm wie meine Mutter, mich hart und gefühllos gab, während mich insgeheim Unsicherheit und Ängste quälten. Am liebsten hätte ich mich meiner Tochter anvertraut, ihr gesagt, dass das alles nichts mit ihr zu tun hatte. Aber ich brachte es nicht fertig. Wir sind dazu erzogen worden, unsere Probleme für uns zu behalten. Ein solches Verhalten lässt sich nicht so leicht ablegen.

4

So vergingen die Wochen. Ich sprach noch mehrmals mit Luc, er begegnete mir jedoch immer mit derselben spöttischen Höflichkeit. Ich wurde das Gefühl nicht los, ihn irgendwoher zu kennen, und in der Hoffnung, dass mir das auf die Sprünge helfen könnte, versuchte ich, seinen Nachnamen herauszufinden, doch er hatte sein Zimmer in bar bezahlt. Als ich im Hotel La Mauvaise Réputation ankam, war das dazugehörige Café überfüllt mit jungen Leuten von auswärts, die auch regelmäßig an der Imbissbude auftauchten. Ein paar Jugendliche aus dem Dorf waren ebenfalls dort – Murielle Dupré, die beiden Lelac-Jungs und Julien Lecoz –, aber die meisten stammten aus anderen Orten, kesse Mädchen in Jeans und schulterfreien Tops und junge Burschen in Motorradhosen oder Shorts. Mir fiel auf, dass der junge Brassaud zusätzlich zu den Spielautomaten noch eine Jukebox und einen Billardtisch angeschafft hatte; anscheinend gingen nicht überall in Les Laveuses die Geschäfte schlecht.

Vielleicht war das der Grund, warum ich mit meinen Beschwerden auf taube Ohren stieß. Mein Hof und das Crêpe Framboise liegen am Rand des Dorfes, an der Straße nach Angers, etwa einen halben Kilometer entfernt von den nächsten Häusern. Nur die Kirche und die Post befinden sich in Hörweite, und Luc achtete stets darauf, dass seine Kunden keinen Radau machten, wenn gerade die Messe gelesen wurde. Selbst Lise, die wusste, wie es um unser Geschäft stand, nahm ihn zeitweilig in Schutz. Ich suchte Louis Ramondin noch zweimal auf, aber ich hätte genauso gut einer Katze mein Leid klagen können.

Dann fingen die Schikanen an. Anfangs waren es Kleinigkeiten. Eines Nachts wurden irgendwo auf der Straße Feuerwerkskörper gezündet, dann ließen ein paar Rowdys um zwei Uhr nachts vor meiner Tür ihre Motorräder auf vollen Touren laufen. In einer anderen Nacht wurde Müll vor mein Haus gekippt und eine Scheibe in der Eingangstür eingeschlagen. Ein andermal fuhr ein Motorradfahrer kreuz und quer durch mein Weizenfeld. Kleine Gemeinheiten. Nichts, was man *ihm* oder seinen Stammgästen hätte anhängen können. Doch dann öffnete jemand die Tür des Hühnerstalls; ein Fuchs drang ein und tötete alle meine Hühner. Zehn Tiere, lauter gute Legehennen, in einer Nacht dahin. Ich berichtete Louis davon – schließlich ist er für solche Dinge zuständig –, aber er meinte nur, ich hätte wahrscheinlich vergessen, die Tür des Hühnerstalls zu schließen.

»Sie könnte doch in der Nacht einfach aufgegangen sein, oder?« Er lächelte mich an, als könnte er meine armen Hennen damit wieder zum Leben erwecken. Ich ließ nicht locker.

»Verriegelte Türen gehen nicht einfach auf«, erwiderte ich. »Und es muss schon ein verdammt schlauer Fuchs sein, der es schafft, ein Vorhängeschloss aufzusägen. Jemand, der mir Schaden zufügen will, hat das getan, Louis Ramondin, und Sie werden dafür bezahlt, dass Sie rausfinden, wer es war.«

Louis reagierte ausweichend und murmelte etwas Unverständliches vor sich hin.

»Was haben Sie gesagt?«, fauchte ich. »Ich habe gute Ohren, Louis, lassen Sie sich das gesagt sein. Ich weiß schließlich noch –« Ich biss mir auf die Lippen. Beinahe hätte ich ihm erzählt, dass ich mich daran erinnerte, wie sein Großvater einmal sturzbetrunken und mit voll gepinkelter Hose während der Ostermesse im Beichtstuhl gelegen und laut geschnarcht hatte, aber davon konnte die Witwe Simon unmöglich etwas wissen. Ein kalter Schauer lief mir über den Rücken bei dem Gedanken, dass ich mich wegen einer alten Klatschgeschichte um ein Haar selbst verraten hätte.

Jedenfalls erklärte Louis sich schließlich bereit, sich einmal auf dem Hof umzusehen, doch er konnte nichts entdecken, und ich machte weiter, so gut es ging. Der Verlust der Hühner war ein schwerer Schlag. Ich konnte mir nicht leisten, neue zu kaufen, und wer garantierte mir, dass so etwas nicht wieder passierte? Also musste ich die Eier jetzt auf dem ehemaligen Hof der Familie Hourias kaufen, der mittlerweile einem Ehepaar namens Pommeau gehörte.

Ich wusste, dass Luc hinter alldem steckte. Ich wusste es, aber ich konnte es nicht beweisen, und das machte mich ganz verrückt. Schlimmer noch, ich konnte mir nicht vorstellen, *warum* er es tat. Meine Wut steigerte sich, bis sie meinen Kopf wie eine Apfelpresse zu zerquetschen drohte. Seitdem der Fuchs in den Hühnerstall eingedrungen war, hielt ich jede Nacht mit dem Gewehr auf dem Schoß an meinem verdunkelten Schlafzimmerfenster Wache. Im Nachthemd, einen leichten Mantel über den Schultern, muss ich einen seltsamen Anblick geboten haben. Ich kaufte neue Vorhängeschlösser für die Stalltür und das Gatter. Nacht für Nacht hielt ich Ausschau nach einem Übeltäter, aber niemand ließ sich blicken. Der Schuft muss geahnt haben, dass ich auf ihn wartete, auch wenn es mir ein Rätsel war, woher er es hätte wissen sollen. Ich hatte allmählich das Gefühl, er konnte meine Gedanken lesen.

5

Es dauerte nicht lange, bis der Schlafmangel sich bemerkbar machte. Tagsüber war ich unkonzentriert. Ich vergaß meine Rezepte. Ich konnte mich nicht erinnern, ob ich ein Omelette bereits gesalzen hatte oder nicht. Beim Zwiebelhacken schnitt ich mir in den Finger. Erst als mir das Blut über die ganze Hand lief und auf die Zwiebelwürfel tropfte, merkte ich, dass ich im Stehen geschlafen hatte. Meine verbliebene Gästen behandelte ich schroff. Obwohl die Musik am Imbisswagen leiser geworden war und die Motorradfahrer sich zivilisierter benahmen, kamen die Stammgäste, die ich verloren hatte, nicht zurück. Ich war zwar nicht ganz allein, es gab einige, die auf meiner Seite standen, aber die Unnahbarkeit und das tiefe Misstrauen, die Mirabelle Dartigen zu einer Fremden im Dorf hatten werden lassen, müssen auch mir im Blut liegen. Ich lehnte jedes Mitgefühl ab. Meine Wut vergraulte meine Freunde und verschreckte meine Gäste. Ich lebte nur noch von Zorn und Adrenalin.

Seltsamerweise war es ausgerechnet Paul, der dem schließlich ein Ende bereitete. An manchen Wochentagen war er mittags mein einziger Gast. Er blieb genau eine Stunde und beobachtete beim Essen schweigend die Straße, während sein Hund still unter dem Tisch lag. So wenig, wie Paul den Imbissstand zur Kenntnis nahm, hätte man meinen können, er sei taub, und außer »Hallo« und »Bis morgen« sagte er kaum etwas zu mir.

Als er sich eines Tages nicht gleich an seinen Stammplatz setzte, wusste ich, dass etwas nicht stimmte. Es war eine Woche, nachdem der Fuchs meine Hühner geholt hatte, und ich war hundemüde. An der linken Hand trug ich wegen der Schnittverletzung einen dicken Verband, und ich hatte Lise gebeten, das Gemüse für die Suppe zu putzen. Das Gebäck bereitete ich jedoch selbst zu, was ziemlich harte Arbeit war – stellen Sie sich vor, Sie müssten mit einer Plastiktüte über einer Hand einen Teig kneten. Als Paul kam, stand ich in der Küchentür. Er sah mich von der Seite an, nahm die Baskenmütze ab und trat seine Zigarettenkippe auf der Türschwelle aus.

»*Bonjour*, Madame Simon.«

Ich nickte und versuchte zu lächeln. Die Müdigkeit hatte sich wie eine graue Decke über alles gelegt. Seine Worte klangen, als kämen sie aus einem tiefen Brunnen. Der Hund nahm sofort seinen Platz unter dem Tisch am Fenster ein, aber Paul blieb stehen, die Mütze in der Hand.

»Sie sehen gar nicht gut aus«, bemerkte er.

»Es geht mir gut«, erwiderte ich knapp. »Ich habe letzte Nacht schlecht geschlafen, das ist alles.«

»Und auch in den vergangenen Nächten, wie ich vermute. Leiden Sie an Schlaflosigkeit?«

Ich warf ihm einen missbilligenden Blick zu. »Ihr Essen steht auf dem Tisch. Hühnerfrikassee mit Erbsen. Wenn Sie's kalt werden lassen, wärme ich's nicht wieder auf.«

Er lächelte sanft. »Sie reden schon mit mir wie eine Ehefrau, Madame Simon. Was werden die Leute dazu sagen?«

Ich überhörte seinen Scherz.

»Vielleicht kann ich Ihnen helfen«, beharrte Paul. »Es ist nicht recht, dass man Sie so behandelt. Irgendjemand muss etwas unternehmen.«

»Bitte, machen Sie sich keine Mühe, Monsieur.« Vor lauter Übermüdung war ich ständig den Tränen nahe, und seine freundlichen Worte brachten mich fast zum Weinen. Ich bemühte mich um einen abweisenden Ton und vermied es, ihn anzusehen. »Ich komme schon allein zurecht.«

Paul ließ sich nicht beirren. »Sie können mir vertrauen«, sagte er leise. »Das müssten Sie doch inzwischen wissen. Die ganze Zeit ...« Ich schaute ihn an, und plötzlich war mir alles klar.

»Bitte, Boise.«

Ich zuckte zusammen.

»Keine Sorge. Ich hab's niemandem erzählt.«

Schweigen.

»Oder?«

Ich schüttelte den Kopf.

»Na dann.« Er trat einen Schritt auf mich zu. »Du hast noch nie Hilfe angenommen, wenn du sie brauchtest, selbst damals nicht.« Pause. »Du hast dich wirklich nicht sehr verändert, Boise.«

Komisch. Ich dachte, ich hätte mich geändert. »Seit wann weißt du es?«, fragte ich schließlich.

Er zuckte die Achseln. »Hat nicht lange gedauert. Wahrscheinlich, als ich zum ersten Mal das *kouign amann* nach dem Rezept deiner Mutter gegessen hab. Vielleicht war es auch der Hecht. Ein gutes Gericht vergisst man nicht, stimmt's?« Und dann lächelte er wieder, ein Lächeln, das gleichzeitig liebevoll und abgrundtief traurig war.

»Es muss schwer gewesen sein«, meinte er.

Das Brennen in meinen Augen wurde unerträglich. »Ich will nicht darüber reden.«

Er nickte nachdenklich, dann ging er zu seinem Tisch hinüber, um sein Frikassee zu essen. Hin und wieder hob er den Kopf und lächelte mich an. Schließlich setzte ich mich zu ihm – er war der einzige Gast – und schenkte mir ein Glas *Gros-Plant* ein. Eine ganze Weile saßen wir schweigend da. Ich legte den Kopf auf den Tisch und weinte still. Die einzigen Geräusche im Raum waren meine leisen Schluchzer und das Klappern von Pauls Besteck. Er sagte nichts und schaute mich nicht an. Aber ich wusste, dass sein Schweigen mitfühlend war.

Nachdem ich mich ausgeweint hatte, wischte ich mir mit der Schürze die Tränen weg und sagte: »Ich würde jetzt doch gern reden.«

6

Paul ist ein guter Zuhörer. Ich vertraute ihm Dinge an, von denen ich nie geglaubt hätte, dass ich sie einmal preisgeben würde, und er hörte mir schweigend zu. Hin und wieder nickte er. Ich erzählte ihm von Yannick und Laure, von Pistache und davon, wie ich sie ohne ein Wort hatte gehen lassen, von den Hühnern und von meinen schlaflosen Nächten und dass das Geräusch des Generators mir das Gefühl gab, Ameisen krabbelten in meinem Kopf herum. Ich erzählte ihm von der Angst um meine Crêperie, um mich selbst, um mein schönes Zuhause und um die Nische, die ich mir inmitten dieser Leute eingerichtet hatte. Ich erzählte ihm von der Angst, alt zu werden, von den Jugendlichen, die mir viel eigenartiger und härter vorkamen, als wir es je gewesen waren, obwohl wir den Krieg erlebt hatten. Ich erzählte ihm von meinen Träumen, von der Alten Mutter mit dem Maul voller Orangen, von Jeannette Gaudin und den Schlangen, und ganz allmählich spürte ich, wie das Gift aus meinem Herzen schwand.

Als ich geendet hatte, schwiegen wir noch eine ganze Weile.

»Du kannst nicht jede Nacht Wache halten«, sagte Paul schließlich. »Damit bringst du dich um.«

»Es bleibt mir nichts anderes übrig. Diese Leute könnten jederzeit wiederkommen.«

»Dann wechseln wir uns ab«, erklärte Paul schlicht, und damit war die Sache entschieden.

Ich überließ ihm das Gästezimmer, in dem Pistache und die Kinder bis vor kurzem gewohnt hatten. Er war mir keine Last, sorgte für sich selbst, machte sein Bett und hielt das Zimmer in Ordnung. Meistens nahm ich ihn gar nicht wahr, und dennoch war er da, still und unaufdringlich. Ich schämte mich dafür, ihn je für begriffsstutzig gehalten zu haben. In Wirklichkeit war er in manchen Dingen schlauer als ich, und vor allem war er es, der schließlich die Verbindung zwischen dem Imbisswagen und Cassis' Sohn herstellte.

Nachdem wir zwei Nächte lang Wache gehalten hatten – ich von zehn bis zwei und Paul von zwei bis sechs –, fühlte ich mich bereits wesentlich ausgeruhter und war wieder in der Lage, meinen Alltag zu meistern. Mir tat es gut, mit meinem Problem nicht mehr allein zu sein, zu wissen, dass jemand da war, der mir zur Seite stand. Natürlich ging sofort das Gerede los. In einem Dorf wie Les Laveuses kann man nichts geheim halten, und die Nachricht, dass der alte Paul Hourias aus seiner Hütte am Fluss ausgezogen war und jetzt mit der Witwe Simon zusammenwohnte, verbreitete sich schnell. Der Briefträger zwinkerte mir zu, wenn er die Post brachte. Ab und zu bemerkte ich tadelnde Blicke, vor allem vom *curé* und den Damen vom Gebetskreis, aber die meisten Leute lächelten nur mitleidig. Louis Ramondin ließ verlauten, die Witwe habe sich in letzter Zeit ziemlich seltsam aufgeführt, und jetzt wisse er auch, warum. Erstaunlicherweise kamen einige meiner Stammgäste wieder in die Crêperie, und sei es nur, um sich davon zu überzeugen, dass das Gerücht der Wahrheit entsprach.

Ich schenkte ihnen keinerlei Beachtung.

Die Imbissbude stand natürlich nach wie vor an ihrem Platz, und die Lärmbelästigung durch das Radio und die vielen Jugendlichen hörte nicht auf. Ich hatte es aufgegeben, mit Luc zu streiten. Die staatlichen Behörden, soweit sie denn im Dorf vertreten waren, interessierten sich nicht für mein Problem, und so blieb uns – Paul und mir – nur eine Möglichkeit. Wir begannen, Nachforschungen anzustellen.

Paul gewöhnte sich an, sein mittägliches Bier im Café de la Mauvaise Réputation zu trinken, wo die Motorradfahrer und die jungen Mädchen sich die Zeit vertrieben. Er befragte den Briefträger. Auch Lise, meine Kellnerin, half uns, obwohl ich sie über den Winter nicht beschäftigen konnte. Sie setzte sogar ihren kleinen Bruder Viannet auf den Fall an, sodass Luc schließlich der am meisten beobachtete Mann in ganz Les Laveuses war. Wir brachten einiges in Erfahrung.

Er stammte aus Paris. Vor einem halben Jahr war er nach Angers gezogen. Er schien eine ganze Menge Geld zu haben und gab es mit beiden Händen aus. Niemand kannte seinen Familiennamen, er trug jedoch einen Siegelring mit den Initialen L.D. Er hatte eine Schwäche für Mädchen und fuhr einen weißen Porsche, den er hinter dem Hotel parkte. Er hatte den Ruf, in Ordnung zu sein, was wahrscheinlich bedeutete, dass er seine Freunde großzügig frei hielt.

Das alles half uns allerdings nicht weiter.

Dann kam Paul auf die Idee, sich den Imbisswagen genauer anzusehen. Das hatte ich natürlich auch schon getan, aber Paul wartete, bis der Stand geschlossen war und Luc mit seinen Freunden an der Bar des Cafés saß. Der Wagen war mit Vorhängeschlössern gesichert, doch auf der Rückseite entdeckte Paul eine kleine Metallplakette mit einer Registriernummer und einer Telefonnummer. Wir wählten die Telefonnummer ... und stellten fest, dass sie zum Restaurant Aux Délices Dessanges, Rue des Romarins, Angers, gehörte.

Ich hätte es von Anfang an wissen müssen.

Yannick und Laure hätten eine potentielle Einnahmequelle nicht so leicht abgeschrieben. Und nach allem, was ich mittlerweile in Erfahrung gebracht hatte, verstand ich nun auch, warum Luc mir so bekannt vorkam. Er hatte die gleiche gebogene Nase, die gleichen klugen, hellen Augen und die gleichen ausgeprägten Wangenknochen – Luc Dessanges, Laures Bruder.

Anfangs wollte ich schnurstracks zur Polizei gehen – nicht zu unserem Louis, sondern zur Polizei in Angers –, um ihn wegen Belästigung anzuzeigen. Paul redete es mir aus.

Wir hätten keine Beweise, erklärte er mir ruhig. Ohne Beweise könnten wir nichts erreichen. Luc habe nichts Illegales getan. Wenn wir ihn auf frischer Tat ertappt hätten, nun, das wäre etwas anderes gewesen, aber dazu sei er zu schlau, zu vorsichtig. Wahrscheinlich warteten sie darauf, dass ich kapitulierte, warteten auf den rechten Augenblick, um auf den Plan zu treten und ihre Forderungen zu stellen – »Wenn wir dir nur helfen könnten, Mamie. Lass es uns doch versuchen. Nichts für ungut.«

Am liebsten hätte ich den nächsten Bus nach Angers genommen, um in ihren Laden zu stürmen und sie vor ihren Freunden und Gästen bloßzustellen, allen Leuten zu erzählen, wie sie mich verfolgten und erpressten, aber Paul meinte, wir sollten noch abwarten. Ungeduld und Zorn hätten mich bereits um die Hälfte meiner Gäste gebracht. Zum ersten Mal in meinem Leben übte ich mich also in Geduld.

7

Eine Woche später statteten sie mir einen Besuch ab.

Es war Sonntagnachmittag, und seit drei Wochen war die Crêperie sonntags geschlossen. Auch der Imbissstand hatte geschlossen – Luc hielt sich fast auf die Minute an meine Öffnungszeiten –, und Paul und ich saßen im Garten und genossen die letzten Sonnenstrahlen dieses Herbsttages. Ich las ein Buch, doch Paul genügte es, einfach dazusitzen und mich hin und wieder auf seine sanfte, anspruchslose Art anzusehen und an einem Stöckchen herumzuschnitzen.

Ich hörte es klopfen und ging ins Haus, um die Tür zu öffnen. Vor mir stand Laure, geschäftsmäßig in einem dunkelblauen Kostüm, dahinter Yannick in einem anthrazitfarbenen Anzug. Sie lächelte breit. Laure hatte einen Blumentopf mit einer großen Pflanze im Arm. Ich bat sie nicht herein.

»Wer ist gestorben?«, fragte ich kühl. »Ich jedenfalls nicht, noch nicht, auch wenn ihr beiden Gauner nichts unversucht lasst, um es so weit kommen zu lassen.«

»Aber Mamie«, stieß Laure gequält hervor.

»Komm mir nicht mit ›Aber Mamie‹«, fauchte ich. »Ich weiß alles über eure schmutzigen Tricks. Doch damit werdet ihr keinen Erfolg haben. Eher sterbe ich, als zuzulassen, dass ihr auch nur einen Sou an mir verdient. Du kannst also deinem Bruder sagen, er soll seine Frittenbude zumachen und verschwinden. Ich weiß nämlich genau, was er vorhat, und wenn damit nicht bald Schluss ist, gehe ich zur Polizei, das schwöre ich dir, und dann erzähle ich denen haarklein, was ihr hier die ganze Zeit getrieben habt.«

Yannick wirkte erschrocken und räusperte sich nervös, aber Laure war aus anderem Holz geschnitzt. Ihre Verblüffung hielt höchstens zehn Sekunden lang an, dann verzog sie ihr Gesicht zu einem kühlen Lächeln.

»Ich hab doch gewusst, dass es besser gewesen wäre, von Anfang an mit offenen Karten zu spielen«, sagte sie mit einem verächtlichen Blick in Richtung ihres Mannes. »Dieser ganze Blödsinn bringt keinen von uns weiter, und ich bin mir sicher, wenn ich dir erst mal alles erklärt habe, wirst du einsehen, dass es besser für dich ist, uns ein bisschen entgegenzukommen.«

Ich verschränkte die Arme. »Du kannst mir erklären, was du willst. Das Erbe meiner Mutter gehört mir und Reine-Claude, egal, was mein Bruder dir erzählt hat. Mehr gibt es dazu nicht zu sagen.«

Laure grinste mich hasserfüllt an. »Glaubst du im Ernst, dass wir das wollten, Mamie? Dein Geld? Also *wirklich*! Du musst uns ja für sehr niederträchtig halten.« Plötzlich sah ich mich mit ihren Augen, eine alte Frau in einer fleckigen Schürze und mit Haaren, die so stramm zu einem Knoten zusammengefasst waren, dass die Gesichtshaut spannte. Ich knurrte wie ein verwirrter Hund und musste mich am Türrahmen festhalten, weil mir plötzlich schwindlig wurde.

»Nicht dass wir das Geld nicht gebrauchen könnten«, meinte Yannick mit ernster Miene. »Das Restaurant geht im Moment nicht besonders gut. Dieser Artikel in *Hôte & Cuisine* hat auch nichts genützt. Und in letzter Zeit haben wir ziemlichen Ärger mit –«

Laure brachte ihn mit einem Blick zum Schweigen. »Ich will dein Geld nicht«, wiederholte sie.

»Ich weiß, was du willst«, sagte ich heiser, bemüht, mir meine Verwirrung nicht anmerken zu lassen. »Die Rezepte meiner Mutter. Aber ich werde sie dir nicht geben.«

Laure sah mich immer noch lächelnd an. Ich begriff, dass es ihr nicht nur um die Rezepte ging, und spürte, wie eine kalte Hand nach meinem Herzen griff.

»Nein«, flüsterte ich.

»Mirabelle Dartigens Kladde«, sagte Laure leise. »Ihre privaten Aufzeichnungen. Ihre Gedanken, ihre Rezepte, ihre Geheimnisse. Das Erbe unserer Großmutter gehört uns allen. So etwas für immer geheim zu halten, ist ein Verbrechen.«

»*Nein!*«, stieß ich hervor.

Laure zuckte zusammen, Yannick trat einen Schritt zurück. Ich atmete schwer, und bei jedem Atemzug brannte meine Lunge wie Feuer.

»Du kannst es nicht ewig geheim halten, Framboise«, erklärte Laure in nüchternem Ton. »Es ist schon unglaublich genug, dass bisher niemand etwas herausgefunden hat. Mirabelle Dartigen« – ihre Wangen waren gerötet, in ihrer Erregung war sie fast schön – »eine der geheimnisvollsten Kriminellen des zwanzigsten Jahrhunderts. Aus heiterem Himmel ermordet sie einen jungen Soldaten und sieht ungerührt zu, wie als Vergeltungsmaßnahme das halbe Dorf erschossen wird, und dann verschwindet sie, ohne ein Wort der Erklärung.«

»So ist es überhaupt nicht gewesen«, entfuhr es mir unwillkürlich.

»Dann sag mir doch, wie es gewesen ist«, entgegnete Laure und machte einen Schritt auf mich zu. »Ich würde mich in allen Punkten von dir beraten lassen. Wir haben die einmalige Möglichkeit, Informationen aus erster Hand zu erhalten, und ich bin überzeugt, dass es ein großartiges Buch wird.«

»Was für ein Buch?«, fragte ich verblüfft.

Laure sah mich entnervt an. »Was soll das heißen, *was für ein Buch*? Ich dachte, du hättest es längst erraten. Du hast doch gesagt ...«

Mein Mund war so trocken, dass mir die Zunge am Gaumen zu kleben schien. Mühsam brachte ich heraus: »Ich dachte, ihr wärt hinter den Rezepten her. Nach allem, was ihr mir gesagt habt –«

Sie schüttelte ungeduldig den Kopf. »Nein, ich brauche die Kladde für die Recherchen zu meinem Buch. Du hast doch meine Broschüre gelesen, oder? Du musst doch gewusst haben, dass ich an dem Fall interessiert bin. Und als Cassis uns erzählt hat, dass sie sogar mit uns *verwandt* ist. Yannicks Großmutter.« Sie ergriff meine Hand. Ihre langen Finger waren kühl, die Nägel leuchtend rosa lackiert, passend zu ihrem Lippenstift. »Mamie, du bist ihr letztes Kind. Cassis ist tot, Reine-Claude zu nichts zu gebrauchen.«

»Du hast sie besucht?«

Laure nickte. »Sie erinnert sich an nichts. Vegetiert nur noch dahin. Und in Les Laveuses scheint sich auch niemand an irgendwas Brauchbares zu erinnern, zumindest ist keiner bereit, darüber zu reden.«

»Woher weißt du das?« Meine Wut hatte sich in kalte Angst verwandelt, denn dies war schlimmer als alles, was ich mir je ausgemalt hatte.

Sie zuckte die Achseln. »Von Luc natürlich. Ich habe ihn gebeten, herzukommen und ein paar Fragen zu stellen, im alten Anglerclub ein paar Runden auszugeben, du weißt schon, was ich meine.« Sie sah mich fragend an. »Du hast doch gesagt, du wüsstest das alles.«

Ich nickte, zu benommen, um etwas zu erwidern.

»Ich muss gestehen, es ist dir gelungen, die ganze Geschichte länger geheim zu halten, als ich es für möglich gehalten hätte«, fuhr Laure voller Bewunderung fort. »Kein Mensch ahnt etwas von deinem Doppelspiel, jeder hält dich für eine nette alte Dame aus der Bretagne, die Witwe Simon. Die Leute schätzen dich. Du hast dir hier einen Namen gemacht. Niemand hegt auch nur den geringsten Verdacht. Selbst deiner Tochter hast du nichts erzählt.«

»Pistache?« Ich starrte sie mit offenem Mund an. »Du hast doch nicht etwa auch mit ihr geredet?«

»Ich habe ihr ein paar Briefe geschrieben. Ich dachte, sie interessiert sich vielleicht für ihre Großmutter Mirabelle. Du hast ihr doch nie etwas erzählt, oder?«

O Gott. Pistache. Es war wie ein Erdrutsch, bei dem jede meiner Bewegungen eine Lawine auslöste und meine Welt, die ich für sicher gehalten hatte, zum Einsturz brachte.

»Und was ist mit deiner anderen Tochter? Wann hast du zuletzt von ihr gehört? Wie viel weiß sie?«

»Dazu hast du kein Recht, absolut *kein Recht*. Du begreifst nicht, was dieser Ort mir bedeutet. Wenn die Leute erfahren –«

»Immer mit der Ruhe, Mamie.« Sie legte ihren Arm um mich, und ich war zu schwach, um mich dagegen zur Wehr zu setzen. »Wir würden deinen Namen natürlich nicht erwähnen. Und wenn es doch irgendwann herauskäme – du musst dich damit abfinden, dass das eines Tages passieren kann –, dann würden wir ein anderes Haus für dich auftreiben, ein besseres. In deinem Alter solltest du sowieso nicht in so einer Bruchbude hausen; es gibt ja noch nicht mal fließend Wasser auf deinem Hof. Wir könnten dir eine schöne Wohnung in Angers besorgen. Wir würden dir die Presse vom Hals halten. Wir lieben dich, Mamie, egal, was du denkst. Wir sind keine Ungeheuer. Wir wollen doch nur dein Bestes.«

Mit letzter Kraft schubste ich sie von mir weg.

»*Nein!*«

Plötzlich merkte ich, dass Paul hinter mir stand, und meine Angst verwandelte sich in eine Mischung aus Zorn und Hochgefühl. Ich war nicht allein. Paul, mein treuer Freund, war bei mir.

»Überleg mal, was es für die Familie bedeuten würde, Mamie.«

»*Nein!*« Ich wollte die Tür zuschlagen, aber Laure schob schnell einen Fuß dazwischen.

»Du kannst dich nicht ewig verstecken!«

Dann trat Paul hinter mir hervor und stellte sich in den Türrahmen. Er sprach ruhig und langsam, mit der gelassenen Stimme eines Mannes, der entweder tief im Frieden mit sich und der Welt oder ein bisschen begriffsstutzig ist.

»Vielleicht haben Sie nicht gehört, was Framboise gesagt hat.« Sein Lächeln kam mir beinahe schläfrig vor, doch dann zwinkerte er mir zu, und in dem Augenblick liebte ich ihn so sehr, dass mein Zorn mit einem Mal verflogen war. »Wenn ich es richtig verstanden habe, möchte sie mit Ihnen keine Geschäfte machen. Ist doch so, oder?«

»Wer ist das?«, wollte Laure wissen. »Was macht der hier?«

Paul lächelte sie liebenswürdig an. »Ich bin ein Freund. Von ganz früher.«

»Framboise«, rief Laure über Pauls Schulter hinweg. »Denk über das nach, was ich gesagt habe. Denk darüber nach, was es *bedeutet*. Wir würden dich nicht darum bitten, wenn es nicht sehr wichtig wäre. Denk drüber nach.«

»Das wird sie bestimmt tun«, meinte Paul freundlich und schloss die Tür. Laure begann, mit den Fäusten dagegen zu trommeln, während Paul den Riegel vorschob und die Sicherheitskette vorlegte. Durch die schwere Holztür klang ihre Stimme gedämpft.

»Framboise! Sei doch vernünftig! Ich sage Luc, er soll verschwinden! Es kann alles wieder so werden, wie es war! *Framboise!*«

»Kaffee?«, fragte Paul und ging in die Küche. »Der wird dir bestimmt jetzt gut tun.«

Ich schaute auf die geschlossene Tür. »Was für eine Frau«, sagte ich mit zitternder Stimme. »Was für ein gehässiges Weibsbild.«

Paul zuckte die Achseln. »Komm, wir nehmen den Kaffee mit in den Garten. Da hören wir sie nicht mehr.«

So einfach war das für ihn. Ich folgte ihm erschöpft nach draußen, und dann brachte er mir heißen Kaffee mit Zimtsahne und Zucker und ein Stück Blaubeertorte aus der Küche. Eine Weile saß ich schweigend da, aß von dem Kuchen und trank meinen Kaffee, bis ich spürte, wie mein Mut allmählich zurückkehrte.

»Sie wird nicht aufgeben«, erklärte ich Paul. »Sie wird nicht ruhen, bis ich gezwungen bin, den Hof zu verlassen. Dann gibt es keinen Grund mehr, warum ich mein Geheimnis für mich behalten sollte, und das weiß sie.« Ich betastete meinen schmerzenden Kopf. »Sie weiß auch, dass ich nicht ewig durchhalten kann. Sie braucht also nur abzuwarten. Allzu lange wird es nicht mehr dauern.«

»Hast du vor, klein beizugeben?«, erkundigte sich Paul ruhig.

»Nein«, erwiderte ich schroff.

»Dann solltest du auch nicht so reden, als hättest du es vor. Du bist klüger als sie.« Aus irgendeinem Grund errötete er. »Und du weißt, dass du gewinnen kannst, wenn du es nur versuchst.«

»Wie denn?« Mir fiel auf, dass ich schon wieder wie meine Mutter klang, aber ich konnte nichts dagegen machen.

»Wie soll ich mich denn gegen Luc Dessanges und seine Kumpane behaupten? Und gegen Laure und Yannick? Das geht jetzt gerade mal zwei Monate so, und sie haben mir das Geschäft schon fast ruiniert. Wenn sie so weitermachen, kann ich im Frühjahr ...« Ich hob hilflos die Hände. »Und was ist, wenn sie anfangen zu reden? Sie brauchen doch nur zu verbreiten –« Die Worte blieben mir im Hals stecken. »Sie brauchen nur den Namen meiner Mutter zu erwähnen.«

Paul schüttelte den Kopf. »Ich glaube nicht, dass sie das tun werden. Jedenfalls vorerst nicht. Sie brauchen etwas, womit sie dich unter Druck setzen können.«

»Cassis hat es ihnen erzählt«, sagte ich tonlos.

Er zuckte die Achseln. »Das spielt keine Rolle. Sie werden dich eine Zeit lang in Ruhe lassen, in der Hoffnung, dass du Vernunft annimmst. Sie spekulieren darauf, dass du irgendwann von allein zu ihnen kommst.«

»Ach ja?« Auf einmal richtete sich mein Zorn gegen Paul. »Und wie viel Zeit habe ich? Einen Monat? Zwei? Was kann ich in zwei Monaten schon erreichen? Ich könnte mir ein ganzes Jahr lang den Kopf darüber zerbrechen, und es würde zu nichts –«

»Das stimmt nicht«, sagte er ohne Groll, nahm eine Gauloise aus seiner Brusttasche und zündete sie mit einem Streichholz an. »Du schaffst alles, wenn du es nur willst. Das war schon immer so.« Er sah mich über das glühende Ende seiner Zigarette hinweg an und lächelte wehmütig. »Ich kann mich noch gut erinnern. Du hast sogar die Alte Mutter gefangen.«

Ich schüttelte den Kopf. »Das ist nicht dasselbe.«

»Aber fast.« Paul zog an seiner Zigarette. »Das weißt du selbst am besten. Beim Fischen kann man eine Menge über das Leben lernen.«

Ich sah ihn verwirrt an.

»Nimm zum Beispiel die Alte Mutter«, fuhr er fort. »Wie hast du es geschafft, sie zu fangen, wo es doch niemandem sonst gelungen ist?«

Eine Weile dachte ich darüber nach, versetzte mich in das Mädchen, das ich damals gewesen war. »Ich habe den Fluss beobachtet«, erklärte ich schließlich. »Die Gewohnheiten des alten Hechts studiert, rausgefunden, wo und was er fraß. Und ich habe gewartet. Und dann hatte ich Glück, mehr nicht.«

»Hmm.« Paul blies Rauch durch die Nase. »Und wenn dieser Dessanges ein Fisch wäre? Was dann?« Plötzlich grinste er. »Finde heraus, wo er frisst, benutze den richtigen Köder, dann hast du ihn am Haken. Habe ich Recht?«

Ich sah ihn wortlos an.

»Habe ich Recht?«

Vielleicht. Hoffnung keimte in mir auf. Vielleicht.

»Ich bin zu alt, um mich mit ihnen anzulegen«, sagte ich. »Zu alt und zu müde.«

Paul legte seine raue, gebräunte Hand auf meine und lächelte. »Für mich nicht.«

8

Natürlich hatte Paul Recht. Beim Angeln kann man eine Menge über das Leben lernen. Das gehört zu den Dingen, die Tomas mir beigebracht hat. Wir redeten viel miteinander, in dem Jahr, in dem wir Freunde waren. Oft waren auch Cassis und Reine dabei, und dann redeten wir und tauschten Informationen gegen Naturalien: ein Päckchen Kaugummi oder eine Tafel Schokolade oder Gesichtscreme für Reinette oder eine Orange. Tomas schien einen unerschöpflichen Vorrat an diesen Dingen zu besitzen und verteilte sie wie selbstverständlich an uns. Er kam fast immer allein.

Seit meinem Gespräch mit Cassis im Baumhaus hatte ich das Gefühl, dass das Verhältnis zwischen Tomas und mir geklärt war. Wir hielten uns an die Regeln – nicht die verrückten Regeln unserer Mutter, sondern einfache Regeln, die selbst ein neunjähriges Kind verstehen konnte: *Halt die Augen offen; pass auf dich auf; teile brüderlich.* Wir drei waren so lange auf uns selbst gestellt gewesen, dass wir es als große Erleichterung empfanden, wieder jemanden zu haben, der das Kommando übernahm, einen Erwachsenen, der Ordnung in unser Leben brachte.

Ich erinnere mich an einen Tag, an dem wir drei mit ihm verabredet waren. Tomas verspätete sich. Cassis nannte ihn immer noch Leibniz, obwohl Reine und ich ihn schon lange mit seinem Vornamen anredeten. Cassis wirkte nervös und missmutig, saß ein Stück von uns beiden entfernt am Flussufer und ließ Steine über das Wasser hüpfen. Er hatte wegen irgendeiner Lappalie einen fürchterlichen Streit mit unserer Mutter gehabt.

»Wenn dein Vater noch am Leben wäre, würdest du es nicht wagen, so mit mir zu reden!«

»Wenn dein Vater noch am Leben wäre, würde er tun, was man von ihm verlangt, genau wie du das jetzt tun wirst!«

Wie immer in solchen Situationen ergriff Cassis die Flucht. Er hatte Vaters alten Jagdrock an, den er im Baumhaus aufbewahrte, und wie er so dahockte, sah er aus wie ein alter Indianer, der sich in eine Decke gehüllt hat. Es war immer ein schlechtes Zeichen, wenn Cassis Vaters Jagdrock trug, also ließen Reine und ich ihn in Ruhe.

Als Tomas kam, saß er noch immer am Ufer.

Tomas merkte sofort, was los war, und setzte sich wortlos in einiger Entfernung neben ihn.

»Ich hab genug von dem Kinderkram«, sagte Cassis schließlich, ohne Tomas anzusehen. »Ich bin fast vierzehn. Ich hab den Kram satt.«

Tomas zog seine Uniformjacke aus und warf sie Reinette zu, damit sie die Geschenke aus den Taschen nehmen konnte. Ich lag auf dem Bauch und schaute zu.

»Heftchen, Schokolade, alles Kinderkram«, knurrte Cassis. »Das hat nichts mit Krieg zu tun.« Er stand auf und starrte Tomas wütend an. »Du nimmst uns nicht ernst. Für dich ist das bloß ein Spiel. Meinen Vater haben sie erschossen, aber für dich ist das nur ein verdammtes Spiel, stimmt's?«

»Glaubst du das wirklich?«, fragte Tomas.

»Ich glaube, dass du ein verdammter Boche bist«, fauchte Cassis.

»Komm mit.« Tomas stand auf. »Ihr beiden bleibt hier, verstanden?«

Reine hatte nichts dagegen und machte sich daran, die Taschen der Uniformjacke nach Heften und Schokolade zu durchsuchen. Ich überließ sie ihren Schätzen und schlich den beiden durch das Unterholz nach. Ihre Stimmen klangen gedämpft, ich konnte nicht alles verstehen.

Ich kauerte mich hinter einen umgestürzten Baum und wagte kaum zu atmen. Tomas nahm seine Pistole aus dem Halfter und reichte sie Cassis.

»Nimm sie ruhig in die Hand. Probier mal, wie sie sich anfühlt.«

Sie muss ein ziemliches Gewicht gehabt haben. Cassis hob die Pistole und richtete sie auf Tomas. Der schien es gar nicht zu bemerken.

»Mein Bruder wurde als Deserteur erschossen«, sagte Tomas. »Er hatte gerade erst seine Grundausbildung abgeschlossen. Er war neunzehn, und er hatte Angst. Der Geschützlärm hat ihn anscheinend verrückt gemacht. Er ist in einem französischen Dorf gestorben, ganz zu Anfang des Krieges. Ich dachte, wenn er mit mir zusammen gewesen wäre, hätte ich ihm vielleicht helfen, ihn irgendwie beruhigen oder vor Schwierigkeiten bewahren können. Ich war noch nicht mal in seiner Nähe.«

Cassis sah ihn feindselig an. »Und?«

Tomas ignorierte die Frage. »Er war das Lieblingskind meiner Eltern. Ernst durfte immer die Schüssel auslecken, wenn meine Mutter Kuchen backte, Ernst bekam immer die leichtesten Arbeiten zugeteilt. Auf ihn waren sie stolz. Und ich? Ich war der Bauer, gerade gut genug, um den Schweinestall auszumisten.«

Jetzt hörte Cassis ihm zu. Ich spürte die Spannung zwischen den beiden.

»Als die Nachricht von seinem Tod eintraf, war ich gerade auf Fronturlaub zu Hause. Ein Brief kam. Eigentlich sollte es ein Geheimnis bleiben, aber innerhalb einer halben Stunde wusste das ganze Dorf, dass Ernst Leibniz ein Deserteur war. Meine Eltern begriffen überhaupt nicht, was geschah, sie führten sich auf, als wären sie vom Blitz getroffen worden.«

Im Schutz des Baumstamms kroch ich ein bisschen näher, während Tomas weiterredete. »Komischerweise hatte ich immer angenommen, ich sei der Feigling in der Familie. Ich hatte mich stets unauffällig verhalten, war nie irgendein Risiko eingegangen. Aber von dem Tag an sahen meine Eltern in mir einen Helden. Plötzlich hatte ich Ernsts Platz eingenommen. Es war, als hätte er nie existiert. Mit einem Mal war ich ihr einziger Sohn, ihr Ein und Alles.«

»War das nicht ... furchtbar?«, fragte Cassis fast unhörbar.

Tomas nickte.

Ich hörte Cassis einen tiefen Seufzer ausstoßen.

»Er hätte nicht *sterben* dürfen«, sagte mein Bruder. Ich nahm an, dass er von unserem Vater sprach.

Tomas wartete geduldig, scheinbar teilnahmslos.

»Er war doch immer so klug. Er konnte alles. *Er* war kein Feigling –« Cassis verstummte und starrte Tomas wütend an. Seine Hände zitterten. Dann begann er, mit schriller Stimme zu schreien; die Worte sprudelten nur so aus ihm heraus.

»*Er hätte nicht sterben dürfen!* Er sollte doch machen, dass alles in Ordnung kommt, dass es uns besser geht, stattdessen hat der Blödmann sich erschießen lassen. Und jetzt trage ich die Verantwortung, und ich weiß nicht mehr was ich tun soll, ich hab s-solche –«

Tomas wartete, bis Cassis fertig war. Es dauerte eine ganze Weile. Dann streckte er die Hand aus und nahm seine Pistole wieder an sich.

»Das ist das Problem mit Helden«, sagte er. »Sie erfüllen einfach nicht die Erwartungen, die man in sie setzt, stimmt's?«

»Ich hätte dich erschießen können«, knurrte Cassis.

»Es gibt verschiedene Möglichkeiten, zurückzuschlagen«, entgegnete Tomas.

Ich spürte, dass das Gespräch sich dem Ende näherte, und schlich zurück durch das Unterholz, denn ich wollte nicht, dass sie mich entdeckten, wenn sie sich auf den Rückweg machten. Reinette hockte immer noch am Flussufer und war in eine neue Ausgabe von *Ciné-Mag* vertieft. Fünf Minuten später kamen Cassis und Tomas zurück, Arm in Arm wie zwei Brüder, und Cassis trug die Uniformmütze des Deutschen.

»Du kannst sie behalten«, sagte Tomas. »Ich besorge mir eine neue.«

Der Trick funktionierte. Von dem Tag an war Cassis sein ergebener Sklave.

9

Von nun an legten wir uns doppelt ins Zeug für Tomas. Jede noch so banale Information konnte er gebrauchen. Madame Henriot von der Post öffnete heimlich Briefe, der Metzger Gilles Petit verkaufte als Kaninchenfleisch deklariertes Katzenfleisch, Martin Dupré hatte im Café La Mauvaise Réputation mit Henri Drouot schlecht über die Deutschen gesprochen, jeder wusste, dass die Truriands unter einer Falltür in ihrem Garten ein Radio versteckt hatten und dass Martin Francin Kommunist war. Tag für Tag suchte Tomas diese Leute auf unter dem Vorwand, Lebensmittel für die Kaserne zu requirieren, und jedes Mal bekam er etwas zugesteckt – ein Bündel Geldscheine, ein Stück Stoff vom Schwarzmarkt oder eine Flasche Wein. Manchmal bezahlten seine Opfer mit weiteren Informationen – über einen Vetter aus Paris, der sich in einem Keller in Angers versteckte, über eine Messerstecherei hinter dem Café Le Chat Rouget. Als der Sommer zu Ende ging, kannte Tomas Leibniz fast alle Geheimnisse in Angers und Les Laveuses, und in seiner Matratze in der Kaserne hatte er ein kleines Vermögen gehortet. Zurückschlagen nannte er das. Wogegen der Schlag sich richtete, brauchte er uns nicht zu erklären.

Er schickte Geld nach Deutschland, ich fand jedoch nie heraus, wie er das machte. Es gab natürlich Möglichkeiten. Diplomatenkoffer und Kuriertaschen, Lebensmittelzüge und Lazarettwagen. Viele Möglichkeiten für einen findigen jungen Mann mit den richtigen Kontakten. Er tauschte seine Dienstzeiten mit Freunden, um an ihrer Stelle die Bauernhöfe aufsuchen zu können. Er lauschte an der Tür zur Offizierskantine. Die Leute mochten Tomas, sie vertrauten ihm, redeten mit ihm. Und er vergaß nie etwas.

Es war riskant. Das erzählte er mir, als wir einmal zusammen am Flussufer saßen. Wenn er einen Fehler machte, lief er Gefahr, erschossen zu werden. Aber nur ein Dummkopf lässt sich erwischen, erklärte er grinsend. Ein Dummkopf wird träge und unvorsichtig, vielleicht auch gierig. Heinemann und die anderen waren Dummköpfe. Er hatte sie anfangs gebraucht, aber jetzt war es sicherer, auf eigene Faust vorzugehen. Die anderen hatten zu viele Schwächen – der dicke Schwartz war immer hinter den Mädchen her, Hauer trank zu viel, und Heinemann mit seinem dauernden Gekratze und den nervösen Zuckungen war ein Fall für die Psychiatrie. Nein, meinte Tomas schläfrig. Er lag auf dem Rücken und kaute auf einem Grashalm. Es war besser, allein zu arbeiten, zu beobachten und abzuwarten und die anderen sich in Gefahr begeben zu lassen.

»Dein Hecht zum Beispiel«, sagte er gedankenversunken. »Der hat nicht so lange im Fluss überlebt, weil er dauernd Risiken eingeht. Der Hecht ist ein Standfisch, er lauert seiner Beute auf und mit seinen spitzen Zähnen kann er fast jeden Fisch im Fluss fangen.« Tomas warf den Grashalm fort, setzte sich aufrecht hin und schaute aufs Wasser. »Er weiß, wenn er gejagt wird. Dann versteckt er sich am Grund, frisst verfaultes Grünzeug und Abfälle und Schlamm. Da unten ist er in Sicherheit. Er beobachtet die anderen Fische, die kleineren, die dichter an der Oberfläche schwimmen, sieht sie im Sonnenlicht schimmern, und wenn er einen entdeckt, der sich von den anderen Fischen entfernt oder krank ist – *zack*!« Tomas demonstrierte den Vorgang mit den Händen, indem er sie wie Kiefer zuschnappen ließ.

Ich sah ihn mit großen Augen an.

»Er hält sich von Fangkörben und Netzen fern, denn er erkennt sie sofort. Andere Fische werden gierig, aber der alte Hecht lässt sich Zeit. Er kann warten. Und Köder erkennt er auch. Damit kann man einen alten Hecht nicht fangen. Man kann es mit lebenden Ködern versuchen, aber auch das klappt nur manchmal. Man muss ganz schön clever sein, um einen Hecht zu fangen.« Er lächelte. »Von so einem alten Hecht könnten wir beide eine Menge lernen.«

Ich nahm ihn beim Wort. Wir sahen uns alle zwei Wochen, manchmal auch jede Woche, ein- oder zweimal traf ich ihn allein, aber meistens erwarteten wir ihn zu dritt, gewöhnlich donnerstags. Wir trafen uns am Ausguck und gingen in den Wald oder am Fluss entlang, fort vom Dorf, damit niemand uns sah. Meistens versteckte Tomas seine Uniform im Baumhaus und zog Zivilkleidung an, weil das unauffälliger war. Wenn unsere Mutter schlechte Laune hatte, benutzte ich das Orangensäckchen, um sicherzugehen, dass sie im Haus blieb, während wir mit Tomas zusammen waren. An allen anderen Tagen stand ich morgens um halb fünf auf und ging zum Fischen an den Fluss, bevor ich meine tägliche Arbeit verrichten musste. Ich suchte mir die stillsten und dunkelsten Stellen der Loire aus. In meinen Reusen fing ich lebende Köder, mit denen ich meine neue Angel bestückte. Ich hielt die Angel so, dass der bleiche Bauch des zappelnden Köderfischs die Wasseroberfläche berührte. Auf diese Weise fing ich mehrere Hechte, aber es waren lauter Jungfische, keiner von ihnen länger als eine Hand oder ein Fuß. Trotzdem hängte ich sie an die Piratenfelsen, neben die stinkende Wasserschlange, die schon den ganzen Sommer über dort hing.

Wie der Hecht wartete ich ab.

10

Es war Anfang September, und der Sommer neigte sich langsam seinem Ende zu. Zwar war es immer noch heiß, aber es lag ein anderer Geruch in der Luft, ein Duft nach Reife und süßlichem Verfall. Der viele Regen im August hatte einen Großteil der Obsternte verdorben, und auf den Früchten, die noch brauchbar waren, wimmelte es von Wespen. Wir pflückten sie trotzdem, denn wir konnten es uns nicht leisten, das Obst verrotten zu lassen, es ließ sich immer noch zu Marmelade oder Likör für den Winter verarbeiten. Meine Mutter überwachte die Arbeit. Sie gab uns dicke Handschuhe und hölzerne Zangen – die früher dazu gedient hatten, Wäschestücke aus der heißen Lauge zu fischen –, um das Fallobst aufzulesen. Die Wespen waren besonders aggressiv in jenem Jahr, sie stachen uns trotz der Handschuhe, wenn wir das halbverfaulte Obst in die Töpfe warfen, in denen die Marmelade gekocht wurde.

Anfangs bestand die Marmelade zur Hälfte aus Wespen, und Reine, die Insekten verabscheute, wurde fast hysterisch, wenn sie die halb toten Biester mit einem Schaumlöffel aus der klebrigen Brühe schöpfen und auf den Gartenweg schleudern musste. Mutter hatte kein Verständnis für solche Empfindlichkeiten, und als Reine anfing zu weinen und zu kreischen, weil sie mit Wespen übersäte Pflaumen vom Boden klauben sollte, platzte ihr der Kragen.

»Stell dich nicht dümmer an, als Gott dich geschaffen hat!«, fauchte sie. »Glaubst du etwa, die Pflaumen springen von selbst in den Topf? Oder sollen deine Geschwister vielleicht die Arbeit für dich machen?«

Reine wimmerte vor sich hin, das Gesicht angstverzerrt.

»Mach dich an die Arbeit«, schimpfte meine Mutter, »sonst hast du gleich einen Grund zu heulen.« Dann schubste sie Reine auf einen Haufen Pflaumen zu, die wir eingesammelt hatten, halbverfaulte Früchte voller Wespen. Reinette stand in einer Wolke von Insekten, sie schrie und kniff die Augen zusammen, sodass sie die blinde Wut im Gesicht unserer Mutter nicht sah. Einen Augenblick lang war deren Blick beinahe ausdruckslos, dann packte sie Reinette am Arm und führte sie wortlos ins Haus. Cassis und ich sahen einander an, machten jedoch keine Anstalten, den beiden zu folgen. Aus gutem Grund. Als Reinette begann, laute Schreie auszustoßen, zuckten wir nur die Achseln und machten uns wieder daran, die halbverfaulten Pflaumen aufzulesen.

Schließlich hörte das Geschrei auf, und kurze Zeit später kamen Reinette und meine Mutter aus dem Haus. Schweigend nahmen die beiden ihre Arbeit auf, Mutter immer noch mit dem Stück Wäscheleine in der Hand, das sie zum Peitschen benutzt hatte, Reinette schniefend und mit geröteten Augen. Nach einer Weile fing meine Mutter wieder an, ihre Schläfen zu befingern. Sie befahl uns, den Rest des Fallobstes einzusammeln und es zum Kochen auf den Herd zu stellen, dann zog sie sich in ihr Zimmer zurück. Sie verlor nie wieder ein Wort über den Vorfall, schien sich nicht einmal mehr daran zu erinnern, aber ich sah die roten Striemen an Reinettes Beinen, als sie sich das Nachthemd anzog, und hörte, wie sie während der Nacht wimmerte und sich im Bett hin und her wälzte.

So ungewöhnlich wie das Verhalten meiner Mutter auch gewesen sein mag, es war nicht das letzte Mal in jenem Jahr, dass sie sich ungewöhnlich verhielt.

11

IN JENEM SOMMER SAH ICH PAUL NUR SELTEN. WÄHREND Cassis und Reinette Ferien hatten, ließ er sich kaum blicken, aber im September, kurz bevor die Schule anfing, tauchte er wieder öfter auf. Obwohl ich Paul mochte, behagte mir die Vorstellung nicht, dass er Tomas begegnen könnte, und so versteckte ich mich im Gebüsch am Flussufer und wartete, bis er wieder gegangen war, reagierte nicht auf seine Rufe oder tat so, als sähe ich ihn nicht, wenn er mir zuwinkte. Nach einer Weile hatte er es offenbar kapiert, denn er kam überhaupt nicht mehr.

Um diese Zeit wurde unsere Mutter immer merkwürdiger. Seit dem Vorfall mit Reine begegneten wir ihr mit Argwohn und Vorsicht. Für uns war sie eine Art Göttin, die willkürlich strafte oder belohnte, und ihr Gesichtsausdruck war wie eine Wetterfahne, die unser emotionales Klima bestimmte. Ende September, kurz bevor ihre beiden Ältesten wieder in die Schule mussten, nahm ihre Gereiztheit geradezu groteske Formen an. Der geringste Anlass genügte, um sie aus der Fassung zu bringen – ein Geschirrtuch, das neben der Spüle liegen gelassen worden war, ein Teller auf dem Abtropfgestell, ein Staubkörnchen auf einem Bilderrahmen. Fast täglich wurde sie von Kopfschmerzen geplagt. Beinahe beneidete ich Cassis und Reinette darum, dass sie bald wieder den ganzen Tag in der

Schule verbringen durften, aber unsere Grundschule war geschlossen, und die Schule in Angers durfte ich erst im nächsten Jahr besuchen.

Ich benutzte das Orangensäckchen häufig. Obwohl ich panische Angst davor hatte, dass meine Mutter mir auf die Schliche kam, konnte ich nicht widerstehen. Nur wenn sie ihre Tabletten nahm, ließ sie mich in Ruhe, und sie nahm sie nur, wenn sie Orangenduft roch. Es war riskant, aber der Trick brachte mir jedes Mal fünf oder sechs Stunden Frieden, den ich dringend brauchte.

Zwischen diesen kurzen Zeiten des Waffenstillstands ging der Krieg zwischen uns weiter. Ich wuchs schnell – mittlerweile war ich so groß wie Cassis und größer als Reinette. Ich hatte das kantige Gesicht meiner Mutter, ihre dunklen, misstrauischen Augen, ihr glattes, schwarzes Haar. Die Ähnlichkeit mit ihr belastete mich mehr als ihr seltsames Verhalten, und als der Sommer in den Herbst überging, steigerte sich mein Widerwille, bis ich das Gefühl hatte, daran zu ersticken. In unserem Zimmer gab es einen Spiegel, in dem ich mich immer wieder heimlich betrachtete, erst neugierig, dann zunehmend kritisch. Ich zählte meine Unzulänglichkeiten, entsetzt, dass es so viele waren. Ich hätte gern Locken gehabt, wie Reinette, und volle, rote Lippen. Heimlich holte ich die Filmpostkarten unter Reines Matratze hervor und lernte die Namen der Stars auswendig. Nicht sehnsüchtig seufzend, sondern zähneknirschend vor Verzweiflung. Ich drehte Stofffetzen in meine Haare, um sie zu kräuseln. Ich kniff in meine knospenden Brüste, um sie zum Wachsen anzuregen. Nichts half. Ich blieb das Abbild meiner Mutter, mürrisch, einsilbig, schwerfällig. Auch andere Dinge, die ich an mir beobachtete, befremdeten mich. Nachts hatte ich oft Alpträume, aus denen ich schweißgebadet aufwachte. Mein Geruchssinn hatte sich so verschärft, dass ich einen brennenden Heuhaufen auf Hourias' Feld riechen konnte, obwohl der Wind in die entgegengesetzte Richtung blies. Ich wusste, wann Paul geräucherten Schinken gegessen hatte, und roch, was meine Mutter in der Küche zubereitete, noch bevor ich den Obstgarten erreicht hatte. Zum ersten Mal nahm ich meinen eigenen Körpergeruch wahr, meinen salzigen, fischigen, warmen Geruch, der auch dann noch an mir haftete, wenn ich meine Haut mit Zitronenöl und Minze einrieb, und den intensiven, öligen Geruch meiner Haare. Ich bekam heftige Magenkrämpfe – ich, die ich nie krank war – und Kopfschmerzen. Allmählich fragte ich mich, ob ich die seltsamen Eigenheiten meiner Mutter geerbt hatte, wie ein schreckliches Geheimnis, dem ich mich nicht entziehen konnte.

Dann wachte ich eines Morgens auf und entdeckte Blut auf dem Laken. Cassis und Reine machten sich gerade bereit, in die Schule zu fahren, und beachteten mich nicht. Instinktiv zog ich die Decke über das besudelte Laken und streifte einen alten Rock und einen Pullover über, bevor ich ans Flussufer eilte, um herauszufinden, was mit mir los war. Blut lief mir an den Schenkeln hinunter, und ich wusch es mit Flusswasser ab. Ich versuchte, mir aus ein paar alten Taschentüchern einen Verband zu machen, aber die Wunde war zu tief, zu schlimm. Ich hatte das Gefühl, innerlich in Stücke gerissen zu werden.

Mit meiner Mutter darüber zu sprechen, kam mir nicht in den Sinn. Von Menstruation hatte ich noch nie etwas gehört – was Körperfunktionen anging, war meine Mutter extrem prüde –, und ich nahm an, ich hätte mir eine schreckliche, womöglich tödliche Verletzung zugezogen. Vielleicht durch einen Sturz im Wald oder durch einen giftigen Pilz, der schuld war, dass ich jetzt innerlich verblutete, oder auch nur durch einen bösen Gedanken. Wir gingen nicht in die Kirche – meine Mutter verabscheute, was sie *la curaille* nannte, und verachtete die Leute, die jeden Sonntag die Messe besuchten –, doch sie hatte uns ein ausgeprägtes Bewusstsein dafür vermittelt, was eine Sünde ist. »Das Böse kommt immer ans Licht«, pflegte sie zu sagen, und in ihren Augen waren wir durch und durch böse; ihren wachsamen Augen und Ohren entging nichts, und in jedem unserer Blicke, in jedem gemurmelten Wort sah sie einen weiteren Beweis für das Böse, das wir in uns verbargen.

Ich war die Schlimmste. Das begriff ich jetzt. Man kann den Tod mit einem einzigen schlechten Gedanken herbeirufen, behauptete meine Mutter, und den ganzen Sommer über hatte ich nur schlechte Gedanken gehabt. Ich versteckte mich wie ein vergiftetes Tier, kletterte in den Ausguck, rollte mich auf dem Boden zusammen und wartete auf den Tod. Mein Bauch schmerzte wie ein fauler Zahn. Als der Tod nicht kam, blätterte ich eine Zeit lang in einem von Cassis' Heften, dann legte ich mich auf den Rücken und schaute in das grüne Blätterdach hinauf, bis ich schießlich einschlief.

12

Später, als sie mir ein sauberes Laken brachte, erklärte sie es mir. Ihr blasses Gesicht blieb ausdruckslos, bis auf den kritischen Blick, mit dem sie mich immer musterte.

»Es ist der Fluch, er trifft dich ziemlich früh. Hier, die brauchst du jetzt.« Sie reichte mir einen Stapel Musselintücher, die fast aussahen wie Windeln, erklärte mir aber nicht, was ich damit tun sollte.

»Fluch?« Ich hatte den ganzen Tag im Baumhaus verbracht und geglaubt, ich müsste sterben. Ihre scheinbare Gleichgültigkeit machte mich wütend und verwirrte mich. Ich hatte mir ausgemalt, wie ich tot zu ihren Füßen lag, hatte mir Berge von Blumen vorgestellt und einen Grabstein aus Marmor mit der Inschrift: »Geliebte Tochter.« Ich glaubte, die Alte Mutter gesehen zu haben, ohne es zu bemerken. Ich war verflucht.

»Der Fluch der Mutter«, sagte sie, wie zur Bestätigung meiner Gedanken. »Von jetzt an bist du wie ich.«

Mehr sagte sie nicht. Ein oder zwei Tage lang hatte ich Angst, doch ich sprach nicht mit ihr darüber. Die Musselintücher wusch ich in der Loire. Dann endete der Fluch für eine Weile, und ich dachte nicht mehr daran.

Nur der Groll blieb. Er war stärker geworden, verschärft durch meine Angst und durch die Weigerung meiner Mutter, mich zu trösten. Ihre Worte verfolgten mich – »Von jetzt an bist du wie ich« –, und ich malte mir aus, wie ich mich allmählich, fast unmerklich veränderte, wie ich auf heimtückische Weise immer mehr wie sie wurde. Ich kniff in meine dünnen Arme und Beine, weil sie wie ihre waren. Ich schlug mir auf die Wangen, um ihnen mehr Farbe zu verleihen. Eines Tages schnitt ich mir die Haare ab – so kurz, dass ich mir an mehreren Stellen die Kopfhaut verletzte –, weil sie sich nicht kräuseln wollten. Ich zupfte mir die Augenbrauen, stellte mich jedoch so ungeschickt an, dass sie fast alle ausgerupft waren, als ich, den Spiegel in der Hand, das Gesicht wutverzerrt, von Reinette überrascht wurde.

Meine Mutter nahm kaum Notiz von alldem. Meine Erklärung, ich hätte mir die Brauen und Haare versengt, als ich Feuer im Küchenherd machen wollte, schien sie zufrieden zu stellen. Nur einmal – es muss an einem ihrer guten Tage gewesen sein –, als wir gerade in der Küche *terrines de lapin* zubereiteten, sah sie mich seltsam eindringlich an.

»Hast du Lust, heute ins Kino zu gehen, Boise?«, fragte sie unvermittelt. »Wir könnten zusammen gehen, du und ich.«

Der Vorschlag war so untypisch für meine Mutter, dass ich sie zunächst nur verblüfft ansah. Sie verließ den Hof nie, außer um geschäftliche Dinge zu erledigen. Nie verschwendete sie Geld für Vergnügungen. Plötzlich fiel mir auf, dass sie ein neues Kleid trug – jedenfalls so neu, wie es in jenen entbehrungsreichen Zeiten möglich war –, mit einem gewagten roten Oberteil. Sie musste es in ihren schlaflosen Nächten aus Resten genäht haben, denn ich hatte es noch nie gesehen. Ihre Wangen waren beinahe mädchenhaft gerötet, und an ihren ausgestreckten Händen klebte Kaninchenblut.

Ich wich vor ihr zurück. Es war eine versöhnliche Geste, das wusste ich. Ihr Angebot abzulehnen war undenkbar, aber in letzter Zeit hatten sich zu viele unausgesprochene Dinge angesammelt, als dass ich es hätte annehmen können. Einen Augenblick lang war ich versucht, mich in ihre Arme zu werfen und ihr alles zu erzählen ...

Der Gedanke daran ernüchterte mich auf der Stelle.

Ihr was zu erzählen?, fragte ich mich. Es gab zu viel zu sagen. Es gab nichts zu sagen. Überhaupt nichts. Sie sah mich fragend an.

»Na, Boise? Wie wär's?« Ihre Stimme klang ungewöhnlich weich, beinahe zärtlich. Plötzlich hatte ich ein Bild von ihr vor Augen, ein abstoßendes Bild, meine Mutter mit meinem Vater im Bett, die Arme genauso verführerisch ausgestreckt. »Wir tun nie etwas anderes als arbeiten«, sagte sie ruhig. »Nie haben wir Zeit für uns. Ich bin so erschöpft.«

Zum ersten Mal erlebte ich, dass sie sich über etwas beklagte. Erneut empfand ich den Wunsch, zu ihr zu gehen, ihre Wärme zu spüren, aber es war unmöglich. Solche Dinge taten wir nicht. Wir berührten einander fast nie. Die Vorstellung erschien mir beinahe unanständig.

Ich murmelte eine Ausrede vor mich hin, erklärte, ich hätte den Film schon gesehen.

Einen Augenblick lang blieben ihre blutbefleckten Hände ausgestreckt. Dann verfinsterte sich ihr Gesicht, und ein Triumphgefühl durchströmte mich. Endlich hatte ich in unserem lang andauernden Krieg eine Schlacht gewonnen.

»Natürlich«, sagte sie tonlos. Sie sprach das Thema nicht wieder an. Und als ich am darauf folgenden Donnerstag mit Cassis und Reine nach Angers fuhr, um mir den Film anzusehen, von dem ich behauptet hatte, ihn schon zu kennen, machte sie keine Bemerkung dazu. Vielleicht hatte sie es schon vergessen.

13

Während der folgenden Wochen war unsere sprunghafte, unberechenbare Mutter besonders launenhaft. An einem Tag sang sie bei der Arbeit im Obstgarten fröhlich vor sich hin, nur um uns am nächsten Tag den Kopf abzureißen, wenn wir uns in ihre Nähe wagten. Ein andermal gab es unerwartete Geschenke: Zuckerwürfel, eine Tafel Schokolade, eine Bluse für Reinette, gefertigt aus Madame Petits berühmt-berüchtigter Fallschirmseide und mit winzigen Perlmuttknöpfen besetzt. Auch die Bluse musste sie heimlich genäht haben, denn ich hatte nie gesehen, wie sie den Stoff zugeschnitten oder wie Reine sie anprobiert hatte, aber sie war wunderschön. Wie üblich wurde das Geschenk stumm überreicht, und dieses unbeholfene Schweigen ließ jedes Wort des Dankes oder des Lobes unangebracht erscheinen.

»Sie sieht so hübsch aus«, schrieb sie in ihre Kladde. »Sie ist jetzt fast schon eine Frau und hat die Augen ihres Vaters. Wenn er nicht tot wäre, könnte ich beinahe eifersüchtig werden. Vielleicht spürt Boise das, Boise mit ihrem komischen kleinen Froschgesicht, das meinem so ähnlich sieht. Ich will versuchen, auch ihr eine Freude zu machen. Noch ist es nicht zu spät.«

Wenn sie nur etwas gesagt hätte, anstatt es in ihrer winzigen, kaum leserlichen Schrift festzuhalten. Aber so verstärkten ihre kleinen Gesten der Großzügigkeit – falls sie das waren – nur meinen Zorn, und ich lauerte auf eine Gelegenheit, es ihr noch einmal heimzuzahlen, wie an jenem Tag in der Küche.

Ich will nichts beschönigen. Ich wollte sie verletzen. Das alte Klischee entspricht der Wahrheit: Kinder sind grausam. Wenn sie zuschlagen, treffen sie ihr Opfer mit größerer Sicherheit als jeder Erwachsene. Wir waren verwilderte Kreaturen, gnadenlos, wenn wir eine Schwäche witterten. Dieser Versöhnungsversuch in der Küche war ein tödlicher Fehler gewesen, und vielleicht wusste sie das, aber es war zu spät. Ich hatte ihre Schwäche erkannt, und von dem Augenblick an war ich unerbittlich. Meine Einsamkeit klaffte in mir wie ein Abgrund, öffnete die finstersten Verliese in meinem Herzen, und wenn es doch einmal vorkam, dass ich sie auch liebte, sie mit schmerzlicher Verzweiflung liebte, dann tötete ich mein Gefühl ab, indem ich mich an die vielen Momente erinnerte, in denen sie nicht für mich da gewesen war, an ihre Kälte und ihren Zorn. Meine Logik war wunderbar verrückt: Ich werde dafür sorgen, dass ihr das alles Leid tut, sagte ich mir. Ich werde sie dazu bringen, dass sie mich hasst.

Ich träumte oft von Jeannette Gaudin, von dem weißen Grabstein mit dem Engel, von den weißen Lilien. »Geliebte Tochter.« Manchmal erwachte ich mit tränennassem Gesicht und mit schmerzendem Kiefer, als hätte ich stundenlang mit den Zähnen geknirscht. Manchmal wachte ich völlig verwirrt auf, fest davon überzeugt, dass ich bald sterben würde. Die Wasserschlange hatte mich schließlich doch gebissen, sagte ich mir schläfrig, obwohl ich so gut aufgepasst hatte. Sie hatte mich gebissen, aber anstatt mich schnell sterben zu lassen – weiße Blumen, Marmor, Tränen –, verwandelte ihr Gift mich in meine Mutter. Im

Halbschlaf wimmerte ich vor mich hin und hielt mir mit beiden Händen den geschorenen Kopf.

Manchmal benutzte ich das Orangensäckchen aus purer Bosheit, aus Rache für meine Alpträume. Dann hörte ich, wie sie in ihrem Zimmer auf und ab ging und Selbstgespräche führte. Das Glas mit den Morphiumtabletten war fast leer. Einmal warf sie etwas Schweres gegen die Wand; später fanden wir die Überreste ihrer Kaminuhr im Müll, das Glas in Scherben, das Zifferblatt in zwei Teile gebrochen. Ich empfand kein Mitleid. Ich hätte die Uhr selbst an die Wand geworfen, wenn ich den Mut gehabt hätte.

Zwei Dinge sorgten dafür, dass ich nicht durchdrehte. Erstens meine Jagd auf den Hecht. Seitdem ich auf Tomas' Rat hin lebende Köder verwandte, fing ich mehrere Hechte – die Piratenfelsen waren umgeben vom Gestank der verrottenden Fische, und Wolken von Fliegen schwirrten um sie herum. Die Alte Mutter hatte ich immer noch nicht zu Gesicht bekommen, aber ich war mir sicher, ihr auf den Fersen zu sein. Ich stellte mir vor, wie ihre Wut wuchs mit jedem Hecht, den ich fing, und wie sie vor lauter Zorn immer unvorsichtiger wurde. Am Ende würde sie ihrer eigenen Rachsucht zum Opfer fallen, sagte ich mir. Diesem Angriff auf ihr Volk konnte sie nicht ewig tatenlos zusehen. Wie geduldig und stoisch sie auch sein mochte, es würde der Tag kommen, an dem sie die Beherrschung verlor. Sie würde ihr Versteck verlassen und kämpfen, und dann würde ich sie erwischen. Unverdrossen verfolgte ich mein Ziel, und auf immer phantasievollere Weise ließ ich meine Wut an meinen Opfern aus, deren Überreste ich manchmal als Köder für meine Fangkörbe benutzte.

Die zweite Quelle, aus der ich Trost schöpfte, war Tomas. Wenn es irgendwie ging, trafen wir ihn einmal in der Woche, meistens donnerstags, denn das war sein freier Tag. Er kam mit dem Motorrad, das er zusammen mit seiner Uniform im Gebüsch hinter dem Ausguck versteckte, und häufig brachte er ein Paket mit Sachen vom Schwarzmarkt mit, die er an uns verteilte. Seltsamerweise hatten wir uns so an ihn gewöhnt, dass seine bloße Anwesenheit uns genügt hätte, doch das behielt jeder von uns für sich. In Tomas' Gegenwart veränderten wir uns: Cassis gab sich betont lässig und markierte den Draufgänger – »Passt auf, wie ich an den Stromschnellen durch die Loire schwimme!«, »Passt auf, wie ich den wilden Bienen ihren Honig klaue!« – Reine benahm sich wie ein scheues Kätzchen, warf Tomas verführerische Blicke zu und schürzte ihren rot geschminkten Mund. Das Gehabe meiner Schwester ging mir auf die Nerven. Da ich wusste, dass ich bei diesem Spiel nicht mit ihr konkurrieren konnte, setzte ich alles daran, Cassis zu übertreffen. Ich durchschwamm die Loire an tieferen und breiteren Stellen. Ich tauchte länger als er. Ich schaukelte an den höchsten Ästen des Ausguckbaums, und als Cassis es mir trotz seiner Höhenangst nachtat, hängte ich mich kopfüber in die Äste, lachte übermütig und kreischte wie ein Affe. Mit meinen kurz geschorenen Haaren sah ich jungenhafter aus als mancher Junge, und bei Cassis zeigten sich bereits die ersten Spuren der Weichheit, die ihn in späteren Jahren prägen sollten. Ich war zäher und mutiger als er. Frohgemut setzte ich mein Leben aufs Spiel, um meinem großen Bruder eins auszuwischen. Ich war diejenige, die das Wurzelspiel erfand, das zu unserem Lieblingsspiel wurde, und ich übte stundenlang, sodass ich fast immer gewann.

Das Prinzip war einfach. An den Ufern der Loire, die weniger Wasser führte, seit die starken Regenfälle aufgehört hatten, befand sich ein Gewirr von Baumwurzeln. Teilweise so dick wie die Taille eines Mädchens, teils nicht dicker als ein Finger, ragten die Wurzeln in den Fluss hinein; einige gruben sich etwa einen Meter unter der Wasseroberfläche wieder in den gelben Grund, sodass sie in den trüben Fluten glitschige Schlaufen bildeten. Das Spiel bestand darin, durch diese – zum Teil sehr engen – Schlaufen zu tauchen, unter Wasser eine Kehrtwende zu machen und durch dieselbe Schlaufe zurückzuschwimmen. Wer die Schlaufe in dem trüben Wasser beim ersten Mal verpasste oder wieder auftauchte, ohne hindurchgeschwommen zu sein, oder wer eine Herausforderung ablehnte, schied aus. Wer die meisten Schlaufen durchtauchen konnte, hatte gewonnen.

Es war ein gefährliches Spiel. Die Wurzelschlaufen bildeten sich vor allem dort, wo der Fluss besonders reißend und die Uferböschung am tiefsten ausgewaschen war. In den Mulden unter den Wurzeln gab es Schlangen, und wenn das Ufer einbrach, lief man Gefahr, von den abrutschenden Schlammmassen begraben zu werden. Unter Wasser konnte man fast nichts sehen, man musste sich durch das Wurzelgewirr tasten, um wieder hinauszufinden. Stets bestand das Risiko, dass man stecken blieb oder von der starken Strömung unter Wasser gehalten wurde, bis man ertrank, aber das machte natürlich den Reiz des Spiels aus.

Ich war sehr geschickt im Wurzeltauchen. Reine spielte selten mit und geriet oft in Panik, wenn Cassis und ich versuchten, uns gegenseitig zu übertrumpfen, aber Cassis konnte keiner Herausforderung widerstehen. Er war immer noch stärker als ich, aber ich hatte den Vorteil, schmaler und beweglicher zu sein. Soweit ich mich erinnere, habe ich das Spiel kaum je verloren.

Nur wenn Cassis und Reine sich in der Schule danebenbenommen hatten, traf ich Tomas allein, denn dann mussten sie nachsitzen. Den ganzen Nachmittag hockten sie an ihren kleinen Pulten, konjugierten Verben und schrieben Texte ab. Das kam nicht häufig vor, aber es waren schwierige Zeiten für alle. Die Schule war immer noch besetzt, es gab nur wenige Lehrer, die Klassen bestanden aus fünfzig bis sechzig Schülern. Die Nerven aller lagen blank, jede Kleinigkeit konnte das Fass zum Überlaufen bringen – ein unbedachtes Wort, eine schlechte Note in einer Klassenarbeit, ein Streit auf dem Schulhof, eine vergessene Hausaufgabe. Ich betete täglich darum, dass es passierte.

Einer dieser Tage, an denen es endlich wieder einmal geschah, ist mir so deutlich in Erinnerung wie manche Träume, klar und konturenreich hebt er sich gegen die verschwommenen Ereignisse jenes Sommers ab. Einen ganzen Tag lang war alles perfekt, und zum ersten Mal in meinem Leben empfand ich eine tiefe innere Ruhe, ich war im Einklang mit mir selbst und der Welt – dieser wunderbare Tag hätte ewig dauern mögen. Es war ein Gefühl, das ich nie wieder genau so erlebt habe. Nur an den Tagen, an denen meine Töchter geboren wurden, und ein- oder zweimal mit Hervé, oder wenn ein Gericht mir besonders gut gelang, empfand ich etwas Ähnliches. Aber jener Tag war und blieb das Höchste, ihn werde ich nie vergessen.

Meine Mutter war am Abend zuvor krank gewesen. Diesmal hatte ich nichts damit zu tun; das Orangensäckchen war mittlerweile unbrauchbar geworden, denn ich hatte es so oft erhitzt, dass die Schalenstücke schwarz und vertrocknet waren und fast keinen Duft mehr verströmten. Nein, es war ein ganz normaler Migräneanfall. Nach einer Weile nahm sie ihre Tabletten, legte sich ins Bett und überließ mich mir selbst. Am Morgen wachte ich früh auf und ging an den Fluss, bevor Cassis und Reine aufstanden. Es war ein rotgoldener Oktobertag, die Luft war frisch und herb und so berauschend wie Apfelschnaps. Schon um fünf Uhr früh war der Himmel so klar und blau, wie er nur an schönen Herbsttagen sein kann. Es gibt vielleicht drei solche Tage im Jahr, und dies war einer davon.

Während ich meine Fangkörbe aus dem Wasser zog, sang ich vor mich hin, und meine Stimme hallte herausfordernd von den nebligen Ufern der Loire wider. Nachdem ich meinen Fang ins Haus gebracht und ausgenommen hatte, steckte ich etwas Brot und Käse ein und machte mich auf den Weg in den Wald, um Pilze zu suchen. Mit Pilzen kannte ich mich aus. Auch heute bin ich nicht schlecht darin, aber damals hatte ich eine Nase wie ein Trüffelschwein. Ich konnte die Pilze riechen, den grauen *chanterelle* und den orangefarbenen mit seinem Aprikosenduft, den *bolet* und den *petit rose* und den Kartoffelbovist und die Braunkappe und den Birkenpilz. Meine Mutter ermahnte uns stets, wir sollten unsere Pilze dem Apotheker zeigen, um uns zu vergewissern, dass wir keinen giftigen erwischt hatten. Aber ich machte nie einen Fehler. Ich kannte den fleischigen Duft des Steinpilzes und den trockenen, erdigen Duft der Marone. Ich kannte die Stellen, an denen sie wuchsen. Ich war eine geduldige Sammlerin.

Als ich nach Hause kam, war es fast Mittag, Cassis und Reinette hätten bereits aus der Schule zurück sein müssen, doch ich konnte die beiden nirgends entdecken. Ich putzte die Pilze und legte sie zusammen mit ein paar Zweigen Thymian und Rosmarin in Olivenöl ein. Hinter der Schlafzimmertür hörte ich meine Mutter tief und regelmäßig atmen.

Es wurde halb eins. Immer noch keine Spur von meinen Geschwistern. Tomas kam gewöhnlich spätestens um zwei Uhr. Freudige Erregung begann sich in mir auszubreiten. Ich ging in unser Zimmer und betrachtete mich in Reinettes Spiegel. Meine Haare waren ein Stück gewachsen, aber immer noch so kurz wie die eines Jungen. Ich setzte meinen Strohhut auf, obwohl der Sommer längst vorbei war. So gefiel ich mir schon besser.

Ein Uhr. Sie waren seit einer Stunde überfällig. Ich malte mir aus, wie sie im Licht der Sonne, die durch die hohen Fenster fiel, an ihren Pulten saßen, wie sie den Geruch von Bohnerwachs und alten Büchern einatmeten. Cassis war sicherlich schlecht gelaunt; Reinette würde hin und wieder schniefen. Ich lächelte. Ich klaubte Reinettes kostbaren Lippenstift unter ihrer Matratze hervor und malte mir die Lippen rot. Nach einem kritischen Blick in den Spiegel schminkte ich mir auch noch die Augenlider mit dem Lippenstift. Ich sah ganz anders aus, dachte ich beeindruckt, beinahe hübsch. Nicht so hübsch wie Reinette oder die Schauspielerinnen auf ihren Postkarten, aber das spielte heute keine Rolle. Heute war Reinette nicht da.

Um halb zwei machte ich mich auf den Weg zum Fluss. Vom Baumhaus aus hielt ich Ausschau nach ihm, fürchtete beinahe, er würde nicht kommen – so viel Glück auf einmal konnte ich ja kaum haben –, und genoss den kräftigen Duft des roten Herbstlaubs. Von November an würde der Ausguck ein halbes Jahr lang nicht zu gebrauchen sein, das Baumhaus so leer wie ein einsames Haus auf einem Hügel, aber noch waren die Äste dicht genug belaubt, um mich vor Blicken zu schützen. Wohlige Schauer durchliefen mich, und mein Kopf war erfüllt von einer unbeschreiblichen Leichtigkeit. Heute war alles möglich, sagte ich mir wie im Rausch. Einfach alles.

Zwanzig Minuten später hörte ich ein Motorrad auf der Straße. So schnell ich konnte, kletterte ich vom Baumhaus hinunter und lief ans Ufer. Mir war regelrecht schwindelig, ich verlor beinahe die Orientierung und es kam mir vor, als berührte ich den Boden unter meinen Füßen kaum. Ein Gefühl von Macht durchströmte mich, das beinahe so intensiv war wie meine Freude. Für heute war Tomas *mein* Geheimnis, heute gehörte er mir allein. Was wir einander sagten, würde nur uns gehören. Was ich ihm sagte ...

Er hielt am Straßenrand, schaute sich um, ob jemand in der Nähe war, dann schob er sein Motorrad ins Gebüsch. Ich beobachtete ihn, doch nun, da der ersehnte Augenblick endlich gekommen war, wagte ich seltsamerweise nicht so recht, mich zu zeigen. Eine nie gekannte Schüchternheit ergriff von mir Besitz. Ich wartete, bis er seine Uniformjacke ausgezogen und versteckt hatte. Er trug ein mit Kordel verschnürtes Paket unter dem Arm, und in seinem Mundwinkel wippte eine Zigarette.

»Die anderen sind nicht da.« Ich bemühte mich, meine Stimme möglichst erwachsen klingen zu lassen, seinem Blick standzuhalten, als er den Lippenstift auf meinen Lippen und Lidern entdeckte. Ob er eine Bemerkung dazu machen würde? Wenn er lachte, dachte ich ängstlich, wenn er jetzt lachte ... Aber Tomas lächelte nur. »Gut«, sagte er. »Dann sind wir beide heute allein.«

14

Wie gesagt, es war ein perfekter Tag. Mit der Lebenserfahrung von fünfundsechzig Jahren ist es schwierig, die überschwängliche Freude jener Stunden zu erklären. Mit neun ist man so unerfahren, dass ein einziges Wort einen bis ins Mark treffen kann, und ich war noch sensibler als die meisten Kinder, *erwartete* fast, dass er alles verdarb. Ich habe nie darüber nachgedacht, ob ich ihn liebte. Es war in dem Augenblick unwichtig, und meine Gefühle – dieses herzzerreißende Glück – in der Sprache von Reinettes Lieblingsfilmen zu beschreiben, war unmöglich. Dennoch war es Liebe. Meine Verwirrung, meine Einsamkeit, das seltsame Verhalten meiner Mutter und die Trennung von meinen Geschwistern hatten in mir eine große Sehnsucht geweckt, eine Gier nach Zuwendung, und sei es von einem Deutschen, einem gut gelaunten Erpresser, der einzig daran interessiert war, seine Informationskanäle offen zu halten.

Heute sage ich mir, dass das alles war, was er wollte. Doch etwas in mir sträubt sich dagegen. Es war nicht alles. Es war mehr als das. Er freute sich, mich zu sehen, genoss es, mit mir zu reden. Warum wäre er sonst so lange geblieben? Ich erinnere mich an jedes Wort, an jede Geste. Er erzählte mir von seiner Heimat, von Bierwurst und Schnitzel, vom Schwarzwald und den Straßen von Hamburg, vom Rheinland, von Feuerzangenbowle, in der eine mit Nelken gespickte Orange schwamm, von Keksen und Strudel und Bratäpfeln und Frikadellen mit Senf, von den Äpfeln, die vor dem Krieg im Garten seines Großvaters wuchsen. Und ich erzählte ihm von meiner Mutter, von ihren Tabletten und ihrem seltsamen Verhalten, von dem Orangensäckchen und den Fischreusen und der zerbrochenen Kaminuhr und dass ich, wenn ich einen Wunsch frei hätte, wünschen würde, dass dieser Tag nie zu Ende ginge.

Er sah mich an, und dann schauten wir uns auf eine seltsam erwachsene Art in die Augen, so ähnlich wie in dem Spiel, bei dem es darum geht, wer zuerst wegschaut. Diesmal wandte ich als Erste den Blick ab.

»Tut mir Leid«, murmelte ich.

»Ist schon in Ordnung«, sagte er, und irgendwie war es das auch. Wir sammelten Pilze und wilden Thymian – den, mit den winzigen violetten Blüten, der so viel intensiver duftet als der gezüchtete –, und neben einem Baumstumpf fanden wir ein paar späte Waldbeeren. Als er über eine umgestürzte Birke stieg, tat ich so, als müsste ich mich festhalten, und berührte kurz seinen Rücken. Noch Stunden später spürte ich die Wärme seiner Haut in meiner Handfläche wie ein Brandmal. Später saßen wir am Ufer und schauten zu, wie die Sonne hinter den Bäumen verschwand. Plötzlich meinte ich etwas zu sehen, etwas Schwarzes im dunklen Wasser, mitten in einem von Kielwellen gebildeten V – ein Maul, ein Auge, eine ölig glänzende Flanke, zwei Reihen spitzer Zähne, gespickt mit uralten Angelhaken –, etwas von Furcht einflößender, unglaublicher Größe, das im selben Augenblick wieder verschwand und nichts zurückließ als eine gekräuselte Wasseroberfläche.

Ich sprang auf, mein Herz klopfte wild. »Tomas! Hast du das gesehen?«

Er sah mich träge an, eine Zigarette zwischen den Lippen. »Treibholz«, sagte er lakonisch. »Nichts Besonderes.«

»Nein, das war kein Treibholz!« Meine Stimme bebte vor Erregung. »Ich hab sie gesehen, Tomas! Das war sie, das war sie! Die Alte Mutter, die Alte –« Ich rannte zum Baumhaus, um mein Angelzeug zu holen. Tomas lachte vor sich hin.

»Das schaffst du nie«, sagte er, als ich zurückkam. »Selbst wenn das wirklich der alte Hecht war. Und glaub mir, kein Hecht wird jemals so groß.«

»Das *war* die Alte Mutter«, beharrte ich störrisch. »Das war sie. Vier Meter lang, hat Paul gesagt, und pechschwarz. Das kann gar nichts anderes gewesen sein. Das *war* sie.«

Tomas lächelte.

Ein, zwei Sekunden lang hielt ich seinem herausfordernden Blick stand, dann schaute ich beschämt zu Boden.

»Das war sie«, murmelte ich. »Das weiß ich ganz genau.«

Nun, ich habe noch oft darüber nachgedacht. Vielleicht war es wirklich ein Stück Treibholz, wie Tomas meinte. Jedenfalls war die Alte Mutter, als ich sie schließlich fing, nicht annähernd vier Meter lang, auch wenn sie der größte Hecht war, den wir je gesehen hatten. Hechte werden nicht so groß, sage ich mir, und was ich an jenem Tag im Fluss gesehen hatte – oder glaubte, gesehen zu haben –, war mindestens so groß wie die Krokodile, mit denen Johnny Weissmuller sonntagsmorgens auf der Kinoleinwand kämpfte.

Aber das sind die Überlegungen einer Erwachsenen. Damals waren meiner Überzeugung keinerlei Grenzen durch Logik und Vernunft gesetzt. Wir sahen, was wir sahen, auch wenn die Erwachsenen manchmal darüber lachten. In meinem Herzen weiß ich, dass ich an jenem Tag ein Ungeheuer gesehen habe, etwas, das so alt und so schlau war wie der Fluss selbst, etwas, das niemand jemals fangen würde. Sie hat Jeannette Gaudin geholt. Sie hat Tomas Leibniz geholt. Beinahe hätte sie auch mich geholt.

VIERTER TEIL

La Mauvaise Réputation

I

»Die Sardellen säubern und ausnehmen und von innen und außen mit Salz einreiben. Die Fische anschließend mit grobkörnigem Salz und *salicorne* füllen, *mit dem Kopf nach oben* ins Fass legen und schichtweise mit Salz bedecken.«

Noch so eine Marotte. Wenn man das Fass öffnete, starrten sie einen alle stumm mit ihren glänzenden Fischaugen an. Man nahm so viele heraus, wie man brauchte, und bedeckte den Rest wieder mit einer Schicht Salz. In der Dunkelheit des Kellers sahen sie aus wie ertrinkende Kinder in einem Brunnen.

Den Gedanken schnell abbrechen, wie den Kopf einer Blume.

Meine Mutter schreibt fein säuberlich mit blauer Tinte, die Buchstaben ein wenig nach rechts geneigt. Darunter hat sie etwas hingekritzelt, mit rotem Wachsstift, das aussieht wie mit Lippenstift geschrieben. Es ist auf *bilini enverlini*: »Eni iekli netti elli bati rhemini.« – Keine Tabletten mehr.

Sie hatte sie seit Kriegsbeginn genommen. Anfangs war sie sehr sparsam damit umgegangen, hatte nur einmal im Monat oder noch seltener eine geschluckt, doch im Verlauf des Sommers, in dem sie dauernd den Orangenduft roch, machte sie immer häufiger davon Gebrauch.

»Y. hilft so gut er kann«, schreibt sie zittrig. »Es verschafft uns beiden Erleichterung. Er bekommt die Tabletten im La Rép, von einem Mann, den Hourias kennt. Wahrscheinlich nicht die einzige Art Tröstung, die er dort bekommt. Ich frage lieber nicht nach. Er ist schließlich nicht aus Stein. Nicht wie ich. Ich versuche, mich nicht daran zu stören. Es hat keinen Zweck. Er ist diskret. Ich sollte ihm dankbar sein. Er sorgt auf seine Weise für mich, aber es hilft nicht. Wir können nicht zusammenkommen. Er lebt im Licht. Zu sehen, wie ich leide, bekümmert ihn. Das weiß ich, dennoch hasse ich ihn für das, was er ist.«

Dann, später, nach dem Tod meines Vaters:

»Keine Tabletten mehr. Der Deutsche sagt, er kann mir welche besorgen, aber er kommt einfach nicht. Es ist zum Wahnsinnigwerden. Ich würde meine Kinder verkaufen, um eine Nacht schlafen zu können.«

Dieser letzte Eintrag ist erstaunlicherweise mit einem Datum versehen. Daher kann ich ihn zuordnen. Sie hütete ihre Tabletten wie einen Schatz, bewahrte sie nicht mehr im Bad auf, sondern versteckte die Flasche in der untersten Schublade in ihrer Schlafzimmerkommode. Manchmal nahm sie sie heraus und betrachtete sie. Sie befanden sich in einem braunen Glasfläschchen, auf dem Etikett ein paar kaum leserliche Worte auf Deutsch.

Keine Tabletten mehr.

Das war der Abend, an dem der Tanz stattfand, der Abend der letzten Orange.

2

»He, Kleine, beinah hätte ich's vergessen.« Er drehte sich um und warf sie mir lässig zu, wie ein Junge, der einen Ball wirft. So war er immer, tat so, als hätte er etwas vergessen, um mich zu necken, riskierte, dass die Orange im schlammigen Wasser der Loire landete. »Dein Nachtisch.«

Ich fing sie problemlos mit der linken Hand und grinste.

»Sag den anderen, sie sollen heute Abend ins La Mauvaise Réputation kommen.« Er zwinkerte mir schelmisch zu. »Da ist heute Abend was los.«

Unsere Mutter hätte uns natürlich niemals erlaubt, abends auszugehen. Die Sperrstunde ließ sich zwar in abgelegenen Dörfern wie dem unseren nicht durchsetzen, aber es gab andere Gefahren. Nachts geschahen mehr verbotene Dinge, als wir uns vorstellen konnten, und inzwischen kam es immer wieder vor, dass Deutsche ihren freien Abend in dem Café verbrachten. Hier waren sie fern von Angers und den wachsamen Augen der SS. Tomas hatte uns schon davon erzählt, und manchmal hörte ich spätabends in der Ferne das Dröhnen von Motorrädern und stellte mir vor, wie er gerade nach Hause fuhr. Vor meinem geistigen Auge sah ich seine im Wind fliegenden Haare, das Mondlicht auf seinem Gesicht, das silbrig glitzernde Wasser der Loire.

Aber heute war es anders. Nach den Stunden, die ich mit Tomas verbracht hatte, fühlte ich mich so beschwingt, dass mir alles möglich erschien. Die Uniformjacke lässig über die Schulter geworfen, winkte er mir zum Abschied zu. Dann fuhr er, eine gelbe Staubwolke aufwirbelnd, davon. Mein Herz schien schier zu zerspringen. Plötzlich fühlte ich mich unendlich verloren, und ich rannte hinter ihm her, winkte ihm noch nach, als das Motorrad längst nicht mehr zu sehen war, spürte, wie Tränen über meine vom Staub verschmutzten Wangen krochen.

Es reichte mir nicht.

Ich hatte meinen Tag gehabt, meinen perfekten Tag, doch schon schnürten mir Wut und Unzufriedenheit das Herz zusammen. Ich schaute nach der Sonne, um die Zeit abzuschätzen. Vier Stunden. Eine unglaublich lange Zeit, ein ganzer Nachmittag, und dennoch reichte es mir nicht. Ich wollte mehr. Mehr. Überwältigt von dieser neuen, unbekannten Gier biss ich mir verzweifelt auf die Lippen; die Erinnerung an die kurze Berührung brannte noch immer in meiner Hand. Mehrmals führte ich die Handfläche an die Lippen und küsste die Stelle, die ihn berührt hatte. Im Stillen wiederholte ich seine Worte, als wären sie Verse eines Gedichts. Mit wachsender Ungläubigkeit, so wie man im Winter versucht, sich an einen Sommertag zu erinnern, durchlebte ich noch einmal jeden kostbaren Augenblick, den wir gemeinsam verbracht hatten. Aber diese Art von Gier ist unstillbar. Ich wollte ihn wieder sehen, noch am selben Abend, auf der Stelle. Ich stellte mir vor, wie ich mit ihm durchbrannte, wie wir uns tief im Wald ein einsames Plätzchen suchten, wie ich ihm ein Baumhaus baute, mit ihm Pilze und Walderdbeeren und Kastanien aß, bis der Krieg vorbei war.

Sie fanden mich im Ausguck. Ich lag auf dem Rücken,

die Orange in der Hand, und starrte in das herbstlich bunte Blätterdach hinauf.

»W-wusste ich d-doch, dass sie h-hier ist«, sagte Paul, der immer besonders schlimm stotterte, wenn Reine in der Nähe war. »H-hab sie in den W-wald gehen sehen, a-als ich a-angeln war.« Er wirkte schüchtern und unbeholfen neben Cassis und schien sich seiner schäbigen Latzhose und seiner nackten Füße in den groben Holzschuhen zu schämen. Er hatte seinen alten Hund Malabar dabei, den er mit einem Stück grüner Kordel angebunden hatte. Cassis und Reine trugen noch ihre Schuluniform; Reinette hatte ihr Haar mit einer gelben Seidenschleife zusammengebunden. Ich habe nie verstanden, warum Paul immer so zerlumpt herumlief, wo seine Mutter doch Näherin war.

»Alles in Ordnung?«, fragte Cassis mit vor Angst gereizter Stimme. »Als du nicht nach Hause gekommen bist, dachte ich –« Er schaute kurz zu Paul hinüber, dann warf er mir einen warnenden Blick zu. »Du weißt schon, wer nicht hier gewesen ist, oder war er hier?«, flüsterte er. Offenbar wäre es ihm am liebsten gewesen, wenn Paul sich verzogen hätte.

Ich nickte. Cassis verdrehte die Augen. »Was hab ich dir gesagt?«, flüsterte er wütend. »Was hab ich gesagt? Triff dich nie allein mit –« Wieder ein Blick in Pauls Richtung. »Also, wir müssen jetzt nach Hause«, sagte er laut. »Mutter wartet auf uns. Beeil dich und –«

Aber Paul betrachtete die Orange in meiner Hand.

»D-du h-hast ja sch-schon wieder eine«, sagte er in seinem seltsam schleppenden Tonfall.

Cassis warf mir einen missbilligenden Blick zu. *Warum hast du sie nicht versteckt, du blöde Kuh? Jetzt müssen wir sie mit ihm teilen.*

Ich zögerte. Ich hatte nicht vorgehabt, die Orange zu

teilen. Ich brauchte sie für den Abend. Doch ich sah, dass Paul neugierig geworden war.

»Ich geb dir was ab, wenn du die Klappe hältst«, sagte ich schnell.

»W-wo hast du d-die her?«

»Auf dem Markt getauscht«, erwiderte ich schnippisch. »Gegen ein bisschen Zucker und Fallschirmseide. Meine Mutter weiß nichts davon.«

Paul nickte, dann schaute er schüchtern zu Reine hinüber. »W-wir könnten sie uns j-jetzt teilen. Ich h-hab ein Messer.«

»Gib her«, sagte ich.

»Ich mach das«, erklärte Cassis.

»Nein, sie gehört mir. Das mach ich.«

Ich musste schnell eine Entscheidung treffen. Natürlich konnte ich die Schale aufheben, aber ich wollte nicht, dass Cassis Verdacht schöpfte.

Ich kehrte ihnen den Rücken zu und begann, die Orange vorsichtig in Stücke zu schneiden. Sie zu vierteln, wäre leicht gewesen, aber diesmal brauchte ich ein fünftes Stück, eins, das groß genug war für meinen Zweck, aber klein genug, um es unbemerkt in meiner Tasche verschwinden zu lassen. Als ich die Orange aufschnitt, sah ich, dass es sich um eine Blutorange handelte. Wie gebannt starrte ich auf den roten Saft, der von meinen Fingern tropfte.

»Beeil dich«, rief Cassis ungeduldig. »Wie lange brauchst du eigentlich, um eine Orange in vier Stücke zu schneiden?«

»Ich versuch's ja«, fauchte ich. »Die Schale ist so zäh.«

»L-lass m-m-m ...« Paul näherte sich mir, und ich dachte schon, er hätte das fünfte Stück gesehen – eigentlich nur ein dünner Schnitz –, bevor ich es mir in die Tasche schieben konnte.

»Schon gut«, sagte ich. »Ich hab's geschafft.«

Die Stücke waren ungleich groß. Ich hatte mir zwar alle Mühe gegeben, aber ein Stück war deutlich größer als die anderen, und eins ziemlich klein. Ich nahm das kleine Stück. Paul reichte Reine das große.

Cassis bedachte mich mit einem vernichtenden Blick. »Ich hab dir ja gleich gesagt, du sollst mich das machen lassen. Ich hab kein ganzes Viertel abbekommen. So blöd kannst nur du dich anstellen, Boise.«

Schweigend saugte ich an meinem Orangenstück. Nach einer Weile hörte Cassis auf zu meckern und aß seins. Paul beobachtete mich mit einem seltsamen Gesichtsausdruck, sagte jedoch nichts.

Die Schalen warfen wir in den Fluss, es gelang mir jedoch, ein Stück im Mund zu behalten. Cassis' wachsamer Blick machte mich ganz nervös, und erleichtert bemerkte ich, dass er sich etwas entspannte, als ich meine Schale ins Wasser warf. Ich fragte mich, ob er wohl Verdacht geschöpft hatte. Zufrieden schob ich die abgebissene Schale zu dem Orangenstück in meine Tasche. Ich hoffte bloß, dass das reichen würde.

Anschließend zeigte ich den anderen, wie man mit Minze und Fenchel den Geruch von Mund und Händen entfernte und sich Schmutz unter die Fingernägel rieb, damit keine Saftspuren mehr zu sehen waren. Dann gingen wir durch die Felder nach Hause. Unsere Mutter stand in der Küche, sang tonlos vor sich hin und bereitete das Abendessen zu.

Die Zwiebel und die Schalotten zusammen mit frischem Rosmarin, Pilzen und etwas Lauch in Olivenöl anschwitzen. Wenn die Zwiebeln glasig sind, eine Hand voll getrocknete Tomaten sowie frisches Basilikum und Thymian hinzufügen. Vier Sardellen längs aufschneiden und in die Pfanne geben. Fünf Minuten ziehen lassen.

»Boise, hol mir vier große Sardellen aus dem Fass.«

Ich nahm eine hölzerne Zange mit in den Keller, um mir an der Salzlake nicht die Haut zu verätzen. Nachdem ich die Sardellen aus dem Fass genommen und in eine Schüssel gelegt hatte, fischte ich das Glas mit dem Orangensäckchen heraus. Ich drückte den Saft des neuen Orangenstücks über den alten Schalenstücken aus, um den Duft aufzufrischen, hackte die frischen Schalenreste mit meinem Taschenmesser klein und stopfte alles zurück in das Säckchen. Es verströmte einen durchdringenden Duft. Dann legte ich das Säckchen zurück in den schützenden Behälter, säuberte das Glas von der Salzlake und steckte es in meine Schürzentasche. Zum Schluss fasste ich kurz die Fische an, damit kein verräterischer Orangenduft an meinen Händen haften blieb.

Jetzt eine Tasse Weißwein und die vorgekochten Kartoffeln sowie Reste vom Vortag – ein Stück Speckschwarte, Fleisch- oder Fischreste – und einen Esslöffel Öl hinzufügen. Zehn Minuten bei schwacher Hitze köcheln lassen.

In der Küche hörte ich ihren monotonen, ziemlich rauen Singsang.
»Die Hirse unterrühren« – hm, hmm – »und den Topf vom Feuer nehmen, dann« – hm, hmm – »zehn Minuten ziehen lassen, ohne umzurühren, oder« – hm, hmm – »bis die Hirse die Flüssigkeit aufgenommen hat. Alles in eine flache Auflaufform geben« – hm, hmm, hmmm – »mit Öl bepinseln und goldbraun überbacken.«

Ohne meine Mutter aus den Augen zu lassen, versteckte ich das Orangensäckchen zum letzten Mal unter dem Ofenrohr.
Und wartete.
Eine Zeit lang hatte ich das Gefühl, dass es diesmal nicht

funktionierte. Meine Mutter summte weiter vor sich hin. Zusätzlich zu dem Auflauf hatte sie einen Blaubeerkuchen gebacken, und auf dem Tisch standen Schälchen mit grünem Salat und Tomaten. Es war fast ein Festessen, wenn ich mir auch nicht erklären konnte, was es zu feiern gab. So war meine Mutter; an guten Tagen tischte sie ein opulentes Mahl auf, an schlechten mussten wir uns mit kalten Pfannkuchen und *rillettes* begnügen. Heute wirkte sie beinahe entrückt; statt ihres strengen Nackenknotens trug sie ihr Haar offen, ihr Gesicht war feucht und von der Hitze des Herdfeuers gerötet. Es lag etwas Fiebriges in der Art, wie sie mit uns sprach, wie sie Reine zur Begrüßung flüchtig und atemlos umarmte – eine Seltenheit, beinahe so ungewöhnlich wie ihre kurzen Gewaltausbrüche –, in der nervösen Hast, mit der ihre Hände sich beim Kräuterhacken bewegten.

Keine Tabletten mehr.

Eine senkrechte Falte zwischen ihren Augen, Fältchen um ihren Mund, ein gequältes Lächeln. Als ich ihr die Sardellen reichte, schenkte sie mir ein seltsam liebevolles Lächeln, ein Lächeln, das noch vor einem Monat, vor wenigen Tagen, mein Herz hätte erweichen können.

»Boise.«

Ich dachte an Tomas, wie er mit mir am Flussufer gesessen hatte. Ich dachte an das Ding, das ich gesehen hatte, an die monströse Schönheit seines glänzenden Körpers im Wasser. *Ich wünsche mir, ich wünsche mir ...* Er kommt bestimmt heute Abend ins La Mauvaise Réputation, dachte ich, die Jacke lässig über dem Arm. Plötzlich kam ich mir vor wie eine Filmschönheit, malte mir aus, wie ich das Café in einem seidenen Kleid betrat und sich alle Augen auf mich richteten. *Ich wünsche mir, ich wünsche mir.* Wenn ich nur meine Angel zur Hand gehabt hätte ...

Meine Mutter starrte mich mit diesem eigenartigen, beinahe beschämend verletzlichen Blick an.

»Boise?«, wiederholte sie. »Alles in Ordnung? Hast du irgendwas?«

Wortlos schüttelte ich den Kopf. Eine Welle des Selbsthasses schlug über mir zusammen, es war wie eine Offenbarung. *Ich wünsche mir, ich wünsche mir.* Ich machte ein mürrisches Gesicht. *Tomas. Nur du. Für immer und ewig.*

»Ich muss nach meinen Reusen sehen«, erklärte ich tonlos. »Bin gleich wieder zurück.«

»Boise!«, rief sie mir nach, doch ich reagierte nicht. Ich rannte zum Fluss, überprüfte jeden Fangkorb zweimal, überzeugt, dass *dieses* Mal, dieses *eine* Mal, da ich meinen Wunsch so dringend brauchte …

Alle waren leer, bis auf ein paar kleine Fische, die ich wütend zurück in den Fluss warf.

»*Wo bist du?*«, schrie ich auf das stille Wasser hinaus. »*Wo bist du, du alte Hexe?*«

Wie zum Hohn floss die träge, braune Loire ungerührt dahin. *Ich wünsche mir, ich wünsche mir.* Ich hob einen Stein vom Ufer auf und schleuderte ihn mit solcher Wucht ins Wasser, dass ich mir fast die Schulter verrenkte.

»*Wo bist du? Wo versteckst du dich?*« Meine Stimme klang heiser und schrill, wie die meiner Mutter. »*Komm raus und zeig dich! Du Feigling! Du FEIGLING!*«

Nichts. Nichts als der braune, stumme Fluss und die Sandbänke, die halb von Wasser bedeckt im schwindenden Tageslicht schimmerten. Meine Kehle schmerzte. Tränen brannten mir in den Augenwinkeln wie Wespenstiche.

»Ich weiß, dass du mich hören kannst«, murmelte ich. »Ich weiß, dass du da bist.« Der Fluss schien mir zuzustimmen. Ich hörte das sanfte Plätschern des Wassers zu meinen Füßen.

»Ich weiß, dass du da bist«, sagte ich noch einmal, beinahe zärtlich. Alles schien jetzt meiner Stimme zu lauschen, die Bäume mit ihren bunten Blättern, der Fluss, das braune Herbstgras.

»Du weißt genau, was ich will, stimmt's?« Wieder diese Stimme, die klang, als gehörte sie jemand anderem. Diese erwachsene, verführerische Stimme. »Du weißt es ganz genau.«

Ich dachte an Jeannette Gaudin und die Wasserschlange, an die langen, braunen Schlangenkadaver, die an den Piratenfelsen hingen, und an das Gefühl, das ich in diesem Millionen Jahre zurückliegenden Sommer gehabt hatte, diese *Überzeugung*. Die Alte Mutter war ein Scheusal, ein Ungeheuer. Niemand konnte einen Pakt mit einem Ungeheuer schließen.

Ich wünsche mir, ich wünsche mir.

Ich fragte mich, ob Jeannette an derselben Stelle gestanden hatte, an der ich jetzt stand, barfuß. Was hatte sie sich gewünscht? Ein neues Kleid? Eine neue Puppe? Etwas anderes?

Ein weißer Grabstein. »Geliebte Tochter.« Plötzlich kam es mir gar nicht mehr so schrecklich vor, tot und geliebt zu sein, unter einem steinernen Engel zu liegen und Frieden zu haben.

Ich wünsche mir. Ich wünsche mir.

»Ich würde dich wieder freilassen«, flüsterte ich hinterhältig. »Das weißt du doch.«

Einen Augenblick lang glaubte ich, etwas zu sehen, etwas Schwarzes, metallisch Glänzendes, das lautlos im Wasser trieb wie eine Mine. Aber es war nur Einbildung.

»Ganz bestimmt«, sagte ich. »Ich würde dich wieder zurück ins Wasser werfen.«

Aber falls sie die ganze Zeit da gewesen war, jetzt war sie fort. Neben mir quakte plötzlich ein Frosch. Es wurde kalt. Ich wandte mich ab und machte mich auf den Weg durch die Felder, pflückte unterwegs ein paar Maiskolben, um einen Vorwand für mein langes Ausbleiben zu haben.

Nach einer Weile roch ich die Essensdüfte aus unserer Küche und beschleunigte meine Schritte.

3

»Ich habe sie verloren. Ich verliere sie alle.«

Das steht in der Kladde meiner Mutter, neben einem Rezept für Heidelbeerkuchen. Winzige Migränebuchstaben in schwarzer Tinte, kreuz und quer über die Linien geschrieben, als reichte selbst die Geheimsprache, die sie benutzte, nicht aus, um die Angst zu verbergen, die sie vor uns und vor sich selbst verheimlichte.

Heute hat sie mich angesehen, als wäre ich gar nicht da. Ich hätte sie so gern in die Arme genommen, aber sie ist so groß geworden, und ich fürchte mich vor ihrem Blick. Nur R.-C. ist noch zugänglich, B. kommt mir vor, als wäre sie nicht mein Kind. Mein Fehler war, dass ich glaubte, Kinder seien wie Bäume. Wenn man sie beschneidet, entwickeln sie sich umso besser. Das stimmt nicht. Ganz und gar nicht. Nach Y.s Tod habe ich sie zu sehr gedrängt, schnell erwachsen zu werden. Ich habe ihnen nicht gestattet, Kinder zu sein. Jetzt sind sie noch gefühlloser als ich. Wie Tiere. Meine Schuld. Ich habe sie zu dem gemacht, was sie sind. Heute Abend waren wieder Orangen im Haus, aber außer mir riecht sie niemand. Mein Kopf schmerzt. Wenn sie nur ihre Hand auf meine Stirn legen könnte. Keine Tabletten mehr. Der Deutsche sagt, er kann mir welche besorgen, aber er ist nicht gekommen. Boise.

Kam heute Abend erst spät nach Hause. Sie ist wie ich, zerrissen.

Es klingt wie unzusammenhängendes Zeug, aber in meiner Erinnerung höre ich ihre Stimme plötzlich klar und deutlich. Sie klingt schwermütig wie die Stimme einer Frau, die mit aller Kraft versucht, nicht verrückt zu werden.
»Der Deutsche sagt, er kann mir welche besorgen, aber er ist nicht gekommen.«
Oh, Mutter, wenn ich das nur gewusst hätte.

4

An jenen langen Abenden arbeiteten Paul und ich uns Seite für Seite durch die Kladde. Ich entschlüsselte die Geheimsprache, während er alles aufschrieb, kleine Karteikarten mit Querverweisen anlegte und versuchte, die Eintragungen in eine chronologische Reihenfolge zu bringen. Nie kommentierte er irgendetwas, nicht einmal, wenn ich Passagen übersprang, ohne ihm einen Grund dafür zu nennen. Im Durchschnitt schafften wir zwei oder drei Seiten pro Abend, das ist zwar nicht viel, aber bis Anfang Oktober hatten wir die halbe Kladde durch. Es war weit weniger mühsam als vorher, als ich mich noch allein damit herumgeplagt hatte, und häufig saßen wir bis spät in die Nacht zusammen und schwelgten in Erinnerungen an die alten Zeiten, an den Ausguck und die Piratenfelsen, an die schöne Zeit, bevor Tomas auftauchte. Ein- oder zweimal war ich drauf und dran, ihm die Wahrheit zu erzählen, doch jedes Mal gelang es mir rechtzeitig, mich zu beherrschen.

Nein, Paul durfte es nicht erfahren.

Die Kladde meiner Mutter enthielt nur die eine Version der Geschichte, die ihm bereits zum Teil vertraut war. Aber die Geschichte *jenseits* der Kladde ... Ich sah ihn an, als wir dort beisammensaßen, zwischen uns die Flasche Cointreau und hinter uns auf dem Ofen die Kupferkanne mit Kaffee. Das Licht des Kaminfeuers warf einen roten Schimmer auf sein Gesicht und ließ seinen alten, gelblichen Schnurrbart leuchten. Er erwischte mich dabei, wie ich ihn anstarrte – in letzter Zeit schien ihm das immer häufiger zu gelingen – und lächelte.

Aber es war nicht so sehr das Lächeln, sondern etwas in seinem Blick, etwas Forschendes, das mein Herz schneller schlagen ließ und mir die Röte ins Gesicht trieb. Wenn ich es ihm sagte, schoss es mir plötzlich durch den Kopf, würde dieser Ausdruck aus seinen Augen verschwinden. Nein, ich konnte es ihm nicht sagen. Niemals.

5

Als ich ins Haus kam, sassen die anderen schon am Tisch. Meine Mutter begrüßte mich mit ihrer seltsamen, gequälten Fröhlichkeit, aber ich spürte, dass sie am Ende ihrer Kräfte war. Der Duft nach Orangen stieg in meine sensibilisierte Nase. Ich behielt sie aufmerksam im Auge. Wir aßen schweigend.

Das Festessen war pappig wie Lehm, und mein Magen rebellierte. Ich stocherte darin herum, bis ich sicher war, dass meine Mutter mich nicht beobachtete. Dann ließ ich das Ganze heimlich in meine Schürzentasche rutschen, um es später wegzuwerfen. Ich hätte mir keine Sorgen zu machen brauchen. In ihrem Zustand hätte sie es wahrscheinlich noch nicht einmal bemerkt, wenn ich mein Essen an die Wand geworfen hätte.

»Ich rieche Orangen.« Verzweiflung lag in ihrer Stimme. »Hat einer von euch Orangen ins Haus gebracht?«

Schweigen. Wir sahen sie ausdruckslos und zugleich erwartungsvoll an.

»Nun? Habt ihr? Orangen mitgebracht?«, fragte sie vorwurfsvoll.

Plötzlich warf Reine mir einen betroffenen Blick zu.

»Natürlich nicht«, sagte ich mürrisch. »Wo sollten wir die denn her haben?«

»Ich weiß es nicht.« Sie kniff argwöhnisch die Augen

zusammen. »Vielleicht von den Deutschen. Woher soll ich wissen, was ihr den ganzen Tag treibt?«

Damit kam sie der Wahrheit so nahe, dass ich Mühe hatte, mir meinen Schrecken nicht anmerken zu lassen. Ich zuckte die Achseln, spürte jedoch, dass Reine mich beobachtete. Ich warf ihr einen warnenden Blick zu – *Willst du etwa alles verderben?*

Reinette wandte sich wieder ihrem Kuchen zu. Ich hielt dem Blick meiner Mutter stand. Sie beherrschte dieses Spiel besser als Cassis, mit ihren Augen, die so ausdruckslos waren wie Schlehen. Dann stand sie abrupt auf, warf beinahe ihren Teller hinunter und hielt sich an der Tischdecke fest.

»Was starrst du mich so an?«, schrie sie und deutete mit dem Finger auf mich. »Was starrst du mich so an, Herrgott nochmal? Was gibt's da zu sehen?«

Ich hob die Schultern. »Nichts.«

»Du lügst.« Ihre Stimme nahm einen schneidenden Ton an. »Dauernd starrst du mich an. Warum? Was geht in dir vor, du kleine Hexe?«

Ich konnte ihre Verzweiflung und ihre Angst regelrecht riechen, und ich genoss den Sieg. Dann senkte sie den Blick. Ich hab's geschafft, dachte ich. Ich habe sie besiegt.

Und sie wusste es auch. Sie schaute mich wieder an, aber die Schlacht war verloren. Ich lächelte kaum merklich, sodass nur sie es sah. Hilflos wanderte ihre Hand an ihre Schläfe. »Ich habe Kopfschmerzen«, sagte sie gequält. »Ich gehe ins Bett.«

»Gute Idee«, erwiderte ich tonlos.

»Vergesst nicht, das Geschirr zu spülen«, fügte sie hinzu, doch wir hörten ihr nicht mehr zu. Sie wusste, dass sie verloren hatte. »Und dass ihr mir alles abtrocknet und ordentlich wegräumt und keine Teller –« Sie verstummte, blickte ins Leere.

»– über Nacht zum Abtropfen stehen lasst«, beendete sie den Satz nach einer ganzen Weile und wankte in Richtung Schlafzimmer, wo es keine Tabletten mehr gab.

Cassis, Reinette und ich sahen einander an.

»Wir sollen Tomas heute Abend im La Mauvaise Réputation treffen«, sagte ich. »Er meinte, da ist heute was los.«

Cassis durchbohrte mich mit seinem Blick. »Wie hast du das gemacht?«

»Was gemacht?«

»Du weißt schon.« Er sprach leise und eindringlich, seine Stimme klang beinahe ängstlich. Es war, als hätte er in diesem Augenblick seine Autorität verloren. Ab jetzt war ich die Anführerin, diejenige, auf deren Wort die anderen hörten. Seltsamerweise empfand ich keine Genugtuung. Ich hatte andere Dinge im Kopf.

»Wir warten, bis sie schläft«, erklärte ich, ohne auf seine Frage einzugehen, »eine, höchstens zwei Stunden, dann machen wir uns auf den Weg über die Felder ins Dorf. Niemand wird uns sehen. Wir können uns in der Gasse verstecken und nach ihm Ausschau halten.«

Reinettes Augen leuchteten auf, aber Cassis blieb skeptisch. »Und dann?«, fragte er. »Was tun wir, wenn wir da sind? Wir haben keine Informationen für ihn, und die Zeitschriften hat er uns schon –«

Ich sah ihn wütend an. »Zeitschriften! Ist das alles, was dich interessiert?«

Cassis starrte stumm vor sich hin.

»Er hat gemeint, es könnte interessant werden«, sagte ich. »Bist du denn nicht neugierig?«

»Eigentlich nicht. Vielleicht ist es gefährlich. Du weißt doch, was Mutter –«

»Du hast ja bloß Schiss«, zischte ich.

»Hab ich nicht!« Aber er hatte Angst. Das war nicht zu übersehen.

»Feigling.«

Schweigen. Cassis warf Reinette einen flehenden Blick zu. Ich sah ihn unverwandt an. Eine oder zwei Sekunden lang hielt er meinem Blick stand, dann wandte er sich ab.

»Kinderkram«, sagte er mit gespielter Gleichgültigkeit.

»Feigling.«

Cassis gab sich widerwillig geschlagen. »Also gut. Aber ich sage dir, es ist die reinste Zeitverschwendung.«

Ich lachte triumphierend.

6

Das Café de la Mauvaise Réputation – von den Stammgästen La Rép genannt. Holzboden, blank polierter Tresen, ein altes Klavier – heute fehlt die Hälfte der Tasten, und aus dem Gehäuse ranken Geranien –, eine Reihe, Gläser, die über dem Tresen hängen. Das alte Namensschild ist mittlerweile durch eine blaue Leuchtreklame ersetzt worden, und in einer Ecke stehen Spielautomaten und eine Musikbox. Damals gab es jedoch nichts außer dem Klavier und ein paar Tischen, die an die Wand geschoben wurden, wenn die Leute tanzen wollten.

Raphaël klimperte auf dem Klavier, wenn er Lust hatte, und hin und wieder kam es vor, dass jemand dazu sang – Colette Gaudin oder Agnès Petit zum Beispiel. In jenen Tagen besaß niemand einen Plattenspieler, und Radios waren verboten, aber im Café herrschte abends gute Stimmung, und manchmal, wenn der Wind aus der richtigen Richtung wehte, hörten wir von dort Musik. Das Café war die zweite Heimat der örtlichen Trinker, die sich Abend für Abend auf der Terrasse einfanden, rauchten und *pétanque* spielten. Pauls Vater hielt sich oft dort auf, sehr zum Missfallen unserer Mutter, und obwohl ich ihn nie betrunken erlebt habe, schien er auch nie ganz nüchtern zu sein.

La Mauvaise Réputation.

Wir Kinder hatten uns bisher von dem Café fern gehalten, denn unsere Mutter hatte uns verboten, dorthin zu gehen. Sie hegte eine tiefe Abscheu gegen Trunksucht, Schmutz und Verkommenheit, und in ihren Augen war das Café der Inbegriff all dessen. Obwohl sie nicht in die Kirche ging, hielt sie an einer beinahe puritanischen Lebenseinstellung fest, der zufolge harte Arbeit, Ordnung und Sauberkeit sowie höfliche, sittsame Kinder die höchsten Werte darstellten. Wenn sie an dem Café vorbeiging, senkte sie den Kopf und kniff die Lippen zusammen, als könnte sie sich auf diese Weise gegen die Geräusche schützen, die von dort nach draußen drangen. Seltsam, dass eine solche Frau, so eine beherrschte, ordnungsliebende Frau ausgerechnet ein Opfer der Tablettensucht wurde.

»Wie die Uhr«, notiert sie in ihrer Kladde, »bin ich halbiert. Sobald der Mond aufgeht, bin ich nicht mehr ich selbst.« Sie zog sich in ihr Zimmer zurück, damit wir die Veränderung nicht bemerkten.

Es war ein Schock für mich, als ich die geheimen Passagen in ihrer Kladde las und mir klar wurde, dass meine Mutter regelmäßig ins La Mauvaise Réputation gegangen war. Mindestens einmal pro Woche ging sie dorthin, heimlich, im Dunkeln, voller Abscheu vor sich selbst, weil sie ihrer Sucht ausgeliefert war. Sie ging nicht ins Café, um zu trinken. Nein. Warum sollte sie, wo sie doch Dutzende Flaschen Cidre und Schlehenlikör und sogar Calvados im Keller hatte? Trunksucht, erklärte sie uns einmal in einem seltenen Moment der Vertrautheit, sei eine Sünde gegen die Frucht, den Baum, den Wein selbst. Es sei eine Schande, ja Missbrauch, so wie Vergewaltigung ein Missbrauch des Liebesakts sei. Kaum hatte sie das ausgesprochen, war sie errötet und hatte sich barsch abgewandt – »Reine-Claude, reich mir das Öl und hol eine Hand voll Basilikum aus dem Garten!« –, aber ihre Worte blieben mir im Gedächtnis haften. Wein, der gehegt und gepflegt werden muss von der Knospe bis zur Reife, dann gekeltert und destilliert, bis er endlich zu einem edlen Getränk geworden ist, hat etwas Besseres verdient, als von einem Säufer ohne Verstand hinuntergestürzt zu werden. Er verdient Ehrfurcht, Freude, bewussten Genuss.

Von Wein verstand meine Mutter eine Menge. Sie kannte sich aus mit dem Reifeprozess, der Fermentierung, der Entstehung des Lebens in der Flasche, der allmählichen Verwandlung, mit der wundersamen Weise, in der sich das Aroma entwickelt. Wenn sie nur genauso viel Zeit und Geduld für uns aufgebracht hätte. Ein Kind ist kein Obstbaum. Das hatte sie zu spät begriffen.

Natürlich wird im Café de la Mauvaise Réputation immer noch mit Drogen gehandelt. Selbst ich weiß das; ich bin nicht so alt, dass ich den süßlichen Geruch von Haschisch nicht erkennen könnte. Er ist weiß Gott oft genug von der Imbissbude zu mir herüber geweht. Ich habe eine gute Nase, was man von Ramondin, diesem Idioten, nicht behaupten kann. An manchen Abenden, wenn die Motorradfahrer da waren, hing eine richtige Wolke über dem Wagen. Entspannungsdroge nennt man so etwas heutzutage. Damals jedoch gab es nichts Dergleichen in Les Laveuses. Die Jazz-Clubs in St. Germain-des-Prés entstanden erst zehn Jahre später, und in den Dörfern gab es überhaupt keine solchen Clubs, noch nicht einmal in den sechziger Jahren. Nein, meine Mutter ging nicht ins La Rép, um sich zu amüsieren, es war ihre Sucht, pure Not, die sie dorthin trieb, denn dort wurden die meisten Geschäfte gemacht. Dort bekam man Stoff und Schuhe und weniger harmlose Dinge wie Messer, Schusswaffen und Munition. Im La Rép wurde mit allem gehandelt, mit Zigaretten und Branntwein, mit Postkarten, auf denen nackte Frauen abgebildet waren, mit Nylonstrümpfen und Spitzenunterwäsche für Colette und Agnès, die ihre Haare offen trugen und ihre Wangen mit altmodischem Rouge puderten, sodass sie aussahen wie holländische Puppen, und die ihre Lippen so grellrot schminkten wie Lillian Gish.

Im Hinterzimmer trafen sich die Geheimbündler, die Kommunisten, die Unzufriedenen, die Helden und die Möchtegernhelden und schmiedeten Pläne. Im Schankraum saßen die Wortführer und hielten Hof, schoben einander kleine Päckchen zu oder flüsterten miteinander und tranken auf zukünftige Geschäfte. Einige trieben sich mit rußgeschwärzten Gesichtern im Wald herum, hielten sich nicht an die Sperrstunde und fuhren mit dem Fahrrad heimlich zu Versammlungen nach Angers. Hin und wieder hörte man Schüsse auf der anderen Seite des Flusses.

Meiner Mutter muss das alles zutiefst zuwider gewesen sein.

Aber nur dort bekam sie ihre Tabletten. In ihrer Kladde hat sie genau Buch geführt – Tabletten gegen Migräne, Morphium aus dem Krankenhaus, anfangs jedes Mal drei Stück, dann sechs, zehn, zwölf, schließlich zwanzig. Ihre Lieferanten wechselten. Zunächst war es Philippe Hourias. Julien Lecoz kannte jemanden, einen freiwilligen Sanitätshelfer. Agnès Petit hatte einen Vetter und Kontakt zum Freund eines Freundes in Paris. Guilherm Ramondin, der mit dem Holzbein, ließ sich überreden, einen Teil seiner eigenen Medikamente gegen Wein oder Geld herauszurücken. Kleine Päckchen – ein paar in Papier eingewickelte Tabletten, eine Ampulle mitsamt Spritze, ein Fläschchen mit Pulver –, ihr war alles recht, was Morphium enthielt. Natürlich war es unmöglich, Morphium von einem Arzt zu bekommen, denn es wurde alles für die Soldaten in den Lazaretten gebraucht. Meine Mutter schnorrte, tauschte, zahlte, um an ihr Morphium zu kommen.

2. März 1942. Guilherm Ramondin, 4 Morphiumtabletten gegen 12 Eier.

16. März 1942. Françoise Petit, 3 Morphiumtabletten gegen 1 Flasche Calvados.

Ihren Schmuck verkaufte sie in Angers – die Perlenkette, die sie auf dem Hochzeitsfoto trägt, ihre Ringe, die Ohrringe mit den Brillanten, die sie von ihrer Mutter geerbt hatte. Sie war sehr geschickt, fast so geschickt wie Tomas, allerdings versuchte sie nie, jemanden zu übervorteilen. So schlug sie sich durch.

Dann kamen die Deutschen, anfangs allein oder zu zweit. Manche in Uniform, andere in Zivilkleidung. Die Gäste des Cafés verstummten, wenn sie eintraten, doch das machten sie schnell wett mit ihrer Ausgelassenheit, ihrem Gelächter. Sie tranken Runde um Runde, und wenn sie sich schließlich leicht wankend erhoben, zwinkerten sie Colette und Agnès zum Abschied zu und warfen lässig eine Hand voll Münzen auf den Tresen. Manchmal brachten sie Frauen mit, Fremde, Städterinnen mit Pelzkragen. Frauen in Nylonstrümpfen und Kleidern aus hauchdünnem Stoff, mit Frisuren, wie wir sie von Filmstars kannten, mit sorgfältig gezupften Augenbrauen, blutrot geschminkten Lippen und weißen Zähnen und zarten, blassen Händen. Sie kamen nur spätabends, als Beifahrerinnen auf den Motorrädern der Deutschen, vor Vergnügen kreischend, wenn ihre Haare im Wind flogen. Vier Frauen, vier Soldaten. Die Frauen wechselten hin und wieder, aber die Deutschen waren immer dieselben.

Sie erwähnt sie in ihrer Kladde, beschreibt ihren ersten Eindruck von ihnen.

Diese dreckigen Boches mit ihren Huren. Starren mich schamlos an, kichern hinter vorgehaltener Hand. Ich hät-

te ihnen den Hals umdrehen können. Kam mir so alt vor, so hässlich. Nur einer hat freundliche Augen. Die Frau neben ihm langweilte ihn, das war nicht zu übersehen. Billiges, dummes Flittchen mit aufgemalten Strumpfnähten. Beinahe tat sie mir Leid. Aber er hat mich angelächelt. Musste mir auf die Zunge beißen, um sein Lächeln nicht zu erwidern.

Natürlich kann ich nicht beweisen, dass es sich dabei um Tomas gehandelt hat. Es gibt keinerlei Beschreibung, nichts, das die Vermutung nahe legt, er könnte es gewesen sein, und dennoch bin ich mir sicher, dass er es war. Nur Tomas hätte diese Gefühle in ihr auslösen können. Nur Tomas konnte diese Gefühle in mir auslösen.

Es steht alles in der Kladde. Man kann es nachlesen, wenn man weiß, wo es steht. Die Eintragungen haben keine chronologische Reihenfolge. Bis auf die Einzelheiten über ihre heimlichen Tauschgeschäfte ist kaum etwas datiert. Und doch war sie auf ihre Weise sehr genau. Die Beschreibung des Cafés ist so treffend, dass es mir die Kehle zuschnürte, als ich die Zeilen las. Der Lärm, die Musik, der Rauch, der Biergestank, das Gelächter und die Zoten. Kein Wunder, dass sie uns verbot, dorthin zu gehen. Sie schämte sich zu sehr für ihre eigene Verstrickung, fürchtete zu sehr, wir könnten durch einen der Stammgäste davon erfahren.

An dem Abend, an dem wir uns dorthin schlichen, wurden wir enttäuscht. Wir hatten uns eine gruselige Lasterhöhle vorgestellt. Ich hatte nackte Tänzerinnen erwartet, Frauen mit Rubinen im Nabel und mit Haaren, die ihnen bis zur Taille reichten. Cassis, der sich immer noch betont desinteressiert gab, hatte Résistance-Kämpfer erwartet, schwarz gekleidete Partisanen mit stählernem Blick. Reinette hatte sich im Geiste schon selbst dort sitzen sehen, mit Rouge auf den Wangen, eine Pelzstola um die Schultern und einen Martini in der Hand. Aber als wir an jenem Abend durch die Fenster spähten, war nichts Interessantes zu sehen. Nur ein paar alte Männer, die Backgammon oder Karten spielten, ein Klavier, neben dem Agnès in einer Bluse aus Fallschirmseide stand und sang. Es war noch früh. Tomas war noch nicht da.

9. Mai. Ein deutscher Soldat (Bayer). 12 hoch dosierte Morphiumtabletten gegen ein Huhn, einen Sack Zucker und eine Speckseite.
25. Mai. Deutscher Soldat (Stiernacken). 16 hoch dosierte Morphiumtabletten gegen 1 Flasche Calvados, 1 Sack Mehl, 1 Paket Kaffee, 6 Gläser Eingemachtes.

Dann, der letzte Eintrag, ungenau datiert:

September. T/L. Flasche mit 30 hoch dosierten Morphiumtabletten.

Zum ersten Mal erwähnt sie nicht, was sie zum Tausch für die Tabletten gegeben hat. Vielleicht ist es Nachlässigkeit; die Worte sind kaum zu entziffern, offenbar in Hast geschrieben. Vielleicht war der Preis diesmal so hoch, dass sie sich nicht daran erinnern wollte. Was hat sie dafür gegeben? Dreißig Tabletten müssen eine fast unvorstellbar große Menge gewesen sein. Eine ganze Weile würde sie das Café nicht betreten, nicht mit betrunkenen Männern wie Julien Lecoz verhandeln müssen. Wahrscheinlich hat sie für den Seelenfrieden, den diese dreißig Tabletten ihr beschertén, einen hohen Preis gezahlt. Was genau hat sie als Gegenleistung geboten? Informationen? Etwas anderes?

Wir warteten dort, wo heute der Parkplatz ist. Damals wurde an der Stelle der Müll gesammelt, Tonnen standen herum, leere Bierfässer warteten darauf, abgeholt zu werden. Hinter dem Haus verlief eine Mauer, die in einem Gestrüpp aus Holundersträuchern und Brombeerranken endete. Die Hintertür des Cafés stand offen – selbst im Oktober war es noch drückend heiß – und aus dem Schankraum fiel gelbes Licht. Wir saßen auf der Mauer und warteten, bereit, auf der anderen Seite hinunterzuspringen, falls jemand auftauchte.

7

Wie gesagt, es hat sich nicht viel geändert. Eine Leuchtreklame, ein paar Spielautomaten, mehr Gäste, aber es ist immer noch dasselbe Café, die gleichen Leute mit anderen Frisuren, die gleichen Gesichter. Man fühlt sich regelrecht in frühere Zeiten versetzt, wenn man die alten Säufer sieht und die jungen Kerle mit ihren Mädchen, und wenn einem die Mischung aus Biergestank, Parfümduft und Zigarettenrauch in die Nase steigt.

Ich bin mit Paul hingegangen, als uns die Sache mit dem Imbissstand zu bunt wurde. Wir versteckten uns hinter dem Haus, wie ich es damals mit Cassis und Reine gemacht hatte. Es war kalt, und es regnete. Die Holundersträucher und Brombeerranken sind verschwunden, der Platz ist jetzt geteert, und es gibt eine neue Mauer, hinter der sich die Liebespärchen verstecken. Wir hielten Ausschau nach Dessanges, dem guten Luc mit seinem schönen Gesicht, aber während wir warteten, fühlte ich mich auf einmal wieder wie damals als Neunjährige, meinte Tomas dort drinnen im Hinterzimmer zu sehen, in jedem Arm ein Mädchen. Komisch, was für Streiche einem die Zeit spielen kann. Auf dem Parkplatz standen Autos und zwei Reihen glänzender Motorräder.

Es war elf Uhr. Ich kam mir plötzlich albern vor, dort an der neuen Betonmauer zu lehnen, wie ein kleines Mädchen, das die Erwachsenen ausspioniert, die älteste Neunjährige der Welt, neben mir Paul mit seinem alten Hund an der unvermeidlichen Leine aus einem Stück Schnur. Zwei alte Leute, die im Dunkeln das Treiben in einem Café beobachteten. Und zu welchem Zweck? Musik dröhnte aus der Jukebox – nichts, was ich kannte, von elektronischen Geräten künstlich erzeugte Töne. Das Lachen eines Mädchens, schrill und unangenehm. Einen Augenblick lang stand die Tür offen, und wir sahen ihn deutlich, in jedem Arm ein Mädchen. Er trug eine Lederjacke, die mindestens 2000 Francs gekostet haben musste. Die Mädchen mit ihren roten Lippen und den kurzen Kleidchen waren geschmeidig und schlank und sehr jung. Ich fühlte mich elend.

»Sieh uns bloß an.« Meine Haare waren nass, meine Finger steif gefroren. »James Bond und Mata Hari. Lass uns nach Hause gehen.«

Paul schaute mich auf seine typische nachdenkliche Weise an. Niemandem sonst wäre das intelligente Funkeln in seinen Augen aufgefallen, aber ich sah es ganz deutlich. Schweigend nahm er meine Hand. Seine Hände waren angenehm warm, und ich fühlte die Schwielen in seinen Handflächen.

»Gib noch nicht auf«, sagte er.

Ich zuckte die Achseln. »Wir erreichen hier nichts. Wir machen uns nur lächerlich. Diesem Dessanges werden wir nie beikommen, Paul. Am besten, wir finden uns endlich damit ab. Ich meine –«

»Blödsinn«, sagte er in einem Ton, als amüsiere er sich. »Du gibst nicht auf, Framboise. Das hast du noch nie getan.«

»Das war damals«, sagte ich, ohne ihn anzusehen.

»Du hast dich nicht sehr verändert seit damals, Framboise.«

Vielleicht hatte er Recht. Ich hatte immer noch etwas in mir, etwas Hartes, das nicht unbedingt gut war. Ich spüre es gelegentlich, etwas Kaltes, wie ein Stein in einer geballten Faust. Ich hatte es immer schon, auch als Kind, etwas Boshaftes und Zähes, das mir die Kraft gab, so lange durchzuhalten, bis ich gewonnen hatte. Als wäre die Alte Mutter an jenem Tag irgendwie in mich hineingeschlüpft. Ein versteinerter Fisch in einer steinernen Faust, der sich vor lauter Bosheit selbst verzehrt.

»Vielleicht sollte ich mich ändern«, sagte ich leise. »Vielleicht ist es an der Zeit.«

Einen Moment lang glaubte ich das wirklich. Ich war erschöpft, verstehen Sie. Furchtbar erschöpft. Zwei Monate lang hatten wir alles versucht. Wir hatten Luc beobachtet, wir hatten mit ihm geredet, wir hatten uns die abwegigsten Lösungen für unser Problem ausgedacht: eine Bombe unter seinem Wagen zu zünden, einen professionellen Killer aus Paris zu bestellen, ihn vom Ausguck aus mit einem Gewehr abzuknallen. O ja, ich hätte ihn töten können. Meine Wut zermürbte mich, aber Angst raubte mir den Schlaf. Meine Nerven lagen blank, und ich hatte ständig Kopfschmerzen. Es war mehr als die Angst, bloßgestellt zu werden – nicht umsonst bin ich Mirabelle Dartigens Tochter. Ich besitze ihren Kampfgeist. Ich hänge an meiner Crêperie, aber selbst wenn Dessanges mich ruinierte, selbst wenn niemand in Les Laveuses jemals wieder mit mir reden würde, das könnte ich alles überstehen. Meine eigentliche Angst – die ich vor Paul verbarg und mir selbst kaum eingestand – war viel düsterer. Sie lauerte in den Tiefen meiner Seele wie die Alte Mutter in ihrem schlammigen Fluss, und ich betete, dass kein Köder sie jemals hervorlocken würde.

Ich erhielt zwei weitere Briefe, einen von Yannick und einen, der in Laures Handschrift an mich adressiert war.

Den meines Neffen las ich mit wachsendem Unbehagen. Yannick schrieb in wehleidigem, klagenden Ton, er habe schwere Zeiten durchgemacht. Laure verstehe ihn nicht. Sie setze seine finanzielle Abhängigkeit als Waffe gegen ihn ein. Seit drei Jahren versuchten sie vergeblich, ein Kind zu bekommen, und auch für diesen Misserfolg mache sie ihn verantwortlich. Sie habe von Scheidung gesprochen.

Yannick war der Meinung, all das würde sich ändern, wenn ich ihnen die Kladde meiner Mutter auslieh. Laure brauche etwas, womit sie sich beschäftigen könne. Ein neues Projekt. Ich könne doch gewiss nicht so herzlos sein, ihnen meine Unterstützung zu verweigern.

Den zweiten Brief verbrannte ich ungeöffnet. Vielleicht war es der Gedanke an Noisettes knappe, sachliche Briefe aus Kanada, die mir die Vertraulichkeiten meines Neffen so erbärmlich und peinlich erscheinen ließen. Mehr davon konnte ich nicht verkraften. Unbeirrt bereiteten Paul und ich uns auf eine letzte Belagerungsaktion vor.

Ich bin mir nicht sicher, was wir erwarteten; es war die reine Sturheit, die uns dazu brachte weiterzumachen. Vielleicht wollte ich einfach den Sieg davontragen, so wie in jenem letzten Sommer in Les Laveuses. Vielleicht war es der Kampfgeist meiner Mutter in mir, der sich weigerte, sich unterkriegen zu lassen. Wenn ich jetzt aufgab, sagte ich mir, wäre ihr Opfer sinnlos gewesen. Ich kämpfte für uns beide, überzeugt, dass selbst meine Mutter stolz auf mich gewesen wäre.

Nie hätte ich mir träumen lassen, dass Paul mir einmal eine solch unschätzbare Stütze sein würde. Das Café zu beobachten war seine Idee gewesen, und er war es auch, der die Telefonnummer auf der Rückseite des Imbisswagens entdeckte. Während jener Monate verließ ich mich voll und ganz auf ihn und seinen Rat. Auf seine Art machte er sich unentbehrlich. Er putzte Gemüse für das Abendessen, holte Brennholz und nahm Fische aus. Obwohl nur noch wenige Gäste die Crêperie aufsuchten – an Wochentagen machte ich gar nicht mehr auf, und auch an den Wochenenden ließen sich nur die treuesten Stammkunden nicht durch die Anwesenheit der Imbissbude vergraulen –, harrte er dort regelmäßig aus, spülte das Geschirr und schrubbte den Boden. Und meistens tat er all das schweigend; es war das angenehme Schweigen großer Vertrautheit, das einfache Schweigen der Freundschaft.

»Du sollst dich nicht verändern«, sagte er schließlich.

Ich wollte gehen, aber er hielt meine Hand und ließ sie nicht mehr los. Auf seiner Baskenmütze und in seinem Schnurrbart glitzerten Regentropfen.

»Ich glaube, ich hab was«, erklärte Paul.

»Was?« Vor lauter Erschöpfung war ich ganz heiser. Ich wollte nur noch schlafen. »Wovon redest du?«

»Vielleicht ist es ja gar nichts«, sagte er bedächtig und so langsam, dass ich hätte schreien können. »Warte hier. Ich möchte nur was nachsehen.«

»Hier?« Ich kreischte schon fast. »Paul, warte –«

Doch er war schon unterwegs, schlich mit der Behändigkeit eines Wilddiebs auf die Tür des Schankraums zu. Dann war er verschwunden.

»Paul!«, zischte ich wütend. »Paul, glaub ja nicht, dass ich hier draußen auf dich warte! Verdammt, Paul!«

Aber ich wartete. Während der Regen allmählich durch meinen guten Wintermantel drang, mir von den Haaren in den Kragen tropfte und kalt zwischen meinen Brüsten hinunterlief, hatte ich reichlich Zeit nachzudenken. Nein, ich hatte mich in all den Jahren wirklich nicht sehr geändert.

8

CASSIS, REINETTE UND ICH HATTEN SCHON ÜBER EINE Stunde gewartet, als sie endlich auftauchten. Seit wir am Hintereingang des La Rép angekommen waren, bemühte Cassis sich nicht mehr, den Gleichgültigen zu spielen, sondern spähte gespannt durch den Türspalt und schob uns jedes Mal zur Seite, wenn wir versuchten, auch einen Blick zu erhaschen. Meine Neugier hielt sich in Grenzen. Solange Tomas nicht da war, gab es für mich sowieso nichts Interessantes zu sehen. Aber Reinette ließ nicht locker.

»Ich will auch mal gucken«, quengelte sie. »Cassis, du gemeiner Kerl, lass mich *auch* mal gucken!«

»Da ist doch nichts los«, sagte ich ungehalten. »Bloß alte Männer an Tischen und diese beiden Flittchen mit ihren roten Lippen.« Ich hatte nur kurz hineingeschaut, aber noch heute erinnere ich mich an jede Einzelheit. Agnès am Klavier und Colette in einer engen, grünen Wickeljacke, unter der sich ihre prallen Brüste wie Kanonenkugeln abzeichneten. Ich weiß noch genau, wo sich jeder Einzelne befand: Martin und Jean-Marie Dupré spielten mit Philippe Hourias Karten, und es sah ganz so aus, als würden sie ihn wieder mal ausnehmen. Henri Lemaître saß mit einem Bier am Tresen und starrte die Frauen an. François Ramondin und Arthur Lecoz, Juliens Vetter, saßen in einer Ecke und plauderten mit Julien Lanicen und Auguste Truriand, und der alte Gustave Beauchamp hockte allein am Fenster, die Baskenmütze über seine behaarten Ohren gezogen, im Mund eine kurze Pfeife. Ich erinnere mich an jeden Einzelnen von ihnen. Wenn ich mich konzentriere, kann ich Philippes Mütze neben ihm auf dem Tresen liegen sehen, den Tabakrauch – damals wurde der kostbare Tabak mit Löwenzahnblättern gestreckt, sodass er stank wie ein Feuer aus feuchtem Holz – und den Zichorienkaffee riechen. Es ist eine Szene wie in einem Stillleben, der goldene Glanz der Nostalgie überstrahlt von dunkelrot züngelnden Flammen. Oh, ich erinnere mich sehr gut, aber ich wünschte, ich könnte das alles vergessen.

Als sie endlich kamen, waren wir vom langen Stehen ganz steif und hatten schlechte Laune, Reinette war den Tränen nahe. Cassis hatte die ganze Zeit durch den Türspalt gespäht, und wir beide hatten eine Stelle an einem der schmutzigen Fenster gefunden. Ich hörte sie als Erste, das Geräusch von Motorrädern, die sich aus Richtung Angers näherten. Vier Motorräder. Wir hätten damit rechnen müssen, dass sie Frauen dabei hatten. Wenn wir damals in Mutters Kladde hätten lesen können, hätten wir es gewusst, aber wir waren ahnungslos, und die Wahrheit versetzte uns einen leichten Schock. Vielleicht weil wir, als sie das Café betraten, merkten, dass es sich um ganz normale Frauen handelte, nicht besonders hübsch und noch nicht mal besonders jung. Sie trugen enge Twinsets und falsche Perlen, eine hielt ihre hochhackigen Schuhe in der Hand, eine andere kramte in ihrer Handtasche herum. Ich hatte Glamour erwartet. Aber das waren ganz normale Frauen, Frauen wie meine Mutter, mit hageren Gesichtern, die Haare mit Spangen aufgesteckt, den Rücken wegen der hohen Absätze unnatürlich gebogen. Drei normale Frauen.

Reinette bekam vor Staunen den Mund nicht mehr zu. »Seht euch bloß diese Schuhe an!« Ihr Gesicht, das sie gegen die schmutzige Fensterscheibe drückte, glühte vor Entzücken und Bewunderung. Offenbar nahm meine Schwester andere Dinge wahr als ich; sie sah immer noch Filmstarglamour in den Nylonstrümpfen, den Kroko-Handtaschen, den Straußenfedern, den Strass-Ohrringen und den kunstvollen Frisuren. Hingerissen murmelte sie vor sich hin: »Seht euch diesen Hut an! Ohhh! Dieses Kleid! *Ohh!*«

Cassis und ich schenkten ihr keine Beachtung. Mein Bruder musterte die Kästen, die auf einem der Motorräder transportiert worden waren. Ich beobachtete Tomas.

Er stand abseits von den anderen, einen Ellbogen auf den Tresen gestützt. Ich sah ihn etwas zu Raphaël sagen, der daraufhin begann, mehrere Gläser Bier zu zapfen. Heinemann, Schwartz und Hauer setzten sich mit den Frauen an einen freien Tisch am Fenster. Ich bemerkte, wie der alte Gustave sein Glas nahm und sich mit einem angewiderten Gesichtsausdruck in die hinterste Ecke des Raums zurückzog. Die anderen Gäste benahmen sich, als wären sie solche Besucher gewöhnt, manche nickten den Deutschen sogar zum Gruß zu. Henri konnte kein Auge von den drei Frauen lassen. Plötzlich erfüllte es mich mit Genugtuung, dass Tomas nicht in Begleitung einer Frau war. Er blieb noch eine Weile am Tresen stehen und unterhielt sich mit Raphaël, was mir Gelegenheit bot, seinen Gesichtsausdruck zu beobachten, seine Gesten, die lässige Art, wie er dastand, die Mütze in den Nacken geschoben, die Uniformjacke offen. Raphaël sagte wenig, sein Blick wirkte höflich distanziert. Tomas schien seine Abneigung zu spüren, amüsierte sich jedoch eher darüber, als dass er sich ärgerte. Er hob sein Glas und prostete Raphaël mit leicht spöttischer Miene zu. Agnès begann, auf dem Klavier zu spielen, eine Walzermelodie mit einem hölzernen Plink-Plink bei den hohen Tönen, wo eine Taste beschädigt war.

Cassis fing an sich zu langweilen.

»Hier passiert ja überhaupt nichts«, knurrte er. »Los, gehen wir.«

Aber Reinette und ich waren fasziniert, sie von den Lichtern, dem Schmuck, den Gläsern, den rot lackierten Fingernägeln, einer eleganten Zigarettenspitze, und ich ... von Tomas natürlich. Es spielte keine Rolle, ob sich irgendetwas ereignete. Es hätte mir ebenso viel Vergnügen bereitet, ihm beim Schlafen zuzusehen. Die anderen Deutschen tranken ein Bier nach dem anderen, der dicke Schwartz hatte eine Frau auf dem Schoß. Mit einer Hand schob er ihren Rock immer höher, sodass ich die rosafarbenen Strapse sehen konnte, die ihre braunen Nylonstrümpfe hielten. Henri hatte sich mittlerweile etwas näher an die Deutschen herangepirscht und beglotzte die Frauen, die über jeden Scherz kreischten wie Pfauen. Die Kartenspieler hatten ihr Spiel unterbrochen, um das Treiben zu beobachten. Jean-Marie, der das meiste Geld gewonnen zu haben schien, schlenderte auf Tomas zu, schob ein paar Geldscheine über den Tresen. Raphaël brachte weitere Getränke an den Tisch. Einmal schaute Tomas sich kurz zu den Trinkern um und lächelte. Ich nehme an, ich war die Einzige, die etwas von der Transaktion zwischen Tomas und Jean-Marie mitbekam – ein Lächeln, kurzes Gemurmel, ein Zettel über den Tresen geschoben, den Tomas schnell in seiner Tasche verschwinden ließ. Ich wunderte mich nicht. Tomas machte mit jedem Geschäfte. Darauf verstand er sich. Wir sahen eine Stunde lang dem Treiben zu und warteten. Ich glaube, Cassis war im Stehen eingeschlafen. Eine Zeit lang spielte Tomas auf dem Klavier, und Agnès sang dazu, aber ich stellte mit Befriedigung fest, dass er wenig Interesse an den Frauen zeigte, die um ihn herumscharwenzelten. Ich war stolz auf ihn. Tomas hatte einen besseren Geschmack.

Mittlerweile waren alle ziemlich betrunken. Raphaël stellte eine Flasche Cognac auf den Tresen, und sie tranken ihn aus Kaffeetassen, aber ohne Kaffee. Hauer und die Dupré-Brüder begannen ein Kartenspiel, Philippe und Colette schauten zu. Es wurde um die Getränke gespielt. Ich hörte sie lachen, als Hauer schon wieder verlor, doch er machte sich nichts draus, da die Getränke bereits bezahlt waren. Eine der Frauen aus der Stadt stolperte über ihre eigenen Füße und blieb kichernd auf dem Boden sitzen. Die Haare fielen ihr ins Gesicht. Nur Gustave Beauchamp hielt sich von dem Trubel fern, er lehnte sogar die Tasse Cognac ab, die Philippe ihm anbot. Einmal begegnete er Hauers Blick und murmelte etwas vor sich hin, doch Hauer verstand ihn nicht. Er musterte ihn nur einen Moment lang kühl, dann wandte er sich wieder dem Spiel zu. Wenige Minuten später jedoch geschah das Gleiche noch einmal, und diesmal stand Hauer auf und griff nach der Pistole, die in seinem Gürtel steckte. Der alte Mann starrte ihn grimmig an, die Pfeife zwischen seinen gelben Zähnen wie das Geschützrohr eines alten Panzers.

Einen Augenblick lang herrschte lähmende Stille. Ich sah, wie Raphaël einen Schritt auf Tomas zu machte, der das Geschehen mit einem amüsierten Lächeln beobachtete. Ich dachte schon, er wollte nichts unternehmen, bloß um zu sehen, was als Nächstes passieren würde. Der alte Mann und der Deutsche standen einander gegenüber, Hauer fast zwei Köpfe größer als Gustave, seine Augen blutunterlaufen, und die Venen auf seiner Stirn wie Regenwürmer, die sich über seine gebräunte Haut schlängelten. Tomas grinste Raphaël an. *Was meinst du?*, schien das

Grinsen zu sagen. *Es wär doch schade, jetzt einzugreifen, wo's gerade spannend wird. Oder?* Dann ging er fast lässig auf seinen Freund zu, während Raphaël den alten Mann aus der Gefahrenzone brachte. Ich weiß nicht, was Tomas gesagt hat, aber ich glaube, er hat dem alten Gustave das Leben gerettet, als er einen Arm um Hauers Schultern legte und mit der anderen Hand auf die Kästen deutete, die sie auf dem vierten Motorrad mitgebracht hatten, die schwarzen Kästen, die Cassis so neugierig gemacht hatten und die jetzt neben dem Klavier standen und darauf warteten, geöffnet zu werden.

Hauer warf Tomas einen wütenden Blick zu, die Augen in seinem fetten Gesicht verengten sich zu Schlitzen. Dann sagte Tomas etwas, und Hauer entspannte sich, brach in lautes Gelächter aus, das das plötzlich entstehende Stimmengewirr im Schankraum übertönte. Gustave schlurfte zurück in seine Ecke, während alle anderen sich um das Klavier versammelten.

Eine ganze Weile sah ich nichts als die Rücken der Leute, die sich um die Kisten drängten. Dann hörte ich ein Geräusch, einen klaren, hellen Ton, und als Hauer sich umdrehte, hielt er eine Trompete in der Hand. Schwartz hatte eine Trommel und Heinemann eine Klarinette. Die Frauen machten Platz, damit Agnès sich ans Klavier setzen konnte, und dann sah ich Tomas mit einem Saxophon, das er wie eine exotische Waffe an einem Riemen über der Schulter trug. Zuerst hielt ich es tatsächlich für eine Waffe. Neben mir hörte ich Reinette einen Seufzer der Bewunderung ausstoßen. Cassis, plötzlich wieder hellwach, schob mich zur Seite, um besser sehen zu können. Er war es auch, der uns erklärte, was das alles für Instrumente waren. Wir hatten keinen Plattenspieler zu Hause, aber Cassis erinnerte sich noch an die Musik, die wir im Radio gehört hatten, als das noch nicht verboten war, und er hatte in seinen geliebten Zeitschriften Fotos von Glenn Miller und seiner Band gesehen.

»Das da ist eine Klarinette.« Er klang plötzlich wie ein kleiner Junge, wie Reinette, die über die Schuhe der Frauen in Verzückung geriet. »Und Tomas hat ein Saxophon. Wo haben sie die bloß her? Sie müssen sie beschlagnahmt haben. Tomas treibt doch wirklich alles auf ... Hoffentlich spielen sie ein bisschen, hoffentlich –«

Ich weiß nicht, wie gut sie spielten. Ich hatte keine Vergleichsmöglichkeit, und wir waren so aufgeregt und begeistert, dass uns alles beeindruckt hätte. Ich weiß, heute klingt das lächerlich, aber damals hörten wir so selten Musik – das Klavier im Café, die Orgel in der Kirche, falls man hinging, Denis Gaudins Geige am 14. Juli oder beim Mardi Gras, wenn wir auf den Straßen tanzten. Nachdem der Krieg angefangen hatte, wurden die Gelegenheiten seltener, aber eine Zeit lang gab es noch Musik, bis auch Denis Gaudins Geige beschlagnahmt wurde wie alles andere. Aber jetzt ertönte Musik aus dem Schankraum – exotische, fremde Klänge, die mit dem Klaviergeklimpere im Café so viel gemein hatten wie Opernmusik mit Hundegebell –, und wir drückten uns näher ans Fenster, um keinen Ton zu verpassen. Anfangs waren es kaum mehr als leise, klagende Töne – wahrscheinlich stimmten sie die Instrumente, aber das wussten wir nicht –, dann begannen sie, eine helle, klare Melodie zu spielen, vielleicht irgendein Jazzstück. Zum leichten Rhythmus der Trommel und dem kehligen Gurgeln der Klarinette blies Tomas auf dem Saxophon eine Folge von Tönen so hell wie Christbaumkerzen. Sanft klagend, heiser flüsternd schwebten sie über dem schräg klingenden Ganzen auf und ab wie eine auf wundersame Weise verzauberte menschliche Stimme, die Zartheit, Dreistigkeit, Schmeichelei und Trauer zugleich zum Ausdruck brachte.

Die Erinnerung ist natürlich sehr subjektiv. Vielleicht kommen mir deshalb die Tränen, wenn ich an die Musik denke, Musik vom anderen Ende der Welt. Wahrscheinlich war sie nicht halb so schön, wie ich sie in Erinnerung habe – ein Haufen betrunkener Deutscher, die ein paar Takte Jazz auf gestohlenen Instrumenten spielten –, aber für mich war es Zauberei. Auf die anderen Zuhörer muss die Musik eine ähnliche Wirkung gehabt haben, denn nach wenigen Minuten begannen sie zu tanzen, allein und in Paaren, die Stadtfrauen in den Armen der Dupré-Brüder, Philippe und Colette Wange an Wange. Es war eine Art zu tanzen, wie wir sie noch nie gesehen hatten, bei der die Tänzer herumwirbelten und das Becken kreisen ließen, die Füße verdrehten und mit dem Hintern gegen Tische stießen. Schrilles Gelächter mischte sich mit der Musik; selbst Raphaël schlug den Takt mit dem Fuß und vergaß, unbewegt dreinzuschauen. Ich weiß nicht, wie lange es ging, vielleicht eine Stunde, vielleicht nur ein paar Minuten. Wir tanzten draußen vor dem Fenster mit, hüpften und drehten uns wie kleine Dämone. Die Musik war *heiß*, und wir entflammten wie Alkohol auf einem Flambee, wir kreischten wie Indianer, denn bei dem Spektakel und dem Gejohle da drinnen konnten wir so viel Lärm machen, wie wir wollten, ohne dass uns jemand hörte. Zum Glück behielt ich das Fenster die ganze Zeit im Auge, denn auf einmal sah ich, wie der alte Gustave den Schankraum verließ. Ich warnte die anderen, und wir schafften es gerade rechtzeitig, hinter die Mauer zu springen, bevor der alte Mann mit seiner Pfeife in die Dunkelheit hinaustrat. Er war betrunken, aber noch bei Kräften. Ich glaube, er hatte uns gehört, denn er blieb an der Mauer stehen und spähte in die Büsche, wobei er sich mit einer Hand abstützte, um nicht vornüberzufallen.

»Wer ist da?«, fragte er. »Ist da jemand?«

Wir kauerten am Boden und hielten die Luft an, um nicht zu kichern.

»Ist da jemand?«, fragte Gustave noch einmal. Dann, anscheinend beruhigt, murmelte er etwas Unverständliches vor sich hin, klopfte seine Pfeife an der Mauer aus. Ein Funkenregen rieselte auf uns herab. Schnell hielt ich Reinette den Mund zu, um sie am Schreien zu hindern. Stille. Wir warteten mit angehaltenem Atem. Dann hörten wir ihn gegen die Mauer pissen und zufrieden grunzen. Ich grinste. Kein Wunder, dass er so besorgt gewesen war, es könnte jemand da sein. Cassis stieß mir einen Ellbogen in die Rippen. Reine verzog angewidert das Gesicht. Schließlich hörten wir, wie er seinen Gürtel zuschnallte und in Richtung Café schlurfte. Wir warteten noch einige Minuten ab.

»Wo ist er?«, flüsterte Cassis. »Er ist noch nicht drin. Das hätten wir gehört.«

Ich zuckte die Achseln. Im schwachen Mondlicht konnte ich sehen, wie Cassis vor Angst schwitzte. Ich deutete auf die Mauer. »Geh doch nachsehen«, flüsterte ich. »Vielleicht ist er ja in Ohnmacht gefallen.«

Cassis schüttelte den Kopf. »Vielleicht hat er uns entdeckt«, knurrte er, »und wartet nur darauf, dass einer von uns sich zeigt.«

Wieder zuckte ich mit den Schultern, dann erhob ich mich und spähte vorsichtig über die Mauer. Der alte Gustave war nicht in Ohnmacht gefallen, sondern saß mit dem Rücken zu uns auf seinem Stock und beobachtete das Café. Er rührte sich nicht.

»Und?«, fragte Cassis, als ich mich wieder hinter die Mauer duckte.

Ich erzählte ihm, was ich gesehen hatte.

»Was *macht* er denn?«, fragte Cassis ungehalten.

Ich schüttelte den Kopf.

»Der verdammte Idiot! Seinetwegen müssen wir noch die ganze Nacht hier bleiben!«

Ich legte einen Finger an die Lippen. »*Schsch*. Da kommt einer.«

Der alte Gustave musste es auch gemerkt haben, denn als wir uns tiefer in die Brombeerranken drückten, hörten wir ihn über die Mauer kommen. Er bewegte sich nicht so leise wie wir, und wenn er ein paar Meter weiter links gesprungen wäre, wäre er direkt auf unseren Köpfen gelandet. So fiel er mitten in die Sträucher. Er fluchte und schlug mit seinem Stock um sich, während wir noch tiefer in die Büsche krochen. Wir befanden uns in einer Art engem Tunnel aus Brombeerranken und Klebkraut, und es sah so aus, als könnte es uns gelingen, auf diesem Weg bis zur Straße zu gelangen. Dann bräuchten wir nicht zurück über die Mauer zu klettern und könnten ungesehen in die Dunkelheit entkommen.

Ich war schon fast entschlossen, es zu versuchen, als ich jenseits der Mauer Stimmen hörte. Eine davon gehörte einer der Frauen, die andere war eine Männerstimme und sprach Deutsch. Ich kannte sie: Es war die von Schwartz. Aus dem Café drang noch immer Musik, und ich nahm an, dass der Soldat und seine Freundin unbemerkt nach draußen geschlüpft waren. Von meinem Versteck zwischen den Brombeeren aus konnte ich sie als dunkle Schemen erkennen. Ich bedeutete Cassis und Reinette, sich nicht von der Stelle zu rühren. Ein Stück weiter kauerte Gustave an der Mauer und lugte durch einen Spalt zwischen den Steinen. Er hatte uns immer noch nicht bemerkt. Ich hörte das Lachen der Frau, schrill und nervös, dann Schwartz' belegte Stimme. Klein und dick wie er war, wirkte er neben der schlanken Frau wie ein Troll, und so wie er sich über sie beugte, konnte man meinen, er wollte seine Zähne in ihren Hals schlagen. Im Mondlicht sah ich, wie Schwartz' große Hände an ihrer Bluse herumfummelten – »Liebchen, Liebling« –, und ihr Lachen wurde noch schriller, als sie ihm ihre Brüste präsentierte. Sie waren nicht mehr allein. Eine dritte Gestalt tauchte auf, doch der Deutsche schien sich nicht darüber zu wundern, denn er nickte dem Hinzugekommenen kurz zu, um sich dann wieder über die Frau herzumachen. Der andere Mann schaute zu, seine lüsternen Augen funkelten im Halbdunkel wie die eines Tiers. Es war Jean-Marie Dupré.

Damals kam ich nicht auf die Idee, dass Tomas das alles arrangiert haben könnte. Die Frau als Tauschware, vielleicht für einen kleinen Gefallen oder für ein Pfund Kaffee. Ich sah keinen Zusammenhang zwischen dem, was sich im Café zwischen den beiden Männern abgespielt hatte, und dem, was hier draußen geschah. Im Grunde begriff ich gar nicht, was die drei dort im Dunkeln trieben. Cassis hätte es mir natürlich erklären können, aber er hockte immer noch mit Reinette hinter der Mauer. Ich winkte ihm zu, denn dies schien mir eine günstige Gelegenheit für uns zu sein, die Flucht zu ergreifen. Er nickte und schlich durch das Gebüsch zu mir herüber, während Reinette im Schatten der Mauer hocken blieb. Wir konnten nur noch ihre weiße Bluse erkennen.

»Verdammt. Warum kommt sie nicht?«, zischte Cassis. Der deutsche Soldat und die Frau standen jetzt so dicht an der Mauer, dass wir kaum noch sehen konnten, was vor sich ging. Jean-Marie hielt sich in ihrer Nähe auf – nah genug, um zusehen zu können, dachte ich, und auf einmal kam ich mir selbst ganz schlecht vor, mir wurde regelrecht übel –, und ich konnte sie atmen hören, den schweren, keuchenden Atem des Deutschen, den heiseren, erregten Atem des Zuschauers und dazwischen die spitzen, halb unterdrückten Schreie der Frau. Plötzlich war ich froh, dass ich nicht sehen konnte, was die drei Erwachsenen trieben, froh, dass ich zu jung war, um zu begreifen, denn es kam mir alles so hässlich vor, so schmutzig, dennoch schienen sie es zu genießen, den Blick glasig und den Mund weit geöffnet wie Fische. Jetzt schubste der Deutsche die Frau mit kurzen, heftigen Stößen gegen die Mauer, sie quiekte »*Ah! Ah! Ah!*«, und er knurrte »*Liebchen, ja, Liebling, ah ja.*« Am liebsten wäre ich aufgesprungen und davongelaufen, mein ganzer Mut hatte mich verlassen, ich empfand nur noch Panik. Doch dann urplötzlich verstummten die Geräusche und eine Männerstimme sagte laut in die Dunkelheit: »*Wer ist da?*«

In dem Augenblick geriet Reinette, die sich langsam auf uns zu bewegt hatte, ebenfalls in Panik. Offenbar glaubte sie, entdeckt worden zu sein, und anstatt sich mucksmäuschenstill zu verhalten, wie wir es getan hatten, als Gustave aus dem Café gekommen war, sprang sie auf, um loszurennen, erschrak jedoch, als ihre weiße Bluse im Mondlicht aufleuchtete, und fiel mit einem Aufschrei in die Brombeerranken. Offenbar knickte sie dabei mit dem Fuß um, denn sie blieb heulend am Boden sitzen, umklammerte ihren Knöchel und schaute hilflos zu uns herüber.

Cassis reagierte schnell. Leise fluchend rannte er durch die Büsche, die Zweige der Holundersträucher schlugen ihm ins Gesicht, und ohne sich noch einmal zu uns umzudrehen, sprang er über die Mauer und verschwand in Richtung Straße.

»*Verdammt!*« Es war Schwartz. Ich sah sein bleiches Mondgesicht über der Mauer auftauchen und machte mich so klein wie möglich. »*Wer war das?*«

Hauer, der nach draußen gekommen war, schüttelte den Kopf. »*Weiß nicht. Da drüben!*« Drei Gesichter erschienen über der Mauer. Ich konnte nichts tun, als mich im Schutz der Büsche still zu verhalten und zu hoffen, dass Reinette sich möglichst bald in Sicherheit bringen konnte. Auf jeden Fall war ich nicht einfach weggelaufen, dachte ich verächtlich, so wie Cassis. Verschwommen nahm ich wahr, dass die Musik im Café aufgehört hatte.

»Wartet, da ist immer noch jemand«, sagte Jean-Marie und spähte über die Mauer. Die Frau trat neben ihn, ihr Gesicht schimmerte blass im Mondlicht.

»Seht euch diese kleine Schlampe an!«, kreischte sie. »Du da! Steh auf! Ja, *du*, hinter der Mauer. Du bildest dir wohl ein, du könntest uns *ausspionieren*!« Ihre Stimme klang schrill und empört und vielleicht ein bisschen schuldbewusst. Reine stand langsam auf. So ein braves Mädchen, meine Schwester. Stets gehorsam, wenn die Stimme der Autorität ertönte. Das hatte sie nun davon. Ich hörte ihren schnellen, ängstlichen Atem. Die Bluse war ihr bei dem Sturz aus dem Rock gerutscht, und die Haare hingen ihr ins Gesicht.

Hauer sagte leise etwas auf Deutsch zu Schwartz. Der langte über die Mauer, um Reinette auf die andere Seite zu ziehen.

Im ersten Moment widersetzte sie sich nicht. Sie hatte noch nie besonders schnell geschaltet, und ganz ohne Zweifel war sie die Unterwürfigste von uns dreien. Ein Befehl von einem Erwachsenen, und sie gehorchte.

Dann schien sie zu begreifen. Vielleicht lag es an Schwartz' Händen, die sie packten, vielleicht hatte sie auch verstanden, was Hauer gemurmelt hatte, jedenfalls begann sie sich zu wehren. Zu spät. Während Hauer sie festhielt, zog Schwartz ihr die Bluse aus. Ich sah sie wie ein weißes Banner über die Mauer segeln. Dann rief eine andere Stimme – ich glaube, es war die von Heinemann – etwas auf Deutsch, und gleich darauf begann meine Schwester vor Angst laut zu schreien. Für einen kurzen Moment sah ich ihr Gesicht, sah, wie ihre Haare flogen, wie sie verzweifelt um sich schlug und wie Schwartz bierselig grinste.

Dann verschwand sie aus meinem Blickfeld. Hinter der Mauer hörte ich das lüsterne Grunzen der Männer und die schrille Stimme der Frau, die triumphierend rief: »Das geschieht ihr ganz recht, der kleinen Schlampe, das geschieht ihr recht!«

Und im Hintergrund das Gelächter, das Hihihi, das mich heute noch manchmal im Schlaf verfolgt, und das Spiel des Saxophons, die Töne, die wie eine menschliche Stimme klangen, wie seine Stimme.

Ich zögerte ungefähr dreißig Sekunden lang. Länger nicht, obwohl es mir wie eine Ewigkeit vorkam. Ich biss mir auf die Knöchel, um mich zu konzentrieren. Cassis hatte die Flucht ergriffen. Ich war erst neun. Was konnte ich tun?, fragte ich mich. Aber auch wenn ich kaum begriff, was vor sich ging, wusste ich, dass ich meine Schwester nicht im Stich lassen durfte. Ich richtete mich auf und öffnete den Mund, um zu schreien – schließlich war Tomas in der Nähe und würde sofort eingreifen –, doch jemand kletterte bereits schwerfällig über die Mauer und fing an, mit einem Stock wütend auf die Zuschauer einzuschlagen. Jemand, der heiser brüllte: »Dreckiger Boche! Dreckige Boche!«

Es war Gustave Beauchamp.

Ich duckte mich wieder ins Gebüsch. Jetzt konnte ich nicht mehr viel erkennen, aber ich sah, wie Reinette sich ihre Bluse schnappte und wimmernd auf die Straße zu lief. Ich hätte ihr folgen können, doch die Neugier und das Hochgefühl, das mich erfüllte, als ich die vertraute Stimme hörte, hielten mich zurück. »Schluss jetzt! Schluss jetzt!«

Mir blieb fast das Herz stehen.

Tomas bahnte sich seinen Weg durch die kleine Menschenansammlung und redete auf Französisch und Deutsch beschwichtigend auf die Männer ein.

»Schluss jetzt, beruhigt euch. *Verdammt nochmal.* Hör auf, Franz, es reicht für heute.« Dann ertönten Hauers ärgerliche Stimme und verdatterte Proteste von Schwartz.

Mit vor Wut zitternder Stimme schrie Hauer Gustave an: »Das ist das zweite Mal heute Abend, dass du dich mit mir anlegst, du altes Arschloch!«

Tomas brüllte etwas Unverständliches, es folgte ein lauter Schrei von Gustave, der ganz plötzlich abbrach, gleich darauf ein Geräusch wie von einem Mehlsack, der auf einen Steinfußboden fällt, dann ein lautes Krachen, dann Stille, so schockierend wie eine eisige Dusche.

Die Stille hielt fast eine Minute an. Niemand sagte ein Wort. Niemand rührte sich.

Schließlich erklärte Tomas lässig: »Alles in Ordnung. Geht wieder rein, trinkt euer Bier aus. Der Wein ist ihm wohl nicht bekommen.«

Ich hörte Gemurmel, Geflüster, aufgeregtes Getuschel. Eine Frau, ich glaube, es war Colette, sagte: »Seine Augen ...«

»Das ist der Alkohol«, meinte Tomas leichthin. »Ein alter Trottel. Merkt nicht, wenn er genug getrunken hat.« Sein Lachen klang absolut überzeugend, doch ich wusste, dass er log. »Franz, du bleibst hier und hilfst mir, ihn nach Hause zu schaffen. Uli, bring die anderen rein.«

Kurz darauf ertönte wieder Klaviermusik aus dem Café, begleitet von einer Frauenstimme, die ein bekanntes Lied sang. Sobald sie allein waren, begannen Tomas und Hauer, aufgeregt miteinander zu flüstern.

»Leibniz, wir müssen –«

»Halt's Maul!«, fiel Tomas Hauer rüde ins Wort. Er ging zu der Stelle hinüber, wo der alte Mann gestürzt war, und kniete sich hin. Ich hörte, wie er leise auf Gustave einredete. »Los, Alter, wach auf«, sagte er auf Französisch.

Hauer zischte ihm etwas auf Deutsch zu, was ich nicht

verstand. Dann sagte Tomas etwas, langsam und deutlich, und in einem Tonfall, dass ich die Bedeutung erfasste, ohne die Worte zu verstehen. Voller Verachtung sagte er: »Gut gemacht, Franz. Er ist tot.«

9

»Keine Tabletten mehr.« Sie muss vollkommen verzweifelt gewesen sein. In jener schrecklichen Nacht, überall um sie herum Orangengeruch und nichts, was ihr Erleichterung verschaffen konnte.

»Ich würde meine Kinder verkaufen, um eine Nacht schlafen zu können.«

Dann, unter einem aus einer Zeitschrift ausgeschnittenen Rezept, in so winziger Schrift, dass ich ein Vergrößerungsglas brauchte, um es zu entziffern:

TL war nochmal da. Sagt, es hat Probleme im La Rép gegeben. Ein paar Soldaten, die außer Kontrolle geraten sind. Meinte, R.-C. könnte etwas gesehen haben. Hat Tabletten gebracht.

Konnte es sich dabei um 30 hoch dosierte Morphiumtabletten gehandelt haben? Für ihr Schweigen. Oder waren die Tabletten für etwas ganz anderes?

10

Nach einer halben Stunde kam Paul aus dem Café zurück. Er machte ein schuldbewusstes Gesicht, wie ein Mann, der damit rechnet, gerügt zu werden, und er roch nach Bier.

»Ich musste was trinken«, erklärte er verlegen. »Es wäre aufgefallen, wenn ich nur dagesessen und sie angestarrt hätte.«

Inzwischen war ich völlig durchnässt und ziemlich gereizt. »Und? Was hast du Großartiges rausgefunden?«

Paul zuckte die Achseln. »Vielleicht ist es gar nichts«, sagte er nachdenklich. »Ich würde lieber ... äh ... noch ein paar Dinge überprüfen, bevor ich dir Hoffnung mache.«

Ich sah ihm in die Augen. »Paul Désiré Hourias. Ich habe eine Ewigkeit im Regen auf dich gewartet. Ich habe hinter diesem stinkigen Café gestanden und auf Dessanges gewartet, weil du meintest, wir könnten etwas in Erfahrung bringen. Ich habe mich nicht ein *einziges* Mal beschwert –« Er warf mir einen spöttischen Blick zu, den ich jedoch ignorierte. »Das macht mich regelrecht zu einer *Heiligen*«, erklärte ich streng. »Aber wenn du dich unterstehst, mich im Unklaren zu lassen, wenn du auch nur in *Erwägung* ziehst, mich –«

Paul winkte schläfrig ab. »Woher weißt du eigentlich, dass ich mit zweitem Namen Désiré heiße?«
»Ich weiß alles«, erwiderte ich ohne zu lächeln.

11

Ich weiss nicht, was sie getan haben, nachdem wir weggelaufen waren. Ein paar Tage später wurde Gustaves Leiche bei Courlé von einem Angler aus der Loire gezogen. Die Fische hatten sich schon über ihn hergemacht. Niemand im Dorf verlor ein Wort über das, was hinter dem Café de la Mauvaise Réputation geschehen war, doch die Brüder Dupré wirkten verschlossener denn je, und im Café war es neuerdings ungewöhnlich still. Reinette erwähnte nichts von dem Vorfall, und ich gab vor, gleich nach Cassis weggelaufen zu sein, sie ahnte also nicht, dass ich alles gesehen hatte. Aber sie hatte sich verändert, wirkte kühl, beinahe aggressiv. Wenn sie sich unbeobachtet fühlte, betastete sie immer wieder ihr Haar und ihr Gesicht, wie um zu überprüfen, ob noch alles da war. Mehrere Tage lang ging sie, wegen Bauchschmerzen, wie sie sagte, nicht in die Schule.

Überraschenderweise gab sich Mutter sehr fürsorglich. Sie saß stundenlang an Reines Bett, brachte ihr heiße Milch mit Honig und redete leise und eindringlich auf sie ein. Sie hatte das Bett meiner Schwester in ihr Zimmer gestellt, etwas, was sie noch nie bei einem von uns getan hatte. Einmal sah ich, wie sie ihr zwei Tabletten gab, die Reinette widerwillig schluckte. Von meinem Lauschposten hinter der Tür schnappte ich ein paar Fetzen ihres Gesprächs auf, meinte, das Wort »Fluch« zu hören. Nachdem sie die Pillen genommen hatte, war Reinette ein paar Tage lang ziemlich krank, erholte sich jedoch wieder, und fortan wurde nicht mehr über den Vorfall gesprochen.

In der Kladde steht kaum etwas darüber. Auf einer Seite notiert meine Mutter unter einer gepressten Ringelblume und einem Rezept für Wermuttee: »R.-C. wieder gesund.« Aber die ganze Geschichte kommt mir nach wie vor verdächtig vor. Könnte es sich bei den Tabletten um eine Art Abführmittel gehandelt haben? Um ein Mittel gegen eine ungewollte Schwangerschaft? Waren das die Tabletten, die meine Mutter in der Kladde erwähnt? Und ist mit TL Tomas Leibniz gemeint?

Ich nehme an, Cassis hat etwas geahnt, aber er war viel zu sehr mit sich selbst beschäftigt, um Reinette besondere Aufmerksamkeit zu schenken. Er machte Hausaufgaben, las in seinen Heften, spielte mit Paul im Wald und tat so, als wäre nichts geschehen. Für ihn traf das vielleicht auch zu.

Einmal versuchte ich, mit ihm zu reden.

»Etwas passiert? Was meinst du damit? Was soll denn schon passiert sein?« Wir saßen im Ausguck, aßen Butterbrote und lasen *Die Zeitmaschine*. Das war in jenem Sommer meine Lieblingsgeschichte, ich konnte nie genug davon bekommen. Cassis blickte zu mir herüber, vermied es jedoch, mir direkt in die Augen zu sehen.

»Ich weiß nicht.« Ich überlegte mir gut, was ich sagte, während ich ihn über das Buch hinweg beobachtete. »Ich meine, ich bin ja nur ein paar Minuten länger geblieben, aber –« Es fiel mir schwer, Worte zu finden, mit denen ich so etwas treffend hätte beschreiben können. »Sie hätten Reinette beinahe erwischt«, sagte ich lahm. »Jean-Marie und die anderen. Sie ... sie haben sie gegen die Mauer gedrückt, ihr die Bluse vom Leib gerissen.«

Aber es war noch mehr passiert, wenn ich nur gewusst hätte, wie ich es ausdrücken sollte. Ich versuchte, mich an das Entsetzen zu erinnern, an die Schuldgefühle, die mich plötzlich überkommen hatten, an das Gefühl, Zeugin eines geheimnisvollen, abscheulichen Geschehens zu werden. Aber es war alles so verschwommen, wie Bilder aus einem Traum.

»Gustave war auch da«, fuhr ich verzweifelt fort.

»Na und?«, raunzte Cassis gereizt. »Er war doch immer da, der alte Trottel. Das ist doch nichts Neues.« Er wich meinem Blick immer noch aus.

»Sie haben sich gestritten, sogar gekämpft.« Ich musste es sagen. Ich wusste, dass er es nicht hören wollte, sah, wie er krampfhaft in das Buch starrte und wünschte, ich würde endlich die Klappe halten.

Schweigen. Schweigend versuchte jeder, sich gegen den anderen durchzusetzen, er mit seinem Alter und seiner Erfahrung, ich mit dem Gewicht meines Wissensvorsprungs.

»Glaubst du vielleicht –«

In dem Augenblick ging er auf mich los, seine Augen funkelten vor Wut und Angst. »Was soll ich glauben, verdammt nochmal? *Was*? Hast du nicht schon genug angerichtet mit deinen *Geschäften* und deinen Plänen und deinen schlauen *Einfällen*?« Er keuchte vor Wut und Verzweiflung, sein Gesicht war dicht vor meinem. »Meinst du nicht, es reicht allmählich?«

»Ich weiß nicht, was –« Plötzlich war ich den Tränen nahe.

»Dann denk gefälligst *nach*, verdammt«, schrie Cassis. »Angenommen, du hast einen Verdacht. Angenommen, du weißt, wie der alte Gustave ums Leben gekommen ist.« Er hielt inne, um zu sehen, wie ich reagierte, dann fuhr er im Flüsterton fort: »Angenommen, du verdächtigst eine bestimmte Person. Wem willst du es denn erzählen? Hä? Der Polizei? Mutter? Der verdammten Fremdenlegion?«

Ich fühlte mich elend, aber ich zeigte es nicht, sondern hielt seinem Blick hochmütig stand.

»Wir können es keinem sagen«, erklärte Cassis ruhig. »Sie würden uns fragen, woher wir es wissen. Und wenn wir –« Er wandte den Blick ab. »Wenn wir *irgend*jemandem auch nur *ein* Wort sagen würden –« Plötzlich verstummte er und starrte wieder in das Buch.

»Gut, dass wir nur Kinder sind, nicht wahr?«, bemerkte er tonlos. »Kinder stellen alles Mögliche an, spielen Detektiv, was weiß ich. Jeder weiß, dass es nur ein Spiel ist, dass wir uns das alles nur ausdenken.«

Ich starrte ihn an. »Aber Gustave«, sagte ich.

»Ein alter Mann.« Cassis wiederholte, ohne es zu wissen, Tomas' Worte. »Er ist in den Fluss gefallen, oder? Er hatte zu viel getrunken. So was passiert alle Tage.« Mir lief ein kalter Schauer über den Rücken.

»Wir haben nichts gesehen«, sagte Cassis unbeirrt. »Du nicht, ich nicht und Reinette auch nicht. Es ist überhaupt nichts passiert, klar?«

Ich schüttelte den Kopf. »Ich hab aber was gesehen.«

Doch Cassis wandte sich ab und versteckte sich wieder hinter seinem Buch, wo Morlocks und Eloi einander auf dem sicheren Terrain des Romans bekriegten. Und jedes Mal, wenn ich ihn später auf das Thema ansprach, tat er so, als wüsste er nicht, wovon ich redete, oder als würde ich phantasieren. Mit der Zeit glaubte er das womöglich selbst.

Die Tage vergingen. Ich entfernte das Orangensäckchen aus dem Kopfkissen meiner Mutter, fischte das Glas mit den Orangenschalen aus dem Sardellenfass und vergrub es im Garten. Ich hatte das Gefühl, dass ich das alles nicht mehr brauchen würde.

»Zum ersten Mal seit Monaten«, schreibt sie, »um sechs Uhr früh aufgewacht. Seltsam, wie anders alles aussieht. Wenn man nicht schläft, kommt es einem so vor, als würde einem die Welt Stück für Stück entgleiten. Der Boden schwankt unter den Füßen. Die Luft ist voller winziger, glitzernder Körnchen. Ich habe das Gefühl, einen Teil von mir verloren zu haben, aber ich weiß nicht, welchen. Sie sehen mich mit so ernsten Augen an. Ich glaube, sie fürchten sich vor mir. Nur Boise nicht. Sie fürchtet sich vor nichts. Ich würde ihr gern sagen, dass das nicht ewig so bleiben wird.«

Wie Recht sie hatte. Ich wusste es in dem Augenblick, als Noisette geboren wurde – meine Noisette, so klug, so zäh, mir so ähnlich. Sie hat jetzt selbst ein Kind, eine Tochter, die ich nur von Fotos kenne. Sie heißt Pêche. Ich frage mich oft, wie sie zurechtkommen, allein und so weit weg von zu Hause. Noisette hat mich immer auf diese ganz bestimmte Weise angesehen, mit ihren strengen, dunklen Augen. Wenn ich's mir recht überlege, sieht sie meiner Mutter ähnlicher als mir.

Wenige Tage nach dem Tanzabend im La Rép kam Raphaël zu Besuch. Er erschien unter dem Vorwand, Wein kaufen zu wollen, aber wir wussten genau, was ihn herführte. Cassis hat es natürlich nicht zugegeben, doch Reine verriet sich durch ihren Blick. Raphaël wollte herausfinden, was wir wussten. Ich nehme an, er machte sich Sorgen, mehr noch als die anderen, denn es war schließlich sein Café, und er fühlte sich verantwortlich. Vielleicht vermutete er nur etwas. Oder vielleicht hatte jemand geplaudert. Jedenfalls war er fürchterlich nervös, als meine Mutter die Tür öffnete, und versuchte, einen Blick ins Haus zu erhaschen, bevor er sie ansah. Seit dem Tanzabend liefen die Geschäfte schlecht. In der Post hatte ich jemanden sagen hören – ich glaube, es war Lisbeth Genêt –, der Laden sei auf den Hund gekommen, da seien jetzt dauernd die Deutschen mit ihren Huren, und kein anständiger Mensch könne sich mehr dort blicken lassen. Obwohl bisher noch niemand den Tod des alten Gustave mit dem La Rép in Verbindung gebracht hatte, war es wahrscheinlich nur eine Frage der Zeit, bis das Gerede losging. Schließlich lebten wir in einem Dorf, und in einem Dorf bleibt kein Geheimnis lange unentdeckt.

Nun, meine Mutter empfing ihn nicht gerade mit offenen Armen. Vielleicht fühlte sie sich von uns beobachtet, vielleicht auch verunsichert wegen der Dinge, die wir über sie wussten. Vielleicht war sie wegen ihrer häufigen Kopfschmerzen gereizt, oder vielleicht war es einfach nur ihre natürliche Griesgrämigkeit. Wie dem auch sei, er kam jedenfalls nicht wieder. Allerdings waren kurze Zeit später alle, die beim Tanzabend im La Rép gewesen waren, tot, es ist also gut möglich, dass er einfach keine Gelegenheit mehr dazu hatte.

Meine Mutter schreibt über seinen Besuch: »Raphaël war hier, dieser Trottel. Wie immer zu spät. Meinte, er könnte mir neue Tabletten besorgen. Habe ihm gesagt, das ist vorbei.«

Das ist vorbei. Einfach so. Wenn es sich um eine andere Frau handelte, würde ich es nicht glauben. Aber Mirabelle Dartigen war keine gewöhnliche Frau. Das ist vorbei, sagte sie. Und es war ihr letztes Wort. Soweit ich weiß, hat sie nie wieder Morphium genommen, aber auch das kann eine Folge der Ereignisse gewesen sein, weniger eine freie Willensentscheidung. Natürlich gab es nie wieder Orangen im Haus. Ich glaube, selbst mir war der Appetit darauf vergangen.

FÜNFTER TEIL

Erntezeit

I

Ich habe Ihnen ja schon gesagt, dass vieles von dem, was sie schreibt, erfunden ist. Ganze Absätze voller Lügen ranken sich um die Wahrheit wie Ackerwinden in eine Hecke. Noch verworrener wird das Ganze durch ihre bizarre Ausdrucksweise, dadurch, dass sie Geheimsprache benutzt, Zeilen durchstreicht und die Streichungen wieder rückgängig macht, Wörter zerlegt und verdreht. Bei fast jedem Wort muss ich einen Kampf mit ihr ausfechten, um den Code zu entziffern.

»War heute am Fluss spazieren. Eine Frau ließ einen aus Sperrholz und Ölfässern gebauten Drachen steigen. Hätte nie gedacht, dass so was fliegen kann. Groß wie ein Panzer, aber bunt angemalt und mit Bändern, die im Wind flatterten. Ich dachte« – die nächsten Worte sind durch einen Olivenölfleck, der die Tinte verschmiert hat, unleserlich geworden – »aber sie sprang auf die Querstrebe und erhob sich in die Luft. Habe sie nicht erkannt, es könnte Minette gewesen sein, aber« – wieder ein großer Fleck, der den Rest des Absatzes, bis auf einzelne Worte, unleserlich macht. »Schön« ist eins davon. Über den Absatz hat sie in normaler Schrift »Wippe« geschrieben. Darunter eine krakelige Zeichnung, die aussieht wie ein Strichmännchen, das auf einem Hakenkreuz balanciert, aber auch alle möglichen anderen Dinge darstellen könnte.

Doch das spielt keine Rolle. Die Frau mit dem Drachen hat es nie gegeben. Selbst der Hinweis auf Minette ergibt keinen Sinn; die einzige Minette, die wir kannten, war eine ältere, entfernte Kusine meines Vaters, die als »exzentrisch« galt, weil sie ihre Katzen »meine Kinder« nannte und es fertig brachte, junge Kätzchen in aller Öffentlichkeit an ihren schlaffen Brüsten saugen zu lassen.

Ich erzähle das nur, damit Sie die Zusammenhänge besser verstehen. In der Kladde meiner Mutter finden sich alle möglichen phantastischen Geschichten, Berichte von Begegnungen mit Leuten, die längst tot waren, Träume, die als tatsächliche Erlebnisse ausgegeben werden. Sie nimmt sich jede dichterische Freiheit – regnerische Tage, die plötzlich strahlend schön sind, ein Wachhund, den es nicht gegeben hat, Gespräche, die nie stattgefunden haben, einige davon richtig langweilig, ein Kuss von einem Freund, der vor langer Zeit verschwunden war. Manchmal vermischt sie Wahrheit und Lügengeschichten so geschickt, dass selbst ich nicht mehr weiß, was stimmt und was sie erfunden hat. Dabei scheint sie noch nicht einmal einen bestimmten Zweck damit zu verfolgen. Vielleicht haben ihre Kopfschmerzen sie dazu getrieben oder es waren durch ihre Sucht ausgelöste Halluzinationen. Ich weiß nicht, ob die Kladde je für fremde Augen bestimmt war. Auch um Memoiren scheint es sich nicht zu handeln. An manchen Stellen wirkt es fast wie ein Tagebuch, aber es ist keins. Da die Aufzeichnungen keinerlei Chronologie folgen, fehlt ihnen jede Logik, jeder Sinn. Vielleicht habe ich deswegen so lange gebraucht, bevor ich das Offensichtliche sehen, die Beweggründe für ihr Handeln begreifen und die schrecklichen Auswirkungen meiner eigenen Taten erkennen konnte. Manche Sätze sind besonders gut versteckt, in winziger, kaum leserlicher Schrift zwischen die Zeilen von Rezepten gequetscht.

Vielleicht hat sie es so gewollt. Es sollte nur uns beide etwas angehen. Wir mussten uns unsere Liebe erarbeiten.

Marmelade aus grünen Tomaten. Grüne Tomaten wie Äpfel in Stücke schneiden und wiegen. Je 1 kg Tomatenstücke mit 1 kg Zucker in einen Topf geben. Heute Nacht um drei Uhr aufgewacht und meine Tabletten gesucht. Hatte wieder vergessen, dass keine mehr da sind. Wenn der Zucker sich aufgelöst hat (falls nötig, 2 Gläser Wasser hinzufügen, um Anbrennen zu vermeiden), mit einem Holzlöffel umrühren. Ich könnte zu Raphaël gehen, vielleicht kennt er jemanden, der mir welche besorgen kann. Ich wage nicht mehr, mich an die Deutschen zu wenden, nach allem, was geschehen ist. Lieber würde ich sterben. Weitere Tomaten zugeben und unter häufigem Umrühren auf kleiner Flamme köcheln lassen. Hin und wieder den Schaum mit einem Schaumlöffel abschöpfen. Manchmal wäre ich am liebsten tot. Dann bräuchte ich keine Angst mehr vor dem nächtlichen Aufwachen zu haben, haha. Ich muss immer an die Kinder denken. Ich fürchte, Belle Yolande hat einen Pilz. Muss die befallenen Wurzeln ausgraben, sonst breitet der Pilz sich aus. Zwei Stunden lang leise köcheln lassen. Wenn die Marmelade an einem kleinen Teller haftet bleibt, ist sie fertig. Ich bin so wütend – auf mich selbst, auf ihn, auf die anderen. Vor allem auf mich selbst. Als Raphaël, dieser Idiot, mir alles erzählt hat, habe ich mir die Lippen blutig gebissen, um mich nicht zu verraten. Ich glaube nicht, dass er etwas bemerkt hat. Ich habe ihm gesagt, ich wisse bereits, dass die Mädchen nur Dummheiten im Kopf haben, bisher sei es aber ohne Folgen geblieben. Er wirkte erleichtert, und als er weg war, habe ich mir die große Axt genommen und Holz gehackt, bis ich kaum noch stehen konnte, und die ganze Zeit habe ich mir gewünscht, es wäre sein Gesicht, auf das ich einschlug.

Sie sehen, ihre Art zu schreiben, ist ziemlich verwirrend. Nur im Rückblick ergibt es allmählich einen Sinn. Und natürlich hat sie uns nie etwas von dem Gespräch mit Raphaël erzählt. Ich kann nur ahnen, was sich abgespielt hat – seine Angst, ihr eisiges Schweigen, seine Schuldgefühle. Schließlich war es sein Café. Aber meine Mutter hätte nie etwas verraten. Zu sagen, sie wisse Bescheid, war eine Schutzbehauptung, damit wehrte sie sich gegen seine unerbetene Anteilnahme. Reine könne auf sich selbst aufpassen, wird sie gesagt haben. Außerdem sei eigentlich nichts geschehen. Reine werde in Zukunft vorsichtiger sein müssen. Wir könnten alle froh sein, dass nichts Schlimmeres passiert sei.

T. sagt, ihn treffe keine Schuld, aber Raphaël meint, er habe daneben gestanden und nichts getan. Die Deutschen waren immerhin seine Freunde. Vielleicht haben sie für Reine bezahlt, so wie sie für diese Stadtfrauen bezahlen, die T. immer mitbringt.

Wir verdrängten unseren Verdacht, weil sie nie mit uns über den Vorfall sprach. Vielleicht wusste sie einfach nicht, wie sie es anfangen sollte, vielleicht hielt sie es aber auch für besser, die ganze Sache totzuschweigen. In ihrer Kladde kommen ihre wachsende Wut, ihre Gewaltphantasien, ihre Racheträume jedoch zum Ausdruck. »Am liebsten hätte ich ihn mit der Axt bearbeitet, bis nichts mehr von ihm übrig war«, schreibt sie. Als ich die Zeilen zum ersten Mal las, dachte ich, sie meinte Raphaël, aber jetzt bin ich mir nicht mehr so sicher. Ihr abgrundtiefer Hass deutet auf etwas Geheimnisvolleres, Schmerzlicheres. Verrat vielleicht, oder verschmähte Liebe.

»Seine Hände waren sanfter, als ich erwartet hatte«, notiert sie unter einem Rezept für Apfelmuskuchen. »Er wirkt sehr jung, und seine Augen haben die gleiche Farbe wie das Meer an einem stürmischen Tag. Ich hatte geglaubt, ich würde es grässlich finden, würde ihn hassen, aber seine Liebenswürdigkeit rührt mich. Obwohl er ein Deutscher ist. Vielleicht ist es verrückt, seinen Versprechungen zu glauben. Ich bin so viel älter als er. Andererseits bin ich noch nicht alt. Vielleicht bleibt mir noch Zeit.«

Mehr schreibt sie an dieser Stelle nicht, als hätte sie sich plötzlich über ihre eigenen deutlichen Worte erschrocken. Aber jetzt, da ich weiß, wo ich suchen muss, entdecke ich überall in der Kladde kleine Hinweise. Einzelne Worte oder halbe Sätze zwischen den Zeilen eines Rezepts, als hätte sie sie vor sich selbst verschlüsseln wollen. Und das Gedicht.

Diese Süße
gelöffelt
wie eine reife Frucht

Jahrelang nahm ich an, auch das sei reine Erfindung, wie so vieles, was sie niederschrieb. Die Vorstellung, dass meine Mutter einen Liebhaber gehabt haben könnte, erschien mir absurd. Zärtlichkeit war ihr fremd. Sie war viel zu beherrscht, ihre Sinnlichkeit lebte sie in der Küche aus, indem sie die vollendetsten *lentilles cuisinées* und die köstlichste *crème brûlée* zubereitete. Es kam mir nie in den Sinn, in diesen Schilderungen auch nur ein Körnchen Wahrheit zu vermuten. Wenn ich mir ihr Gesicht in Erinnerung rief, ihren säuerlich verkniffenen Mund, ihre harten Züge, ihr Haar, das sie fast immer zu einem strengen Nackenknoten zusammengefasst trug, kam mir selbst die Geschichte von der Frau mit dem Drachen realistischer vor.

Und dennoch begann ich allmählich, ihren Ausführungen Glauben zu schenken. Vielleicht hat Paul das ausgelöst. Vielleicht begann es an dem Tag, an dem ich mich im Spiegel betrachtete; ich hatte mir ein rotes Tuch um den Kopf geschlungen und meine schönsten Ohrringe angehängt – ein Geburtstagsgeschenk von Pistache, noch nie getragen. Ich bin fünfundsechzig Jahre alt, Herrgott nochmal. Ich müsste es besser wissen. Aber etwas an der Art, wie er mich ansieht, lässt mein altes Herz stottern wie den Motor einen Traktors. Es ist nicht wie die atemlose, verzweifelte Liebe, die ich für Tomas empfand. Auch nicht wie das Gefühl eines Strafaufschubs, das Hervé mir gab. Nein, es ist noch etwas anderes, ein Gefühl inneren Friedens. Das Gefühl, das man hat, wenn ein Rezept perfekt gelingt – ein Soufflé, das wunderbar aufgeht, eine makellose Sauce hollandaise. Dieses Gefühl sagt mir, dass *jede* Frau in den Augen des Mannes, der sie liebt, schön sein kann.

Ich habe mir angewöhnt, mein Gesicht und meine Hände einzukremen, bevor ich abends ins Bett gehe, und vor ein paar Tagen habe ich einen alten Lippenstift hervorgekramt, der schon fast aufgebraucht war, und mir vorsichtig die Lippen geschminkt – nur um die Farbe gleich darauf schuldbewusst wieder abzuwischen. Was ist bloß in mich gefahren? Man sollte meinen, mit fünfundsechzig hätte ich das Alter überschritten, in dem man sich Gedanken um solche Dinge macht. Aber die strenge innere Stimme, die mich zur Vernunft mahnt, überzeugt mich nicht. Ich bürste mein Haar sorgfältiger als gewöhnlich und stecke es mit einem Schildpattkamm hoch. Alter schützt vor Torheit nicht, sage ich mir.

Und meine Mutter war fast dreißig Jahre jünger.

Heute kann ich ihr Foto mit einem gewissen Wohlwollen betrachten. Die gemischten Gefühle, die ich so viele Jahre empfunden habe, die Bitterkeit und die Schuldgefühle, sind abgeklungen, sodass ich jetzt ihr Gesicht sehen, wirklich sehen kann. Wovor fürchtete sie sich, diese einsame Frau auf dem Foto? Die Frau, die aus der Kladde spricht, ist so anders, die wehmütige Frau aus dem Gedicht, die hinter ihrer Maske lacht und tobt, die mal kokett ist und manchmal mörderisch in ihrer Phantasie. Ich sehe sie deutlich vor mir, noch keine vierzig, mit schwarzem Haar und dunklen Augen, die immer noch leuchten. Sie ist noch nicht verbraucht von der harten Arbeit, die sie ihr Leben lang verrichtete, ihre Oberarme sind fest und muskulös. Auch ihre Brüste unter der grauen Schürze sind immer noch straff. Manchmal betrachtet sie sich nackt im Spiegel und sieht ihr langes Leben als Witwe vor sich, malt sich aus, wie die Jugend verfliegt und ihr Körper altert, wie ihr Bauch schlaff wird und die dünnen Oberschenkel ihre Knie hervortreten lassen. Mir bleibt so wenig Zeit, sagt die Frau sich. So wenig Zeit.

Und wer würde kommen, selbst wenn sie hundert Jahre wartete? Der alte Lecoz mit seinen wässrigen Augen? Alphonse Fenouil oder Jean-Pierre Truriand? Insgeheim träumt sie von einem Fremden mit einer verführerischen Stimme. Sie stellt ihn sich vor, einen Mann, der über das, was aus ihr geworden ist, hinwegsieht und erkennt, wer sie hätte sein können.

Natürlich ist das alles Spekulation. Ich kann unmöglich wissen, was in ihr vorgegangen ist, aber ich fühle mich ihr heute näher denn je, fast nahe genug, um ihre

Stimme aus den brüchigen Seiten der Kladde zu hören, die Stimme einer Frau, die sich verzweifelt bemüht, ihren wahren Charakter zu verbergen, die leidenschaftliche, verzweifelte Frau hinter der kalten Fassade.

2

Erst knapp vierzehn Tage nach dem Tanzabend im Café de la Mauvaise Réputation sah ich Tomas wieder. Das lag zum Teil an unserer Mutter – die immer noch unter Migräne und Schlaflosigkeit litt –, andererseits spürten wir aber auch, dass sich etwas verändert hatte. Wir spürten es alle: sowohl Cassis, der sich hinter seinen Heften verkroch, Reine, die sich neuerdings in dumpfes Schweigen hüllte, und sogar ich. Oh, wir sehnten uns nach ihm. Alle drei. Liebe kann man nicht abdrehen wie einen Wasserhahn, und jeder von uns versuchte im Stillen zu rechtfertigen, was Tomas getan hatte, nicht zu sehen, wozu er Beihilfe geleistet hatte.

Aber der Geist des alten Gustave Beauchamp verfolgte uns wie der Schatten eines Ungeheuers. Er war immer zugegen. Wir spielten mit Paul, fast so, wie wir es vor Tomas getan hatten, doch nur mit halbem Herzen, waren krampfhaft ausgelassen, um uns darüber hinwegzutäuschen, dass unsere Spiele ihre Leichtigkeit verloren hatten. Wir schwammen im Fluss, tollten durch den Wald, kletterten auf Bäume, doch in Wirklichkeit warteten wir nur sehnsüchtig auf den Tag, an dem er wieder zu uns kommen würde. Selbst jetzt glaubten wir immer noch, er könnte alles wieder ins Lot bringen.

Auf jeden Fall glaubte ich es. Er wirkte immer so gelassen, so ungeheuer selbstsicher. Ich sah ihn vor mir mit einer Zigarette im Mundwinkel, die Mütze in den Nacken geschoben, die Sonne im Gesicht und ein Lächeln auf den Lippen. Das Lächeln, das die ganze Welt erstrahlen ließ.

Aber der Donnerstag kam und ging, und Tomas ließ sich nicht blicken. Cassis hielt in der Nähe der Schule nach ihm Ausschau, konnte ihn jedoch nirgends entdecken. Hauer, Schwartz und Heinemann tauchten ebenfalls nicht mehr auf; es war, als gingen sie uns absichtlich aus dem Weg. Auch der nächste Donnerstag verstrich ohne ein Zeichen von Tomas. Untereinander taten wir so, als wäre nichts, erwähnten nicht einmal seinen Namen, auch wenn wir ihn vielleicht im Traum flüsterten. Wir lebten unser Leben, als wäre es uns egal, ob er kam oder nicht. Ich war inzwischen regelrecht besessen von meiner Jagd auf die Alte Mutter. Zehn- oder zwanzigmal am Tag überprüfte ich meine Fangkörbe, ständig legte ich neue aus. Ich stiebitzte Lebensmittel aus dem Keller, um die Alte Mutter mit immer verlockenderen Ködern in Versuchung zu führen. Ich schwamm zum Schatzfelsen hinaus oder saß stundenlang mit meiner Angel am Ufer, starrte auf die Leine, die reglos im Wasser hing, und lauschte auf das Plätschern der Wellen zu meinen Füßen.

An dem Tag, an dem Raphaël bei uns aufgetaucht war, hatte unsere Mutter extrem schlechte Laune. Selbst Paul bekam ihre scharfe Zunge zu spüren, als er Cassis zum Spielen abholte. Sie fuhr ihn so feindselig an, noch dazu grundlos, dass er sie mit großen Augen anstarrte und vor Entsetzen kaum ein Wort herausbrachte. »T-t-t-tut m-m-m-mir L-l-l-l…«

»Sprich vernünftig, du Schwachkopf!«, schrie meine Mutter. Einen Augenblick lang glaubte ich, in Pauls sanften Augen etwas wie Zorn aufflackern zu sehen, doch dann drehte er sich um und flüchtete, seltsame, verzweifelte Laute ausstoßend, in Richtung Fluss.

»Mach, dass du wegkommst!«, rief meine Mutter ihm nach und knallte die Tür zu.

»Du hättest nicht so gemein zu ihm sein dürfen«, sagte ich. »Paul kann doch nichts dafür, dass er stottert.«

Meine Mutter fuhr herum und sah mich mit eisigen Augen an. »Typisch, dass du für ihn Partei ergreifst. Wenn du zwischen mir und einem Nazi wählen müsstest, würdest du dich auf die Seite des Nazis schlagen.«

3

Kurze Zeit später kam der erste Brief. Auf dünnem, blau liniertem Papier geschrieben und unter der Tür hindurchgeschoben. Ich überraschte sie zufällig, als sie ihn vom Boden aufhob. Sie stopfte ihn in ihre Schürzentasche und schrie mich an, ich solle in die Küche verschwinden, ich sei ja völlig verdreckt, ich solle mir die Seife nehmen und mich schrubben, schrubben, schrubben. Ihre Stimme hatte einen schrillen Ton, der mich an das Orangensäckchen erinnerte, und ich verzog mich schleunigst. Doch den Brief habe ich nie vergessen, und als ich ihn all die Jahre später in der Kladde entdeckte, eingeklebt zwischen einem Rezept für *boudin noir* und einem Zeitungsausschnitt, in dem steht, wie man schwarze Schuhkremflecken aus Stoff entfernt, erkannte ich ihn sofort wieder.

»Wir wisen jezt was du treipst«, stand da in kleinen, unregelmäßigen Buchstaben. »Wir haben dich beobacht und wir wisen was man mit Kolaboratören macht.« Darunter hat sie in leuchtend roter Tinte geschrieben: »Lernt erst mal, richtig zu schreiben, haha!«, aber ihre Schrift wirkt übertrieben groß, als versuche sie krampfhaft, sich unbeeindruckt zu geben. Mit uns hat sie nie über den Inhalt der Briefe gesprochen. Aus dem zweiten Brief geht hervor, dass der Schreiber etwas über unsere heimlichen Treffen mit Tomas wusste.

Wir haben deine Kinder mit im zusamen gesehn also fersuch nich es abzustreiten. Du hälst dich für was beseres als wir andern aber du bist eine bilige Deutschenhuhre und deine kinder machen Geschäffte mit den Deutschen. Na was sags du dazu?

Meine Mutter wurde noch unberechenbarer als bisher, verkroch sich fast den ganzen Tag im Haus und beobachtete jeden Vorbeigehenden mit an Hysterie grenzendem Argwohn.

Der dritte Brief ist der Schlimmste. Wahrscheinlich gab es insgesamt nur diese drei, jedenfalls hat sie nicht mehr aufbewahrt.

Ihr habt es nicht verdint zu leben du Nazihuhre und deine grosmeulige Brut. Du hast bestimt nich gewust das sie uns an die Deutschen verhöhkern. Frag sie doch mal woher das ganse zeug stamt das sie im Wald ferstecken. Sie haben es fon einem Mann namens Laipnitz. Du kennst ihn. Und wir kenen dich.

In derselben Nacht malte jemand ein rotes »KOLABORATÖR« an unsere Haustür und »NAZIHUHRE« an den Hühnerstall. Wir wuschen die Schmierereien ab, bevor irgendjemand sie lesen konnte. Und der Oktober zog sich dahin.

4

An jenem Abend kehrten Paul und ich erst spät von unserem Ausflug zum Café de la Mauvaise Réputation zurück. Es hatte aufgehört zu regnen, aber es war immer noch kalt – entweder werden die Nächte immer kälter, oder die Kälte setzt mir mehr zu als früher –, und ich war gereizt und schlecht gelaunt. Aber je gereizter ich wurde, desto stiller wurde Paul, bis wir mit finsterer Miene schweigend nebeneinander herstapften. Unser Atem bildete weiße Dampfwölkchen in der kalten Nachtluft.

»Dieses Mädchen«, sagte Paul schließlich. Seine Stimme klang ruhig und nachdenklich, fast so, als spräche er mit sich selbst. »Sie wirkte ziemlich jung, nicht wahr?«

Es ärgerte mich, dass er sich an solchen Nebensächlichkeiten aufhielt. »Welches Mädchen, Herrgott nochmal?«, fauchte ich. »Ich dachte, wir wären zum Café gegangen, um rauszufinden, wie wir diesen Dessanges und seine Fettschleuder loswerden, und nicht, damit du kleine Mädchen anglotzen kannst.«

Paul überhörte meine Bemerkung. »Sie saß direkt neben ihm. Du hast sie wahrscheinlich reingehen sehen. Rotes Kleid, hochhackige Schuhe. Die ist auch oft am Imbissstand.«

Ich erinnerte mich tatsächlich an sie. Rot geschminkte

Lippen und schwarzes Haar. Eine von Lucs Stammgästen aus der Stadt. »Und?«

»Das ist die Tochter von Louis Ramondin. Sie ist vor ein paar Jahren zusammen mit ihrer Mutter nach Angers gezogen, nach der Scheidung. Du erinnerst dich doch an Simone, ihre Mutter?« Er nickte, als hätte ich ihm eine höfliche Antwort gegeben, anstatt lediglich zu grunzen. »Simone hat ihren Mädchennamen wieder angenommen, Truriand. Die Tochter ist jetzt vielleicht vierzehn, fünfzehn Jahre alt.«

»Na und?« Ich begriff immer noch nicht, warum ihn das alles interessierte. Ich nahm meinen Hausschlüssel aus der Tasche und schob ihn ins Schloss.

»Auf keinen Fall älter als fünfzehn«, sinnierte er in aller Ruhe.

»Also gut«, sagte ich schnippisch. »Schön für dich, dass du einen vergnüglichen Abend hattest. Schade nur, dass du dich nicht auch noch nach ihrer Schuhgröße erkundigt hast, dann hättest du *wirklich* was, wovon du träumen könntest.«

Paul grinste mich an. »Du bist ja tatsächlich eifersüchtig.«

»Kein bisschen«, erwiderte ich würdevoll. »Ich wünschte bloß, du würdest mir meinen Teppich nicht vollsabbern, du alter Lüstling.«

»Ich hab bloß nachgedacht«, meinte Paul.

»Na prima.«

»Ich dachte, das würde Louis vielleicht zu weit gehen – schließlich ist er *Polizist* –, vielleicht würde er eingreifen, wenn er wüsste, dass seine Tochter – die erst vierzehn oder fünfzehn ist – sich mit einem Mann einlässt – einem *verheirateten* Mann – wie Luc Dessanges.« Er sah mich triumphierend und zugleich amüsiert an. »Ich meine, ich weiß, dass die Zeiten sich geändert haben, seit wir beide jung waren, aber Väter und Töchter ... vor allem, wenn der Vater Polizist ist ...«

Ich schrie auf. »*Paul!*«

»Und außerdem raucht sie dieses süße Zeug«, fügte er in demselben nachdenklichen Ton hinzu. »Das Zeug, das sie damals in den Jazzclubs geraucht haben.«

Ich sah ihn voller Bewunderung an. »Paul, das ist ja beinahe *intelligent*.«

Er hob bescheiden die Schultern. »Ich hab mich halt überall erkundigt. Ich dachte, früher oder später würde sich schon was ergeben.« Er überlegte. »Deswegen hab ich mir da drinnen ein bisschen Zeit gelassen. Ich war mir nicht sicher, ob ich Louis dazu würde überreden können, sich das mal persönlich anzusehen.«

Ich starrte ihn ungläubig an. »Du hast Louis *geholt*? Während ich draußen gewartet habe?«

Er nickte.

»Ich hab behauptet, mir wär im La Rép die Brieftasche geklaut worden. Hab dafür gesorgt, dass er was zu sehen kriegte.« Pause. »Seine Tochter hat mit Dessanges rumgeknutscht. Das hat geholfen.«

»Paul«, rief ich aus. »Du kannst hier auf dem Teppich rumsabbern, so viel du willst. Du hast meine volle Erlaubnis.«

»Ich würde viel lieber auf *dir* rumsabbern«, erklärte Paul mit einem breiten Grinsen.

»Du alter Lüstling.«

5

Als Luc am nächsten Tag zu seinem Imbissstand kam, erwartete Louis ihn bereits. Der Gendarme war in Uniform, und sein normalerweise freundliches Gesicht hatte einen Ausdruck militärischer Strenge angenommen. Neben dem Imbisswagen lag etwas im Gras, das aussah wie ein kleiner Handwagen.

»Sieh dir das an«, raunte mir Paul zu. Wir standen nebeneinander in der Küche am Fenster. Es war einen Spalt breit offen, und ich roch den feuchten Nebel, der von der Loire her über die Felder kroch. Der Geruch machte mich so wehmütig wie der Duft von Laubfeuer.

»Hallo!« Lucs Stimme war gut zu hören, und er bewegte sich mit der Lässigkeit eines Mannes, der weiß, dass er unwiderstehlich ist. Louis Ramondin sah ihn ausdruckslos an.

»Was hat er denn da mitgebracht?«, fragte ich Paul leise und deutete auf das Ding im Gras. Paul grinste.

»Wart's ab.«

»He, wie geht's?« Luc kramte in seiner Tasche nach dem Schlüssel. »Sie haben wohl Frühstückshunger, was? Warten Sie schon lange?«

Louis sagte kein Wort.

»Na, was halten Sie davon?«, sagte Luc mit einer ausladenden Geste. »Pfannkuchen, Würstchen, Speck und

Rührei *à l'anglaise*. Frühstück *à la Dessanges*. Dazu gibt's eine große Tasse extra starken *café noirissime*, denn ich sehe Ihnen an, dass Sie eine harte Nacht hinter sich haben.« Er lachte. »Was haben Sie denn so getrieben? Mussten Sie den Kirchenbasar bewachen? Hat jemand die Schafe auf den Feldern belästigt? Oder umgekehrt?«

Louis sagte immer noch nichts. Er stand reglos da wie ein Spielzeugpolizist, neben sich den Handwagen, oder was es war.

Luc zuckte mit den Schultern und öffnete die Tür des Imbisswagens.

»Wenn Sie erst mal mein Frühstück *à la Dessanges* intus haben, werden Sie bestimmt ein bisschen gesprächiger.«

Wir sahen zu, wie Luc die Markise ausfuhr und die Reklametafeln aufstellte. Louis blieb unbeirrt neben dem Imbisswagen stehen und schien von alldem keine Notiz zu nehmen. Hin und wieder rief Luc dem wartenden Polizisten etwas zu. Nach einer Weile begann das Radio zu dudeln.

»Worauf wartet er noch?«, fragte ich ungeduldig. »Warum sagt er denn nichts?«

Paul grinste. »Lass ihm Zeit. Die Ramondins sind zwar ein bisschen schwer von Begriff, aber wenn sie erst mal in Fahrt kommen ...«

Louis wartete geschlagene zehn Minuten. Mittlerweile war Luc zwar immer noch gut gelaunt, aber auch irritiert, und er hatte den Versuch aufgegeben, mit dem Polizisten ins Gespräch zu kommen. Seine Papiermütze keck in die Stirn geschoben, begann er, die Platten für die Pfannkuchen anzuwärmen. Dann endlich trat Louis in Aktion. Er ging mit seinem Handwagen hinter den Imbissstand, sodass wir ihn nicht mehr sehen konnten.

»Was ist das bloß für ein Ding?«, fragte ich.

»Ein hydraulischer Wagenheber«, erwiderte Paul,

immer noch grinsend. »Wie sie in Autowerkstätten benutzt werden. Und jetzt pass gut auf.«

Ich sah, wie der Imbissstand sich ganz langsam nach vorne neigte. Anfangs kippte er kaum merklich, dann gab es einen Ruck, und Dessanges kam flink wie ein Frettchen aus seiner Küche geflitzt. Er schaute sich wütend, aber auch erschrocken um; zum ersten Mal seit Beginn seines gemeinen Spiels geriet er aus der Fassung, und das gefiel mir gut.

»Was zum Teufel soll das?«, schrie er Ramondin an. »Was machen Sie da?«

Schweigen. Ich beobachtete, wie der Wagen sich noch ein Stückchen weiter nach vorne neigte. Die Markise hing mittlerweile schief; der ganze Imbissstand hatte Schlagseite wie eine auf Sand gebaute Hütte. Luc bekam wieder diesen berechnenden Gesichtsausdruck, den wachsamen, durchdringenden Blick eines Mannes, der nicht nur ein paar Asse im Ärmel hat, sondern glaubt, dass ihm das ganze Kartenspiel gehört.

»Da haben Sie mir aber einen gehörigen Schrecken eingejagt«, sagte er in gewohnt lässiger Manier. »Einen Moment lang haben Sie mich sozusagen aus dem Gleichgewicht gebracht.«

Wir hörten keinen Ton von Louis, hatten aber den Eindruck, dass der Wagen sich immer weiter nach vorne neigte. Paul meinte, vom Schlafzimmerfenster aus könnten wir hinter den Imbisswagen blicken, also gingen wir hinauf. Die Stimmen der beiden Männer waren in der kühlen Morgenluft gut zu hören.

»Okay«, sagte Luc mit einem Anflug von Nervosität in der Stimme. »Spaß beiseite. Lassen Sie den Wagen wieder runter, dann spendiere ich Ihnen ein ganz besonders leckeres Frühstück.«

»Selbstverständlich, Monsieur«, meinte Louis freundlich, aber der Wagen kippte weiter. Luc warf die Arme nach vorne, als wollte er ihn festhalten.

»An Ihrer Stelle würde ich da weggehen, Monsieur«, sagte Louis ruhig, während er den Wagenheber noch weiter hochpumpte. »Das sieht mir ziemlich gefährlich aus.«

»Was soll der Blödsinn?«, fragte Luc aufgebracht.

Louis lächelte. »Es war ziemlich stürmisch letzte Nacht. Unten am Fluss sind eine Menge Bäume entwurzelt worden.«

Ich sah, wie Luc ganz steif wurde. Er machte einen Schritt nach vorn und sagte mit leiser, drohender Stimme: »Nehmen Sie sofort den Wagenheber da weg.«

Louis lächelte immer noch. »Selbstverständlich, Monsieur. Wie Sie wünschen.«

Wir sahen das Ganze wie in Zeitlupe. Der Imbisswagen, der jeden Moment vornüber zu kippen drohte, plumpste in seine Ausgangsposition zurück, als die Stütze weggezogen wurde. Unter lautem Scheppern flog der Inhalt der Küche – Teller, Gläser, Besteck, Töpfe und Pfannen – durcheinander und polterte auf den Boden. Der Wagen schaukelte eine Weile gemächlich hin und her, und dann, als es gerade so aussah, als käme er wieder zum Stehen, stürzte er mit einem ohrenbetäubendem Krachen um.

Einige Sekunden lang starrten die beiden Männer einander an, Louis mit einem besorgten, mitfühlenden Gesichtsausdruck, Luc fassungslos. Der Imbisswagen lag auf der Seite im Gras und aus seinem Innern ertönte noch immer vereinzeltes Klimpern und Klirren.

»Huch«, sagte Louis.

Da stürzte sich Luc wutentbrannt auf ihn. Einen Moment lang sah ich nur herumwirbelnde Fäuste und Arme, dann saß Luc auf einmal im Gras, die Hände vorm Gesicht. Louis half ihm freundlich lächelnd auf die Füße.

»Meine Güte, Monsieur, was ist denn mit Ihnen passiert? Ein plötzlicher Schwächeanfall? Das ist der Schock, das ist ganz normal. Das wird schon wieder.«

Luc war außer sich. »Haben Sie auch nur die leiseste Ahnung, was Sie da angerichtet haben, Sie Hornochse? Mein Anwalt wird Sie fertig machen! Wollen doch mal sehen, wie Sie dann aus der Wäsche gucken. Scheiße, meine Nase! Ich blute ja wie'n Schwein.« Komisch, plötzlich konnte ich die Familienähnlichkeit hören, deutlicher als je zuvor. Etwas an der Art, wie er die Wörter betonte; das Geschrei eines verwöhnten Jungen aus der Stadt, dem nie ein Wunsch abgeschlagen wurde. Einen Augenblick lang hörte er sich genauso an wie seine Schwester.

Paul und ich gingen hinunter auf die Straße, um uns den Spaß aus der Nähe anzuschauen. Luc stand jetzt etwas abseits, mit der blutenden Nase und den tränenden Augen sah er gar nicht mehr so hübsch aus. An einem seiner teuren Markenstiefel klebte frischer Hundekot. Ich reichte ihm ein Taschentuch. Argwöhnisch nahm er es entgegen und betupfte seine Nase. Ich sah ihm an, dass er noch nicht begriffen hatte; er war blass, aber er hatte einen trotzigen, kämpferischen Gesichtsausdruck, wie ein Mann, der über Anwälte und Berater verfügt und über Freunde in hohen Positionen, an die er sich um Hilfe wenden kann.

»Sie haben das gesehen, stimmt's?«, keuchte er. »Sie haben doch gesehen, was dieser Scheißkerl mit mir gemacht hat?« Ungläubig betrachtete er das blutige Taschentuch. Seine Nase war bereits ordentlich angeschwollen. »Sie haben beide gesehen, wie er mich geschlagen hat, nicht wahr? Am helllichten Tag.«

Paul zuckte die Achseln. »Ich hab nicht viel gesehen«, sagte er in seinem bedächtigen Tonfall. »Wir sind alte Leute, wissen Sie, wir sehen nicht mehr so gut. Und unsere Ohren sind auch nicht mehr die Besten.«

»Aber Sie *müssen* es gesehen haben!« Dann sah Luc mich grinsen, und seine Augen verengten sich zu Schlitzen. »Ach, ich verstehe«, sagte er schneidend. »So ist das also. Sie glauben, ich würde mich von ihrem *Dorfpolizisten* einschüchtern lassen, was?« Er warf Louis einen finsteren Blick zu.

»Wenn das wirklich alles ist, was ihr miteinander zustande bringt –« Er hielt sich die Nase zu, die wieder angefangen hatte zu bluten.

»Ich glaube, das ist nicht der richtige Augenblick, um Verleumdungen auszusprechen«, bemerkte Louis ungerührt.

»Ach nein?«, raunzte Luc. »Sobald mein Anwalt –«

Louis fiel ihm ins Wort. »Es ist ganz natürlich, dass Sie ein bisschen aufgeregt sind. Das ist aber auch ein Ding, wie der Sturm Ihren Wagen einfach so umgepustet hat. Ich kann verstehen, dass Sie sich für einen Moment vergessen haben.«

Luc starrte ihn ungläubig an.

»Schrecklicher Sturm letzte Nacht«, sagte Paul freundlich. »Der erste Herbststurm. Ganz bestimmt wird Ihre Versicherung für den Schaden aufkommen.«

»Natürlich war damit zu rechnen«, fügte ich leise hinzu. »So ein hoher Wagen am Straßenrand bietet dem Wind eine große Angriffsfläche. Ein Wunder, dass es nicht schon früher passiert ist.«

Luc nickte. »Verstehe«, sagte er leise. »Nicht schlecht, Framboise. Wirklich nicht schlecht. Wie ich sehe, haben Sie gute Arbeit geleistet.« Seine Stimme klang beinahe schmeichelnd. »Aber auch ohne den Wagen bleiben mir noch genügend Möglichkeiten. Bleiben *uns* noch genügend Möglichkeiten.« Er versuchte zu grinsen, zuckte jedoch zusammen und betupfte sich wieder die Nase. »Geben Sie ihnen doch einfach, was sie haben wollen«, fuhr er in demselben zuckersüßen Ton fort. »Na, *Mamie*, was meinen Sie?«

Ich weiß nicht, was ich ihm geantwortet hätte. Plötzlich kam ich mir so alt vor. Ich hatte damit gerechnet, dass er aufgeben würde, aber als er mich so erwartungsvoll ansah, wirkte er siegessicherer denn je. Ich hatte mein Bestes getan – *wir* hatten unser Bestes getan, Paul und ich –, doch Luc schien unbesiegbar zu sein. Wie Kinder, die versuchen, einen Bach zu stauen, hatten wir unseren Triumph gehabt – allein dieser Blick in seinen Augen war den ganzen Aufwand wert gewesen –, aber egal wie tapfer der Einsatz ist, am Ende bleibt der Bach immer der Sieger. Auch Louis war am Ufer der Loire aufgewachsen, sagte ich mir. Er hätte es wissen müssen. Alles, was er erreicht hatte, war, sich selbst in Schwierigkeiten zu bringen. Ich malte mir eine Armee von Anwälten, Beratern, Polizisten aus – unsere Namen in den Zeitungen, unser Geheimnis ans Licht gezerrt. Ich fühlte mich erschöpft. So erschöpft.

Dann bemerkte ich Pauls Gesicht, sein schläfriges Lächeln, das ihn beinahe schwachsinnig aussehen ließ, wäre da nicht das spitzbübische Funkeln in seinen Augen gewesen. Mit einem Ruck zog er sich die Baskenmütze in die Stirn, eine Geste, die komisch und zugleich heldenhaft wirkte, als wäre er der älteste Ritter der Welt, der sein Visier herunterklappt, um sich zum letzten Mal dem Feind zu stellen. Plötzlich musste ich laut lachen.

»Ich denke, wir, äh, kriegen das schon geregelt«, begann er. »Vielleicht ist Louis ein bisschen zu weit gegangen. Die Ramondins waren schon immer leicht reizbar. Das liegt denen im Blut.« Er lächelte entschuldigend, dann wandte er sich an Louis. »Da war doch diese Sache mit Guilherm. Wer war das noch? Der Bruder deiner Großmutter?« Dessanges hörte irritiert zu.

»Der Bruder meines Großvaters«, korrigierte Louis.

Paul nickte. »Ja, ja, Heißsporne, die Ramondins. Alle wie sie da sind. Ich weiß noch, wie sie damals die ganze Meute beim Überfall auf den Hof angeführt haben, der alte Guilherm mit seinem Holzbein vorneweg, und alles bloß wegen dieser Geschichte im La Mauvaise Réputation. Den schlechten Ruf hat das Café heute noch.«

Luc schüttelte ungeduldig den Kopf. »Hören Sie, ich würde mir ja gern die heutige Folge der Geschichten von Anno dazumal anhören. Aber eigentlich –«

»Es fing alles mit einem jungen Mann an«, fuhr Paul unbeirrt fort. »Der war Ihnen gar nicht unähnlich, würde ich sagen. Einer aus der Stadt, ein Fremder, der glaubte, er könnte die dummen Dörfler um den Finger wickeln.«

Paul warf mir einen Blick zu. »Aber es hat ein schlimmes Ende mit ihm genommen, stimmt's?«

»Das Schlimmste«, bestätigte ich mit belegter Stimme. »Das Allerschlimmste.«

Luc beobachtete uns argwöhnisch. »Ach ja?«

Ich nickte. »Auch er fand Geschmack an sehr jungen Mädchen.« Ich hörte meine eigene Stimme wie aus weiter Ferne. »Er hat ihnen den Hof gemacht, sie umworben. Heutzutage nennt man so was Verführung Minderjähriger.«

»Damals hatten die meisten jungen Mädchen natürlich keinen Vater«, ergänzte Paul trocken. »Damals war ja Krieg.«

Ich sah, dass Luc ein Licht aufging. Er nickte kaum merklich, wie um anzudeuten, dass dieser Punkt an uns ging. »Es geht um gestern Abend, richtig?«

Ich ignorierte seine Frage. »Sie sind doch verheiratet, nicht wahr?«

Er nickte erneut.

»Es wäre eine Schande, wenn Ihre Frau auch noch in die Sache hineingezogen würde«, fuhr ich fort. »Verführung Minderjähriger – ein schlimmer Vorwurf. Aber ich frage mich, wie man sie heraushalten könnte.«

»Damit kommen Sie niemals durch«, warf Luc hastig ein. »Das Mädchen würde auf keinen Fall –«

»Das Mädchen ist meine Tochter«, unterbrach Louis ihn. »Sie würde tun – oder sagen –, was sie für richtig hält.«

Wieder ein Nicken. Er war ziemlich abgebrüht, das muss ich ihm lassen.

»Also gut«, meinte er schließlich. Er rang sich sogar ein schwaches Lächeln ab. »Gut. Ich hab's kapiert.« Er dachte nach, dann sah er mir in die Augen, ein spöttisches Zucken um die Mundwinkel, und sagte: »Ich hoffe, der Sieg war den Einsatz wert, *Mamie*, denn morgen werden Sie jeden Beistand brauchen, den Sie kriegen können. Morgen steht Ihr trauriges kleines Geheimnis in sämtlichen Zeitungen. Ich muss nur ein paar Telefongespräche führen, bevor ich mich auf den Weg mache. Im Grunde genommen hab ich mich in diesem Kaff sowieso nur gelangweilt, und wenn Ihr Freund hier glaubt, seine kleine Schlampe von Tochter hätte mich auch nur im Geringsten interessiert –« Er grinste Louis boshaft an, doch seine Freude währte nicht lange, denn in dem Augenblick legte der Polizist ihm die Handschellen an.

»Was soll das?« Luc war so fassungslos, dass er beinahe lachen musste. »Was zum Teufel haben Sie vor? Wollen Sie mich entführen? Was glauben Sie eigentlich, wo wir hier sind? Im Wilden Westen?«

Louis sah ihn mit unbewegter Miene an.

»Es ist meine Pflicht, Sie darüber in Kenntnis zu setzen, Monsieur, dass Gewalt gegen Personen strafbar ist. Es ist meine Pflicht –«

»*Was?*«, schrie Luc. »Welche Gewalt? *Sie* haben *mich* geschlagen! Sie können mich nicht –«

Louis ließ sich nicht beirren. »Aufgrund Ihres unberechenbaren Verhaltens habe ich Grund zu der Annahme, Monsieur, dass Sie unter dem Einfluss von Alkohol oder eines anderen Rauschmittels stehen. Ich betrachte es als meine Pflicht, Sie in Gewahrsam zu nehmen, bis Sie wieder nüchtern sind.«

»Sie wollen mich verhaften?«, fragte Luc ungläubig. »Sie wollen mich *anzeigen*?«

»Nur wenn es sein muss, Monsieur«, erwiderte Louis vorwurfsvoll. »Aber ich bin mir sicher, diese beiden Zeugen hier werden aussagen, dass Sie Gewalt ausgeübt, Drohungen sowie Beleidigungen ausgesprochen und öffentliches Ärgernis erregt haben. Ich muss Sie bitten, mich aufs Revier zu begleiten, Monsieur.«

»*Hier gibt es überhaupt kein verdammtes Revier!*«, brüllte Luc.

»Louis benutzt seinen Keller als Ausnüchterungszelle«, erklärte Paul ruhig. »Natürlich hat er ihn lange nicht mehr gebraucht.«

»Ich habe einen Kartoffelkeller, den ich Ihnen gern zur Verfügung stelle, Louis, falls Sie befürchten, er könnte Ihnen auf dem Weg ins Dorf umkippen«, meldete ich mich zu Wort. »Die Tür ist mit einem dicken Vorhängeschloss gesichert, und es besteht keine Gefahr, dass er sich dort unten etwas antut.«

Louis dachte einen Moment lang nach. »Vielen Dank, *veuve* Simon«, sagte er schließlich. »Ich glaube, das wäre tatsächlich das Beste. Zumindest, bis ich weitere Schritte eingeleitet habe.«

»Ihr seid doch alle drei vollkommen übergeschnappt«, sagte Dessanges leise.

»Zuerst muss ich Sie natürlich durchsuchen«, erklärte Louis. »Ich kann nicht riskieren, dass Sie am Ende noch das Haus in Brand stecken. Würden Sie bitte Ihre Taschen leeren?«

Luc schüttelte den Kopf. »Ich fasse es einfach nicht.«

»Tut mir Leid, Monsieur«, beharrte Louis. »Aber ich muss Sie bitten, Ihre Taschen zu leeren.«

»Tun Sie sich keinen Zwang an«, erwiderte Luc säuerlich. »Ich weiß nicht, was Sie mit dem ganzen Theater bezwecken, aber wenn mein Anwalt –«

»Ich übernehme das«, erbot sich Paul. »Mit den Handschellen kommt er sowieso nicht in die Hosentaschen.«

Und dann machte er sich an die Arbeit. Mit seinen großen Händen klopfte er Lucs Kleider ab und förderte den Inhalt von dessen Taschen zutage: ein Feuerzeug, ein paar zusammengerollte Papiere, Autoschlüssel, eine Brieftasche, ein Handy, eine Schachtel Zigaretten. Fluchend versuchte Luc, sich dagegen zu wehren, doch es gelang ihm nicht.

Louis überprüfte den Inhalt der Brieftasche, anschließend öffnete er die Zigarettenschachtel und schüttelte die Zigaretten in seine Hand. Plötzlich entdeckte ich etwas in Louis' Handfläche, einen schwarzbraunen Klumpen, der aussah wie ein altes Karamellbonbon.

»Was mag das sein?«, fragte Louis trocken.

»Verdammt!«, fauchte Luc. »Das gehört mir nicht. Das haben Sie mir untergeschoben, Sie Mistkerl!«, schrie er Paul an, der ihn mit unschuldigen Augen ansah. »Damit kommt ihr niemals durch –«

»Vielleicht nicht«, meinte Louis gleichgültig. »Aber wir können's versuchen, nicht wahr?«

6

Wie abgesprochen sperrte Louis Dessanges in den Kartoffelkeller. Ohne richterlichen Beschluss könne er ihn vierundzwanzig Stunden lang festhalten, erklärte er uns und fügte mit betont unbeteiligter Stimme hinzu, genauso viel Zeit hätten wir, um unsere Angelegenheiten zu regeln. Ein anständiger Kerl, dieser Louis Ramondin, auch wenn er ein bisschen langsam ist. Ich hoffte nur, dass er keinen Grund haben würde, sein Verhalten eines Tages zu bedauern.

Anfangs schrie und tobte Luc im Kartoffelkeller. Verlangte seinen Anwalt, ein Telefon, seine Schwester Laure, seine Zigaretten. Behauptete, seine Nase sei gebrochen, und wahrscheinlich würden bereits Knochensplitter in sein Gehirn wandern. Er schlug mit den Fäusten gegen die Tür, bettelte, drohte, fluchte. Wir ignorierten ihn, und irgendwann gab er Ruhe. Um halb eins brachte ich ihm eine Tasse Kaffee und ein paar belegte Brote. Er war mürrisch, aber ruhig, schaute mich schon wieder mit diesem berechnenden Blick an.

»Sie gewinnen nur einen Aufschub, *Mamie*«, sagte er. »Ihnen bleiben nicht mehr als vierundzwanzig Stunden. Und wenn ich erst mal anfange zu telefonieren –«

»Wollen Sie nun was essen oder nicht?«, fuhr ich ihn an. »Es würde Ihnen auch nicht schaden, eine Zeit lang zu fasten, und dann bräuchte ich mir außerdem nicht länger Ihr Geschwätz anzuhören.«

Er warf mir einen vernichtenden Blick zu, sparte sich jedoch jede weitere Bemerkung zu dem Thema.

»Na also«, sagte ich.

7

DEN GANZEN NACHMITTAG ÜBER TATEN PAUL UND ICH SO, als arbeiteten wir. Es war Sonntag, und die Crêperie hatte geschlossen, aber im Garten gab es genug zu tun. Ich harkte den Boden, beschnitt die Bäume und jätete Unkraut, bis meine Nieren brannten und sich unter meinen Achseln Schweißringe bildeten.

Eigentlich hätte ich etwas *unternehmen* müssen, aber was konnte ich in vierundzwanzig Stunden schon ausrichten? Wir hatten einen Dessanges außer Gefecht gesetzt, zumindest vorübergehend, doch die anderen waren immer noch frei und voller böser Absichten. Und die Zeit war knapp. Mehrmals schaffte ich es unter einem Vorwand bis zur Telefonzelle, und einmal ging ich sogar so weit, die Nummer zu wählen, legte jedoch auf, bevor jemand den Hörer abnahm. Ich hatte nicht die geringste Ahnung, was ich sagen sollte. Wie ich es auch drehte und wendete, immer starrte mir dieselbe schreckliche Wahrheit ins Gesicht, es waren immer dieselben Alternativen. Die Alte Mutter, das offene Maul gespickt mit Angelhaken, die Augen glasig vor Wut, und ich, die ich mich gegen diesen fürchterlichen Druck aufbäumte, als wäre die Alte Mutter ein Teil meiner selbst, den ich freizukämpfen versuchte, ein dunkler Teil meines Herzens, der an der Leine zappelte, ein grausiger, geheimnisvoller Fang.

Ich konnte zwar in Gedanken allerlei Möglichkeiten durchspielen – zum Beispiel, dass Laure Dessanges mich als Gegenleistung für die Freilassung ihres Bruders in Ruhe lassen würde –, aber im Grunde wusste ich, dass keine davon realistisch war. Bisher hatten wir mit unserer Aktion nur eins erreicht, wir hatten Zeit gewonnen, und die zerrann uns zwischen den Fingern. Wenn wir nicht bald eine zündende Idee hatten, würde Luc am nächsten Tag seine Drohung wahr machen – »Morgen steht Ihr trauriges kleines Geheimnis in sämtlichen Zeitungen« –, und dann würde ich alles verlieren: den Hof, die Crêperie, meinen Platz in Les Laveuses ... Mir blieb nichts anderes übrig, als die Wahrheit als Waffe einzusetzen. Andererseits, wer konnte mir sagen, welche Auswirkungen das auf Pistache und Noisette und Paul haben würde?

Ich biss erbittert die Zähne zusammen und harkte so energisch an einer Reihe Schalotten entlang, dass ich die Pflanzen aus der Erde riss und die glänzenden kleinen Zwiebeln zusammen mit dem Unkraut durch die Gegend flogen. Ich wischte mir den Schweiß von der Stirn und brach in Tränen aus.

Niemand dürfte vor die Wahl gestellt sein, sich zwischen einem anständigen Leben und einer Lüge zu entscheiden, dachte ich verzweifelt. Und doch hatte *sie* vor dieser Wahl gestanden, Mirabelle Dartigen, die Frau auf dem Foto mit dem schüchternen Lächeln, die Frau mit den hohen Wangenknochen und dem strengen Nackenknoten. Sie hatte alles aufgegeben – den Hof, den Obstgarten, die kleine Nische, die sie sich geschaffen hatte –, sie hatte alles begraben, ohne noch einen Blick zurückzuwerfen, und war fortgegangen. Nur ein Detail fehlt in ihrer so sorgfältig angelegten Kladde, ein Detail, das sie nicht festhalten konnte, weil sie es nicht kannte. Ein Detail, das noch fehlt, um unsere Geschichte zu vervollständigen.

Wenn meine Töchter und Paul nicht wären, sagte ich mir, würde ich einfach alles erzählen. Und wenn es nur dazu diente, Laure eins auszuwischen, um sie um ihren Triumph zu bringen. Aber da war Paul, so still und bescheiden, so schweigsam, dass es ihm gelungen war, sich unbemerkt in mein Herz zu stehlen. Paul, fast eine Witzfigur mit seinem Stottern und seinen zerschlissenen, alten Latzhosen, mit seinen riesigen Händen und dem offenen Lächeln. Wer hätte gedacht, dass es einmal Paul sein würde, nach all den Jahren? Wer hätte gedacht, dass ich nach so vielen Jahren zurück nach Hause finden würde?

Mehrmals war ich kurz davor anzurufen. Ich hatte die Nummer in einer meiner alten Zeitschriften gefunden. Mirabelle Dartigen war längst tot. Ich hatte keinen Grund, sie aus dem trüben Wasser meines Herzens zu zerren wie die Alte Mutter an der Angel. Eine zweite Lüge würde nichts für sie ändern, sagte ich mir. Noch würde ich, wenn ich die Wahrheit aufdeckte, irgendetwas wieder gutmachen. Aber Mirabelle ist eine starrköpfige Frau, selbst im Tod. Selbst in diesem Augenblick kann ich sie spüren, kann sie *hören* wie das Heulen der Stromleitungen an einem stürmischen Tag – diese schrille, verwirrte Sopranstimme, das Einzige, was mir von ihr geblieben ist. Es spielt keine Rolle, dass ich nie begriffen habe, wie sehr ich sie eigentlich liebte. Ihre Liebe, dieses unvollkommene, kalte Geheimnis, zieht mich mit sich ins Ungewisse.

Und dennoch. Es wäre nicht *recht*. Pauls Stimme in mir, unerbittlich wie der Fluss. Es wäre nicht recht, mit einer Lüge zu leben. Ich wünschte, ich müsste die Entscheidung nicht treffen.

8

Es war kurz vor Sonnenuntergang, als er zu mir in den Garten kam. Ich hatte so lange gearbeitet, dass meine Knochen schmerzten. Mein Hals war trocken, und mir dröhnte der Kopf. Er sagte kein Wort, stand einfach hinter mir und wartete.

»Was willst du?«, fauchte ich schließlich. »Hör auf, mich anzustarren, Herrgott nochmal. Tu irgendwas Nützliches.«

Paul sagte immer noch nichts. Ich hatte das Gefühl, als brannte sein Blick in meinen Nacken. Schließlich fuhr ich herum, schleuderte die Harke ins Beet und schrie ihn mit der Stimme meiner Mutter an.

»Kannst du mich nicht einfach in Ruhe lassen, du alter Trottel?« Ich glaube, ich wollte ihm wirklich wehtun. Es wäre leichter für mich gewesen, wenn ich ihn hätte verletzen können, wenn ich ihn so weit hätte bringen können, dass er sich aus lauter Zorn oder Enttäuschung oder Abscheu von mir abgewandt hätte. Aber er hielt meinem Blick stand – komisch, ich hatte immer geglaubt, bei diesem Spiel unschlagbar zu sein –, der gute Paul, er rührte sich nicht, sprach kein Wort, wartete einfach ab, bis ich fertig war, damit er sagen konnte, was er zu sagen hatte. Ich drehte mich wütend weg, fürchtete mich vor seinen Worten, vor seiner grässlichen Geduld.

»Ich habe unserem Gast sein Abendessen gebracht«, begann er. »Vielleicht solltest du auch was essen.«

Ich schüttelte den Kopf. »Ich will bloß in Ruhe gelassen werden.«

Hinter mir hörte ich Paul seufzen. »Sie war ganz genauso. Mirabelle Dartigen. Wollte von niemand Hilfe annehmen. Nicht mal von sich selbst.« Seine Stimme klang ruhig und nachdenklich. »Du bist ihr sehr ähnlich, weißt du. Ähnlicher, als gut für dich ist. Oder für sonst irgend jemand.«

Ich verkniff mir eine bissige Bemerkung und weigerte mich weiterhin, ihn anzusehen.

»Hat sich mit ihrem Starrsinn alle zu Feinden gemacht«, fuhr Paul fort. »Und nicht geahnt, dass sie ihr geholfen hätten, wenn sie darum gebeten hätte. Aber sie hat sich nie jemand anvertraut, nicht wahr? Hat mit keiner Menschenseele gesprochen.«

»Ich nehme an, dazu war sie nicht in der Lage«, erklärte ich benommen. »Manche Dinge kann man nicht. Man ... kann es einfach nicht.«

»Sieh mich an«, sagte Paul.

Sein Gesicht schimmerte rosig im letzten Sonnenlicht, rosig und jung trotz der tiefen Falten und dem vom Nikotin verfärbten Schnurrbart. Der Himmel hinter ihm war tiefrot und mit Wolken verhangen.

»Einer muss es irgendwann erzählen«, sagte er. »Ich hab mich nicht umsonst durch die Kladde deiner Mutter gearbeitet, und außerdem bin ich nicht so dumm, wie du denkst.«

»Tut mir Leid«, murmelte ich. »Das habe ich nicht gemeint.«

Paul schüttelte den Kopf. »Ich weiß. Ich bin nicht so intelligent wie du oder Cassis, aber manchmal hab ich den Eindruck, dass die Intelligenten viel schneller mit ihrer

Weisheit am Ende sind.« Er lächelte und tippte sich an die Stirn. »Da drin passiert zu viel. Viel zu viel.«

Ich sah ihn an.

»Es ist nicht die Wahrheit, die wehtut«, fuhr er fort. »Wenn sie das begriffen hätte, wäre all das nie passiert. Wenn sie einfach um Hilfe gebeten hätte, anstatt sich allein rumzuplagen, so wie sie es immer getan hat –«

»Nein«, erwiderte ich bestimmt. »Das verstehst du nicht. Sie hat die Wahrheit nicht gekannt. Und wenn doch, dann hat sie es verheimlicht, sogar vor sich selbst. Um *unseret*willen. Um *meinet*willen.« Ich musste schlucken. »Es war nicht an ihr, die Wahrheit zu sagen. Das hätten *wir* tun müssen. *Ich* hätte es tun müssen.« Ich hatte Mühe weiterzusprechen. »Nur ich hätte es tun können. Nur ich kannte die ganze Wahrheit. Wenn ich doch nur den *Mut* gehabt hätte –«

Ich verstummte und sah ihn an – sein liebenswertes, trauriges Lächeln, seine gebeugten Schultern, die mich an ein Maultier erinnerten, das ein Leben lang geduldig seine schweren Lasten getragen hat. Wie ich ihn beneidete. Und wie ich ihn brauchte.

»Du hast den Mut«, sagte Paul schließlich. »Den hast du immer gehabt.«

Wir schauten einander an. Die Stille war beinahe mit den Händen greifbar.

Schließlich brach ich das Schweigen. »Also gut. Lass ihn gehen.«

»Bist du dir auch ganz sicher? Die Drogen, die Louis in seiner Tasche gefunden hat –«

Plötzlich musste ich lachen, ein seltsam sorgloses Lachen, das aus meinem trockenen Mund ertönte. »Meinst du, ich hätte nicht gemerkt, wie du ihm das Zeug untergeschoben hast? Hältst du mich wirklich für so naiv?«

Paul schüttelte den Kopf. »Und was wirst du nun tun?«,

fragte er nach einer Weile. »Sobald er Yannick und Laure davon erzählt ...«

»Soll er ihnen doch erzählen, was er will«, sagte ich. Ich fühlte mich so leicht wie noch nie, wie eine Feder auf dem Wasser. Ich spürte ein Lachen in mir aufsteigen, das verrückte Lachen eines Menschen, der im Begriff ist, alles was er besitzt, wegzuwerfen. Ich langte in meine Schürzentasche und nahm den Zettel mit der Telefonnummer heraus.

Dann überlegte ich es mir anders und holte mein kleines Adressbuch aus dem Haus. Ich musste nicht lange suchen, um die richtige Seite zu finden.

»Ich glaube, ich weiß jetzt, was ich tun werde«, verkündete ich.

9

APFELKUCHEN MIT GETROCKNETEN APRIKOSEN. EIER MIT Zucker und weicher Butter schaumig schlagen. Milch und Mehl abwechselnd unterrühren, bis ein zähflüssiger Teig entsteht. Eine Kuchenform einfetten. Ofen vorheizen. Das klein geschnittene Obst in den Teig geben, mit Zimt und Piment würzen. Bei mittlerer Temperatur backen. Wenn der Kuchen aufzugehen beginnt, mit braunem Zucker bestreuen und Butterflöckchen darauf setzen. Weiterbacken, bis die Oberfläche knusprig ist und sich fest anfühlt.

Die Ernte war mager gewesen, dafür hatten die Trockenheit und die darauf folgenden schweren Regenfälle gesorgt. Und doch fing meine Mutter wie jedes Jahr an, ihre besonderen Kuchen zu backen, als das Erntedankfest nahte. Sie stellte Schüsseln mit Obst und Gemüse auf den Fensterbänken bereit und backte kunstvolle Brote in allen erdenklichen Formen – als Weizengarbe, als Fisch, als mit Äpfeln gefüllter Korb.

Am Erntedanktag zogen die Kinder aus der Sonntagsschule jedes Jahr in ihren Festtagskleidern und mit brennenden Kerzen in der Hand singend in einer feierlichen Prozession um den Brunnen, der wie zu einem heidnischen Fest mit Blumen, Früchten, Maiskränzen und ausgehöhlten, kunstvoll zu Laternen geschnitzten Kürbissen geschmückt war. Anschließend fand in der Kirche ein Gottesdienst statt. Die Kirchenlieder, die über den Marktplatz schallten, kündeten von verlockenden und verbotenen Dingen, von der Auferstehung der Auserwählten und dem Höllenfeuer für die Verdammten. Auf den abgeernteten Feldern brannten die Herbstfeuer, deren süßlicher Rauch in den Himmel aufstieg.

Dann begann der Jahrmarkt. Der Herbstjahrmarkt mit Ringkämpfen und allen möglichen Wettspielen – Tanzen, Apfelfangen, Pfannkuchenessen, Gänserennen –, mit warmem Ingwerbrot und Cidre für Gewinner wie Verlierer, mit Körben voll hausgemachter Lebensmittel, die rund um den Brunnen verkauft wurden, während die Erntekönigin lächelnd auf ihrem gelben Thron saß und den Passanten Blumen zuwarf.

Normalerweise warteten wir auf das Erntedankfest mit größerer Ungeduld als auf das Weihnachtsfest, denn damals gab es selten Geschenke, und der Dezember ist eine schlechte Jahreszeit zum Feiern. Der Oktober, süß und schwer mit seinem rotgoldenen Licht, dem Raureif und dem bunten Herbstlaub ist etwas ganz anderes, eine Zeit voller Zauber, ein letztes freudiges Aufbegehren vor dem Frost. Normalerweise sammelten wir lange im Voraus Holz und Laub, um es an einem geschützten Ort aufzubewahren, machten Halsketten aus Holzäpfeln, stellten Säcke mit Nüssen bereit, bügelten unsere besten Kleider und polierten die guten Schuhe für den Tanz. Meistens veranstalteten wir eine eigene kleine Feier im Ausguck, schmückten den Schatzfelsen mit Blumenkränzen und streuten rote Blüten in das träge Wasser der Loire. Wir trockneten Birnen- und Apfelscheiben im Ofen, flochten Kränze und bastelten Puppen aus Maisstroh, die wir als Glücksbringer überall im Haus aufhängten. Und während der ganzen Zeit knurrten unsere Mägen in hungriger Erwartung der Festlichkeiten.

Aber in diesem Jahr war von alldem kaum etwas zu spüren gewesen. Seit dem Tanzabend im Café de la Mauvaise Réputation, seit den Briefen, den Gerüchten, den Schmierereien an unseren Wänden, dem Flüstern hinter unserem Rücken und dem höflichen Schweigen um uns herum ging es stetig mit uns bergab. Die Anschuldigungen – »NAZIHUHRE« in roten Buchstaben auf der Wand des Hühnerstalls, immer wieder neu gemalt, egal wie oft wir sie abwuschen – und die Weigerung meiner Mutter, sich zu den Gerüchten zu äußern, die im Dorf kursierten über ihre Beziehungen zum La Rép, sorgten dafür, dass der Herbst in jenem Jahr für die Familie Dartigen eine bedrückende Zeit war.

Die anderen bereiteten ihre Freudenfeuer vor und banden ihren Weizen zu Garben. Die Kinder suchten die Ackerfurchen nach Körnern ab, damit nichts verloren ging. Wir sammelten die letzten, nicht verdorbenen Äpfel ein und legten sie im Keller behutsam mit etwas Abstand nebeneinander in flache Obstkisten, damit die Fäule sich nicht ausbreiten konnte. Das Gemüse lagerten wir im Kartoffelkeller in Kisten, bedeckt mit einer Schicht trockener Erde. Meine Mutter backte ihre besonderen Kuchen und Brote, die sie lustlos in Angers verkaufte, weil in Les Laveuses niemand Interesse daran zeigte. Ich erinnere mich, wie wir einmal mit einem Karren voller Gebäck zum Markt gingen und die Krusten der Brote – Eicheln, Igel, kleine grinsende Gesichter – in der Sonne glänzten wie poliertes Eichenholz. Einige der Dorfkinder weigerten sich, mit uns zu reden. Einmal wurden Reinette und Cassis auf dem Weg zur Schule von Kindern, die sich im Gebüsch am Flussufer versteckt hatten, mit Erdklumpen beworfen. Während der Tag des Erntedankfestes näherrückte, begannen die Mädchen, einander zu beäugen, bürsteten sich das Haar mit besonderer Sorgfalt und wuschen sich das Gesicht mit Haferkleie, denn am Festtag sollte eine von ihnen zur Erntekönigin gekrönt werden. Mich interessierte das alles überhaupt nicht. Mit meinen kurzen Haaren und dem Froschgesicht hatte ich sowieso keine Aussicht, zur Erntekönigin gewählt zu werden. Außerdem spielte für mich nichts eine Rolle, solange Tomas nicht da war. Ich fragte mich, ob ich ihn wohl je wieder sehen würde. Ich saß mit meinen Fangkörben und meiner Angel am Ufer der Loire und wartete. Irgendwie war ich davon überzeugt, dass Tomas zurückkehren würde, wenn es mir gelänge, den Hecht zu fangen.

10

DER MORGEN DES ERNTEDANKTAGES WAR KALT UND KLAR mit einem für den Oktober typischen glutroten Himmel. Meine Mutter hatte am Abend zuvor, wohl mehr aus Sturheit als aus Liebe zur Tradition, Ingwerbrot und Buch-weizenpfannkuchen gebacken und Brombeermarmelade gekocht. Sie hatte die Sachen in Körbe gefüllt, die wir mit auf den Jahrmarkt nehmen sollten. Ich hatte nicht vor hinzugehen. Stattdessen melkte ich die Ziege, erledigte meine häuslichen Arbeiten und machte mich auf den Weg zum Fluss. Ich hatte gerade erst eine ganz besondere Falle am Ufer ausgelegt, einen aus zwei, durch Hühnerdraht miteinander verbundene Obstkisten bestehenden Fangkorb, den ich mit Ködern bestückt hatte, und ich war begierig darauf, ihn auszuprobieren. Der Wind wehte den Duft von frischem Heu und den Geruch der ersten Herbstfeuer zu mir herüber, Erinnerungen an glücklichere Zeiten. Ich kam mir ganz alt vor, als ich durch die Maisfelder auf die Loire zu stapfte, so als hätte ich schon unendlich lange gelebt.

Paul erwartete mich bei den Piratenfelsen. Er saß mit seiner Angel am Ufer und blickte nur kurz auf, als er mich hörte.

»Gehst du nicht zum Jahrmarkt?«, fragte er.

Ich schüttelte den Kopf. Mir fiel ein, dass ich Paul nicht

mehr gesehen hatte, seit meine Mutter ihn fortgejagt hatte, und ich bekam plötzlich ein ganz schlechtes Gewissen. Deshalb setzte ich mich neben ihn, obwohl ich eigentlich das überwältigende Bedürfnis hatte, allein zu sein.

»Ich auch nicht.« Er wirkte lustlos, beinahe griesgrämig an jenem Morgen, hatte die Augenbrauen nachdenklich zusammengezogen in einer Weise, die ihn beunruhigend erwachsen erscheinen ließ. »All diese Idioten, die sich besaufen und rumtanzen. Wer hat schon Lust zu so was?«

»Ich nicht.« Die kleinen Strudel in dem braunen Wasser zu meinen Füßen hatten eine hypnotisierende Wirkung. »Ich will nach meinen Fangkörben sehen, und dann probier ich's drüben auf der Sandbank. Cassis sagt, da sind manchmal Hechte.«

Paul sah mich mitleidig an. »Die kriegst du nie«, sagte er knapp.

»Und wieso nicht?«

Er zuckte die Achseln. »Du kriegst sie einfach nicht, das ist alles.«

Eine Weile saßen wir nebeneinander und angelten. Die Sonne wärmte unsere Rücken, und bunte Blätter trudelten einzeln ins Wasser. Aus der Ferne hörten wir die Kirchenglocken läuten. Die Messe war zu Ende, und in ein paar Minuten würde der Jahrmarkt beginnen.

»Gehen die anderen hin?« Paul klaubte einen Regenwurm aus seinem Mund, wo er ihn aufgewärmt hatte, und befestigte ihn geschickt am Angelhaken.

Ich hob die Schultern. »Mir egal.«

Pauls Magen knurrte laut.

»Hast du Hunger?«

»Nö.«

In dem Augenblick hörte ich das Geräusch auf der Straße nach Angers. Anfangs war es ganz leise, aber es wurde immer lauter, wie das Summen einer Wespe. Lauter als das

Pulsieren des Bluts in den Schläfen nach einem Wettlauf über die Felder. Das Geräusch eines einzelnen Motorrads.

Panik ergriff mich. Paul durfte ihn nicht sehen. Wenn es Tomas war, musste ich allein sein, und mein Herzklopfen sagte mir, dass es Tomas war.

Tomas.

»Wir könnten ja mal gucken gehen«, schlug ich betont beiläufig vor.

Paul gab einen undefinierbaren Laut von sich.

»Es gibt Ingwerbrot«, sagte ich vorsichtig. »Und gebackene Tomaten und geröstete Maiskolben und Pasteten und Würstchen.«

Sein Magen knurrte noch lauter als zuvor.

»Wir könnten hinschleichen und uns was holen.«

Schweigen.

»Cassis und Reine sind bestimmt auch da.«

Das hoffte ich zumindest, denn dann könnte ich schnell wieder verschwinden und mich mit Tomas treffen. Der Gedanke an seine Nähe, die unerträgliche, wilde Freude, ihn zu sehen, brannte in meiner Seele wie heiße Steine unter den Füßen.

»Ist sie auch da?«, flüsterte er. Seine Stimme hasserfüllt. Ich hatte Paul gar nicht zugetraut, dass er einen Groll gegen jemanden hegen konnte. »Ich meine deine M-m-m-«, stieß er mühsam hervor. »D-d-deine M-m-mutter.«

Ich schüttelte den Kopf. »Kann ich mir nicht vorstellen«, sagte ich ungehaltener als beabsichtigt. »Mann, Paul, du machst mich ganz verrückt damit.«

Paul zuckte gleichgültig die Achseln. Jetzt hörte ich das Motorrad ganz deutlich, es konnte höchstens noch einen Kilometer entfernt sein. Ich ballte die Fäuste so fest, dass meine Fingernägel sich in meine Handflächen gruben.

»Ich meine, es ist doch auch egal. Sie kapiert einfach nichts, das ist alles«, sagte ich etwas freundlicher.

»Ist sie auch da?«, beharrte Paul.
»Nein«, log ich. »Sie hat gesagt, sie muss heute den Ziegenstall ausmisten.«
Paul nickte. »Also gut.«

11

Tomas würde vielleicht eine Stunde lang am Ausguck warten. Die Luft war warm; er würde sein Motorrad im Gebüsch verstecken und eine Zigarette rauchen. Falls niemand in der Nähe war, würde er vielleicht ein bisschen im Fluss schwimmen. Wenn nach einer Stunde keiner käme, würde er eine Nachricht auf einen Zettel schreiben und sie, womöglich zusammen mit ein paar Zeitschriften oder in Zeitungspapier eingewickelten Süßigkeiten, für uns in einer Astgabel oder im Ausguck verstecken. Das hatte er schon mal so gemacht. Ich hatte also genug Zeit, um mit Paul ins Dorf zu gehen und, sobald er abgelenkt war, ohne ihn zurückzurennen. Weder Cassis noch Reinette würde ich etwas davon sagen, dass Tomas aufgetaucht war. Ich war völlig aus dem Häuschen vor lauter Vorfreude und stellte mir sein Lächeln vor, das mir ganz allein gehören würde. Von diesem Gedanken getrieben, zerrte ich Paul regelrecht auf den Jahrmarkt, seine kühle Hand mit meiner warmen Hand fest umklammert.

Auf dem Platz um den Brunnen herrschte bereits reges Treiben. Immer mehr Leute kamen aus der Kirche – Kinder mit Kerzen in der Hand, junge Mädchen mit Laubkränzen auf dem Haar, eine Gruppe junger Männer, unter ihnen Guilherm Ramondin, die die Mädchen anglotzten. Ich sah Cassis und Reinette etwas abseits stehen. Reine trug ein rotes Flanellkleid und eine Halskette aus getrockneten Beeren, Cassis knabberte an irgendeinem klebrigen Gebäck. Niemand redete mit ihnen, und es war offensichtlich, dass die Leute einen Bogen um sie machten. Reinette lachte, ein hohes, schrilles Lachen wie der Schrei einer Möwe. In einiger Entfernung von ihnen, einen Korb mit Obst und Gebäck in den Händen, stand meine Mutter und sah dem Treiben auf dem Platz zu. Sie wirkte sehr farblos in der festlich gekleideten Menge, mit ihrem schwarzen Kleid und dem schwarzen Kopftuch. Ich spürte, wie Paul neben mir zusammenzuckte.

Ein paar Leute am Brunnen stimmten ein fröhliches Lied an. Raphaël war dabei, glaube ich, und Colette Gaudin und Pauls Onkel Philippe Hourias, einen gelben Schal locker um den Hals gebunden, und Agnès Petit in ihrem Sonntagskleid und mit Lederschuhen, auf dem Kopf einen Beerenkranz. Ich erinnere mich, wie ihre Stimme die anderen plötzlich übertönte – keine ausgebildete Stimme, aber sehr hell und klar –, und mir lief ein Schauer über den Rücken. Ich erinnere mich sogar noch an den Text des Liedes, das sie sang:

A la claire fontaine j'allais me promener
J'ai trouvé l'eau si belle que je m'y suis baignée
Il y a longtemps que je t'aime
Jamais je ne t'oublierai.

Tomas, wenn er es denn gewesen war, musste inzwischen am Ausguck angekommen sein. Aber Paul machte keine Anstalten, sich unter die Leute zu mischen. Er starrte meine Mutter an und biss sich auf die Lippen.

»Du hast doch g-gesagt, s-sie wollte n-nicht kommen«, stammelte er.

»Ich wusste es nicht«, erwiderte ich.

Eine Weile sahen wir zu, wie die Leute umhergingen und sich Erfrischungen besorgten. Auf dem Brunnenrand standen Krüge mit Apfelsaft und Wein, und viele Frauen hatten, ebenso wie meine Mutter, Brote und Kuchen und Obst mitgebracht. Aber meine Mutter hielt sich abseits, und kaum jemand ging zu ihr hin, um sich etwas von dem zu nehmen, was sie so liebevoll zubereitet hatte. Sie verzog keine Miene, wirkte beinahe gleichgültig. Nur ihre Hände verrieten sie, ihre weißen, nervösen Hände, mit denen sie den Korb umklammert hielt.

Ich wurde immer unruhiger. Paul wich mir nicht von der Seite. Eine Frau – ich glaube, es war Francine Crespin, Raphaëls Schwester – hielt Paul einen Korb mit Äpfeln hin, doch als sie mich erblickte, erstarrte ihr Lächeln. Fast alle hatten die Schmierereien an unserem Hühnerstall gesehen.

Der Priester, Père Froment, trat aus der Kirche. Seine gütigen Augen strahlten in dem Wissen, dass heute in seiner Gemeinde Eintracht herrschte, und er hielt das goldene Kreuz, das an einem hölzernen Stab befestigt war, wie einen Siegerpokal in die Höhe. Zwei Messdiener, die ihm folgten, trugen die Heilige Jungfrau auf ihrem goldgelben Sockel, der mit Beeren und Herbstlaub geschmückt war. Die Sonntagsschüler schlossen sich mit ihren brennenden Kerzen der kleinen Prozession an und stimmten ein Erntedanklied an. Die Mädchen in der Menge zupften ihre Kleider zurecht und setzten ihr schönstes Lächeln auf. Ich sah, wie auch Reinette sich dem Geschehen zuwandte. Dann wurde der gelbe Thron der Erntekönigin von zwei jungen Männern aus der Kirche getragen. Er war nur aus Stroh gemacht, mit Rücken- und Armlehnen aus Maisgarben und einem Kissen aus Herbstlaub, aber im warmen Sonnenlicht hatte es einen Moment lang den Anschein, als wäre er aus Gold.

Am Brunnen standen etwa ein Dutzend Mädchen im richtigen Alter. Ich erinnere mich an sie alle: Jeanette Crespin in ihrem zu eng gewordenen Kommunionskleid, die rothaarige Francine Hourias mit den Sommersprossen, die sich auch durch noch so gründliches Schrubben mit Kleie nicht entfernen ließen, Michèle Petit mit ihren strengen Zöpfen und der Brille. Keine von ihnen konnte Reinette das Wasser reichen. Und das wussten sie. Ich sah es daran, wie sie meine Schwester in ihrem roten Kleid und mit den mit Beeren geschmückten wunderbaren Locken voller Neid und Argwohn beobachteten. Aber auch Genugtuung lag in ihrem Blick: In diesem Jahr würde niemand Reine Dartigen als Erntekönigin vorschlagen. Nicht in diesem Jahr, wo uns die Gerüchte um die Ohren flogen wie Herbstlaub im Wind.

Der Priester hielt eine Ansprache. Ich hörte mit wachsender Ungeduld zu. Bestimmt wartete Tomas schon. Wenn ich ihn nicht verpassen wollte, musste ich mich bald auf den Weg machen. Paul stand immer noch neben mir und starrte mit seinem typischen dämlichen Ausdruck auf den bekränzten Brunnen.

»Es war ein Jahr der harten Prüfungen.« Die Stimme des Priesters hallte wie ein beruhigendes Summen über den Platz, wie fernes Schafblöken. »Aber euer Glaube und eure Durchhaltekraft haben uns das Jahr überstehen lassen.« In der Menge machte sich allmählich ebenfalls Unruhe breit. Die Leute hatten sich in der Kirche eine lange Predigt angehört. Jetzt war es an der Zeit, die Erntekönigin zu krönen, zu tanzen und zu feiern. Ich sah, wie ein Kind sich ein Stück Kuchen aus dem Korb seiner Mutter stibitzte und es hinter vorgehaltener Hand verschlang.

»Heute ist ein Festtag.« Das war schon besser. Ein erleichtertes Aufatmen ging durch die Menge. Auch Père Froment bemerkte es.

»Ich bitte euch nur, euch in allem zu mäßigen«, blökte er. »Euch daran zu erinnern, was ihr heute feiert, und den nicht zu vergessen, ohne den es keine Ernte und keine Freude gäbe.«

»Komm zu Potte, Père!«, rief eine raue, ausgelassene Stimme.

»Immer mit der Ruhe, *mon fils*«, mahnte Père Froment. »Wie ich schon sagte, heute ist ein Festtag, den wir beginnen wollen, indem wir die Erntekönigin ernennen – ein Mädchen zwischen dreizehn und siebzehn Jahren –, die die Gerstenkrone tragen und über unser Fest wachen soll.«

Sofort begannen die Leute, alle möglichen Namen zu rufen, einige davon ganz und gar unpassend. Dann brüllte Raphaël: »Agnès Petit!« Agnes, die mindestens fünfunddreißig war, errötete geschmeichelt und sah einen Moment lang richtig hübsch aus.

»Murielle Dupré!«

»Colette Gaudin!« Frauen küssten ihre Männer und quiekten in gespielter Empörung über die Komplimente.

»Michèle Petit!« Das war Michèles Mutter, ihrer Tochter treu ergeben.

»Georgette Lemaître!« Henri schlug seine neunzigjährige Großmutter vor, die laut über den Scherz lachte.

Mehrere junge Männer sprachen sich für Jeannette Crespin aus, die tief errötete und sich die Hände vors Gesicht schlug. Dann trat Paul vor, der die ganze Zeit schweigend neben mir gestanden hatte.

»Reine-Claude Dartigen!«, rief er laut, ohne zu stottern, mit einer Stimme, die kräftig und fast erwachsen klang, ganz anders, als sein übliches schüchternes Gemurmel. »Reine-Claude Dartigen!«, rief er noch einmal. Die Leute wandten sich nach ihm um, und ein Raunen ging durch die Menge. »Reine-Claude Dartigen!«, wiederholte er und marschierte quer über den Platz auf die verblüfft dreinblickende Reinette zu, eine Halskette aus Holzäpfeln in der Hand.

»Hier, die ist für dich«, sagte er, immer noch ohne zu stottern, und hängte ihr die Kette um. Die kleinen, rotgelben Früchte glänzten im goldenen Oktoberlicht.

»Reine-Claude Dartigen«, sagte Paul erneut, nahm Reine an die Hand und führte sie auf den Thron aus Stroh zu. Père Froment lächelte verlegen, ließ es jedoch zu, dass Paul Reine die Gerstenkrone auf den Kopf setzte.

»Sehr gut«, sagte der Priester leise. »Sehr gut.« Dann, etwas lauter: »Hiermit erkläre ich Reine-Claude Dartigen zur Erntekönigin!«

Vielleicht lag es daran, dass alle so ungeduldig darauf warteten, endlich feiern zu können. Vielleicht war es die Verblüffung darüber, dass der arme, kleine Paul Hourias zum ersten Mal in seinem Leben etwas gesagt hatte, ohne zu stottern. Vielleicht war es der Anblick von Reinette auf dem Thron mit ihren kirschroten Lippen und dem wunderschönen Haar, das im Sonnenlicht glänzte wie von einem Heiligenschein umgeben. Jedenfalls begannen die Leute zu klatschen. Einige brachen sogar in Hochrufe aus und riefen ihren Namen – allesamt Männer, wie mir auffiel, selbst Raphaël und Julien Lanicen, die an jenem Abend im Café de la Mauvaise Réputation dabei gewesen waren. Aber einige der Frauen applaudierten nicht. Michèles Mutter, zum Beispiel, und boshafte Klatschweiber wie Marthe Gaudin und Isabelle Ramondin. Es waren aber nur wenige. Als ich mich gerade davonschleichen wollte, erhaschte ich einen kurzen Blick auf meine Mutter und war verblüfft über ihren weichen, liebevollen Gesichtsausdruck – ihre Wangen waren gerötet, und ihre Augen strahlten fast so wie auf dem vergessenen Hochzeitsfoto. Als sie auf Reinette zueilte, löste sich ihr Kopftuch von ihrem Haar. Ich glaube, ich war die Einzige, die es bemerkte. Alle anderen schauten meine Schwester an, auch Paul, der wieder neben dem Brunnen stand, als wäre nichts geschehen. Etwas in meinem Innern verkrampfte sich. Meine Augen brannten so heftig, dass ich einen Augenblick lang fürchtete, ein Insekt – vielleicht eine Wespe – hätte mich ins Augenlid gestochen.

Ich ließ das Gebäck fallen, das ich gerade aß, drehte mich um und ging. Tomas wartete auf mich. Plötzlich war es ungeheuer wichtig für mich, daran zu glauben, dass Tomas auf mich wartete. Tomas, der mich liebte. Tomas, mein einziger Tomas, für immer und ewig. Ich drehte mich noch einmal kurz um und nahm den Anblick in mich auf. Meine Schwester, die Erntekönigin, die schönste Erntekönigin, die je gekrönt wurde, in einer Hand die Maisgarbe, in der anderen eine runde, leuchtende Frucht, die Père Froment ihr überreicht hatte. Ich sah, wie das Lächeln im Gesicht meiner Mutter plötzlich erstarb und sie zurückwich. Inmitten des allgemeinen Stimmengewirrs hörte ich sie sagen: »Was ist das? Um Gottes willen, was ist das? Wer hat dir das gegeben?«

Niemand beachtete mich, und ich lief los. Nah dran, laut zu lachen, während der vermeintliche Wespenstich immer noch in meinen Augen brannte, rannte ich so schnell ich konnte zum Fluss. Ich war völlig verwirrt. Ab und zu musste ich stehen bleiben wegen der Krämpfe in meinem Bauch – Krämpfe wie von heftigem Lachen, die mir jedoch die Tränen in die Augen trieben. Eine Orange! Aufbewahrt für diese besondere Gelegenheit, liebevoll in Seidenpapier eingewickelt für die Erntekönigin. Wie sie in ihrer Hand geglänzt hatte, als meine Mutter ... als meine Mutter ... Das Lachen brannte in meinen Eingeweiden wie Säure. Der Schmerz wurde unerträglich, warf mich zu Boden und zerrte an mir wie Angelhaken. Der Gedanke an den Blick meiner Mutter löste jedes Mal neue Krämpfe aus, die stolze Freude in ihrem Gesicht, die sich in Furcht – nein, *Entsetzen* – verwandelte beim bloßen Anblick einer kleinen Orange. Als die Krämpfe endlich nachließen, rannte ich weiter, atemlos vor Angst, Tomas könnte schon gegangen sein.

Diesmal würde ich es tun. Diesmal würde ich ihn bitten, mich mitzunehmen, egal, wohin er ging, nach Deutschland oder in den Wald, für immer auf der Flucht. Was immer er wollte, Hauptsache er und ich … er und ich. Ich betete zur Alten Mutter, während ich weiterlief und Brombeerranken mir die Beine zerkratzten. Bitte, Tomas, bitte. Nur du. Für immer. Ich begegnete niemandem auf dem Weg durch die Felder. Alle Leute aus dem Dorf waren beim Erntedankfest. Als ich endlich bei den Piratenfelsen ankam, rief ich laut seinen Namen, meine schrille Stimme hallte über den Fluss.

Konnte es sein, dass er schon fort war?

»Tomas! Tomas!« Ich war heiser vom Lachen, heiser vor Angst. »*Tomas! Tomas!*«

Auf einmal kam er blitzschnell zwischen den Büschen hervor, packte mich mit einer Hand um die Taille und legte mir die andere auf den Mund. Zuerst erkannte ich ihn kaum – sein Gesicht war so dunkel –, und ich wehrte mich heftig, versuchte vergeblich, ihm in die Hand zu beißen, dabei gab ich dünne Laute von mir, die klangen wie Vogelgepiepse.

»Schsch. Was zum Teufel ist denn bloß in dich gefahren?« Als ich die vertraute Stimme hörte, beruhigte ich mich.

»Tomas. Tomas.« Ich konnte gar nicht mehr aufhören, seinen Namen zu sagen. Ich atmete den vertrauten Geruch nach Tabak und Schweiß ein, der an seinen Kleidern haftete, während ich mich an ihn klammerte, wie ich es vor zwei Monaten niemals gewagt hätte. »Ich wusste, dass du zurückkommen würdest, ich wusste es.«

Er sah mich an. »Bist du allein?« Seine Augen wirkten schmaler als sonst, wachsamer. Ich nickte.

»Gut. Dann hör mir zu.« Er sprach sehr langsam und eindringlich, betonte jedes Wort. In seinem Mundwinkel hing keine Zigarette, in seinen Augen war kein Funkeln. Er schien dünner geworden zu sein, sein Gesicht hagerer, sein Ausdruck strenger.

»Ich möchte, dass du mir gut zuhörst.«

Ich nickte gehorsam. Alles, was du willst, Tomas. Ich sah ihn erwartungsvoll an. Nur du, Tomas. Nur du. Am liebsten hätte ich ihm von meiner Mutter und von Reine und von der Orange erzählt, aber ich spürte, dass dies nicht der richtige Zeitpunkt war. Ich hörte ihm zu.

»Vielleicht kommen demnächst Männer ins Dorf«, erklärte er. »In schwarzer Uniform. Du weißt, was das bedeutet, nicht wahr?«

Ich nickte. »Deutsche Polizei. SS.«

»Genau.« Er sprach in einem beinahe schneidenden Ton, ganz anders als sonst. »Es könnte sein, dass sie Fragen stellen.«

Ich sah ihn verständnislos an.

»Fragen, die mich betreffen«, fügte er hinzu.

»Warum denn?«

»Das spielt keine Rolle.« Er hielt mein Handgelenk immer noch so fest umklammert, dass es fast wehtat. »Vielleicht werden sie dich ausfragen. Vielleicht werden sie von dir wissen wollen, was wir miteinander zu tun haben.«

»Du meinst die Zeitschriften und all das?«

»Ganz genau. Und sie werden nach dem alten Mann im Café fragen. Nach Gustave. Dem Mann, der ertrunken ist.« Sein Gesicht wirkte angespannt. Er sah mir direkt in die Augen. »Hör zu, Boise. Das ist sehr wichtig. Du darfst ihnen nichts sagen. Ihr habt mich nie gesehen. Ihr seid an dem Abend nicht beim Café gewesen. Ihr kennt nicht einmal meinen Namen. In Ordnung?«

Ich nickte.

»Vergiss das nicht«, beharrte Tomas. »Ihr wisst überhaupt nichts. Ihr habt nie mit mir gesprochen. Sag das auch den anderen.«

Ich nickte wieder, und er schien sich etwas zu entspannen.

»Und noch etwas.« Seine Stimme nahm einen weicheren, beinahe zärtlichen Ton an. Ich schmolz dahin wie ein Karamellbonbon und schaute ihn mit großen Augen an.

»Ich kann nicht mehr herkommen«, sagte er leise. »Jedenfalls vorerst nicht. Es wird zu gefährlich. Dieses Mal habe ich es nur mit großer Mühe geschafft, mich wegzuschleichen.«

»Wir könnten uns doch stattdessen im Kino treffen«, schlug ich schüchtern vor. »Wie früher. Oder im Wald.«

Tomas schüttelte ungeduldig den Kopf. »Hörst du denn nicht zu? Wir können uns überhaupt nicht mehr sehen. Nirgendwo.«

Kälte legte sich auf meine Haut wie Schneeflocken. In meinem Kopf drehte sich alles.

»Und wie lange nicht?«, flüsterte ich schließlich.

»Sehr lange.« Ich spürte, dass er allmählich ungehalten wurde. »Vielleicht nie mehr.«

Ich erschrak und begann zu zittern. Meine Haut brannte, als hätte ich mich in Brennnesseln gewälzt. Er nahm mein Gesicht in beide Hände.

»Hör zu, Framboise«, sagte er langsam. »Es tut mir Leid. Ich weiß, dass du –« Er brach ab. »Ich weiß, dass es schwer ist.« Er grinste, ein breites und zugleich reumütiges Grinsen, wie ein wildes Tier, das versucht, ein freundliches Gesicht zu machen.

»Ich habe euch ein paar Sachen mitgebracht«, erklärte

er dann. »Zeitschriften, Kaffee.« Wieder das verkrampft fröhliche Grinsen. »Kaugummi, Schokolade, Bücher.«

Ich sah ihn schweigend an. Mein Herz fühlte sich an wie ein kalter Lehmklumpen.

»Ihr müsst das Zeug aber gut verstecken, abgemacht?« Seine Augen leuchteten wie die eines Kindes, das jemandem ein Geheimnis anvertraut. »Und erzählt keinem etwas von uns. Wirklich niemandem.«

Er ging zu dem Gebüsch, in dem er gehockt hatte, und zog ein mit Kordel verschnürtes Päckchen heraus.

»Mach's auf«, drängte er.

Ich starrte ihn ausdruckslos an.

»Na mach schon.« Seine Stimme klang gepresst. »Das ist für dich.«

»Ich will es nicht.«

»Ach, komm schon.« Er legte einen Arm um meine Schultern, aber ich schob ihn weg.

»*Ich hab gesagt, ich will's nicht!*« Meine Stimme klang wie die meiner Mutter, scharf und schrill, und plötzlich hasste ich ihn dafür, dass er das in mir auslöste. »*Ich will's nicht! Ich will's nicht!*«

Er grinste mich hilflos an. »Ach, komm schon. Sei doch nicht so. Ich –«

»Wir könnten zusammen weglaufen«, stieß ich hervor. »Ich kenne ganz viele Stellen im Wald. Wir könnten weglaufen, und keiner würde uns finden. Wir könnten Kaninchen essen und Pilze und Beeren.« Meine Wangen glühten. Mein Hals fühlte sich rau und trocken an. »Wir wären in Sicherheit. Keiner würde uns finden.« Aber ich sah ihm an, dass es zwecklos war.

»Es geht nicht«, erwiderte er bestimmt.

Auf einmal spürte ich, wie mir Tränen in die Augen stiegen.

»Kannst du nicht wenigstens noch ein b-bisschen bleiben?« Ich hörte mich an wie Paul manchmal, unterwürfig und dumm, aber ich konnte nichts dagegen machen. Am liebsten hätte ich ihn stolz und ohne ein Wort gehen lassen, doch die Worte purzelten ungewollt aus meinem Mund.

»Bitte. Du könntest eine Zigarette rauchen, oder wir könnten ein bisschen zusammen schwimmen o-oder a-angeln.«

Tomas schüttelte den Kopf.

Ich fühlte, wie etwas in mir ganz langsam, unaufhaltsam zerbrach. Dann hörte ich plötzlich ein Scheppern.

»Nur ein paar Minuten. *Bitte.*« Wie ich den Klang meiner Stimme verabscheute, dieses dumme, gekränkte Betteln. »Ich zeig dir meine neuen Schnüre, meine neue Hechtfalle.«

Sein Schweigen war vernichtend, tonlos wie ein Grab. Ich spürte, wie unsere gemeinsame Zeit mir unaufhaltsam entglitt. Wieder hörte ich das Scheppern von Metall auf Metall, als hätte jemand einem Hund Blechdosen an den Schwanz gebunden, und plötzlich wusste ich, was das für ein Geräusch war. Unbändige Freude überkam mich.

»*Bitte! Es ist sehr wichtig!*« Meine Stimme klang jetzt hoch und kindlich, die Hoffnung auf Rettung brachte mich den Tränen näher denn je und schnürte mir die Kehle zu. »Ich verrate alles, wenn du nicht bleibst. Ich verrate alles, ich verrate all –«

Ein kurzes, ungehaltenes Nicken.

»Fünf Minuten. Keine Minute länger. Abgemacht?«

Meine Tränen versiegten. »Abgemacht.«

12

Fünf Minuten. Ich wusste, was ich zu tun hatte. Es war unsere letzte Chance – *meine* letzte Chance –, aber mein wild pochendes Herz und meine Verzweiflung versetzten mich in einen Rauschzustand. Er hatte mir fünf Minuten gegeben. Ich packte ihn an der Hand und zog ihn zu der Stelle am Ufer, wo ich meine neueste Falle ausgelegt hatte. Wie ein Stoßgebet wiederholte ich im Stillen immer wieder die Worte: Nur du, nur du, Tomas, bitte, bitte, bitte, und mein Herz klopfte so heftig, dass ich das Gefühl hatte, es müsste zerspringen.

»Wo gehen wir hin?«, fragte er ruhig, beinahe gleichgültig.

»Ich will dir was zeigen«, sagte ich außer Atem. »Was Wichtiges. Los, komm.«

Ich hörte die Blechdosen an dem Ölfass klappern, das ich als Schwimmer für den großen Fangkorb benutzte. Da war etwas drin, sagte ich mir aufgeregt. Etwas *Großes*. Die Dosen tanzten auf dem Wasser und schlugen gegen das Fass. Unter der Wasseroberfläche wurden die beiden Obstkisten, die ich mit Hühnerdraht aneinander gebunden hatte, wild hin- und hergeworfen.

Das war sie. Das *musste* sie sein.

Ich holte die lange Stange aus dem Versteck, mit der ich schwere Fangkörbe aus dem Wasser zog. Meine Hände zitterten so sehr, dass sie mir beim ersten Versuch beinahe ins Wasser fiel. Mit dem Haken, der sich am Ende der Stange befand, löste ich die Obstkisten von dem Schwimmer und stieß das Fass weg. Die Kisten schaukelten und buckelten.

»Es ist zu *schwer*!«, schrie ich.

Tomas sah mir verwirrt zu.

»Was zum Teufel ist das?«, fragte er.

»Oh, bitte! Bitte!« Verzweifelt versuchte ich, die schweren Kisten ans Ufer zu zerren. Aus den seitlichen Schlitzen strömte Wasser. Etwas Großes, Kraftvolles warf sich in der Kiste herum.

Neben mir hörte ich Tomas leise lachen.

»Ich werd verrückt, Kleine«, sagte er. »Du scheinst ihn tatsächlich erwischt zu haben, den alten Hecht. Lieber Gott, der muss ja riesig sein!«

Ich hörte ihm kaum zu. Mein Atem brannte mir in der Kehle. Meine Fersen gruben sich in den Uferschlamm, und ich rutschte hilflos auf das Wasser zu. Der Fangkorb zog mich Stück für Stück weiter.

»Die lass ich nicht mehr los!«, keuchte ich. »Die entkommt mir nicht!« Ich machte einen Schritt die Böschung hinauf, zerrte die triefenden Kisten hinter mir her, dann noch einen Schritt. Jeden Moment konnte ich auf dem schlüpfrigen Untergrund ausrutschen. Die Stange grub sich schmerzhaft in meine Schultern, während ich mich bemühte, das Gleichgewicht zu halten. Die ganze Zeit war mir bewusst, dass *er* mich beobachtete, und ich sagte mir verzweifelt, wenn es mir gelänge, die Alte Mutter aus dem Wasser zu ziehen, dann hätte ich einen Wunsch frei ... einen Wunsch ...

Ein Schritt, noch einer. Ich krallte mich mit den Zehen in den Schlamm und kämpfte mich vorwärts. Allmählich wurde meine Last etwas leichter, weil mehr und mehr Wasser aus den Kisten floss. Ich spürte, wie der Fisch sich in der Falle wütend hin und her warf. Noch ein Schritt.

Dann ging es nicht mehr weiter.

Ich zog und zerrte, aber der Fangkorb rührte sich nicht. Mit einem zornigen Aufschrei warf ich mich so weit ich konnte die Böschung hinauf, doch die Kisten hingen fest. Vielleicht hatten sie sich an einer Wurzel verfangen, die ins Wasser ragte, oder ein Stück Treibholz war im Hühnerdraht hängen geblieben. »Sie hängt *fest*!«, schrie ich. »Das verdammte Ding hat sich irgendwo verhakt!«

Tomas sah mich amüsiert an. »Es ist doch bloß ein alter Hecht«, meinte er leicht ungehalten.

»Bitte, Tomas«, keuchte ich. »Wenn ich jetzt loslasse, ist sie weg. Versuch, den Korb loszumachen, bitte.«

Tomas zuckte die Achseln, zog sich Jacke und Hemd aus und hängte beides über einen Strauch.

»Ich will mir meine Uniform nicht schmutzig machen«, erklärte er.

Mit vor Anstrengung zitternden Armen hielt ich die Stange, während Tomas das Hindernis untersuchte.

»Er hat sich in einem Wurzelgeflecht verfangen«, rief er mir zu. »Sieht so aus, als hätte sich eine Latte gelöst und zwischen den Wurzeln verkeilt.«

»Kommst du dran?«, fragte ich.

Er zuckte die Achseln. »Ich versuch's mal.« Dann zog er seine Hose aus, hängte sie zu den anderen Sachen, entledigte sich seiner Stiefel und stieg ins Wasser. Es war tief an der Stelle. Er schüttelte sich, und ich hörte ihn leise fluchen.

»Ich muss verrückt sein. Das Wasser ist eiskalt.« Er stand fast bis zu den Schultern in der braunen Brühe.

»Kommst du dran?«, rief ich noch einmal. Meine Arme schmerzten, in meinem Kopf pochte es wie verrückt. Ich spürte den Hecht, der immer noch halb im Wasser war, spürte, wie er sich mit aller Kraft im Fangkorb hin und her warf.

»Da unten«, hörte ich Tomas sagen. »Direkt unter der Oberfläche. Ich glaube« – ein Plätschern, als er kurz untertauchte und wie ein Otter gleich darauf wieder auftauchte – »ein bisschen tiefer.« Ich stemmte mich mit aller Kraft gegen das Gewicht. Meine Schläfen brannten, und ich hätte vor Schmerz und Wut schreien können. Fünf Sekunden, zehn – ich war der Ohnmacht nahe, rotschwarze Blumen schimmerten vor meinen Augen, dann das Stoßgebet: *Bitte, bitte, ich lass dich frei, ich schwöre es, bitte, Tomas, nur du, Tomas, nur du, für immer und ewig.*

Ganz plötzlich löste sich der Korb. Ich stürzte die Böschung hinauf und verlor beinahe die Stange aus den Händen. Mit verschwommenem Blick, einen metallischen Geschmack im Mund, hievte ich den Fangkorb ans Ufer, wobei ich mir Splitter unter die Fingernägel und in meine mit Blasen übersäten Handflächen rammte. Hastig zerrte ich an dem Hühnerdraht, überzeugt, dass der Hecht bereits entkommen war. Etwas schlug gegen die Seite der Kiste – flap-flap-flap. Es hörte sich an, als würde ein nasses Tuch gegen eine Emailleschüssel geschlagen – »Sieh dir dein Gesicht an, Boise, eine Schande ist das! Komm her und lass dich waschen!« –, und ich musste an meine Mutter denken, wie sie uns gnadenlos schrubbte, wenn wir uns nicht ordentlich gewaschen hatten.

Flap-flap-flap. Das Geräusch wurde leiser, schwächer, aber ich wusste, dass ein Fisch noch minutenlang leben, noch eine halbe Stunde lang zappeln konnte, nachdem man ihn aus dem Wasser gezogen hatte. Durch die Schlitze der Obstkiste konnte ich eine große Gestalt erkennen, die wie schwarzes Öl schimmerte, und hin und wieder blitzte ein einzelnes Auge auf. Ein Gefühl des Triumphs durchzuckte mich, so überwältigend, dass ich dachte, ich müsse sterben.

»Alte Mutter«, flüsterte ich heiser. »Alte Mutter. Ich wünsche mir ... ich wünsche mir, dass er bleibt. Mach, dass Tomas bleibt.« Ich flüsterte meinen Wunsch hastig, damit Tomas nicht hörte, was ich sagte, und als er nicht sofort die Böschung hinauf kam, wiederholte ich meinen Wunsch noch einmal, für den Fall, dass der alte Hecht mich beim ersten Mal nicht verstanden hatte. »Mach, dass Tomas hier bleibt. Mach, dass er für immer bei mir bleibt.«

Der Hecht in der Falle zappelte immer noch. Jetzt konnte ich sein Maul erkennen, eine missmutig nach unten gebogene Linie, gespickt mit Angelhaken von früheren Fangversuchen. Seine Größe ließ mich erschaudern, mein Sieg erfüllte mich mit Stolz, und ich war halb verrückt vor Freude und Erleichterung. Es war vorbei. Der Alptraum, der mit Jeannette und der Wasserschlange angefangen hatte, die Orangen, die meine Mutter in den Wahnsinn getrieben hatten, alles hatte hier am Flussufer ein Ende gefunden. Ein Mädchen mit einem verdreckten Rock, barfuß, das kurze Haar schlammverklebt, die Wangen rot vor Aufregung, ein Fangkorb, ein Fisch, ein Mann, der ohne Uniform und mit klatschnassem Haar beinahe aussah wie ein Junge. Ich schaute mich ungeduldig um.

»Tomas! Komm her und sieh dir das an!«

Stille. Nur das Plätschern des Wassers am Ufer. Ich stand auf und schaute zum Fluss hinunter.

»Tomas!«

Aber es war keine Spur von Tomas zu sehen. Wo er getaucht war, schimmerte das Wasser der Loire wie Milchkaffee glatt und unbeweglich. Nur ein paar kleine Bläschen stiegen an die Oberfläche.

»*Tomas!*«

Vielleicht hätte ich in Panik geraten müssen. Wenn ich

auf der Stelle reagiert hätte, hätte ich ihn womöglich retten können, das Unvermeidliche irgendwie verhindern. Das sage ich mir heute. Aber damals, immer noch berauscht von meinem Sieg, mit vor Erschöpfung zitternden Beinen, fiel mir nur das Spiel ein, das Cassis und er so oft gespielt hatten, wie sie tief getaucht waren und so getan hatten, als wären sie ertrunken; dabei hatten sie sich im Wurzelgewirr am Ufer versteckt und kicherten, während Reinette schrie und schrie. Ich ging näher ans Wasser.

»*Tomas?*«

Stille. Ich hatte das Gefühl, eine Ewigkeit dort zu stehen. Schließlich flüsterte ich: »Tomas?«

Die Loire zischte leise zu meinen Füßen. Die Alte Mutter in der Kiste wurde immer schwächer. Die Wurzeln am Ufer hingen ins Wasser wie die Finger einer Hexe. Und da begriff ich es.

Mein Wunsch war erfüllt worden.

Als Cassis und Reine mich zwei Stunden später fanden, lag ich mit starrem Blick am Ufer, eine Hand auf Tomas' Stiefeln, die andere auf einer kaputten Obstkiste, die die Überreste eines großen Fisches enthielt.

13

WIR WAREN KINDER. WIR WUSSTEN NICHT, WAS WIR TUN sollten. Wir hatten Angst. Cassis vielleicht noch mehr als Reine und ich, denn er war älter und begriff besser als wir, was passieren würde, wenn man uns mit Tomas' Tod in Verbindung brächte. Cassis befreite Tomas' Fuß von der Wurzel, an der er hängen geblieben war, und zog ihn aus dem Wasser. Er sammelte die Kleider des Deutschen ein und schnürte sie mit dem Gürtel zusammen. Er weinte, aber gleichzeitig strahlte er eine Entschlossenheit aus, die ich noch nie an ihm erlebt hatte. Vielleicht hat er an jenem Tag seinen Lebensvorrat an Mut aufgebraucht, dachte ich später. Vielleicht hat er sich deswegen in späteren Jahren in die sanfte Umnachtung des Alkohols geflüchtet. Reine war zu nichts zu gebrauchen. Sie hockte die ganze Zeit über am Ufer und heulte; mit dem von roten Flecken übersäten Gesicht sah sie fast hässlich aus. Erst als Cassis sie schüttelte und anschrie, sie müsse versprechen, nein, *schwören*, keiner Menschenseele etwas zu erzählen, zeigte sie eine Reaktion. Sie nickte benommen und schluchzte unter Tränen: »*Tomas, oh, Tomas!*« Vielleicht war das der Grund, warum ich Cassis trotz allem nie hassen konnte. An jenem Tag hatte er zu mir gestanden, und das war mehr, als je ein Mensch für mich getan hatte.

»Habt ihr das kapiert?« Seine Jungenstimme, vor Angst

leicht zittrig, klang wie ein seltsames Echo von Tomas' Stimme. »Wenn sie das mit uns rauskriegen, dann denken sie, wir hätten ihn umgebracht. Dann erschießen sie uns.« Reine sah ihn mit weit aufgerissenen, entsetzten Augen an. Ich starrte teilnahmslos und unbeeindruckt auf den Fluss. Niemand würde mich erschießen. Ich hatte die Alte Mutter gefangen. Cassis schlug mir auf den Arm.

»Boise, hörst du überhaupt zu?«

Ich nickte.

»Wir müssen es so aussehen lassen, als hätte es jemand anders getan«, sagte Cassis. »Die Résistance oder so. Wenn sie denken, er ist ertrunken –« Mein Bruder verstummte und schaute argwöhnisch aufs Wasser. »Wenn sie rausfinden, dass er mit uns *schwimmen* gegangen ist, dann quetschen sie womöglich Hauer und die andern aus und dann –« Cassis schluckte. Mehr brauchte er nicht zu sagen.

»Wir müssen es aussehen lassen ...« Er sah mich beinahe flehend an, »wie ... wie eine Hinrichtung.«

Ich nickte. »Ich mach das.«

Wir brauchten eine Weile, bis wir raushatten, wie man eine Pistole abfeuert. Zuerst mussten wir sie entsichern. Die Pistole war schwer und roch nach Schmieröl. Dann ging es um die Frage, wohin wir schießen sollten. Ich sagte, ins Herz, Cassis meinte, in den Kopf. »Ein Schuss müsste reichen«, sagte er, »direkt in die Schläfe, damit es aussieht wie das Werk der Résistance.« Um das Ganze echter wirken zu lassen, fesselten wir ihm die Hände mit einem Stück Schnur. Wir dämpften den Knall mit seiner Jacke, aber er war trotzdem so laut, dass wir das Gefühl hatten, die ganze Welt müsste ihn hören.

Meine Trauer war tief, so tief, dass ich mich völlig benommen fühlte, wie ein träger Fluss, glatt und ruhig an der Oberfläche und darunter eiskalt. Wir schleiften Tomas ans Wasser und warfen ihn hinein. Ohne seine Kleider und seine Erkennungsmarke war es praktisch unmöglich, ihn zu identifizieren, sagten wir uns. Innerhalb eines Tages würde die Strömung ihn schon bis nach Angers getragen haben.

»Aber was machen wir mit seinen Sachen?« Cassis' Lippen waren bläulich verfärbt, doch seine Stimme klang immer noch kräftig. »Wir können sie nicht einfach ins Wasser werfen. Wenn jemand sie findet, kommt alles raus.«

»Wir könnten sie verbrennen«, schlug ich vor.

Cassis schüttelte den Kopf. »Das gibt zu viel Rauch. Außerdem kann man die Pistole, den Gürtel und die Marke nicht verbrennen.« Ich zuckte gleichgültig die Achseln. Im Geiste sah ich Tomas sanft ins Wasser gleiten, immer wieder, wie ein müdes Kind, das in sein Bett sinkt. Dann hatte ich eine Idee.

»Die Morlock-Höhle«, sagte ich.

Cassis nickte.

14

Der Brunnen sieht immer noch ziemlich genauso aus wie damals, nur dass er mit einem Betondeckel versehen wurde, um zu verhindern, dass Kinder hineinfallen. Natürlich haben wir heute fließend Wasser. In meiner Kindheit war der Brunnen neben dem Regenfass unsere einzige Wasserquelle, und das Regenwasser benutzten wir nur zum Gießen.

Auf dem gemauerten Rand befand sich damals ein mit einem Vorhängeschloss gesicherter hölzerner Deckel, um Unfälle und Verunreinigung des Wassers zu vermeiden. Manchmal, wenn große Trockenheit herrschte, wurde das Wasser gelblich und brackig, aber meistens war es klar und süß. Nachdem wir *Die Zeitmaschine* gelesen hatten, spielten Cassis und ich eine Zeit lang Morlocks und Eloi, vor allem um den runden Brunnen herum, dessen düsterer Schacht uns an die Höhlen erinnerte, in denen die Morlocks nachts verschwanden.

Erst als es dämmerte, kehrten wir an jenem Tag nach Hause zurück. Tomas' Sachen versteckten wir im Garten hinter einem Lavendelstrauch. Auch das ungeöffnete Päckchen mit den Geschenken nahmen wir mit – nach allem, was geschehen war, wollte noch nicht einmal Cassis wissen, was sich darin befand. Einer von uns würde, wenn es ganz dunkel war, unter einem Vorwand nach draußen gehen müssen, erklärte Cassis – womit er natürlich meinte, dass ich das übernehmen musste –, das Bündel aus dem Versteck holen und in den Brunnen werfen. Der Schlüssel zu dem Vorhängeschloss hing hinter der Tür zusammen mit allen anderen Schlüsseln – ordentlich, wie meine Mutter war, hatte sie ihn mit einem Schildchen mit der Aufschrift »Brunnen« versehen –, und es würde ganz leicht sein, ihn zu nehmen und anschließend wieder an seinen Platz zu hängen, ohne dass Mutter etwas bemerkte. Danach, fuhr Cassis mit einem ungewohnt scharfen Unterton fort, liege alles nur noch an uns. Wir hatten Tomas Leibniz nicht gekannt, wir hatten ihn nie gesehen. Nie hatten wir mit irgendwelchen deutschen Soldaten gesprochen. Hauer und die anderen würden schon nichts verraten, wenn sie ihre Haut retten wollten. Wir brauchten nur dumm dreinzuschauen und die Klappe zu halten.

15

Es war leichter, als wir erwartet hatten. Unsere Mutter hatte Kopfschmerzen und war viel zu sehr mit sich selbst beschäftigt, um unsere blassen Gesichter und geröteten Augen zu bemerken. Sie behauptete, Reinette rieche immer noch nach Orange, und führte sie auf der Stelle ins Badezimmer, wo sie ihre Hände mit Kampfer und Bimsstein schrubbte, bis Reinette schrie. Zwanzig Minuten später kamen sie zurück, Reine mit einem Handtuch um den Kopf und meine Mutter übellaunig vor unterdrückter Wut. Es gab kein Abendessen.

»Macht euch selber was zu essen«, beschied sie uns. »Wie die Zigeuner treibt ihr euch im Wald rum. Stellt euch auf dem Marktplatz zur Schau –« Sie stöhnte auf und fasste sich an die Schläfe. Einen Augenblick lang sah sie uns an wie Fremde, dann setzte sie sich in den Schaukelstuhl neben dem Kamin, griff mit einer unwirschen Bewegung nach ihrem Strickzeug und starrte grimmig in die Flammen.

»Orangen«, murmelte sie. »Warum bringst du Orangen ins Haus? Hasst du mich so sehr?« Aber mit wem sie redete, war nicht klar, und keiner von uns wagte es, ihr zu antworten. Was hätten wir auch sagen sollen?

Um zehn Uhr ging sie in ihr Zimmer. Es war schon längst Schlafenszeit für uns, doch Mutter verlor häufig jedes Zeitgefühl, wenn sie Kopfschmerzen hatte. Wir hockten in der Küche und lauschten auf die Geräusche aus ihrem Zimmer. Cassis ging in den Keller, um etwas zu essen zu holen. Er kam mit *rillettes* und einem halben Laib Brot zurück. Obwohl keiner von uns großen Hunger hatte, begannen wir zu essen. Ich glaube, wir wollten einfach nicht miteinander reden.

Das schreckliche Ereignis, das wir mitverschuldet hatten, lastete schwer auf uns. Sein toter Körper, seine blasse Haut, die im Schatten der Bäume fast bläulich gewirkt hatte, wie wir mit den Füßen Laub über die zerfetzte Stelle an seinem Kopf geschoben hatten – komisch, wie klein und sauber das Einschussloch war –, sein abgewandtes Gesicht, die Art, wie er beinahe schläfrig ins Wasser geglitten war. Blanke Wut überdeckte meine Trauer. Du hast mich betrogen, schrie es in mir. Du hast mich betrogen. Betrogen hast du mich.

Es war Cassis, der schließlich das Schweigen brach. »Am besten du gehst jetzt raus und tust es.«

Ich warf ihm einen hasserfüllten Blick zu.

»Du musst es tun«, beharrte er. »Bevor es zu spät ist.«

Reine sah uns mit ihren dämlichen Kuhaugen flehend an.

»Also gut«, sagte ich. »Ich mach's.«

Später ging ich noch einmal zum Fluss. Ich weiß nicht, was ich vorzufinden gehofft hatte – vielleicht Tomas Leibniz' Geist, der an einen Baum gelehnt stand und eine Zigarette rauchte –, aber alles wirkte seltsam normal, es herrschte nicht einmal die unheimliche Stille, die ich nach diesem furchtbaren Ereignis erwartet hatte. Frösche quakten, und das Wasser plätscherte leise gegen das Ufer. Im silbrigen Mondlicht starrte der tote Hecht mich mit seinen glasigen Augen an. Ich kam nicht gegen das Gefühl an, dass er noch lebte, dass er jedes Wort verstehen konnte, dass er mir zuhörte.

»Ich hasse dich«, sagte ich zu der Alten Mutter.

Sie glotzte mich voller Verachtung an. Ihr ganzes Maul war mit Angelhaken gespickt. Sie sahen aus wie merkwürdige Reißzähne.

»Ich hätte dich freigelassen«, sagte ich. »Das wusstest du ganz genau.« Ich legte mich neben sie ins Gras, sodass unsere Gesichter sich fast berührten. Der Gestank des toten Fischs vermischte sich mit dem modrigen Geruch des Erdreichs. »Du hast mich betrogen.«

Im fahlen Licht wirkten die Augen des alten Hechts beinahe wissend. Beinahe triumphierend.

Ich weiß nicht, wie lange ich in jener Nacht dort blieb. Ich glaube, ich schlief ein bisschen, denn als ich wieder in den Himmel schaute, stand der Mond weiter flussabwärts und spiegelte sich im milchigen Wasser. Es war sehr kalt. Ich rieb mir die Taubheit aus den Händen und Füßen und hob den toten Hecht vorsichtig auf. Er war schwer und fühlte sich glitschig an, und in seinen glänzenden Flanken steckten verbogene Angelhaken wie Überreste eines Rückenpanzers. Schweigend trug ich ihn zu den Piratenfelsen hinüber, wo ich den ganzen Sommer über tote Wasserschlangen angenagelt hatte. Ich spießte den Hecht mit dem Unterkiefer auf einen der Nägel. Das Fleisch war zäh und so elastisch, dass ich schon fürchtete, es würde nicht klappen, doch mit einiger Anstrengung gelang es mir schließlich. Die Alte Mutter hing mit offenem Maul über dem Fluss, in einer Hülle wie aus Schlangenhaut, die im Wind zitterte.

»Gekriegt habe ich dich jedenfalls«, flüsterte ich.

Gekriegt habe ich dich jedenfalls.

16

BEINAHE HÄTTE ICH ZU SPÄT ANGERUFEN.

Die Frau, die sich meldete, machte Überstunden – es war schon zehn nach fünf – und hatte vergessen, den Anrufbeantworter einzuschalten. Sie klang sehr jung und sehr gelangweilt, und mir sank der Mut, als ich ihre Stimme hörte. Mit seltsam tauben Lippen brachte ich mein Anliegen vor. Lieber wäre mir eine ältere Frau gewesen, eine, die den Krieg erlebt hatte, eine, die sich vielleicht an den Namen meiner Mutter erinnerte, und einen Augenblick lang rechnete ich damit, dass sie mir erklärte, diese alten Geschichten interessierten niemanden mehr.

Ich war mir so sicher, dass sie gleich auflegen würde, dass ich es beinahe selbst getan hätte.

»*Madame? Madame?*«, sagte sie eindringlich. »Sind Sie noch dran?«

»Ja«, brachte ich mühsam hervor.

»Sagten Sie *Mirabelle Dartigen*?«

»Ja. Ich bin ihre Tochter. Framboise.«

»Warten Sie. Bitte warten Sie einen Augenblick.« Die Stimme klang beinahe atemlos trotz der professionellen Höflichkeit, keine Spur mehr von Langeweile. »Bitte, legen Sie nicht auf.«

17

Ich hatte mit einem Artikel gerechnet, höchstens einem Feature mit ein oder zwei Fotos. Stattdessen diskutierten sie mit mir über Filmrechte, Übersetzungsrechte, über ein Buch. Aber ich kann kein Buch schreiben, erklärte ich ihnen entgeistert. Natürlich kann ich *lesen*, aber *schreiben* ... Noch dazu in meinem Alter? Das spielt keine Rolle, beruhigten sie mich. Sie bekommen einen Ghostwriter.

Ghostwriter. Bei dem Wort läuft es mir kalt über den Rücken.

Anfangs glaubte ich, ich täte es, um mich an Laure und Yannick zu rächen. Um sie um ihren Triumph zu bringen. Aber darum geht es jetzt nicht mehr. Wie Tomas einst sagte, es gibt mehr als eine Möglichkeit, sich zur Wehr zu setzen. Außerdem tun sie mir mittlerweile nur noch Leid. Yannick hat mir sogar mehrmals geschrieben, ein Brief eindringlicher als der Nächste. Er lebt zurzeit in Paris. Laure hat die Scheidung eingereicht. Sie hat nicht versucht, mit mir Kontakt aufzunehmen. Wider besseres Wissen habe ich Mitleid mit den beiden. Schließlich haben sie keine Kinder. Sie haben keine Ahnung, wie sehr uns das voneinander unterscheidet.

Als Nächstes rief ich Pistache an. Meine Tochter nahm sofort ab, als hätte sie auf meinen Anruf gewartet. Sie klang ruhig und distanziert. Im Hintergrund hörte ich einen Hund bellen und Prune und Ricot herumtollen.

»Natürlich komme ich«, sagte sie verständnisvoll. »Jean-Marc kann sich ein paar Tage um die Kinder kümmern.« Meine liebe Pistache, geduldig und anspruchslos. Woher sollte sie wissen, wie man sich fühlt, wenn man innerlich so verhärtet ist? Ihr ist das fremd. Sie mag mich lieben, mir vielleicht vergeben, aber sie wird mich nie wirklich verstehen. Vielleicht ist es besser so für sie.

Der letzte Anruf war ein Ferngespräch. Ich hinterließ eine Nachricht, hatte Schwierigkeiten mit dem fremden Akzent, rang um Worte. Meine Stimme klang alt und zittrig, und ich musste meine Nachricht mehrmals wiederholen, um mich gegen den Lärm von Geschirrklappern, lauten Gesprächen und dem Gedudel der Musikbox verständlich zu machen. Ich konnte nur hoffen, dass es mir gelang.

18

Was danach passierte, ist allgemein bekannt. Man fand Tomas sehr bald, keine vierundzwanzig Stunden nach dem, was sich am Fluss ereignet hatte, und weit entfernt von Angers. Seine Leiche war nicht von der Strömung fortgetragen, sondern auf einer Sandbank in der Nähe des Dorfes angespült worden und wurde von denselben Deutschen gefunden, die sein Motorrad im Gebüsch in der Nähe der Piratenfelsen entdeckt hatten. Von Paul erfuhren wir, was man sich im Dorf erzählte: Eine Résistance-Gruppe habe einen deutschen Soldaten erschossen, der sie nach der Sperrstunde erwischt hatte; ein kommunistischer Scharfschütze habe ihn erschossen, um an seine Papiere zu gelangen; er sei von seinen eigenen Leuten hingerichtet worden, nachdem sie entdeckt hatten, dass er deutsches Heereseigentum auf dem schwarzen Markt verkaufte. Plötzlich wimmelte es in Les Laveuses von Deutschen, in schwarzen Uniformen und in grauen, die überall Hausdurchsuchungen machten.

Unser Haus wurde nur der Form halber durchsucht. Schließlich wohnte hier kein Mann, nur ein paar Gören mit ihrer kränkelnden Mutter.

Ich machte die Tür auf, als sie anklopften, und führte sie durchs Haus, doch sie schienen mehr an dem interessiert, was wir über Raphaël Crespin wussten. Paul erzählte uns später, Raphaël sei an jenem Tag frühmorgens, oder vielleicht schon während der Nacht, verschwunden. Er hatte sich regelrecht in Luft aufgelöst, hatte sein Geld und seine Papiere mitgenommen. Im Café de la Mauvaise Réputation hatten die Deutschen im Keller Waffen und genug Sprengstoff gefunden, um ganz Les Laveuses in die Luft zu jagen.

Zweimal kamen die Deutschen zu uns und durchsuchten das Haus vom Keller bis zum Dach, doch dann schienen sie das Interesse an uns zu verlieren. Ohne große Verwunderung nahm ich zur Kenntnis, dass der SS-Offizier, der die Durchsuchung leitete, derselbe rotgesichtige Mann war, der im Sommer unsere Erdbeeren gelobt hatte. Trotz seines ernsten Auftrags verhielt er sich genauso wohlwollend wie damals, tätschelte mir im Vorbeigehen den Kopf und achtete darauf, dass die Soldaten alles ordentlich hinterließen. An der Kirchentür wurde ein Plakat angebracht, das auf Deutsch und Französisch jeden, der etwas zur Klärung des Falles beitragen konnte, dazu aufforderte, sich zu melden. Meine Mutter lag mit Kopfschmerzen im Bett, schlief den ganzen Tag und führte nachts Selbstgespräche.

Wir schliefen schlecht, von Alpträumen geplagt.

Als es schließlich geschah, war es beinahe unspektakulär. Es passierte um sechs Uhr morgens, an der Westmauer der Kirche Saint-Bénédict, in der Nähe des Brunnens, wo Reinette wenige Tage zuvor mit der Gerstenkrone auf ihrem Thron gesessen und Blumen in die Menge geworfen hatte.

Paul kam, um uns davon zu berichten. Sein Gesicht war bleich und fleckig, und auf seiner Stirn trat eine Vene hervor, als er uns stotternd erzählte, was vorgefallen war. Wir hörten entsetzt zu, fragten uns benommen, wie es dazu hatte kommen können, wie es möglich war, dass aus so einem winzigen Samen wie dem unseren so eine blutige Blume hatte sprießen können. Ihre Namen trafen mich wie Pfeile. Zehn Namen, die ich nie vergessen werde: Martin Dupré, Jean-Marie Dupré, Colette Gaudin, Philippe Hourias, Henri Lemaître, Julien Lanicen, Arthur Lecoz, Agnès Petit, François Ramondin, Auguste Truriand. Sie geistern durch meine Erinnerung wie der Refrain eines Liedes, das einen nicht loslässt, überraschen mich im Schlaf, verfolgen mich in meinen Träumen. Zehn Namen. Alle zehn, die an jenem Abend im La Rép gewesen waren.

Später erfuhren wir, dass Raphaëls Verschwinden der Auslöser gewesen war. Das Waffenlager im Keller ließ darauf schließen, dass der Besitzer des Cafés Verbindungen zu Widerstandsgruppen unterhielt. Niemand wusste etwas Genaues. Die einen mutmaßten, das ganze Café sei nur eine geschickte Tarnung für sorgfältig organisierte Résistance-Aktivitäten gewesen, die anderen, Tomas' Tod sei ein Racheakt für das, was dem alten Gustave wenige Wochen zuvor zugestoßen war. Auf jeden Fall zahlte Les Laveuses einen hohen Preis für seinen vermeintlichen Aufstand. Wie Spätsommerwespen spürten die Deutschen das Ende nahen und schlugen instinktiv mit besonderer Brutalität zu.

Martin Dupré, Jean-Marie Dupré, Colette Gaudin, Philippe Hourias, Henri Lemaître, Julien Lanicen, Arthur Lecoz, Agnès Petit, François Ramondin, Auguste Truriand. Ich fragte mich, ob sie still gefallen waren, wie Figuren in einem Traum, oder ob sie geweint und um Gnade gefleht oder zu fliehen versucht hatten. Später stellte ich mir vor, wie die Soldaten die Leichen kontrollierten, einem, der noch zuckte und blinzelte, eine weitere Kugel verpassten, einen blutigen Rock hochschoben, um bleiche Schenkel zu betrachten. Paul erzählte, es habe nur eine Sekunde gedauert. Keiner durfte zusehen, die Fensterläden der benachbarten Häuser blieben geschlossen, Soldaten standen davor Wache. Noch heute male ich mir aus, wie die Leute hinter den Fenstern hockten und mit vor Entsetzen offenem Mund durch die Ritzen lugten. Und dann das Flüstern, mit angehaltenem Atem ausgestoßene Worte, als könnten Worte helfen, das Unfassbare zu verstehen.

Sie kommen! Da sind die Brüder Dupré. Und Colette, Colette Gaudin. Philippe Hourias. Henri Lemaître – warum er, er würde doch keiner Fliege etwas zuleide tun. Der alte Julien Lanicen – er ist doch kaum zehn Minuten am Tag nüchtern. Arthur Lecoz. Und Agnès, Agnès Petit. François Ramondin. Und Auguste Truriand.

Aus der Kirche, wo die Frühmesse schon begonnen hat, ertönen laute Stimmen. Ein Erntedanklied. Vor der verschlossenen Tür stehen zwei Soldaten mit gelangweilten Gesichtern Wache. Père Froment betet mit blökender Stimme vor, und die Gemeinde antwortet im Chor. Nur ein paar Dutzend Gläubige haben sich heute in der Kirche eingefunden, denn es geht das Gerücht, der Priester habe den Deutschen seine Kooperation zugesichert. Die Orgel dröhnt mit voller Lautstärke, dennoch sind die Schüsse drinnen zu hören, der gedämpfte Aufschlag der Kugeln auf dem alten Gemäuer gräbt sich ein in das Gedächtnis jedes einzelnen Gemeindemitglieds. Hinten in der Kirche fängt jemand an, die Marseillaise zu singen, aber die Stimme klingt betrunken und übertrieben laut in der plötzlichen Stille, und der Sänger verstummt verlegen.

In meinen Träumen sehe ich alles ganz deutlich, als wäre ich dort gewesen. Ich sehe ihre Gesichter. Ich höre ihre Stimmen. Ich sehe den plötzlichen, schockierenden Übergang vom Leben zum Tod. Aber meine Trauer hat sich so tief in meinem Herzen vergraben, dass ich sie nicht mehr spüre, und wenn ich mit tränenüberströmtem Gesicht aufwache, empfinde ich Verwunderung, beinahe Gleichgültigkeit. Tomas ist fort. Alles andere ist bedeutungslos.

Ich nehme an, wir befanden uns in einem Schockzustand. Wir sprachen nicht darüber, gingen einander aus dem Weg. Reinette verzog sich in ihr Zimmer, lag stundenlang auf dem Bett und betrachtete ihre Filmstars, Cassis verschanzte sich hinter seinen Büchern, und ich flüchtete in den Wald und an den Fluss. Um unsere Mutter kümmerten wir uns kaum, obwohl sie schrecklich unter ihrer Migräne litt. Wir hatten keine Angst mehr vor ihr. Selbst Reinette zuckte nicht mehr zusammen, wenn Mutter sie anschrie. Wir hatten getötet. Was gab es da noch zu fürchten?

Mein Hass hatte noch nichts gefunden, worauf er sich richten konnte – die Alte Mutter hing an einem der Piratenfelsen, also konnte ich ihr nicht länger die Schuld an Tomas' Tod geben –, aber ich spürte, wie er in mir rumorte, wie er auf der Lauer lag und ein Opfer suchte. Als ich meine Mutter nach einer weiteren schlaflosen Nacht bleich und erschöpft und verzweifelt aus ihrem Zimmer kommen sah, bündelte mein Hass sich auf einmal, schrumpfte auf einen einzigen Punkt wie auf einen kleinen, schwarzen Diamanten.

Du bist schuld du bist schuld du bist schuld.

Sie sah mich an, als hätte sie meine Gedanken gelesen. »Boise?« Ihre Stimme zitterte.

Ich wandte mich ab, spürte den Hass in meinem Herzen wie einen Eisklumpen.

Hinter mir hörte ich, wie ihr vor Entsetzen der Atem stockte.

19

IN DER FOLGENDEN WOCHE BEKAMEN WIR PROBLEME MIT dem Wasser. Das Brunnenwasser, das normalerweise klar und süß war, färbte sich braun wie Torf und schmeckte seltsam, als hätten wir Laub hineingeworfen. Ein oder zwei Tage lang beachteten wir es nicht, aber es wurde immer schlimmer. Selbst unsere Mutter, der es endlich wieder besser ging, bemerkte die Veränderung.

»Vielleicht ist etwas in den Brunnen gefallen«, meinte sie.

Wir blickten sie wie üblich ausdruckslos an.

»Ich werde mal nachsehen.«

Wir warteten nur darauf, dass sie die Ursache entdeckte.

»Sie kann nichts beweisen«, sagte Cassis verzweifelt. »Sie *weiß* nichts.«

Reine begann zu wimmern. »Aber sie wird es rausfinden. Sie findet alles raus, wenn sie will.«

Cassis biss sich in die Faust. »Warum hast du uns nicht gesagt, dass Kaffee in dem Päckchen war?«, stöhnte er. »Hast du denn keinen Funken Verstand?«

Ich zuckte die Achseln. Als Einzige blieb ich gelassen.

Wir wurden nie entlarvt. Unsere Mutter kam mit einem Eimer voll Laub zurück und erklärte, der Brunnen sei jetzt wieder sauber.

»Es ist bestimmt bloß Flussschlamm«, sagte sie beinahe frohgemut. »Wenn der Wasserspiegel sinkt, wird unser Wasser wieder klar. Ihr werdet sehen.«

Sie sicherte den Holzdeckel mit dem Vorhängeschloss und trug den Schlüssel fortan an ihrem Gürtel. Wir hatten keine Gelegenheit, noch einmal nachzusehen.

»Das Päckchen ist wahrscheinlich auf den Grund gesunken«, meinte Cassis. »Immerhin war es ziemlich schwer. Sie findet es höchstens, wenn der Brunnen austrocknet.« Wir wussten alle, dass das ziemlich unwahrscheinlich war. Und bis zum nächsten Sommer würde der Inhalt des Päckchens sich aufgelöst haben.

»Es kann uns nichts passieren«, verkündete Cassis.

20

REZEPT FÜR *Himbeerlikör.*

Ich habe sie sofort erkannt. Erst dachte ich, es wäre nur altes Laub. Die Himbeeren säubern und die Härchen entfernen. Eine halbe Stunde in warmem Wasser einweichen. Als ich das Bündel mit einer Stange aus dem Wasser zog, sah ich, dass es Kleider waren, mit einem Gürtel zusammengeschnürt. Ich brauchte nicht erst die Taschen zu durchsuchen, um Bescheid zu wissen. Die Früchte abgießen und so viele in ein großes Gefäß geben, dass der Boden bedeckt ist. Mit einer dicken Schicht Zucker bestreuen. Dann wieder eine Schicht Himbeeren, und so weiter, bis das Gefäß halb voll ist. Anfangs war ich wie benommen. Ich habe den Kindern gesagt, der Brunnen sei wieder sauber, bin in mein Zimmer gegangen und habe mich hingelegt. Den Brunnen habe ich mit einem Vorhängeschloss gesichert. Konnte keinen klaren Gedanken fassen. Vorsichtig mit Cognac übergießen, dabei darauf achten, dass die Schichten erhalten bleiben, anschließend das Gefäß ganz mit Cognac füllen. Mindestens achtzehn Monate ruhen lassen.

Es ist alles winzig klein und in diesen seltsamen Hieroglyphen geschrieben, die sie benutzt, wenn etwas geheim bleiben soll. Fast kann ich ihre Stimme hören, die leicht nasale Aussprache, den sachlichen Ton, mit dem sie die schreckliche Schlussfolgerung zieht.

Ich muss es getan haben. Ich habe so häufig Gewaltphantasien, und diesmal habe ich es anscheinend wirklich getan. Seine Kleider im Brunnen, seine Erkennungsmarke in seiner Tasche. Er muss wieder hergekommen sein, und da habe ich es getan: Ich habe ihn erschossen, ausgezogen und in den Fluss geworfen. Ich kann mich jetzt fast daran erinnern, aber nur undeutlich, wie an einen Traum. So viele Dinge kommen mir jetzt wie Träume vor. Kann nicht sagen, dass es mir Leid tut. Nach allem, was er mir angetan hat, was er zugelassen hat, das man Reine antut, mir, den Kindern, mir.

An dieser Stelle wird die Schrift unleserlich, als hätte das Entsetzen die Oberhand gewonnen und den Stift zitternd über das Papier geführt. Doch sie hat sich gleich wieder unter Kontrolle.

Ich muss an die Kinder denken. Sie sind hier nicht mehr sicher. Er hat sie die ganze Zeit benutzt. Ich dachte immer, er wollte mich, aber er wollte die Kinder, damit er sie benutzen konnte. Mich hat er bei Laune gehalten, um sie häufiger treffen zu können. Diese Briefe. Gemeine Worte, doch sie haben mir die Augen geöffnet. Was wollten die Kinder im La Rép? Was hatte er noch mit ihnen vor? Vielleicht war es gut, dass Reine diese Sache passiert ist. Das hat ihm endlich das Handwerk gelegt. Von da an hatte er die Situation nicht mehr im Griff. Jemand ist getötet worden. Das war nicht vorgesehen. Diese anderen Deutschen gehörten eigentlich nie dazu. Die hat er auch benutzt. Um ihnen notfalls die Schuld zuschieben zu können. Und jetzt meine Kinder.

Wieder wird es unleserlich. Dann:

Ich wünschte, ich könnte mich erinnern. Was hat er mir diesmal für mein Schweigen angeboten? Schon wieder Tabletten? Hat er wirklich geglaubt, ich könnte schlafen in dem Wissen, was ich dafür bezahlt habe? Oder hat er mich angelächelt und mein Gesicht auf diese besondere Weise berührt, als hätte sich zwischen uns nichts geändert? Habe ich es deswegen getan?

Die Schrift ist leserlich, aber zittrig, mit einer ungeheuren Willensanstrengung aufs Papier gezwungen.

Es gibt für alles einen Preis. Aber nicht meine Kinder. Die sollen jemand anderen nehmen. Irgendjemanden. Meinetwegen das ganze Dorf. Das sage ich mir, wenn ich ihre Gesichter im Traum sehe – dass ich es für meine Kinder getan habe. Am besten, ich schicke sie für eine Weile zu Juliette. Und nach dem Krieg hole ich sie wieder zu mir. Dort sind sie sicher. Sicher vor mir. Ich muss sie wegschicken, meine kleinen Lieblinge Reine, Cassis und Boise. Vor allem meine kleine Boise. Was bleibt mir anderes übrig? Und wird es je aufhören?

Hier bricht sie ab; es folgt ein mit roter Tinte geschriebenes Rezept für Kaninchenragout, dann geht es in einer anderen Farbe und in einer anderen Schrift weiter.

Es ist alles geregelt. Ich schicke sie zu Juliette. Da sind sie in Sicherheit. Ich werde mir eine Geschichte ausdenken, auf die die Klatschmäuler sich stürzen können. Ich kann den Hof nicht einfach so verlassen; die Bäume brauchen im Winter Pflege. Belle Yolande hat immer noch Pilzbefall, darum muss ich mich kümmern. Außerdem sind sie ohne mich sicherer. Das weiß ich jetzt.

Ich kann nur versuchen, mir vorzustellen, was sie damals empfunden hat. Angst, Reue, Verzweiflung, das Entsetzen darüber, dass sie allmählich wahnsinnig wurde, dass ihre schlimmsten Alpträume einen Weg in die Wirklichkeit gefunden hatten und jetzt alles bedrohten, was sie liebte. Aber ihre Zähigkeit war stärker. Diese Hartnäckigkeit, die ich von ihr geerbt habe, der Instinkt, zu beschützen, was sie liebte, und wenn es sie selbst umbrachte.

Nein, ich habe nicht geahnt, was sie damals durchmachte. Ich hatte meine eigenen Alpträume. Aber auch mir waren die Gerüchte zu Ohren gekommen, die im Dorf kursierten, Gerüchte, die immer lauter und bedrohlicher wurden, und die meine Mutter, wie üblich, weder zur Kenntnis nahm noch bestritt. Mit den Schmierereien am Hühnerstall hatte es begonnen und jetzt, nach den Hinrichtungen, gab es kein Halten mehr. Einmal war es ein Stein, der von der Rückseite eines Melkschuppens nach meiner Mutter geworfen wurde, ein andermal wurden nach der Sperrstunde Erdklumpen gegen unsere Haustür geschleudert. Frauen wandten sich ab, ohne zu grüßen. Dann tauchten neue Schmierereien auf, diesmal an unserer Hauswand.

»NAZIHURE« und »UNSERE BRÜDER UND SCHWESTERN SIND EURETWEGEN GESTORBEN.«

Paul sprach noch hin und wieder mit uns, aber nur, wenn niemand in der Nähe war. Die Erwachsenen schienen keine Notiz von uns Kindern zu nehmen, bis auf die verrückte alte Denise Lelac, die uns manchmal einen

Apfel oder ein Stück Kuchen zusteckte und murmelte: »Nehmt schon, nehmt schon. Eine Schande, dass unschuldige Kinder in so eine schreckliche Sache hineingezogen werden.«

Nach einer Woche waren alle davon überzeugt, dass Mirabelle Dartigen die Hure des Deutschen gewesen war, und ihre Familie deswegen verschont wurde. Als Nächstes fiel den Leuten wieder ein, dass mein Vater irgendwann einmal seine Sympathie für die Deutschen zum Ausdruck gebracht hatte. An einem Mittwoch tauchten ein paar Betrunkene vor unserem Haus auf, schrien Beschimpfungen und warfen Steine gegen unsere Fensterläden. Wir lagen im Dunkeln in unseren Betten, zitternd vor Angst, und lauschten auf die vertrauten Stimmen, bis unsere Mutter hinausging und dem Spuk ein Ende bereitete. In jener Nacht zogen sie friedlich ab. In der folgenden Nacht entfernten sie sich unter lautem Geschrei. Dann kam der Freitag.

Wir hatten gerade zu Abend gegessen, als wir sie kommen hörten. Es war den ganzen Tag grau und regnerisch gewesen, und die Leute waren gereizt und aggressiv. Am Abend legte sich ein weißlicher Dunstschleier über die Felder, sodass unser Hof wirkte wie eine Insel mitten im Nebel. Wie stets in letzter Zeit, aßen wir schweigend und mit wenig Appetit, obwohl meine Mutter unsere Lieblingsspeisen aufgetischt hatte. Frisch gebackenes Mohnbrot mit Butter, *rillettes*, Mettwurstscheiben von einem Schwein, das wir im vergangenen Jahr geschlachtet hatten, gebratene Blutwurst und in der Pfanne aufgebackene Buchweizenpfannkuchen, knusprig und nach Herbstlaub duftend. Unsere Mutter, um gute Stimmung bemüht, schenkte uns aus einem irdenen Krug Apfelmost ein, trank jedoch selbst nicht davon. Ich erinnere mich, wie sie während der ganzen Mahlzeit gequält lächelte und hin und wieder kurz auflachte, obwohl niemand etwas Lustiges gesagt hatte.

»Ich habe nachgedacht.« Ihre Stimme klang metallisch. »Ich finde, wir brauchen einen Tapetenwechsel.« Wir sahen sie gleichgültig an. Die Küche war erfüllt vom Duft nach Bratfett und Apfelmost.

»Ich habe mir überlegt, wir könnten Tante Juliette in Pierre-Buffière einen Besuch abstatten«, fuhr sie fort. »Es wird euch gefallen. Der Ort liegt in den Bergen, im Limousin. Es gibt dort Ziegen und Murmeltiere und –«

»Hier gibt's auch Ziegen«, bemerkte ich trocken.

Meine Mutter lachte. »Ich hätte mir denken können, dass du Einwände vorbringen würdest.«

Unsere Blicke begegneten sich. »Du willst, dass wir weglaufen«, sagte ich.

Zunächst tat sie so, als verstünde sie nicht, was ich meinte.

»Ich weiß, es hört sich nach einer sehr weiten Reise an«, sagte sie mit dieser falschen Heiterkeit. »Aber es ist gar nicht so schrecklich weit, und Tante Juliette wird sich freuen, uns zu sehen.«

»Du willst, dass wir weglaufen, wegen dem, was die Leute sagen«, erwiderte ich. »Dass du eine Nazihure bist.«

Meine Mutter errötete. »Ihr solltet nichts auf das Gerede geben«, ermahnte sie uns. »Das bringt nur Ärger.«

»Ach, es stimmt also nicht?«, fragte ich, nur um sie in Verlegenheit zu bringen. Ich wusste, dass es nicht stimmte, konnte mir nicht *vorstellen*, dass es stimmte. Huren waren rosig und mollig, sanft und hübsch, mit großen, nichts sagenden Augen und rot geschminkten Lippen wie die Filmstars auf Reinettes Postkarten. Huren lachten und quiekten, trugen hochhackige Schuhe und hatten Handtaschen aus Leder. Meine Mutter war alt, hässlich und verbittert. Selbst ihr Lachen war hässlich.

»Natürlich nicht.« Sie wich meinem Blick aus.

»Warum laufen wir dann weg?«, beharrte ich.

Schweigen. Und in der plötzlich eintretenden Stille hörten wir es, das bedrohliche Gemurmel vor unserem Haus, das Klappern von Metall, das Scharren von Füßen. Dann traf der erste Stein die Fensterläden. Als wir aus dem Fenster spähten, sahen wir sie am Tor stehen, zwanzig oder dreißig Leute, hauptsächlich Männer, aber auch ein paar Frauen. Einige trugen Laternen oder Fackeln wie bei einer Herbstprozession, einige hatten die Taschen voller Steine. Aus der Küche fiel ein Lichtstrahl auf den Hof, und auf einmal wandte sich jemand dem Fenster zu und schleuderte einen Stein, der den alten Fensterladen durchbrach. Die Scheiben zersplitterten. Es war Guilherm Ramondin, der Mann mit dem Holzbein. In dem flackernden, rötlichen Licht der Fackeln konnte ich sein Gesicht kaum ausmachen, aber selbst auf die Entfernung spürte ich seinen Hass.

»*Schlampe!*« Seine Stimme war kaum wieder zu erkennen, sie klang nicht nur vom Alkohol heiser und belegt. »Komm raus, du Schlampe, sonst kommen wir rein und holen dich!«

Lautes Gebrüll begleitete seine Worte, die Leute stampften mit den Füßen, und ein Hagel von Kies und Dreck prasselte gegen die halb geschlossenen Läden.

Meine Mutter öffnete das zerbrochene Fenster einen Spaltbreit und rief: »Geh nach Hause, Guilherm, du alter Trottel, bevor du aus den Latschen kippst und dich jemand wegtragen muss!«

Die Leute lachten und johlten. Guilherm fuchtelte mit seiner Krücke in der Luft herum.

»Ganz schön unverschämt für eine Deutschenhure!«, brüllte er. »Wer hat Raphaël an die Deutschen verraten, hä? Wer hat ihnen vom La Rép erzählt? Warst du das,

Mirabelle? Hast du den SS-Leuten gesagt, die Leute aus dem La Rép hätten deinen Liebhaber ermordet?«

Meine Mutter spuckte aus dem Fenster. »Unverschämt?«, rief sie mit schriller Stimme. »Du bist der Einzige, der hier unverschämt ist, Guilherm Ramondin! Unverschämt genug, um betrunken vor dem Haus einer ehrlichen Frau aufzukreuzen und ihre Kinder zu erschrecken! Tapfer genug, um nach einer Woche an der Front nach Hause geschickt zu werden! Während mein Mann gefallen ist!«

Guilherm brach in wütendes Gebrüll aus. Die Leute hinter ihm stimmten heiser ein. Eine neue Salve von Steinen und Dreck traf das Fenster, Lehmklumpen fielen auf den Küchenboden.

»Du Schlampe!« Jetzt stürmten sie durch das Tor, das sie mühelos aus den verrosteten Angeln gehoben hatten.

»Glaub ja nicht, wir wüssten nicht Bescheid! Glaub ja nicht, Raphaël hätte uns nichts erzählt!« Guilherms hasserfüllte Stimme übertönte das Gebrüll der anderen. In der Dunkelheit sah ich seine Augen unter dem Fenster triumphierend funkeln. »Wir wissen, dass du mit ihnen Geschäfte gemacht hast, Mirabelle! Wir wissen, dass Leibniz dein Liebhaber war!« Meine Mutter schnappte sich einen Wasserkrug und schüttete ihn über die Angreifer aus. »Das wird euch abkühlen!«, schrie sie wütend. »Hast du nichts anderes im Kopf? Glaubst du vielleicht, wir wären alle so primitiv wie du?«

Aber Guilherm stand bereits an der Haustür und trommelte mit den Fäusten dagegen. »Komm raus, du Schlampe! Wir wissen Bescheid!« Ich sah, wie die Tür unter seinen Schlägen bebte. Meine Mutter blickte uns mit vor Wut glühenden Augen an.

»Packt eure Sachen. Holt die Geldkassette aus dem Versteck. Holt unsere Papiere.«

»Aber warum –«

»Los, macht schon!«
Wir rannten los.

Als ich das Krachen hörte – ein fürchterlicher Lärm, der den Dielenboden erzittern ließ –, dachte ich, sie hätten die Tür eingetreten. Aber dann kamen wir in die Küche zurück und sahen, dass unsere Mutter, um den Eingang zu verbarrikadieren, den Tisch und die schwere Anrichte vor die Haustür geschoben hatte, wobei viele ihrer wertvollen Teller auf den Boden gefallen und in tausend Stücke zersprungen waren. In einer Hand hielt sie die Schrotflinte meines Vaters.

»Cassis, sieh an der Hintertür nach. Ich glaub nicht, dass sie daran gedacht haben, aber man kann nie wissen. Reine, du bleibst bei mir. Boise ...« Einen Moment lang schaute sie mich seltsam an mit ihren schwarzen, unergründlichen Augen, brachte den Satz jedoch nicht zu Ende, denn im selben Augenblick krachte irgendetwas mit fürchterlicher Wucht gegen die Tür, sodass die obere Hälfte aus dem Rahmen gerissen wurde und ein Streifen Nachthimmel sichtbar wurde. Fackeln und vor Wut gerötete Gesichter erschienen im Türrahmen. Eins davon gehörte Guilherm Ramondin, der verbissen grinste.

»Versuch nur, dich in deinem Haus zu verstecken, du Schlampe«, keuchte er. »Wir kommen dich holen. Und dann wirst du für das bezahlen, was du –«

Selbst in dieser Situation, als das Haus um sie herum zusammenzubrechen schien, reagierte meine Mutter mit einem höhnischen Lachen.

»Was ich deinem Vater angetan habe?«, fragte sie verächtlich. »Deinem Vater, dem Märtyrer? Dem guten François? Dem Helden? Dass ich nicht lache!« Sie hob die Schrotflinte, sodass er sie sehen konnte. »Dein Vater war ein erbärmlicher alter Säufer, der sich auf die eigenen Schuhe gepisst hat. Dein Vater –«

»Mein Vater war ein Widerstandskämpfer!« Guilherms Stimme überschlug sich vor Wut. »Warum hätte er sonst jeden Abend bei Raphaël gesessen? Warum hätten die Deutschen ihn sonst erschossen?«

Meine Mutter lachte wieder. »Oh, ein Widerstandskämpfer, das war er also?«, höhnte sie. »Und der alte Lecoz? Der gehörte wohl auch der Résistance an, was? Und die arme Agnès? Und Colette?« Zum ersten Mal wirkte Guilherm verunsichert. Die Schrotflinte im Anschlag, machte meine Mutter einen Schritt auf die Tür zu.

»Ich will dir mal was sagen, Ramondin«, rief sie. »Wenn dein Vater ein Widerstandskämpfer war, dann bin ich Jeanne d'Arc. Er war ein armer, alter Trottel, mehr nicht, ein Schwätzer, der keinen mehr hochkriegte. Er hatte einfach das Pech, zur falschen Zeit am falschen Ort zu sein, genau wie ihr Idioten da draußen. Und jetzt macht, dass ihr wegkommt!« Sie feuerte einen Schuss in die Luft ab. »*Alle!*«, brüllte sie.

Aber Guilherm ließ sich nicht beirren.

»*Irgendjemand* hat den Deutschen getötet«, sagte er. »Irgendeiner hat ihn hingerichtet. Wer soll das gewesen sein, wenn nicht die Résistance? Und dann hat jemand der SS einen Hinweis gegeben. Irgendjemand aus dem Dorf. Wer soll das getan haben, wenn nicht du, Mirabelle? Wer?«

Meine Mutter brach in lautes Lachen aus. Sie sah beinahe schön aus mit ihrem geröteten, zornigen Gesicht, aber ihr Lachen war Furcht erregend.

»Willst du das wirklich wissen, Guilherm?« Ihre Stimme hatte einen neuen, beinahe freudigen Ton angenommen. »Du gehst also nicht eher nach Hause, als bis du's weißt?« Sie feuerte einen Schuss in die Decke ab, sodass Teile des Putzes herabrieselten, die im rötlichen Licht der Fackeln wie blutige Federn wirkten. »*Du willst es wirklich wissen, du verdammter Hurensohn?*«

Guilherm zuckte zusammen, aber meine Mutter war noch nicht fertig.

»Ich sage dir die Wahrheit, Ramondin, was hältst du davon?«, schrie sie. Ihre Stimme schnappte über vor Lachen, wahrscheinlich war sie vollkommen hysterisch, doch damals dachte ich, sie amüsiere sich köstlich. »Ich sage dir, was wirklich passiert ist, in Ordnung?« Sie nickte aufgeregt. »Ich brauchte *niemanden* an die Deutschen zu verraten, Ramondin. Und weißt du warum? Weil *ich* Tomas Leibniz getötet habe. Ich habe ihn getötet! Glaubst du mir etwa nicht? *Ich habe ihn getötet!*« Sie drückte mehrmals ab, obwohl beide Läufe der Flinte leer waren. Ihr hüpfender Schatten auf dem Dielenboden war rot und schwarz und riesenhaft. »Na, fühlst du dich jetzt besser, Ramondin?«, kreischte sie. »Ich habe ihn getötet! Ich war seine Hure, jawohl, und es tut mir kein bisschen Leid. Ich habe ihn getötet, und ich würde es wieder tun. Ich würde ihn noch tausendmal töten. Na, was sagst du jetzt? Was sagst du jetzt, du verfluchter Trottel?«

Meine Mutter schrie immer noch, als die erste Fackel ins Haus flog. Sie ging gleich aus, aber Reinette fing an zu heulen. Die nächste Fackel setzte die Vorhänge in Brand, und die dritte fiel auf die Anrichte, deren trockenes Holz sofort Feuer fing. Guilherms Gesicht verschwand aus dem Türrahmen, doch ich hörte ihn draußen Befehle brüllen. Dann kam ein brennendes Strohbündel, so eins wie die, aus denen der Thron der Erntekönigin gemacht wurde, über die Anrichte geflogen und landete glimmend mitten in der Diele. Meine Mutter schrie immer noch hysterisch. »Ich habe ihn getötet, ihr Feiglinge! Ich habe ihn getötet, und ich bin froh, dass ich's getan habe, und ich werde jeden von euch töten, der versucht, sich an mir oder meinen Kindern zu vergreifen!« Cassis versuchte, sie am Arm zu fassen, doch sie stieß ihn gegen die Wand.

»Die Hintertür«, rief ich ihm zu. »Wir müssen durch die Hintertür.«

»Und was ist, wenn sie dort auf uns warten?«, wimmerte Reine.

»*Was ist wenn!*«, brüllte ich ungehalten. Von draußen war Geschrei und Gejohle zu hören, wie auf einer Kirmes, die außer Kontrolle geraten ist. Ich packte meine Mutter an einem Arm, Cassis ergriff den anderen. Gemeinsam zerrten wir sie, die immer noch lachte und tobte, zum Hinterausgang. Natürlich warteten sie schon auf uns. Ihre Gesichter glänzten rot im Licht des Feuers. Guilherm versperrte uns den Weg, neben ihm standen Lecoz, der Metzger, und Jean-Marie Hourias, der leicht verlegen wirkte, aber breit grinste. Den Hühnerstall und den Ziegenstall hatten sie bereits angezündet, und der Gestank der brennenden Federn vermischte sich mit dem Geruch des feuchten, kalten Nebels.

»Ihr bleibt hier«, knurrte Guilherm. Hinter uns im Haus knackte und knisterte das Feuer.

Meine Mutter drehte blitzschnell die Schrotflinte um und schlug Guilherm so heftig damit gegen die Brust, dass er zu Boden stürzte. Ich nutzte die Lücke, die entstand, um loszurennen, kämpfte mich unter Ellbogen und zwischen Beinen, Stöcken und Mistgabeln hindurch. Irgendjemand packte mich bei den Haaren, aber ich riss mich los; wendig wie ein Aal schlüpfte ich durch die wütende Menge. Ich biss und kratzte, nahm die Schläge kaum wahr, die auf mich niederprasselten. Schließlich rannte ich über das Feld in die Dunkelheit und versteckte mich hinter ein paar Himbeersträuchern. Von irgendwo her meinte ich die Stimme meiner Mutter zu hören, die immer noch schrie und tobte wie ein Tier, das seine Jungen verteidigt.

Der Rauchgestank wurde immer stärker. Vor dem Haus krachte irgendetwas mit lautem Getöse zusammen, und ich spürte, wie mich eine leichte Hitzewelle traf. Jemand schrie kläglich, ich glaube, es war Reine.

Die Menge war nur noch als undefinierbarer, hasserfüllter Haufen erkennbar. Ich sah, wie die Giebelwand des Hauses in einem Funkenregen einstürzte. Eine rote Flammensäule schoss in den Nachthimmel wie ein Feuer speiender Geysir.

Eine Gestalt löste sich aus der Menge und lief in Richtung Maisfeld. Ich erkannte Cassis und nahm an, er wollte in den Ausguck flüchten. Mehrere Leute rannten hinter ihm her, aber der brennende Hof zog die meisten in seinen Bann. Außerdem hatten sie es auf meine Mutter abgesehen. Jetzt hörte ich ihre Stimme aus dem Geschrei der Menge heraus. Sie rief unsere Namen.

»Cassis! Reine-Claude! Boise!«

Ich stand auf, bereit loszurennen, falls jemand auf mich zu kam, stellte mich auf die Zehenspitzen und reckte den Hals. Da sah ich sie in der Menge, wie ein Ungeheuer aus einer Seemannsgeschichte, ein Tiefseemonster, das, von tausend Händen gehalten, wild um sich schlug, das Gesicht rot und schwarz von Ruß und Blut. Im selben Moment befreite Reinette sich aus dem Gewühl und flüchtete in das Maisfeld. Niemand versuchte, sie aufzuhalten. Inzwischen waren sie alle so im Blutrausch, dass sie sie womöglich gar nicht bemerkten.

Meine Mutter ging zu Boden. Vielleicht habe ich es mir nur eingebildet, aber ich sah eine Hand, die sich zwischen den verzerrten Gesichtern hochreckte. Es war wie eine Szene aus einem von Cassis' Büchern, *Die Nacht der Zombies* oder *Das Tal der Kannibalen*. Das Einzige, was fehlte, waren die Buschtrommeln. Aber am schlimmsten war, dass ich die Gesichter kannte, die ich in der Dunkelheit aufleuchten sah. Da stand Pauls Vater. Dort Jeannette Crespin, die beinahe Erntekönigin geworden wäre, kaum sechzehn Jahre alt, das Gesicht blutverschmiert. Nicht einmal der schafäugige Père Froment fehlte, wenn ich auch nicht erkennen konnte, ob er versuchte, dem Treiben Einhalt zu gebieten, oder ob er selbst beteiligt war. Mit Stöcken und Fäusten schlugen sie auf meine am Boden kauernde Mutter ein, deren Schreie in dem Chaos untergingen.

Dann fiel der Schuss.

Wir hörten ihn alle, trotz des Lärms, es war ein Knall wie aus einer großkalibrigen Waffe, vielleicht auch aus einer doppelläufigen Schrotflinte oder aus einem von diesen antiquierten Schießeisen, die immer noch überall in Frankreich auf Dachböden oder unter Dielenbrettern versteckt lagen. Den Augenblick ausnutzend, als ihre Peiniger vor Schreck erstarrten, kroch meine Mutter auf allen vieren los. Sie blutete am ganzen Körper, ihre Kopfhaut glänzte an den Stellen, wo man ihr das Haar in Büscheln ausgerissen hatte, und ein spitzer Pflock steckte in ihrem Handrücken, sodass ihre Finger hilflos gespreizt waren.

Das Prasseln des Feuers – biblisch, apokalyptisch – war das einzige Geräusch, das zu hören war. Die Leute standen da und rührten sich nicht, erinnerten sich vielleicht an das Krachen aus den Gewehren des Exekutionskommandos hinter der Kirche, erschauerten vielleicht angesichts ihrer eigenen blutrünstigen Absichten. Dann ertönte eine Stimme – aus dem Maisfeld vielleicht oder aus dem brennenden Haus oder sogar vom Himmel herunter –, eine dröhnende, gebieterische Männerstimme, die keinen Widerspruch duldete.

»Lasst sie gehen!«

Meine Mutter kroch weiter. Beklommen machten die Leute ihr Platz.

»Lasst sie in Ruhe! Geht nach Hause!«

Die Stimme habe irgendwie vertraut geklungen, hieß es

später, doch niemand wusste so recht, wo er sie schon einmal gehört hatte. Plötzlich schrie jemand hysterisch: »Das ist Philippe Hourias!« Aber Philippe war tot. Die Leute erschauderten. Meine Mutter erreichte das Feld und rappelte sich trotzig auf. Jemand streckte eine Hand aus, wie um sie aufzuhalten, überlegte es sich jedoch anders. Père Froment blökte irgendetwas halbherzig Beschwichtigendes. Einige wütende Schreie erstarben in dem abergläubischen Schweigen. Hochmütig, ohne den Blicken der Leute auszuweichen, ging ich vorsichtig auf meine Mutter zu. Ich spürte die Hitze des Feuers auf meinen Wangen, in meinen Augen. Ich nahm sie bei ihrer unverletzten Hand.

Das große, dunkle Maisfeld der Familie Hourias lag vor uns. Wortlos gingen wir hinein. Niemand folgte uns.

21

Wir fuhren alle zusammen zu Tante Juliette. Mutter blieb eine Woche, dann zog sie fort, vielleicht aus Angst oder schlechtem Gewissen, angeblich aber aus gesundheitlichen Gründen. Danach sahen wir sie nur noch wenige Male. Sie hatte ihren Geburtsnamen wieder angenommen und war zurück in die Bretagne gezogen. Ich hörte, dass sie in einer Bäckerei arbeitete, wo sie ihre Spezialitäten herstellte. Das Backen war schon immer ihre größte Leidenschaft gewesen. Wir blieben bei Tante Juliette und zogen aus, sobald wir halbwegs flügge waren. Reine versuchte, ihren Traum von einem Leben als Filmstar zu verwirklichen, Cassis flüchtete nach Paris und ich in eine langweilige, aber erträgliche Ehe. Wir hörten, dass unser Hof durch das Feuer nur zum Teil zerstört worden war. Wir hätten also zurückkehren können, aber die Kunde von den Erschießungen in Les Laveuses hatte sich bereits im ganzen Land verbreitet. Das vor etlichen Zeugen ausgesprochene Schuldeingeständnis meiner Mutter – »Ich war seine Hure, ich habe ihn getötet, und es tut mir kein bisschen Leid« – und die Verachtung, die sie gegenüber den Dorfbewohnern zum Ausdruck gebracht hatte, reichten aus, um sie zu verurteilen. Den zehn Märtyrern, den Opfern des Massakers, wurde ein Denkmal errichtet, und auch als nach vielen Jahren Gras über die Sache gewachsen war, als man in Ruhe über die schrecklichen Ereignisse reden konnte und der Schmerz bei den betroffenen Familien nachgelassen hatte, zeigte sich, dass der Hass auf Mirabelle Dartigen und ihre Kinder lebendig bleiben würde. Ich musste der Wahrheit ins Auge sehen; ich würde nie wieder nach Les Laveuses zurückkehren. Nie wieder. Und lange Zeit war mir nicht einmal bewusst, wie sehr ich mich danach sehnte.

22

DER KAFFEE STEHT IMMER NOCH AUF DEM HERD. ER VERSTRÖMT einen bitter-romantischen Duft, einen Duft nach verbranntem Laub. Ich trinke ihn sehr süß, wie jemand, der unter Schock steht. Ich glaube, ich beginne zu begreifen, was in meiner Mutter vorgegangen ist, ihre Raserei, das Gefühl der Freiheit, alles über Bord werfen zu können.

Alle sind gegangen. Die junge Frau mit dem kleinen Aufnahmegerät und dem Berg von Tonbändern, der Fotograf. Selbst Pistache ist auf mein Drängen hin nach Hause gefahren, aber mir ist, als spürte ich noch ihre Umarmung, die Berührung ihrer Lippen an meiner Wange. Meine gute Tochter, die ich so lange vernachlässigt habe. Aber die Menschen verändern sich. Endlich kann ich mit euch reden, meine wilde Noisette, meine süße Pistache. Jetzt kann ich euch in den Armen halten, ohne das Gefühl, im Schlamm zu versinken. Endlich ist die Alte Mutter tot; ihr Fluch hat keine Macht mehr über mich. Es wird nichts Schreckliches passieren, wenn ich es wage, euch zu lieben.

Noisette hat gestern Abend spät zurückgerufen. Ihre Stimme klang gepresst und zurückhaltend, wie meine; ich stellte mir vor, dass sie an den Tresen gelehnt dastand, ihr schmales Gesicht voller Misstrauen. In ihren Worten, die mich über eisige Meilen und vergeudete Jahre hinweg erreichen, liegt wenig Wärme, nur hin und wieder, wenn sie von ihrem Kind spricht, verändert sich ihre Stimme, und eine Spur von Sanftheit ist zu spüren. Darüber bin ich froh.

Ich werde ihr alles erzählen. Stück für Stück werde ich sie einweihen. Ich kann es mir leisten, langsam vorzugehen, geduldig zu sein; damit kenne ich mich schließlich aus. In gewisser Weise braucht sie diese Geschichte mehr als alle anderen – auf jeden Fall mehr als die Öffentlichkeit, die nach alten Skandalen lechzt –, sogar mehr als Pistache. Pistache ist keine, die lange einen Groll hegt. Sie nimmt die Menschen, wie sie sind, sie ist offen und ehrlich. Aber Noisette braucht diese Geschichte, und ihre Tochter Pêche braucht sie auch, wenn das Schreckgespenst der Alten Mutter nicht eines Tages wieder auftauchen soll. Noisette hat ihre eigenen Dämonen. Ich kann nur hoffen, dass ich nicht länger einer davon bin.

Das Haus kommt mir seltsam leer und unbewohnt vor, jetzt wo alle weg sind. Ein Luftzug fegt ein paar tote Blätter über die Fußbodenfliesen. Und dennoch fühle ich mich nicht allein. Absurd, der Gedanke, dass es in diesem alten Haus spukt. Ich wohne schon so lange hier und habe noch nie das geringste Anzeichen für die Anwesenheit eines Geistes gespürt, doch heute ist mir ... als wäre da ein Schatten ... still und beinahe demütig ... abwartend.

Meine Stimme klang schärfer als beabsichtigt. »Wer ist da? *Wer ist da?*« Die Worte hallten von den blanken Wänden und dem gefliesten Boden wider. Er trat ins Licht, und als er so plötzlich vor mir stand, war mir zum Lachen, mehr noch zum Weinen.

»Es duftet nach gutem Kaffee«, sagte er auf seine sanfte Art.

»Himmel, Paul. Wie schaffst du es bloß, dich so leise zu bewegen?«

Er grinste.

»Ich dachte, du ... Ich dachte –«

»Du denkst zu viel.« Paul trat an den Herd. Seine Haut schimmerte golden im schwachen Lampenlicht, der lange Schnurrbart verlieh seinem Gesicht einen traurigen Ausdruck, den das Funkeln in seinen Augen Lügen strafte. Ich fragte mich, wie viel von meiner Geschichte er gehört haben mochte. Er hatte so weit abseits im Schatten gesessen, ich hatte ganz vergessen, dass er da war.

»Und du redest viel«, fügte er nicht unfreundlich hinzu und schenkte sich eine Tasse Kaffee ein. »Ich dachte schon, du hörst überhaupt nicht mehr auf, so wie du in Fahrt warst.« Er grinste mich an.

»Ich wollte ihnen alles begreiflich machen«, erwiderte ich steif. »Und Pistache –«

»Die Leute begreifen mehr, als du glaubst.« Er machte einen Schritt auf mich zu und legte eine Hand an meine Wange. Er duftete nach Kaffee und Tabak. »Warum hast du dich so lange versteckt? Was hast du dir davon versprochen?«

»Es gab Dinge ... über die ich einfach nicht sprechen konnte«, stammelte ich. »Nicht mit dir und auch mit niemandem sonst. Ich hatte Angst, die ganze Welt um mich herum würde zusammenbrechen. Du kannst das nicht verstehen, du hast nie in deinem Leben so etwas Schreckliches ...«

Er lachte, ein liebenswürdiges, einfaches Lachen. »Ach, Framboise. Glaubst du das wirklich? Glaubst du wirklich, ich weiß nicht, wie es ist, mit einem Geheimnis zu leben?« Er umfasste meine schmutzige Hand mit beiden Händen. »Dass ich zu dumm bin, um überhaupt ein Geheimnis zu *haben*?«

»Nein, das habe ich nicht gemeint –«, begann ich. Aber er hatte Recht, Gott steh mir bei, es stimmte.

»Du glaubst, du kannst die ganze Welt auf deinen Schultern tragen«, sagte Paul. »Na, dann will ich dir mal was erzählen. Diese anonymen Briefe. Erinnerst du dich an die Briefe, Boise? Die mit den vielen Rechtschreibfehlern? Und an die Schmierereien am Hühnerstall?«

Ich nickte.

»Das war ich. Ich hab sie geschrieben. Alle. Ich wette, du hast nicht mal gewusst, dass ich schreiben konnte, stimmt's? Ich hab's getan, um mich an deiner Mutter zu rächen. Weil sie mich Schwachkopf genannt hat vor dir und Cassis und Reine-C-c-c...« Er verzog frustriert das Gesicht und lief puterrot an. »Vor Reine-Claude.«

»Verstehe.«

Natürlich. Wie bei Rätseln üblich, ist einem alles sonnenklar, sobald man die Antwort kennt. Plötzlich erinnerte ich mich an den Gesichtsausdruck, den er immer hatte, wenn Reine in der Nähe war, die Art, wie er errötete und stotterte und dann verstummte, obwohl er ganz normal sprechen konnte, wenn er mit mir zusammen war. Ich erinnerte mich an den blanken Hass in seinen Augen, als meine Mutter ihn anschrie: »Sprich vernünftig, du Schwachkopf!«, und an die unheimlichen, Wut und Verzweiflung ausdrückenden Laute, die er beim Weglaufen ausgestoßen hatte. Ich erinnerte mich daran, wie überaus konzentriert er manchmal in Cassis' Hefte gestarrt hatte – Paul, von dem wir alle dachten, er könne nicht lesen. Ich erinnerte mich an seinen misstrauischen Blick, als ich die vier Orangenstücke verteilte, an das seltsame Gefühl, beobachtet zu werden – selbst an jenem letzten Tag mit Tomas – selbst da, Gott, selbst da.

»Ich habe nicht gewollt, was dann geschah. Ich wollte mich nur rächen, aber dass so was Schreckliches passiert, das habe ich nicht gewollt. Es ist mir alles über den Kopf gewachsen. Wie das mit solchen Dingen oft passiert. Wie ein Fisch, der so groß ist, dass man ihn nicht aus dem Wasser kriegt, der einem die Angelleine zerreißt und entkommt. Aber am Ende habe ich versucht, alles wieder gutzumachen. Ich habe es wirklich versucht.«

Ich sah ihn verständnislos an.

»Mein Gott, Paul.« Ich war zu verblüfft, um wütend zu sein. »Das warst du, nicht wahr? Du hast damals in der Nacht mit der Schrotflinte geschossen? *Du* hast dich im Maisfeld versteckt?«

Paul nickte. Ich konnte nicht aufhören, ihn anzustarren, und vielleicht sah ich ihn in diesem Augenblick zum ersten Mal, wie er wirklich war.

»Du wusstest Bescheid? Die ganze Zeit hast du alles gewusst?«

Er zuckte die Achseln. »Ihr habt mich für einen harmlosen Trottel gehalten«, sagte er ohne Bitterkeit. »Ihr habt gedacht, ich bekäme von alldem, was direkt vor meiner Nase passierte, nichts mit.« Er lächelte traurig. »Das war's dann wohl. Mit dir und mir. Ich schätze, jetzt ist es vorbei.«

Ich bemühte mich, einen klaren Gedanken zu fassen, aber in meinem Kopf schwirrte es. So viele Jahre hatte ich geglaubt, Guilherm Ramondin hätte alles ausgelöst, Guilherm, der den Pöbel in jener Nacht angeführt hatte, als unser Haus in Brand gesteckt wurde. Oder vielleicht Raphaël oder jemand von einer der anderen Familien. Und jetzt musste ich erfahren, dass es Paul gewesen war, mein lieber, schwerfälliger Paul, der damals kaum zwölf Jahre alt gewesen war. Er hatte es angefangen, und er hatte es auch zu Ende gebracht. Als ich schließlich meine Sprache wieder fand, sagte ich etwas, was uns beide verblüffte.

»Hast du sie so sehr geliebt?« Meine Schwester Reinette mit ihren hohen Wangenknochen und ihren glänzenden Locken. Meine Schwester, die Erntekönigin, mit den rot geschminkten Lippen und der mit Beeren geschmückten Krone, in einer Hand eine Weizengarbe, in der anderen einen Korb mit Äpfeln. So werde ich sie immer in Erinnerung behalten. Dieses perfekte Bild. Zu meiner eigenen Überraschung war ich plötzlich eifersüchtig.

»Vielleicht so wie du ihn geliebt hast«, erwiderte Paul ruhig. »So wie du Tomas Leibniz geliebt hast.«

Was waren wir als Kinder für Narren gewesen. Unglückliche, hoffnungsvolle Narren. Mein ganzes Leben lang habe ich von Tomas geträumt, während meiner Ehe in der Bretagne, dann als Witwe, immer träumte ich von einem Mann wie Tomas mit seinem unbefangenen Lachen, den scharfen, blauen Augen, dem Tomas, auf den ich alle meine Wünsche gerichtet hatte – nur du, Tomas. Nur du, für immer und ewig – der Fleisch gewordene Fluch der Alten Mutter.

»Es hat eine ganze Weile gedauert, weißt du«, sagte Paul, »aber ich bin drüber weggekommen. Ich habe aufgehört, mich daran zu klammern. Es ist wie Schwimmen gegen den Strom. Es raubt dir nur Kraft. Irgendwann muss man aufhören zu strampeln, und dann trägt der Fluss einen nach Hause.«

»Nach Hause.« Meine Stimme klang fremd in meinen Ohren. Seine Hände fühlten sich rau und warm an. Wir standen da im Halbdunkel wie Hänsel und Gretel, die im Hexenhaus alt und grau geworden sind und endlich die Lebkuchentür hinter sich schließen.

Du musst nur aufhören zu strampeln, dann trägt der Fluss dich nach Hause. Es klang so einfach.

»Wir haben lange gewartet, Boise.«

Ich wandte mein Gesicht ab. »Vielleicht zu lange.«
»Das glaube ich nicht.«
Ich holte tief Luft. Das war der Augenblick. Um ihm zu erklären, dass es vorbei war, dass die Lüge, die zwischen uns gestanden hatte, zu alt war, um ausgelöscht, zu groß, um überwunden werden zu können, dass wir zu *alt* waren, Himmelherrgott, dass es lächerlich war, unmöglich, und außerdem, außerdem ...

Und dann küsste er mich, auf die Lippen. Es war nicht der Kuss eines schüchternen alten Mannes, sondern etwas ganz anderes, das mich erschaudern ließ, das mich empörte und mit Hoffnung erfüllte. Mit leuchtenden Augen zog er etwas aus seiner Tasche, etwas, das rot und gelb schimmerte ... eine Halskette aus Holzäpfeln.

Ich starrte ihn an, während er sie mir vorsichtig um den Hals legte. Die Kette fiel auf meine Brüste, die kleinen Früchte rund und glänzend.

»Erntekönigin«, flüsterte Paul. »Framboise Dartigen. Nur du.«

»Ich bin zu alt«, sagte ich mit zitternder Stimme. »Es ist zu spät.«

Er küsste mich wieder, auf die Schläfe, auf den Mundwinkel. Dann holte er noch etwas hervor, einen Kranz aus gelbem Stroh, den er mir auf den Kopf setzte wie eine Krone.

»Es ist nie zu spät, um nach Hause zu kommen«, sagte er und zog mich sanft an sich. »Du musst nur aufhören wegzulaufen.«

Widerstand ist wie gegen den Strom schwimmen, kraftraubend und zwecklos. Ich schmiegte meinen Kopf an seine Schulter wie in ein Kissen. Die Holzäpfel um meinen Hals verströmten einen durchdringenden, saftigen Geruch, wie die Oktobertage unserer Kindheit.

Wir stießen mit süßem, schwarzem Kaffee auf unsere

Heimkehr an und aßen Croissants mit Marmelade aus grünen Tomaten, hergestellt nach dem Rezept meiner Mutter.

Danksagung

Mein herzlicher Dank gilt allen Mitstreitern in den Gefechten, aus denen dieses Buch hervorgegangen ist: Kevin und Anouchka, die die Kanonen bedient haben, meinen Eltern und meinem Bruder, die für Unterstützung und Nachschub gesorgt haben, Serafina, der Kriegerprinzessin, die mein Lager verteidigt hat, Jennifer Luithlen, die für die Außenpolitik zuständig war, Howard Morhaim, der die Normannen geschlagen hat, meiner Verlegerin Francesca Liversidge, Jo Goldsworthy und der schweren Artillerie von Transworld, meiner Fahnenträgerin Louise Page und Christopher, der mir immer treu zur Seite steht.

scharf!

taschenbücher für jeden geschmack

ISBN 3-548-25917-0

ISBN 3-548-25921-9

ISBN 3-548-25919-7

ISBN 3-548-25918-9

ISBN 3-548-25920-0

ISBN 3-548-25922-7

süß!

taschenbücher für jeden geschmack

ISBN 3-548-25925-1

ISBN 3-548-25923-5

ISBN 3-548-25924-3

ISBN 3-548-25927-8

ISBN 3-548-25926-X

ISBN 3-548-25928-6

sauer!

taschenbücher für jeden geschmack

ISBN 3-548-25934-0

ISBN 3-548-25931-6

ISBN 3-548-25930-8

ISBN 3-548-25932-4

ISBN 3-548-25929-4

ISBN 3-548-25933-2

»Bedrückend. Erotisch. Schonungslos.«
Bild am Sonntag

Ein Mann beschließt, nur noch zehn Tage zu leben. Und in dieser Zeit auszuprobieren, was bisher nur in seiner Phantasie existierte. Er bittet eine alte Freundin, ihm ein Programm sexueller Erlebnisse der außergewöhnlichen Art zusammenzustellen. Ein atemloses Crescendo der Lüste beginnt, ein Abstieg in die Tiefen der menschlichen Existenz...

Raul Montanari · Das letzte Experiment
ISBN 3-548-25919-7